光文社文庫

虎を追う

櫛木理宇

KOBUNSHA

JN020608

光　文　社

目次

五歳のとき、ハロルド・スネドリーは病気の小動物を石ころで叩き殺しているところを見つかった。

——エドワード・ゴーリー『おぞましい二人』

犯罪者とは、鏡に映ったゆがんだ顔にほかならない。「人類の集合的な夢魔」である。

——コリン・ウィルソン『世界残酷物語』

プロローグ

少女は学校を出て、家路《いえじ》をたどっていた。

いつも一緒に帰るカナちゃんは、今日は英語塾だ。校門の前で別れて、バスに乗って行ってしまった。だから少女は一人で歩いている。

少女は習い事をしていなかった。塾に通っておらず、スポーツに打ちこんでもいなかった。幼稚園の年中《ねんちゅう》からピアノを習っているミホちゃんや、小一からそろばん塾に通っているアイちゃん、はたまたバスケットのチームに入っているカリンちゃんがうらやましかった。

だが、しかたのないことだった。

少女には、塾やスポーツクラブへ送迎してくれる母親がいなかった。

母親は少女が二歳になる前に死んだ。無免許運転のワンボックスカーに撥《は》ねられた上、三キロもの距離を引きずられたのだという。

「ぼろきれみたいになって」

すこしでもお酒が入ると、少女の祖母は必ずそう言って泣く。

「うちが二十六年間、大事に育てた娘を……可愛い孫を産んだばかりの娘を、顔の見分けもつかんくらい、ぼろぼろに……ぼろのかたまりみたいにしよって。それで、たったの一年……。未成年だからちゅうて、たった一年、少年院に入っただけ」

少女は母の顔を、写真でしか知らない。

アルバムと、遺影の黒枠の中で笑っている顔だけだ。

みんなは少女を母親似だと言う。少女の父親もそう言う。

少女の父親は会社で働いている。なにをしているかはよく知らない。父親は毎朝、少女にインスタントのスープとトーストと目玉焼きを食べさせ、八時ちょうどに家を出ていく。そうして帰宅するのは、夜の九時か十時だ。繁忙期とかいう時期になると、日付が変わるまで帰って来なくなる。

育ちざかりの少女は、九時十時まで空腹を我慢できない。だから少女は一人で夕ごはんを食べ、一人でお風呂に入る。

以前は祖母がごはんを作りに来てくれた。だが転んで膝《ひざ》の皿を割ってからというもの、祖母はめっきり出不精《でぶしょう》になった。いまは毎日電話をかけてきて、

「ちゃんと食べたんかね。お風呂は？　宿題は？」

と確認するだけだ。しかたなく父は、少女のために週五回の宅配ミールを申しこんでくれた。

でも今夜、少女は自家製のハンバーグを焼いて食べるつもりだった。

想像しただけで気持ちが浮きたった。土日のうちに父と二人で、どっさりつくって冷凍しておいたハンバーグである。

月に一度、父は必ず〝ハンバーグの日〟を設ける。少女と父親とでおしゃべりをしながら野菜を刻み、挽肉《ひきにく》をこねてハンバーグを二十個つくる日だ。

具は挽肉と、フードプロセッサにかけた玉葱、人参、しめじ茸《たけ》。ナツメグはちょっぴり、大蒜《にんにく》をたっぷり。市販のパン粉は使わず、決まって食パンから磨《す》りおろす。叩《たた》いた海老を混ぜたり、カレー粉を混ぜこむこともある。

少女と父親は仲がいい。土日は必ず一緒に過ごして、借りてきたビデオを観たり、ショッピングセンターに買い物に行ったり、大鍋一杯にカレーやビーフシチューを煮たりする。

だから少女は週末が待ち遠しい。

ごくたまにだが、父親にお見合い話が持ちこまれているのを少女は知っている。そのたび少女は、家に新しいお母さんが来ることを想像する。

「嬉しい」と「いやだな」の間で、少女の胸の針は揺れる。でも必ず針は、最後には「いやだな」のほうを指す。

――お母さんがほしくないわけじゃないけど。

――新しいお母さんがいたほうが、お父さんのためになるんだろうけど。でも。

でも。

少女は唇を噛《か》み、足もとの小石を蹴った。

背負ったランドセルを揺する。石畳を見下ろす。

石畳には、薄いグレイと深緑のタイルが交互に嵌《は》めこまれている。それを市松《いちまつ》模様と呼ぶことを、少女はまだ知らない。

グレイのところだけ歩こう。少女は思う。

グレイのところは安全。深緑のところは危険な森で、落ちれば人食い虎に食べられちゃう。

――最後までグレイだけを渡りきれたら、明日もいい日。

少女が八つ目のグレイに左足をかけた瞬間、

「ねえ、ちょっとごめん」

やわらかい声に呼びとめられた。

声の方向へ首を向ける。路肩に停めたワゴン車のそばに、男の人が立っていた。困ったように眉《まゆ》を下げて少女を見ている。

怪我《けが》をしているらしく、彼は右腕を白い三角巾《さんかくきん》で吊《つ》っていた。

「そこのきみ。すまないけど、手伝ってもらえないかな」

彼はワゴン車のトランクと、スーパーのカートを左手で交互に指す。

カートには買ったばかりらしい食料品の袋がふたつ入っていた。どうやら片手では、買い物袋を車に積みこめないらしい。

少女はすこしだけ迷う。

知らない人についていっちゃいけません、と先生は言う。困った人がいたら手助けしてあげなさい、とも言う。この場合はどっちだろう。

男の人は眉を八の字にしたまま、もう一度言う。

「ごめん。一人じゃ無理なんだ」

少女の目が、ふと車のダッシュボードに留まる。

ああ、と少女は思った。

ああ、この人んち、わたしと同じくらいの女の子がいるんだ。その子を車に乗せて、しょっちゅうドライブに出かけてるのかもしれない。

彼の顔を見上げ、少女は決心する。

先生は「ついていっちゃいけません」と言った。だから、ついていかなきゃいいんだよね。荷物を積むのを手伝ってあげるだけ。それが済んだらバイバイして、おうちに帰ればいいだけ。

少女は一歩前へ踏みだす。

三角巾で吊るされた男の腕が、じつは怪我などしていないと少女はまだ知らない。

この後の自分の運命も、父や祖母の悲嘆も知らない。

買ってもらったばかりのアディダスのスニーカーが、グレイをはみだして深緑のタイルを踏む。さっきまで口の中で唱えていたルールは、少女の頭から消し飛んでいる。

グレイのところは安全。深緑のところは危険な森で。

――落ちれば、人食い虎に食べられちゃう。

子供を頭からがりがりかじる、獰猛《どうもう》な虎に。

初夏の空気はやさしく湿り、雨の匂いを漂《ただよ》わせていた。

第一章

1

【『北葠辺郡《きたみのべぐん》連続幼女殺人事件』亀井戸《かめいど》死刑囚病死　東京拘置所】

法務省は7日、1987年から88年にかけて起きた北葠辺郡連続幼女殺人事件で、殺人、猥褻《わいせつ》及び営利目的誘拐《ゆうかい》などの罪に問われ、死刑が確定した亀井戸建《けん》（65）の死亡を発表した。死因は喉頭癌《こうとうがん》だという。

同省によると去年10月に亀井戸死刑囚が体調不良を訴え、検査したところ癌が判明。本人が手術を望まなかったため、痛みを緩和させるなどの措置をとっていたが、6日夜に容体が悪化し、収容先の東京拘置所で死亡した。

確定判決によると、亀井戸死刑囚は同じく死刑囚の伊与淳一《いよじゅんいち》（63）とともに栃木県北葠辺郡で少女二人を暴行し殺害。死体を山などに遺棄《いき》した。

92年3月、栃木地裁は二人に死刑判決を言いわたした。亀井戸死刑囚は即日控訴したが高裁は一審判決を支持。97年に最高裁が上告を棄却し、死刑が確定した。

なお共犯の伊与死刑囚は判決を不服とし、再審を請求している。

これで収容中の死刑確定囚は127人となった。

――5月8日　関東日報

朝刊の社会面に掲載された記事を読みなおし、星野誠司《ほしのせいじ》は喉《のど》の奥で唸《うな》った。目を記事に据《す》えたまま、利《き》き手を座卓の湯呑《ゆのみ》に伸ばす。

ぬるい茶を、誠司はがぶりと呷《あお》った。

まずくはない。しかし、美味《うま》いとも思えない。湯に申しわけ程度に色をつけただけの、顔が映りそうに薄い鳩麦茶である。

誠司が定年で栃木県警を退職したのは五年前。医者に胃の荒れを指摘され、同居の娘にアルコールとカフェインを禁じられたのが二年前だ。以後、彼は大好物のコーヒーを一度たりとも口にしていない。

しかしこの朝ばかりは、舌が焼けるほど熱いコーヒーがほしかった。

――一九八七年、北蓑辺郡連続幼女殺人事件。

もう三十年以上も前になる。

当時の誠司は刑事部の捜査一課に配属されていた。特別捜査本部の捜査員としても、名を連ねた。

ただしあの事件群において、誠司は情報整理役すなわち予備班であった。指掌紋確認通知書、各捜査報告書、ならびに供述調書等々の書類を作成し、管理し、整理した。地取《じど》りにも敷鑑《しきかん》にも、むろん取調べにも当たっていない。

――なのに三十年間、心の隅に引っかかっていた事件だ。

ことの起こりは、一九八七年の初夏である。

栃木県北蓑辺郡五海町《いうみまち》で、小学三年生の木野下里佳《きのしたりか》ちゃんが下校途中に忽然《こつぜん》と姿を消したのだ。母親を早くに交通事故で亡くし、父子家庭の一人っ子であった。

その日、父親が会社から帰宅したのは午後九時過ぎ。家は真っ暗で、里佳ちゃんが帰宅した形跡はなかった。

まず父親は学校に連絡した。

「木野下さん？　平常どおりに下校しましたよ。とくに変わったところはありませんでした」

と担任は答えた。

次いで父親は、同級生の家に片っ端から電話をかけた。しかしどの家の母親も、

「今日は遊びに来ていません」

との答えだった。

ようやく父親は最寄りの警察署へと電話した。その時点で、時刻はすでに十時半を過ぎていた。

木野下家の固定電話に身代金要求の電話があったのは、警察への通報から二十五分後のことである。

「三日後の午後一時、駅前公園横の電話ボックス。一千万円用意しろ」

押し殺したような声で、言うが早いか切れたという。捜査員はまだ揃《そろ》っておらず、録音も逆探知もできなかった。

三日後の土曜日、父親は金をボストンバッグに詰《つ》め、駅前公園横の電話ボックスへ向かった。一族郎党に頭を下げてかき集めた一千万円であった。

しかし公衆電話は、午後五時になっても鳴らずじまいだった。新たな指示はなく、犯人らしき男が現れることもなかった。

里佳ちゃんの遺体が発見されたのは、失踪《しっそう》から五日目の早朝である。きのこ採りに山へ入った夫婦から、「鼬《いたち》が、子供の手首をくわえていた」と通報があったのだ。

ただちに捜査員が駆《か》けつけ、身体的特徴や血液型などから、木野下里佳ちゃん本人であると確認された。犯人が深い穴に埋めなかったため、山に棲息《せいそく》する獣に掘り起こされたらしい。

検視の結果、里佳ちゃんの死亡推定時刻は誘拐から二日後と推定された。つまり父親が金を持って公園横の電話ボックスで待機していたときには、すでに死亡していた。

胃はほぼ空っぽだった。前歯が六本叩き折られ、頬骨《ほおぼね》と鼻骨と眼窩下孔《がんかかこう》が折れていた。脾臓《ひぞう》に損傷があった。あきらかに過度の殴打《おうだ》によるものであった。また膣《ちつ》と肛門に著しい裂傷を負っており、両の股関節がはずされていた。

死因は窒息である。しかし紐《ひも》や手による絞殺ではなかった。検視官は、喉頭いっぱいに土砂が詰まっているのを確認した。

つまり里佳ちゃんは穴にほうりこまれたときは生きており、生き埋めにされてじわじわと死んだのである。その事実を知らされた瞬間は、さすがの海千山千の捜査員たちも慄然《りつぜん》と言葉を失った。

――いやな実況検分調書だった。

薄い茶を啜《すす》って、誠司は顔をしかめる。

現在同居している長女の実加子《みかこ》は、一九八七年当時、小学四年生だった。長男の秀彦《ひでひこ》は小学六年生。被害者にわが子の顔がダブって浮かび、たまらなかった。

もし自分の子が変質者に誘拐されて強姦《ごうかん》され、生き埋めにされたのち、遺体を野生の獣に食い荒らされたなら。

――おれはとうてい、正気でいられる自信がない。

刑事部の飯を長年食った誠司でさえ、そう思わされた事件だった。

里佳ちゃんの遺体は洗われており、体液は検出されなかった。下半身に着衣はなく、上半身にのみ肌着を着けていた。その衿《えり》に、わずかな唾液《だえき》が付着していた。

ただちに警察は『五海町少女誘拐殺人・死体遺棄事件特別捜査本部』を五海署に設置。捜査を開始した。

しかし進捗《しんちょく》ははかばかしくなかった。

マスコミの騒ぎように反して、時間だけが無為に過ぎていった。

そうして翌一九八八年の初秋に、ふたたび下校途中の少女が姿を消すことになる。同じく栃木県北蓑辺郡は網原町《あみばらまち》での失踪であった。

捜索願が出されたのは柳瀬沙奈江《やなせさなえ》ちゃん、小学二年生。

両親は離婚しており、沙奈江ちゃんは母親とアパート住まいだった。小学校からアパートまでは徒歩約二十分の距離である。

帰宅した母親の通報を受け、網原署は付近一帯を捜索した。また自動車警邏《けいら》班に、通学路の半径三キロ圏内を徹底的に巡回させた。

しかし捜索は徒労に終わった。

沙奈江ちゃんは四日後、河原の藪中《やぶなか》で遺体となって発見された。

全裸で、やはり膣と肛門に裂傷。洗われており、体液の残留はなかった。死因はやはり窒息だが、生き埋めではなく手指による絞殺だった。

しかし、遺体の損壊度合いは前回より激しかった。

目鼻立ちの判別がつかぬほど殴打されており、残っている歯はほとんどなかった。口中はずたずただった。鼻が削ぎ落とされ、右頬に刃物でくり抜かれた四・五センチ幅の穴があいていた。どちらの傷にも生体反応があり、生きているうちに切り刻まれたことは確実だった。

なお発見された時点で、沙奈江ちゃんは両眼球を鴉《からす》に食われていた。誕生日を翌週にひかえ、まだ七歳であった。

手口からして、昨年の里佳ちゃん殺しと同一犯であることは疑いがなかった。マスコミは一連の事件を、いち早く『北蓑辺郡連続幼女殺人事件』と名づけた。

警察の目はまず、付近に住む性犯罪者に向いた。

性犯罪はほかの犯罪に比べ、再犯率が高い。盗撮、痴漢など比較的軽微なものを除けば、次に高いのは「小児猥褻」だ。次いで「強制猥褻」「小児強姦」がくる。刑法犯の再犯としては、群を抜いて「小児猥褻」が高いという統計すらある。

警察は北蓑辺郡および周辺一帯において、かつて幼女にいたずらした者、性犯罪の前科がある者をリストアップした。

しかし捜査はやはり目立った進展を見せなかった。目撃証言はいくつか集まったものの、九分九厘が「決め手になるほどの信憑性《しんぴょうせい》はない」とされた。

五海町、網原町は、ともに牧歌的な町である。しかし近隣住民の顔をすべて把握できるほどの田舎ではない。見知らぬ男がうろついていようと、奇異な行動でもない限り、人びとの記憶に強く残りはしなかった。

マスコミは連日、警察の不甲斐《ふがい》なさを叩いた。

ワイドショウでも週刊誌でも、「無能だ」「怠慢だ」と批判の嵐であった。

亀井戸建と伊与淳一の名が捜査線上に浮かんだのは、そんなさなかのことだ。柳瀬沙奈江ちゃんの殺害から、約三箇月が経っていた。

亀井戸と伊与は窃盗《せっとう》の常習犯だった。北蓑辺郡を含む半径十五キロ圏内で、空き巣や居空《いあ》きなどの盗みを繰りかえしていたのだ。そして九割超が、二人で手を組んでの犯行だった。

彼らはもともと同僚であったという。ある水道工事会社で、ともに配管工として勤務していた。

しかし工事会社の社長が八五年、脳溢血《のういっけつ》で急死。代替わりした息子が事業縮小を決めたため、二人は首を切られた。しばらくは日雇いをして稼いだものの、貧窮し、やがて窃盗や空き巣に手を染めていったらしい。

捜査本部が睨《にら》んだところ、リーダーは亀井戸で、伊与は舎弟であった。

かつて二人が勤めていた水道工事会社は、協力雇用主制度に熱心な会社だった。つまり少年院や鑑別所の出身者を、積極的に雇う社だったのだ。

亀井戸も、もと非行少年の一人であった。彼は十四歳から十八歳までの間に四回逮捕され、家庭裁判所へ二回送致されている。ただし伊与のほうに、目立った非行の前歴はない。

特捜本部の地取り捜査でわかったことだが、北蓑辺郡を中心とする一帯にはその頃、幼女へのいたずら事件が頻発していた。だが被害者の大半が泣き寝入りしており、警察は実数の十分の一も把握できていなかった。

とはいえ幼い子を持つ住民の七割強から、

「いやな噂《うわさ》をよく聞くので、警戒していました」

「知らない人についていくなと、下の子にはしつこいほど念を押してます。上の子の時代とは違って、どうにも物騒になったようで……」

との証言が集まった。被害者の多くは、幼稚園児から小学校低学年にかけての女児だった。

事件発生から五箇月後、警察は亀井戸と伊与を窃盗の容疑で逮捕。彼らの逮捕と同時に、一帯で多発していたいたずら事件はぴたりと止《や》んだ。

報道合戦が過熱する中、亀井戸建が里佳ちゃん殺しを自白。

別件逮捕から、十三日目のことだった。

次いで翌日、伊与淳一が自白。

「北養辺郡連続幼女殺人事件、容疑者逮捕か」

マスコミは騒然となった。

二人もの幼女を無残に殺した犯人である。まぎれもない〝社会の敵《パブリックエネミー》〟であった。報道は一気に狂熱し、ワイドショウは連日、亀井戸と伊与の名を連呼した。

そして彼らの供述調書を受けとってチェックしたのが、星野誠司だ。

いまでも内容ははっきり覚えている。

調書によれば犯行は亀井戸の主導で、

「金に困っており、商売女は高くて手が出なかった。代わりにちいさい女の子を狙《ねら》えばタダだと思いました」

「脱がせた衣服などは、公園のゴミ箱や川に捨てました」

「女の子を殺してから、伊与と『身代金を奪おう』と話しあいました。窃盗での稼ぎはたかが知れているため、二人とも不満が溜まっていました」等々。

ただし数日後の調書で、

「ほんとうは伊与と『金を奪おう』と話しあったとき、女の子はまだ生きていました。よく泣くので邪魔に思い、腹立たしさもあって、生きたまま土中に埋めたのです」

「身代金については、どうせ受け渡しはうまくいくまいと考えていました。公園周辺まで行きましたが、すこし遠くから見ただけです」

と亀井戸は前言をひるがえしている。

――当時から、違和感はあった。

誠司は眉根を寄せた。

ふたたび茶を啜る。味もそっけもないはずの薄い茶が、やけに苦く感じられた。

――供述に一貫性を欠く犯人は多い。

また死刑を逃れるため、殺したものを「殺していない」、もしくは「事故だった」と言い張るのはよくあることだ。

しかし亀井戸は殺意も計画性も認めながら、細部だけを変えていった。犯行の答え合わせをしているようなものだ。あまりに誘導の気配が濃い。

金に困っていたのに、「どうせ受け渡しはうまくいくまいと考えて」と、身代金をあっさり諦《あきら》めたのも奇妙である。困窮して盗みを繰りかえしてきた男たちにしては、金への執着がなさすぎた。

なお亀井戸は沙奈江ちゃん殺しでも、同様に供述を二転三転させた。

――言動に矛盾がある犯罪者など珍しくない。しかし。

誠司は悩んだ。

犯罪者の多くは短絡的で、刹那的で感情的だ。だからこそ後さき考えず、犯罪に走ってしまうのだ。

誠司とて長く捜査にかかわるうち、おそろしく間《ま》の抜けた犯人に何度も出くわしてきた。

だが亀井戸たちは、なにかが違った。

愚鈍がゆえに金にありつけなかったというより、最初から「金を取る気がなかった」ように思えた。

人づてに聞く限り、亀井戸建はまさに累犯者《るいはんしゃ》タイプだ。ただし窃盗や、単純な暴行罪などの累犯である。

かっとなって一人くらい殺すことはあるかもしれない。しかし、連続殺人を犯すタイプとは思えない。

伊与淳一にいたっては、殺人はおろか、他人に拳《こぶし》を振りおろせるかもあやしかった。亀井戸がいなければ空き巣に入る度胸すらなさそうだ。せいぜい置き引きが精いっぱいだろう。

また亀井戸と伊与は見るからに小汚く、言葉づかいや態度が粗野だった。幼い女の子が、好んで付いていきたがる相手だろうか？　答えは否《いな》であった。

「こいつらに二件もの殺しができるでしょうか」

誠司は上司である鳩山《はとやま》に、こっそりと疑問をこぼした。

「亀井戸はつまらん凡庸《ぼんよう》な泥棒《ノビシ》ですよ。女を襲うにしたって、この犯歴じゃ強姦《ツッコミ》か強制猥褻《キョウワイ》が関の山でしょう。年端もいかない少女を計画的に誘拐し、残虐に殺せる男とは思えません。二人一組の性的な連続殺人犯というのも、非常にまれです」

しかし鳩山は、誠司の疑問を一笑に付した。

「なにを新米警官のようなことを。ただのノビシが突然に〝化ける〟ケースを、おまえだって何度も見てきたろうよ。それに二人一組の性的連続殺人犯は、前例がないわけじゃないぞ」

と鳩山は得意げに鼻をうごめかせた。のちに捜査一課長となる鳩山だが、当時はまだ一介の係長であった。

「一九五〇年代の西ドイツでな、車中のカップルが次つぎに射殺される連続殺人事件があったんだ。主犯はウェルナー・ボーストとかいったっけな。男二人組の犯行で、今回と同じくリーダー格と子分の関係だった。しかもボーストは射殺するたび性的絶頂に達したという、筋金入りの変態野郎さ。被害者の年齢は違えど、亀井戸の同類だ」

「しかし――」

「まあ待て、シノ」

反駁《はんばく》しかけた誠司を、鳩山は手で制した。

「おまえも知ってのとおり、亀井戸たちに自白《ウタ》わせたのはうちの堺《さかい》と徳野《とくの》だ。まさかあいつらの腕を疑うわけじゃあるまい？」

「はい。それは、もちろん……」

誠司はうつむいた。

堺と徳野は、ともに捜査一課強行犯係のベテランである。係長はもちろん、捜査一課長、刑事部長からの信頼も厚い。

鳩山は誠司の肩を叩き、「それにな」と耳に口を寄せた。

「安心しろ。木野下里佳ちゃんの肌着に付着した唾液のDNAが、亀井戸と一致したらしい」

誠司は顔を上げた。「ほんとうですか」

「当たりまえだ。こんなことで嘘《うそ》を言うわけあるか」

鳩山が苦笑する。そのやわらかな表情に、誠司は心の底から安堵《あんど》した。

当時の感覚はいまも覚えている。みぞおちのあたりにわだかまっていた氷塊のような不快感が、すっと溶けて消えたのだ。

誠司とて波風を立てたいわけではなかった。堺や徳野に楯《たて》突きたくもなかった。係長にひっそりと注進したのは、もしものこと――あくまで万が一を考えてだ。

「まあ、そう不安がるな」

鳩山係長はいま一度誠司の肩を叩いた。

「冤罪《えんざい》なんて、そう簡単に起こりゃしないさ。ちっとでも問題や不備がありゃ、わが国の検察が起訴を渋るのはおまえだって重じゅう承知だろうよ。今回は検察もノリノリの、ガッチガチの真犯人《ホンボシ》だ。だいたい法律ってのは、『疑わしきは罰せず』の甘ちゃんルールだからな。罪を軽くされておれたちが不満に思うのはしょっちゅうだが、その逆は滅多にないぞ?」

口調を崩して言う鳩山に、誠司はようやく笑いかえした。

そう、日本の検察は確かに慎重すぎるほど慎重だ。

しかし世間の注目が集まっている大事件に対しては、功を急ぐこともある——との台詞《せりふ》は、ぐっと喉の奥に飲みこんだ。


北蓑辺郡連続幼女殺人事件の公判は、一九九〇年に開始された。

亀井戸建はほとんど口をひらかなかった。うつむいて、絶えず肩を動かし、膝を揺すっていた。

典型的な拘禁《こうきん》反応だ。刑務所や閉鎖病棟など、自由行動を一定期間以上制限された者が見せる症状である。

ごくまれに亀井戸は、弁護人や検事の言葉に反応した。だが口から出るのは、

「死体を遺棄したとき、どんな気持ちでした?」

「長靴がほしかった」

「被害者を以前から知っていましたか?」

「幼馴染《おさななじ》みだなあ」

などの無礼で的はずれな応答ばかりだった。べつだん法廷を侮辱《ぶじょく》する意図ではない。ガンゼル症候群という、こちらもれっきとした拘禁反応なのである。亀井戸はあきらかに、長い拘留によって神経を病んでいた。

意外なことに、舎弟格とされていた伊与淳一のほうが法廷では毅然《きぜん》としていた。伊与は供述

をひるがえし、弁護人とともに無実を主張した。

一九九二年三月、栃木地裁は二人に死刑判決を言いわたした。決め手はやはり自白と、DNA型の鑑定結果であった。弁護側は即日控訴した。しかし高裁は一審判決を支持。さらに最高裁が九七年に上告を棄却し、亀井戸、伊与両名の死刑は確定した。

――その日をもって、おれは北蓑辺郡連続幼女殺人事件について思い悩むのをやめた。

誠司は拳を握った。そう、やめたつもりだった。

しかし頭の片隅には、つねにこびりついていたらしい。

誠司がふたたび疑惑に胸を衝《つ》かれたのは、二〇〇九年六月のことだ。

一九九〇年に北関東で起こった『足利《あしかが》事件』が、遺留物のDNA型を再鑑定した結果、冤罪と判明したのである。

奇《く》しくも北蓑辺郡連続幼女殺人事件と同じく、被害者は幼い女児。そして同じくMCT118型検査法でのDNA型鑑定であった。

――あの日以来、もしや、と思ってきた。

誠司は湯吞を握りしめた。

もしや亀井戸と伊与も、おれが覚えた違和感のとおり冤罪だったのではと。いつか再鑑定により、二人の無実が証明されるときが来るのではないか、と。

――しかし、主犯とされた亀井戸建は死んだ。

喉頭癌での獄死だ。彼が法廷に立つことは二度とない。新たな事実がその口から語られることも、二本の足で拘置所から出ることも、カメラのフラッシュに囲まれることもない。仮に冤罪だったとしても、すべての機会は失われた。

残されたのは、共犯の伊与だ。

「建ちゃんがいなけりゃ、ぼくはなにもできないんです」と供述し、

「いままで生きてきて、ぼくの相手をしてくれたのは、死んだ母親と建ちゃんだけでした」

と法廷で涙をこぼしたという、あの伊与淳一――。

湯呑の底に残った茶を、誠司は目を閉じて飲みほした。

2

「おう、久しぶり」

居酒屋の暖簾《のれん》をくぐって、星野誠司は片手を挙げた。

L字カウンターの奥に座った小野寺《おのでら》記者が、片手の盃《さかずき》を上げてみせる。

同年代のはずだが、白髪《しらが》体質の誠司とは違って頭髪がいささか寂しい。しかし胸板や下腹は引き締まって、まだまだ俊敏そうであった。

「待つのも面倒だったんで、先にやってたぞ」

と顎《あご》をしゃくる小野寺の手もとには、冷や酒の銚子と猪口《ちょこ》、〆鯖《しめさば》と鶏皮串の皿が置かれてい

る。

「かまわんよ」

誠司はうなずいて、カウンターの中の店員に声をかけた。

「こっち、ジャスミンティーひとつ。椎茸《しいたけ》串と、茄子《なす》の揚げびたし」

「はーい喜んで。ジャス茶一丁、椎茸、揚げびたし入りましたぁー」

威勢のいい店員の復唱が終わらぬうち、小野寺が「なんだよ」と小声で言う。

「しょっぱなからお茶とは付き合い悪《わ》りいな。まさかのヘルシー志向か、しらけるねえ」

「そう言うなって」

誠司は唇を曲げた。

「飲みたいのはやまやまだが、実加子に禁止されてるんだ。今日だって厳しい追及をかわして出てきたんだぞ。酒気ぷんぷんで帰ろうもんなら、荷物ごと家からほうりだされちまうよ」

「やれやれ。元捜査一課《ソウイチ》の敏腕刑事が、いまや実の娘相手に頭が上がらんか。情けねえなあ」

「べつにおれぁ敏腕じゃなかったさ。それに、おまえだって人のこたぁ言えんだろ。フリーの記者と言やあ体裁がいいが、日永《にちえい》書房を退社してから、めっきり開店休業状態と聞いてるぞ」

「お、それを言うか？」

小野寺がわざとらしく体を引く。

と同時に、店員がジャスミンティーのグラスを運んできた。

「人が呼びだしに応じて来てやったってのに、その言いぐさか。シノさんはあいかわらず恩義てぇものを知らん。あんたは昔っから、そういうとこが――」

「わかったわかった。はい、乾杯だ。今日も一日お疲れさん」

誠司はグラスを、小野寺の猪口に軽く打ちあてた。

小野寺は片眉を上げる独特の表情になって、

「ふん、まあいい。揚げびたし半分で許してやろう。――ところでシノさん、呼びだしの件は、例の社会面の記事かい」

「ああ」

短く誠司は答えた。

小野寺が手酌で猪口に酒を注いで、ため息をつく。

「いや、あの北蓑辺郡連続幼女殺人事件から、もう三十年も経《た》ったとはな。おれも歳をとるわけだぜ。昨日のこと……は大げさだが、せいぜい十年ちょっと前に感じる」

まったくだ、と誠司は思った。

三十年前の夜も、誠司はこうして小野寺と居酒屋で差し向かいに飲んでいた。

似たりよったりの安居酒屋のカウンターで、小野寺は日本酒、誠司はビールを呷っていた。

小野寺は当時、販売部数全国二位と謳《うた》われる『日永新報』の警察《サツ》まわり記者だった。

警察まわりはたいてい新米の記者がつとめるものだが、

「政治部や経済部記者なら、もっと向いてるやつがいる。おれはここが性に合ってるんだ」

と言い張り、転籍するまで警察取材班に居座りつづけた。

ちなみに転籍先は大衆週刊誌の『週刊ニチエイ』であった。実質上、小野寺が定年まで骨を埋めた部署だ。

「……三十年前のあの夜、シノさんはまずそうにビール飲んでたっけなあ。『北蓑辺事件の犯人たちが無事に起訴された、よかったよかった』と口じゃ言いながら、自棄酒《やけざけ》みたいな飲みかたをしてやがった」

「そうかね」

誠司はジャスミンティーを啜った。

小野寺は歯で鶏皮を串から引き抜いて、

「で、なんだ。DNA型鑑定ってのは、意外とあてにならんものなのか」と尋ねた。

誠司は首を振った。

「いや、DNA型鑑定自体はあてになる。一卵性双生児同士以外のDNAは、万人不同だからな。あの頃採用されてた検査法の精度が低かった、ってだけだ」

「足利事件でも使われとったやつだな。おれぁどの検査法だろうと、DNAで見分ける限り、百パーセントの確実性があるもんだと思いこんでたよ」

「じつを言うと、おれもそう思っていた」

店員が運んできた揚げびたしの皿を、誠司は小野寺へ押しやった。

「MCT118型検査法ってやつは、まさに一九八八年、『微量でも鑑定できる犯罪捜査向けの方法』として科警研が実用化したもんだ。各都道府県警察のDNA型鑑定の逐次《ちくじ》実施は、四年後の一九九二年以降。だがあの事件は、なにしろ世間様の関心が高かったからな。世論の後押しもあって、全国にさきがけて鑑定が実施されたわけさ」

「あの頃は、鳴り物入りの導入って感じだったな」

小野寺がうなずく。

「そのDNA型鑑定検査法で、まず北蓑辺事件の犯人が逮捕され、三年後には足利事件の犯人が確定された。科学の力はすげえと思ったもんだよ。まさかそれが、約二十年後に覆《くつがえ》されるとはな」

「正確に言やあ、九三年あたりにはもう精度は疑われていたそうなんだ」

誠司は箸で椎茸をもてあそんで、

「足利事件の被害者のシャツに残留していたDNAは『16-26型』だった。血液型はB型だ。原鑑定では『同一のDNA型および血液型を持つ日本人は、千人に一・二人』とされていた。だがサンプルデータが増えるにつれ、雲行きがあやしくなってきた。九三年の算出結果では『同一のDNA型を持つ者は千人のうち三十五・八人。同一のDNA型および血液型を持つ日本人は、千人のうち五・四人』だった」

「千人のうち五人も該当するなら、人口一億人として、日本全国なら五十万人が被疑者になっちまうってことか。そりゃあ、また……」

小野寺は揚げびたしを口にほうりこみ、しばし無言で咀嚼《そしやく》した。

足利事件は一九九〇年五月に起こった殺人事件だ。

四歳の女児が、河川敷で他殺体となって発見されたのである。

女児は前日にパチンコ店の駐車場で目撃されたのを最後に、行方不明となっていた。当時四十五歳の男性が逮捕されたのは、事件の翌年だ。MCT118型検査法でDNA型が一致したことにより、検察は起訴に踏みきった。

九三年、地裁は男性に無期懲役の判決を言いわたす。被告は不服として控訴するが、九六年、高裁が控訴棄却。さらに上告するものの、二〇〇〇年、最高裁の判断により一審の無期懲役が確定した。決め手はやはり、DNA型鑑定結果であった。

かくして男性は、逮捕された九一年から無罪が認められる二〇〇九年まで、無実の罪で十八年間拘禁されたのである。

「あの逆転無罪には驚かされたぜ」

小野寺が猪口を置いて、慨嘆《がいたん》した。

「冤罪事件なんてのは、昭和二十年代から四十年代の遺物だと思ってたからな。山中《やまなか》事件、甲山《かぶとやま》事件あたりが最後かと思いこんでた。……死刑判決の冤罪でもっとも長く拘禁されたのは、やはり免田《めんだ》事件か？」

「いや、免田事件は確か逮捕から三十四年六箇月だった。島田《しまだ》事件が三十四年八箇月のはずだ」

「ああ、そういや島田事件も幼女相手の強姦殺人だったたな。かなり昔に、ルポ本を読んだよ」

小野寺はまずそうに盃を干した。

「……島田事件も足利事件も、いまだ真犯人は捕まっちゃいないんだよな。誤認逮捕だと証明された、ってだけで」

「ああ」

誠司は声を落とした。ジャスミンティーは、グラスにまだ半分以上残っていた。

小野寺が行儀悪く箸を振りかざして、

「で、話を北蓑辺事件に戻すがね。――シノさん、おれぁあんたのことは好きだよ。だが言葉の全部を鵜呑《うの》みにしようとは思わん。亀井戸と伊与が冤罪どうこうってのは、正直言って半信半疑だ。だいたいあんたの疑惑はそのまんま、二人から自白をとった仲間への疑いに直結するんだぜ」

彼は片目を細めた。

「で、どうなんだ。亀井戸たちを取り調べた刑事には、問題でもあったのか。たとえば自白《ウタ》わせるために、拷問《ごうもん》まがいの乱暴をしただとか――」

「いや、そりゃあない」

誠司は言下に否定した。

堺も徳野も、それほど愚かな捜査員ではなかった。免田事件や島田事件で問題とされたような〝取り調べ中に正座しつづけることを強要〟だの〝指の間に鉛筆を挟んでねじる〟だの〝両側から膝を蹴《け》りつける〟などの真似をしたわけがない。

ただ二人とも、警察の古い体質を引きずってはいた。

「……拷問はあり得ん。だが取調室で強面《こわもて》の刑事に囲まれて連日責められたせいで、マル被がブルっちまった可能性はある。ここだけの話、小突く、怒鳴る、椅子の脚を蹴るくらいなら、三十年前の捜査員は普通にやっとったからな」

「しかしだ。殺人事件の自白だぞ？」

小野寺が言った。

「しかも被害者は二人だ。起訴されたら死刑か無期懲役は間違いない。いわば自分の生死がかかってる場面だぜ。そう簡単に、虚偽の自白なんてするもんかね？」

「簡単じゃあないさ。しかし取調室ってのは、独特の異様な空間だ。引っぱってこられた時点で、たいがいのマル被は怯《おび》える。そこへ持ってきて、おっかない面《つら》付きの捜査員に詰問《きつもん》され、怒鳴られ、あるいはなだめすかされ――が何時間も何日もつづくんだ。本来は百戦錬磨のマル被を落とすための手口だが、身に覚えのない人間でも震えあがっちまうよ」

ちなみに堺も徳野も、とっくに定年退職済みだ。

徳野にいたっては数年前に他界している。葬儀には誠司も参列した。堺は存命ではあるものの、すでに八十歳近いはずだった。

誠司はジャスミンティーで唇を湿した。

「先に落ちたのは亀井戸だった。しかし公判の様子から見るに、やつは拘禁中に精神の均衡を崩したようだ。共犯の伊与の供述にいたっては、まったくあてにならん。伊与はおそろしく気の弱い男だった。幼い頃から筋金入りのいじめられっ子で、長じては亀井戸の金魚の糞《ふん》だったそうだ。弁護人の後押しがあったとはいえ、公判で無実を主張できたのが不思議なくらいさ」

誠司はグラスを置いた。

実際に冤罪被害者の多くは、放免後にこう述べている。

「裁判で疑いが晴れると思いました」

「取り調べがつらくて、終わらせたい一心で虚偽の自白をしてしまいました。裁判がはじまれば、真実はあきらかになると思いました」

裁判の公明正大さを信じているのだ。

警察は話が通じなかった。しかし厳正かつ公正な裁判ならば、偉い裁判官さまが真実を見抜いてくれるはずだ――。そう信じきっている。

伊与もきっと同じだっただろう。頼りの亀井戸と引き離されて、連日何時間も怒鳴られつづけた彼が『もう、言うとおりに自白したほうがマシだ』という心境になったのは想像に難《かた》くない。

おまけに亀井戸は彼より先に落とされてしまった。

「相棒はもう自白したぞ」と捜査員にささやかれ、伊与が絶望しただろうことは疑いなかった。

小野寺が腕を組んで唸る。

「じゃあシノさんは、DNA型鑑定も自白もあてにならんと言いたいんだな。目撃証言や、物的証拠はどうだ」

「目撃証言はいくつか寄せられたが、どれも不確かで採用されんかった。物的証拠は例の、唾液が付着した里佳ちゃんの肌着くらいのもんだ。窒息死と絞殺だから、凶器もないしな」

「山中に埋めたときのスコップや、女児たちから脱がせた衣服はどうした」

「調書によればスコップは『柄《え》を折って危険物のゴミに出した』そうだ。里佳ちゃんの衣服は『公園のゴミ箱に捨てた』、所持品は『川に捨てた』。沙奈江ちゃんの衣服および所持品も『川に捨てた』だ」

「見つかっていないのか」

「四十人態勢で川を捜索したが、見つからんかった。ゴミとやらはとっくに回収済みだった。いまと違って、あの頃はゴミを出すのに金がかからんかったしな。オウム事件のはるか前だから、公園や駅前にでかいゴミ箱が置いてあったし、回収もまめだった」

「証拠品がなくても、特捜本部《トクソウ》は気にせんかったのか」

「なにしろ自白が取れていたからな。ＤＮＡ型鑑定結果という大きな決め手もあった。起訴するには、それで充分だったのさ」

誠司は苦い思いを嚙みつぶした。

短い沈黙が落ちる。

騒がしい居酒屋の中で、誠司と小野寺のまわりだけが、ぽっかりと切りとったように静かで薄暗かった。

やがて小野寺が、ふたたび冷や酒の銚子を手にとった。自分の盃に傾けながら、小声で言う。

「――で、シノさんはどうするつもりだ」

「わからん」

首を振ってから、誠司は付けくわえた。

「わからんが、自分なりに動いてみようと思う。……動いたところで、なにがどうなるわけでもないがな」

「わけでもないが、じっとしていられんってわけだ」

「そういうことさ」

誠司は首肯《しゅこう》した。小野寺が酒を舐《な》めて、

「あんたはもう退職済みだ。警察のしがらみから完全に切れちゃあいまいが、自由の身なのは間違いない。好きに調べりゃいい」

と言った。

「しかし万が一——あくまで万が一だが、真犯人を突きとめたならどうする？」

「どう、って」

小野寺の問いに、誠司は詰まった。

記者が言いつのる。

「あんたはいまや民間人だ。民間人が逮捕できるのは現行犯のみと決まってる。おまけに時効の問題があるぜ。殺人事件の時効は二〇一〇年に廃止されたが、そいつは『改正法の施行時に時効が完成していない場合は、改正法どおりの時効が適用される』てな内容だ。つまり一九八七年から八年に起こった北蓑辺事件には、当時の時効十五年が適用される。二〇〇三年に時効が成立しているんだ」

「わかってる」

誠司は眉根を寄せて、椎茸を呑みこんだ。

「ただ、……ただな。まだ伊与がいるだろう」

彼は声を落とした。

「まだ東京拘置所に、伊与淳一がいる。死刑の執行は今日か明日かと怯えながら、あいつは日々を送っている。それを思うとな……」

「ふん」

小野寺が鼻を鳴らした。

「ではあんたの目的は真犯人の逮捕じゃあなく、伊与の死刑執行停止か。おれとしちゃあ、刑事が目指すのはまず前者であれかしと思うがな」

「おれはもう捜査員じゃない」

誠司は低く言った。

「だが、善良な市民の一員ではあるからな。……無実の人間が死刑になるような社会では、あってほしくないんだ。いやむしろ、間違いなく伊与と亀井戸の犯行であったと確信したい。その確信を得るためにも、動きたいと考えてる」

「そうか」

小野寺が相槌《あいづち》を打つ。

彼の横顔を眺《なが》めながら、さすがこいつはしゃべらせ上手だ、と誠司は思った。

この店へ来るまでは、胸の感情はもやもやした焦燥《しょうそう》でしかなかった。だが小野寺にうながされて言語化したことで、いやでもかたちをとってしまった。

「問題は時効のほかに、もうひとつあるな。しかもでっかいやつだ」

小野寺は言った。

「仮にシノさんがうまく立ちまわって、やつらのアリバイなり無実の証拠なりを立証できたとしよう。しかしそれが再審および、再鑑定への道に繋《つな》がるかな？　言わずもがなだが、この国じゃ再審への扉は滅多にひらかれんぜ」

「ああ」

誠司は認めた。

日本の検察はあらゆる意味で硬いし堅い。司法ならばなおさらである。再審請求は絶えないが、その請求が通る事件は年に二、三件がいいところだ。

ことに死刑が確定した重大事件においては、戦後七十年余で免田事件、島田事件、財田川《さいたがわ》事件、松山《まつやま》事件と、わずか四件が再審無罪となったのみである。

「再審が認められるのは……まず、新たに精査すべき証拠が出てきた場合だわな」

「ああ。次に証言の虚偽、証拠品の偽造や捏造《ねつぞう》があったとき。事件にかかわった司法官憲に、なんらかの問題があったと認定されたとき。そしてもちろん、真犯人が逮捕されたときだ」

誠司は最後の椎茸を口に入れた。

「しかしさっき小野寺が言ったように、おれはいま一介の市民だ。よしんば死刑執行停止に足る新証拠を見つけたところで、司法に訴えるすべはない。……なあ、どうしたら打開できると思う？」

「そうさな」

小野寺は顎を撫《な》でた。

「まあ現実的な手口としちゃあ、死刑制度反対の運動家やら、伊与の無罪を信じる人権派弁護士と手を組むことだろう」

「非現実的な手口もあるのか」誠司が間を置かず問う。

「あるさ。ほぼ不可能に近いがな。——世論を動かすんだ」

「世論……」

思わず鸚鵡《おうむ》がえしにした誠司に、小野寺がにやりとした。

「一九八一年のロス疑惑事件を、シノさんだって忘れちゃいないだろう。おおっぴらにゃ言えんが、おれはいまでもあの『疑惑の銃弾』は歴史に残る名記事だったと思ってる。なにしろ一人の男を妻殺しの犯人と断定して、日本全土を総ヒステリー状態に陥らせたんだからな」

ロス疑惑事件。

それは一九八一年、ある輸入雑貨商の男性が妻とともにロサンゼルスで銃撃されたことからはじまる。輸入雑貨商は足を撃たれ、妻は頭部を撃たれて死亡した。

さる週刊誌が『疑惑の銃弾』なる記事を掲載したのは、その三年後だ。

輸入雑貨商が妻に多額の保険金をかけていたことを根拠に、「彼の犯行ではないのか」と疑う内容の記事である。

この記事を発端に、マスコミの報道合戦がはじまった。

記者は輸入雑貨商の自宅へ押しかけた。カメラマンは塀を乗り越えて侵入し、プライヴェートまで追いかけまわしてシャッターを切った。彼の一挙手一投足が、ワイドショウのネタになった。

検察は世論の勢いを借りて、輸入雑貨商を起訴した。

地裁は無期懲役の判決であった。だが輸入雑貨商はただちに控訴。高裁で証拠不充分が認められ、逆転無罪となった。

最高裁も高裁を支持し、二〇〇三年にようやく輸入雑貨商の無罪が確定する。

ただしこの無罪判決を知らず、いまも輸入雑貨商が犯人だったと信じている国民は多い。最高裁の判決は事件から二十二年後に出され、マスコミがほとんど報道しなかったせいだ。

その後、輸入雑貨商は同事件の容疑によって米国領サイパンで身柄を拘束され、留置場で自殺した。

身柄を拘束されたのは、ロサンゼルスでの捜査が終わっていなかったためである。ただしこの自殺にも〝疑惑〟が多く、他殺説が根強い。

死亡が確認されたとき、輸入雑貨商は満六十一歳だった。事件当時は三十四歳。逮捕された時点で三十八歳。

しかしこの事件を冤罪事件にカウントする者はすくない。おそらく輸入雑貨商の人物像が〝国家権力の哀れな被害者〟のイメージにそぐわないからだろう。ロス疑惑事件の知名度に比して、輸入雑貨商が無罪判決を受けたこと、彼が外国の留置場で自殺したことは、国民のほとんどが知らないと言っていい――。

小野寺は右手を上げ、店員を呼んだ。

店員に二本目の銚子と厚揚げを頼み、誠司に向きなおる。

「シノさんよ。ロス疑惑事件の地裁判決について、おれの心境はいまでも割れてる。善良な一般市民としちゃ、あの地裁判決は無茶だったと思ってるよ。だが一方で、例の記事が司法を動かした事実に、喝采《かっさい》を送りたい自分がいる。不謹慎は承知さ。道義的にもどうかと思う。しかし地裁を動かすほどの名記事に憧《あこが》れちまうおれも、確かに心のどっかにいるんだ」

彼は残りすくない酒を惜しそうに舐めて、

「つまりだ。報道かつ世論ってのは、それほどの力があるのさ。再捜査と並行して、世論を動かす。――あんたにそれができりゃあ、北蓑辺事件を再審まで持っていくのも夢じゃないかもな」

と言った。

「おまえが、その報道役をやってくれるってことか」

「いや」

誠司の問いに、小野寺は首を振った。

「いまの段階じゃ、あんたには乗ってやれん。さっきも言ったが、おれは北蓑辺事件を冤罪とは思っちゃいないんでね。……ただ」

「ただ？」

「おれも記者の端くれだ。あの『疑惑の銃弾』並みの記事を書かせてくれるなら——それほどに世論を動かせる見込みが出てきたなら、シノさんに乗ってやってもいいぜ。どうだい？」

誠司はしばし、考えこんだ。

店員が銚子と厚揚げの皿を持ってやって来る。

ふたつ目の厚揚げに小野寺が生姜《しょうが》を載せたとき、ようやく誠司は口をひらいた。

「……すまん。見込みはない」

「正直だな」

「おまえ相手に格好つけてもしょうがないからな。だがもし見込みが出てきたなら、遠慮なく連絡させてもらう。それでいいか」

「ああ。是非そうしてくれ」小野寺は笑った。

「で、シノさんはいつから動く気だ」

「できれば明日から」

「実加子ちゃんには内緒か」

「もちろんだ。おれが退職したら、あいつはさらにうるさくなりやがってな。『酒、煙草、コーヒー禁止。一日十五分は必ず歩け。でも遠出はするな。外出する際は、必ず携帯電話を持て』だとよ。信じられるか？　昭和の刑務官並みのおっかなさだぜ」

「いやあ、気持ちはわかるさ。――たった一人の親を亡くしたくないんだろ」

小野寺は妙にしんみりと声を落とした。

「潔子《きよこ》さんが亡くなって、何年になるね？」

「十四年だ」誠司は答えた。

妻の潔子とは、見合い結婚だった。彼がまだ交番勤務だった頃に籍を入れ、三十年近く連れ添った。それにしてはあっけない別れだった。

十四年前の初夏、潔子は草むしりの最中に庭で倒れた。発見したのは、たまたま訪問した実加子であった。

一一九番したがすでに意識はなく、搬送先の病院で息を引きとった。死因は『致死性不整脈』とされた。

「秀彦くんは、その……あいかわらずか」

「まあな」

誠司はうなずいた。秀彦は息子の名だ。

潔子の葬儀で、秀彦は人目をはばからず誠司を責めた。

「おふくろが早死にしたのは親父《おやじ》のせいだ」

「親父に苦労をかけられどおしだったからだ」

と、目を潤《うる》ませてなじりつづけた。

誠司は反論しなかった。マイホームパパにはほど遠い半生であった。家のことは、なにもかも潔子に任せきりだった。誕生日やクリスマスはおろか、正月にすら家に寄りつかぬ父であった。

　長男の秀彦はそんな誠司に反発し、親に挨拶もなく結婚して婿《むこ》養子となった。さいわい実加子の夫とは、誠司はうまが合った。星野姓を名乗ってもらえることになったのも僥倖《ぎょうこう》だった。

　しかし、秀彦一家との付き合いはいまだ絶えたままだ。

「まあ……おれだって、シノさんのこたぁどうこう言えん。似たりよったりさ」

　小野寺の手が、カウンターの上で蠢《うごめ》いた。あきらかに煙草を求める動きである。誠司と同じく、彼も退職後に禁煙した口であった。

「おれたちの時代は、いい父親像なんてもんがなかったからな。『親父は子供に背中で語るもんだ』なんて言いわけして、働いて、遊んで、家庭から逃げて……。わが子に愛情表現しようにも、やりかたを知らんかった」

　喉の奥に、小石が詰まったような声だった。

　誠司はジャスミンティーを飲み干した。

　小野寺がぎこちなく笑う。

「まあ、息子のこたぁいったん置いとこう。それよりシノさんよ、自慢の孫は元気かい。確か旭《あさひ》くんは今年入学だったろ？　県内一の国立大学に、さらっと現役合格とは親孝行だ。まさに鳶《とんび》が鷹《たか》を産んだってやつだな」

「おいおい、失礼なこと言うな。それじゃうちの実加子が鳶になっちまう」

「おっと失言。実加子ちゃんじゃなく、祖父《じい》さまが鳶って意味さね。いやあ結婚が早いと、孫の晴れ姿を見るのも早くていいねえ」

「はは」

小野寺の軽口につられ、誠司はようやく笑った。

確かに孫の旭はできた子だ。どこをとっても誠司にはもったいない孫である。頭がいいし、顔だって悪くない。中高では生徒会役員をつとめていた。鬱陶《うっとう》しいだろう祖父にもやさしく、なんでもよく知って――。

「そうか」思わず、唇から声が洩《も》れた。

小野寺が聞きとがめる。「え？　なんか言ったかい」

「いやべつに」

誠司は首を振った。

しかし口とは裏腹に、そうか、と彼は思っていた。

――そうだった、旭がいたな。

祖父より何倍も賢く、実子の秀彦や実加子よりも祖父の話を親身に聞いてくれ、かつ現代社会の機微に敏《さと》い孫の旭が。

そうと気づくと、副流煙で曇る視界さえ、急にクリアになった気がした。

誠司はメニューを手に取った。

「なんだか急に腹が減ってきたぞ。小野寺、もう食わんのか？　おれはこの自家製さつま揚げと鯛茶漬けを頼みたいんだが、おまえはどうするよ？」

3

星野旭は自室で、愛用のデスクトップパソコンに向かっていた。

イラスト作成用のタブレットに、付属のタブレットペンを走らせる。

両の耳孔《じこう》にはワイヤレスイヤフォンが差しこまれていた。

聴くともなしに聴いている音楽は、無料動画共有サイトからのものだ。次々と自動再生されていくので、操作せずとも勝手に流れつづけてくれる。

ちなみにいま耳もとで鳴っているのは、US3《アススリー》の『Cantaloop』である。

旭はもともと多趣味だった。

クロスバイク、写真、ボルダリング、ギター、料理と、興味さえ持てばなんでも器用にこなしてきた。

しかし志望大学に入学してからというもの、彼はもっぱら自室にこもって、デジタルのイラストばかり描きつづけていた。

細かくレイヤー分けしたパーツに色を乗せる。ペンの不透明度やブラシサイズを調整しながら、厚塗りで肌や髪に立体感を与えていく。

もともとは車やバイク、ロボットなどのメカを描くのが好きだった。憧れは鳥山明《とりやまあきら》や宮崎駿《みやざきはやお》である。彼らが描く精密かつ温かみのあるメカが好きで、模写しているうち自分でもオリジナルの絵を描くようになった。

——でもメカだけじゃ、閲覧数は上がらないからなあ。

もっぱら旭は、『リエイト』という会員制創作サイトに投稿していた。

会員制といってもイラストや漫画、小説を投稿するのは無料で、閲覧も無料だ。九割は素人《しろうと》の投稿であるから玉石混交《ぎょくせきこんこう》だが、閲覧数やブックマーク数で毎日ランキングが発表され、上位常連者のレベルはやたらと高い。『リエイト』で腕を磨いてデビューしたイラストレーターは、とうに四桁《けた》を超えているはずだ。

——とはいえおれは、プロになりたいわけじゃないけど。

プロのイラストレーターなんて目指しちゃいない。なれるとも思わない。

だが毎日発表されるデイリーランキングで何位になれるかだけが、いまの彼の生きがいだった。

——おれ、燃えつきちまったのかな。

旭は口の中でひとりごちる。

第一志望の大学だった。合格発表で自分の番号を見つけたときは、涙が出るほど嬉しかった。

でもいざ四月になり、講義がはじまってみたら、学業にまるで身が入らなかった。

バイクもボルダリングもやる気が失せた。お年玉を貯めて買ったギターは、クロゼットの肥やしになり果てた。

講義にはぎりぎり出席している。しかし聴講はICレコーダの録音機能に任せ、ノートに落書きするばかりの日々だ。

その落書きをスキャナで取りこんで、帰宅して各レイヤーに色を塗る。塗りが完成したら『リエイト』に投稿する。それがここ一箇月の、星野旭の生活であった。

ペンをぼかしペンに替え、塗った色の境界をなめらかにぼかしていく。レイヤーを重ね、エアブラシでトーンを整える。

メカだけでは閲覧数は上がらない。やっぱり横に美少女を添えないと、人は観てくれない。バイクにまたがった美少女。もしくはごつい武器をかまえた美少女。はたまた体のラインもあらわな、美少女型アンドロイドやサイボーグ。

——まあソシャゲ廃人になるよりは、二次元美少女を描いてるほうがなんぼかマシなはず。

旭はそう自分に言い聞かせた。

ソーシャルゲームにのめりこむのだけはやめよう、と彼は固く誓っていた。ネットで「今月だけで七十万課金した」「半年で三百万いった」と課金額を書きこむ人たちを見るたび、きつく自戒《じかい》した。

軽蔑《けいべつ》ではなかった。

おれだっていつああなるかわからない、という恐怖があった。

気持ちはわかる。だってほかにすることがないんだ。

イラストだって、この先いつまで描いているか想像がつかない。いつもっと手軽な趣味に、ソーシャルゲームやネットゲームに手を出してしまうかわからない。

――先が見えない。

大学合格という目標を果たしてしまったせいで、逆に未来を見失ってしまった。

これって〝典型的モラトリアム〟ってやつだ。自分で思うより、おれって何倍もつまんないやつだったんだな――と自嘲《じちょう》した瞬間。

背後から肩に手を置かれた。

「うわっ」

反射的に椅子《いす》から飛びあがる。イヤフォンを引き抜いて振りかえる。

そこに、戸惑い顔の祖父が立っていた。

「ああ、……なんだ、じいちゃんか。帰ってたの？」

旭はほっと息を吐いた。

「さっき帰ったとこだ。すまん、ノックしたんだがな」

「イヤフォンしてたから聞こえなかったんだ。ビビったあ」

ペンタブを置いて、旭は椅子を回転させた。

これが両親相手だったら「返事してないのに、勝手に入ってくんなよ！」と文句を言うところだ。しかし祖父の誠司にそれはできない。

旭は幼い頃から、この武骨な祖父が好きだった。県警捜査一課の刑事という肩書きも誇らしかった。忙しくて滅多《めった》に会えなくても、祖父が定年退職してからも、旭の思いは変わらなかった。

壁の時計を横目で見る。

もう夜の十一時近い。祖父の誠司が「旧友と会う」と出て行ったのは午後六時だから、ずいぶんと昔話が弾んだらしい。

その誠司がひょいとパソコンのモニタを覗《のぞ》きこんで、

「いつ見ても巧《うま》いな。プロになれるんじゃないか」

と唸るように言う。旭は笑った。

「まさか。世の中にはもっと巧い人が山ほどいるよ。それより、エロいの描いてなくてよかったあ」

「エロ絵くらい、おれはべつに気にせんぞ」

「じいちゃんがしなくても、こっちがするんだって。ところでなに。なんか用?」

旭が問うと、誠司は口ごもった。

「あー、じつはその、おまえに訊《き》きたいことがあってな」

「訊きたいこと? なに?」

「いや、その……インターネットってやつは、素人でもいろいろできるんだろう? 自作の文章や動画を発表したりだとか、えー、なんというか、全世界に発信して、拡散できるんだよな？」

言葉を探しながら、祖父が言う。

旭はうなずいた。

「発表というか、投稿サイトや動画共有サイトにアップロードして、そこ経由で観《み》てもらうって感じかな。とはいえ全員が全員観てもらえる、読んでもらえるとは限らないよ。テレビと違って決まったチャンネルがあるわけじゃないから、面白くなきゃ誰も観ないしさ」

「じゃあ、どうすりゃ観てくれるんだ」

「うーん……。たとえば、おれのこのイラストにしても」

旭はイラストソフトの表示を最小化し、ブラウザを立ちあげた。

ブックマークから『リエイト』にある自分の作品ページに飛び、過去にデイリーランキングでもっとも上位にいったイラストを選択する。

「この上のほうにある『#メカ娘』とか『#オリジナル』って文字が検索タグね。これを使って、同じくメカやSFが好きな人が検索で閲覧《えつらん》できるようになってるわけ。だから投稿したおれが『#美少女』だとか『#擬人化』とか人気ワードを設定して、みんなが検索しやすいようにしとく。あとは人が多い夜間を選んで投稿すると、新着一覧に上がったとき観てもらいやすいね。あとはサムネイルを工夫するとか、間を空けず一定の更新ペースを保つとかかな」

「はあ……」

誠司は気圧《けお》されたように体を引いた。

「いろいろやっとるんだなあ。それで、いったい何人くらいに観てもらえるんだ」

「オリジナルはそんなに人気ないから、おれは最高で二千人くらい。でも人気ジャンルのパロディで人気絵師だと、閲覧数が三日で十万超えることもあるよ」

「一枚の絵で十万か。じゃあ、文章ならどうだ」

「文章ならもっと閲覧数は下がるだろうな。やっぱ、観る人が一番多いのは動画だよ。百万回再生とかざらにあるし、提携する広告収入で食ってる人もいるくらいだ。もちろん、そこまでいけるのは一握りだけどね」

「そうか……」

考えこんでしまった誠司に、旭は目をすがめた。

「で、じいちゃん。なんでそんなこと訊くの？　なんかアップロードしたいもんでもあるの。言っとくけど、おれがガキの頃の写真とかやめてよね」

冗談のつもりだったが、誠司は笑わなかった。

「いや、自分で書いた文章をだな、じつは……」

「文章？　じいちゃん、小説書く趣味なんてあったんだ」

「そうじゃないんだが、あの……」

しばしうつむいて口ごもってから、意を決したように誠司は顔を上げた。

「――旭よ。いまから三十年前に起こった『北蓑辺郡連続幼女殺人事件』を知ってるか」

唐突な台詞だった。

旭は目をしばたたいた。

「え、……ああ、聞いたことあるよ。小学生の女の子が二人殺されたんだよね。でも犯人はとっくに捕まって……あれ？　そういや犯人の片方が死んだって、こないだニュースで観たような」

「それだ。その事件だ」

誠司は重いため息をついてから、「座っていいか」と孫に訊いた。

「あ、うん。そこのクッション使って」

「悪いな」

壁際のビーズクッションを尻に敷き、あぐらをかく。

そんな祖父の顔つきを見て、旭はなんとはなしに椅子から降りた。クッションを引き寄せ、向かい合わせに座りこむ。

誠司が言いにくそうに咳《せき》ばらいして、

「警察の恥になるかもしれん話だから、大声じゃ言えんのだがな――」

と前置きし、抑えた声で語りだした。

三十年前の『北蓑辺郡連続幼女殺人事件』で特捜本部の予備班をつとめたこと。被疑者の供述が二転三転したこと。それ自体は珍しくないが、検視結果をなぞるような変わりように違和感を覚えたこと。

単純な窃盗犯としか思えない被疑者たちと、残忍な犯行にギャップがあったこと。送検の決め手は自白とDNA型鑑定のみで、物証がなかったこと。そのDNA型鑑定が、のちに覆された足利事件と同じMCT118型検査法であり、いまや信憑性はないに等しいこと、昔馴染みの小野寺に「世論を動かせ」と言われたこと、等々――。

旭は最後まで黙って聞いていた。

祖父が口を閉じたところで立ちあがる。部屋の隅に置いたクーラーボックスから、ペットボトルを二本抜いた。

「おととい入れたやつだから、ぬるかったらごめん」

「ああいや、おれこそすまん。ありがとう」

たっぷり一分ほど、二人は無言でペットボトルのお茶を飲んだ。誠司はノンカフェインの麦茶、旭は愛飲している無糖の紅茶だ。

「あの、さ――……」

先に沈黙を破ったのは旭だった。

「じいちゃんは、それ、冤罪だとどれくらい確信してんの」

「……三割、いや、四割強だな」

「そんなに」旭は驚いた。

旭から見た祖父は、昔気質《かたぎ》の義理がたい刑事である。その彼が昔の仲間を疑い「四割強あやぶんでいる」とまで言うのだ。ただごとではなかった。

「でも、犯人を取り調べたのって、ベテランの取調官なんだろ。裁判でも証言が採用されたんだし、無茶な拷問なんかしてないはず……」

「もちろんだ」

誠司は苦い顔でうなずいた。

「堺さんも徳野《トク》さんも、信頼できるシラベカンだった。だがな、警察官だって人間だ。思い込みで突っ走ることも、世論を気にして功を急ぐこともある。その意識のほころびがミスに繫がることも――残念ながら、ないとは言えんのだ」

祖父は額を拭《ぬぐ》って、

「むろん捜査員はみな、真犯人を挙げることに全力を尽くしている。はなっから冤罪をつくりたいやつなんているわけがない。しかし――しかし、なにかの拍子で、ふっと捜査の方向性がそれてしまうことがある。たいていの場合は途中で気づいて立てなおせるが、千にひとつ、万にひとつの確率で、そのまま突き進んでしまう事件があるんだ。警察は、組織だからな。組織というのは大きければ大きいほど、舵取《かじと》りの転換がむずかしい。そのいい例が足利事件だった」

と唸った。

「大失態だ。おれ自身、死刑や無期懲役が絡む重大事件の冤罪なんて、遠い過去の話だと思っとった。だがあれは管轄外とはいえ、まさにおれの現役時代に起こった事件だ。しかもMCT118型検査法をもとにした冤罪だった。おれは……足利事件の無罪判決を境に、しょっちゅう悪夢を見るようになった。しかし亀井戸が病死したと知るまで、自分からは動けずじまいだった」

誠司は一気に言いきり、黙った。

「卑怯《ひきょう》だな。――卑怯なじいちゃんで、すまん。旭」

旭はなにも言えなかった。

下手《へた》な慰めなど意味はない。こんなとき、言葉は空虚だとわかっていた。だから旭は、

「……で、じいちゃんはどうすんの」

とだけ祖父に尋ねた。

「小野寺さんに『明日から動く』って宣言しちゃったんだろ。それって具体的に、どういうことをやんの」

「ああ。うん」

誠司はペットボトルを置いて、

「まずは亀井戸と伊与の死刑に反対し、再審請求運動に助力していた団体と会ってみる。伊与の現況が知りたいしな。それに弁護士にも会っておきたい」

「北蓑辺事件の公判は、観に行かなかったの？」

「一度も行けなかった。仕事のせいもあったが、世間の注目度が高い裁判だったもんで、傍聴は抽選制だったんだ。予備班だったから、証言できることもなかったしな」

「そっか」

旭は首肯した。

十数秒の沈黙ののち、旭は口をひらいた。

「……小野寺さんは言ったんだよね。『再捜査と並行して、世論を動かす』『それができりゃあ、北蓑辺事件を再審まで持っていくのも夢じゃないかも』って。だからじいちゃんは、おれにインターネットでの拡散方法を訊こうとしたわけだ」

「いや、いいよ旭」

誠司が手を振った。

「あらためておまえに話してみて、無理だと思い知った。そうだよな、テレビとはわけが違うものな。インターネットには何千、何万の選択肢があるんだ。その中で素人の、しかもこんな爺《じじ》いの文章を発表してみたところで、読んでもらえると思うほうが――」

「だね。じいちゃんの文章じゃ無理だ」

旭はさえぎった。

「せめて動画でなくちゃいけない。そしてある程度は故意に煽《あお》らないと駄目だ。できるだけ大勢の人に観てもらうには、摑《つか》みを工夫しないと。なるべく派手に、かつ観る人に不快感を与えない映像。被害者が少女というデリケートな事件だから、ちょっとでも扱いを間違うと炎上しちまう。なるべく抑制が利いた映像と演出で、それでいて大衆の義憤をかりたてるような

……」

突然ぶつぶつとつぶやきはじめた孫を、誠司が啞然《あぜん》と眺める。

旭は顔を上げた。

「――じいちゃん、おれ、テツに当たってみる」

誠司は数秒、反応しなかった。やがて言葉の意味を察したらしく、膝を打つ。

「テツって……、ああ、テツくんか。石橋《いしばし》さんとこの」

「うん。だってあいつ高校んとき、自主制作映画のコンテストで佳作入選したんだぜ。映像のことなら、おれより断然あいつだ。この件、テツにも話してみるよ。あいつなら口堅いしさ。いいだろ？」

われながら、早口になるのがわかった。

石橋哲《てつ》は、星野家から通り一本離れたところに建つ石橋家の一人息子だ。そして旭の同い年の幼馴染みでもある。小中の九年間を、二人は同じ公立学校で過ごした。

幼稚園児の頃、旭は石橋哲を世界で一番頭のいい子供だと思っていた。

石橋家は町内で一番大きくてきれいな家だった。そのお屋敷に住む哲は、高い本棚に並んだぶ厚い書物に囲まれて育った。

実際に、哲はなんでも知っていた。旭のどんな疑問にもすらすらと答えてくれた。

いまとなってみれば哲に期待しすぎ、重荷を負わせていたとわかる。哲だって就学前の幼児だった。なんでも知っているはずがない。旭の問いに詰まることも、答えられないこともあっただろう。

だが、ひとつ確かなことがある。

哲はけっして、嘘やごまかしを言わなかった。

ぶ厚い本の群れから懸命に答えを見つけようとし、大学教授である父親や、叔母《おば》の初香《はつか》に食いさがって答えを得ようとしてくれた。そんな哲を、あの頃、旭は心から尊敬していた。

「……そうか、旭はまだテツくんと付き合いがあるんだな」誠司が声を落とす。

「テツくんはいま、なにをしとるんだ」

「ん、浪人生」

旭は短く答えた。

察しのいい祖父が追及を止め、「そうか」とだけつぶやく。旭は場の空気を取りなすべく、急いで言った。

「とりあえずじいちゃんは、その死刑反対運動をしてた団体と会ってきなよ。おれはその間に、テツにおうかがいを立てとくからさ。まずはじいちゃんが本丸に会えるか、そんでテツが色よい返事をしてくれるかだ。あとのことはそれから考えようぜ。よっしゃ、決まりな！」

4

二丁目の石橋家はあいかわらず、きれいで立派で、どこか威圧的だった。

約十五年前に最先端だったデザイナーズ建築の屋敷は、何度か外壁を塗りかえた結果、いまは黒檀《こくたん》のような真っ黒である。一年半来ないうちに、門扉《もんぴ》の表札は銀いろに輝く金属プレートに替わっていた。

――初香さんの趣味かな。

そう思いながら旭はインターフォンを押す。

応答したのは、まさに石橋初香本人の声であった。哲の叔母、つまり実父の妹だ。

「はい、石橋です」

「あ、……すいません、ぼくです。アサヒです。えっと、テツくんはいますか」

やや大げさに、朴訥《ぼくとつ》な少年ぶってみる。

しばしののち、扉がひらいた。

初香の白い顔が覗く。細いフレームの眼鏡、栗いろに染めたショートカット。美容院にまめに通っているからだろう、彼女の髪の根元が黒くなっているのを旭は見たためしがない。

「旭くん。ひさしぶり」

幸か不幸か、昔から旭は初香に気に入られていた。

幼馴染みの部屋へたどりつく手順として、旭はまずリヴィングで初香の淹《い》れた紅茶を飲み、初香が出してくれた〝お取り寄せのチーズスフレ〟とやらを食べ、彼女の近況と自慢話に、いっさい異を唱えず耳を傾けた。

解放してもらえたのは、約三十分後だった。

「おいしかったです。ごちそうさまでした」

旭は如才《じょさい》ない笑顔で頭を下げ、リヴィングを出た。二階へ向かう階段をのぼりながら、ふうーっと長い息を吐く。

——おれのこの無駄な社交性は、初香さんに鍛えられたおかげだな。

いまさらながらそう思った。

何度クラス替えをしようと、旭はクラスカーストの上位だった。誰に対しても明るく楽しく、愛想よくふるまえた。運動神経がよかったし、なにより成績優秀だった。中高を通して、彼女だってそれなりにいた。

体育会系のやつらとも、柄《がら》の悪い生徒ともうまくやれた。初香に比べれば、やつらは何百倍もわかりやすくて素直で扱いやすかった。

——初香さんのそばにずっといたら、おれみたいに育つか、もしくは。

旭は二階の短い廊下を歩いた。

石橋家の二階には部屋が三間ある。ひとつが父親の書斎で、ひとつが箪笥《たんす》や本棚等を押しこめた物置代わりの部屋。最後が哲の部屋だ。

「テツ。おれだ、アサヒ」

扉をノックしながら声をかけた。

一拍の間があって「入れよ」とくぐもった声がした。旭は扉を開けた。

真っ先に目に入ったのは、壁際に置かれた作業用デスクだ。パソコン本体は二台、モニタは四台。プリアンプ。パワーアンプ。オーディオインターフェイス。ハンディ型ビデオカメラ。一眼レフデジタルカメラ。左右に大きなスピーカー。二十数本のケーブルが絡《から》み合い、もつれて、ぞっとするような蛸足《たこあし》配線を成している。

部屋の主《ぬし》――石橋哲は、作業用デスクの前に座っていた。

一年半ぶりだが、見た目はほとんど変わらない。上下ともグレイのスウェットを着込み、すっかり伸びた髪をうなじで結んでいる。

鼻に載っているのは、いまどき中年男でもかけないぶ厚く野暮ったい眼鏡だ。その鼻下にも顎にも、まばらな無精髭《ぶしょうひげ》が生えていた。平均身長の旭より八センチばかり高いが、体重は逆に四、五キロ軽い。要するに、のっぽの痩《や》せっぽちである。

「アサヒ、大学合格おめでとう」

間延びした声で哲が言う。

旭は苦笑した。「いまさらかよ。でも、ありがとう」

とくに許可は取らず、哲のベッドへ腰かける。

「おまえ相手だから、長ったらしい挨拶《あいさつ》とかいらねえよな。じつは、聞いてもらいたい話があって来た」

「うん」

哲がうなずいた。いつだってそうだ。唯一の友である旭の話を、彼はいつも無条件に真摯《しんし》に聞く。

遠慮せず旭は切りだした。

「昨日の夜、じいちゃんがおれの部屋に来てさ。ほら、うちのじいちゃんって県警の刑事だったじゃんか。三十年くらい前の事件らしいんだけど、そのことでおれに相談してきたんだ」

祖父の誠司から聞かされた話を、そっくりそのまま旭は話した。部屋を訪れた誠司が常とは違ってやけに弱よわしく見えたこと、終始苦しげな顔だったこと、しかし真剣そのものだったことも、すべて話した。

聞き終えて、しばし哲は黙っていた。

どことなく不安を覚える沈黙だった。

「いきなりまくしたてて悪い」旭はつい、言葉をかぶせた。

「そりゃ戸惑うよな、こんな突飛《とっぴ》な話……。いや、おれだって冤罪なのかどうか、半信半疑ってとこなんだ。だいたい冤罪事件なんて、そう滅多に起こるもんじゃない。日本の警察は優秀だし、捜査だってきっちり――」

「いや」

哲がさえぎった。

「確かに当時の警察は生真面目《きまじめ》に、緻密《ちみつ》に捜査しただろう。だがアサヒのおじいさんの言うとおりだよ。『はなっから冤罪をつくりたいやつなんているわけがない。しかしなにかの拍子で、ふっと捜査の方向性がそれてしまうことがある』。いい例が有名な冤罪事件のひとつ、弘前《ひろさき》大学教授夫人殺害事件だ」

旭は顔を上げた。

幼馴染みの声音《こわね》が変わったことに気づいたからだ。石橋哲は、眉間《みけん》に深い皺《しわ》を寄せていた。

「弘前事件の目撃者は、事件直後の警察調書では『犯人の顔はよく見ていない』と供述した。

しかし被疑者逮捕後の検事調書で、『被疑者とは、横顔の輪郭もまったく同一』『頭髪の格好も同じ、自分が見た犯人とそっくり』と証言をひるがえした。もちろんわざとじゃあない。目撃者は犯人を捕まえるべく、心の底から善意で証言していた。問題は思いこみの力さ。人間の判断力や記憶力ってのは当てにならない。ちょっとの誘導で、簡単に左右されちまうんだ」

「くわしいんだな、テツ」

哲は即答した。

「一時期、事件史にハマったんだ」

「おれが高校生のとき、原一男《はらかずお》の『ゆきゆきて、神軍』を観て夢中になったのはアサヒも知ってるだろう。その流れで、原が撮影助手をつとめた『復讐するは我にあり』を観た。そっちもすごくよかったよ。それ以降〝事件もの〟にハマって、映画だけじゃなく活字にも手を伸ばしたのさ。国内外の事件史だけじゃなく、裁判史まで読みふけった。冤罪事件についても、十冊以上は読んだはずだ」

「さすがテツ。頼りになるよ」

旭はうなずいた。世辞ではなかった。

「で、さっきの弘前事件ってのは、冤罪で確定してるのか？　つまり、えーっと、無罪判決が正式に出てるのか」。

「出ている。うろ覚えで悪いが、高裁の有罪判決から二十年以上経っての再審無罪だったはずだ」

「二十年はすげえな。なんでそんなに経ってから、無罪にひっくりかえせたんだ？　新たな証拠でも見つかったとか？」

「違う。真犯人が自白したんだ」

　哲がさらりと言う。

「自白？」

　旭は目を剝《む》いた。

「警察に出頭したってことか。時効が成立したからか？」

「時効も理由のひとつだったかもしれない。だが出頭したわけじゃないよ。真犯人はそのとき、ほかの罪で服役中だったんだ。刑務所で彼はキリスト教に入信し、過去の罪を悔い、弘前事件の冤罪被害者に罪悪感を抱くようになっていた。真犯人が所内で『じつは昔、人を殺したことがある』と洩らしたのをきっかけに、弘前事件の再審請求運動が幕を開けたのさ」

　哲は言葉を切って、

「アサヒのおじいさんは、真っ先に馴染みの記者に相談したんだよな？　それは正しいと思う。弘前事件の再審でも、マスコミが大きな役割を果たしているんだ。まず大手新聞社が『真犯人発覚』とすっぱ抜き、他社がそれに反論記事を書いたことで、世論が高まっていった。最終的に軍配が上がったのは大手新聞社のほうだった。真犯人のアリバイ工作に加担した男が、観念して吐いたんだ。新聞社のスクープから再検証がはじまるまで、確か一年に満たなかったと記憶している」

と言った。

旭は哲にならって眉根《まゆね》を寄せた。

「じゃあやっぱり、世論を動かすのが重要ってことだな。そして真犯人が見つかるのが、雪冤《せつえん》の一番の早道。――で、弘前事件の真犯人はどうなったんだ?」

「時効が成立していたから、とくになにもなかったと思う。出所後、買春かなにかのつまんない罪で捕まってたっけな。北蓑辺事件も、時効が成立してるんだろう?」

「ああ。二〇〇三年に成立したらしい。でも真犯人が見つかれば、冤罪は証明されるよな?」

親友の答えを待たず、旭は重ねて問うた。

「テツ、ほかにも冤罪事件で真犯人が見つかった例ってあるか」

「あるよ。たとえば清水局《しみずきょく》事件だ。こっちは殺人じゃなくて、単純な窃盗だけどな。郵便局で、小切手の書留が盗まれたのがことのはじまりだ。嫌疑をかけられたのはある局員で、小切手の裏書や帳簿の筆跡鑑定をもとに有罪とされた。そして服役後に保釈された彼は、警察に頼るのを諦め、自力で犯人を捜しだした」

「え、自力で?」旭は仰天《ぎょうてん》した。

「そんなパターンもあるのか」

「ドラマみたいだよな。しかし現実の事件さ。結局、犯人は事件後に行方《ゆくえ》をくらました一番あやしいやつだった。ちなみに真実が証明されるまでに筆跡鑑定は四回おこなわれ、四回とも『局員の筆跡は犯人と同一』とされた。〝鑑定結果は絶対じゃない〟どころか、ここまでくるとインチキに近いな」

哲は肩をすくめてみせた。「うろ覚え」と謙遜しつつも、立て板に水で述べたてる幼馴染みを見上げ、

——やっぱりテツは、変わってない。

と旭は思った。

幼い頃の旭は、石橋哲を世界一の子供だと思っていた。

哲は幼稚園に通っていなかった。早世した母親の代わりに、叔母の初香が身のまわりの世話をし、字を教え、アルファベットを教え、小学校中学年が読むような本を買い与えていた。

初香は四十のなかばを越えたいまも独身だ。ずっと石橋家に住みつづけている。しかし悔いはないようだった。彼女は尊敬する実兄と、その息子に人生を捧げた。

そんな初香が「哲と遊んでいい」と許した唯一の子が、旭である。

理由は知らない。旭がほかの子より礼儀正しかったのか、見た目が初香のお眼鏡にかなったのか、はたまた哲の崇拝者として認められたのか、いまだ不明だ。

ともかく旭は毎日、幼稚園から帰るなり哲のもとへ走った。

哲は毎日家にいた。幼稚園や保育園はおろか、習い事もしていなかった。しかしその頃の旭は「そんなものか」と思い、疑問を抱くことすらなかった。

——でも小学生になったら、すべてが変わった。

石橋哲は、旭が想像したような優等生にはならなかったのだ。

彼は教科によって、学力に偏《かたよ》りがありすぎた。なにより協調性に乏しかった。ゆったりした優雅な仕草はまわりのペースに合わず、「とろくさい」「鈍い」と決めつけられた。おまけに彼は、旭以外の子とろくにしゃべれなかった。大人に囲まれて育ったせいで、子供同士の率直すぎる物言いに付いていけなかったのだ。

哲は怯え、萎縮した。一年生が終わる頃には、クラスメイトと目を合わすことさえできなくなった。

逆に旭は、なにをさせても器用にこなした。

足が速かった。持ち前の順応性でチームスポーツもこなした。歌がうまく、絵がうまく、哲とともに初香から早期教育されたおかげで勉強もできた。

二人の間には、みるみる差がひらいていった。

もし一度でも同じクラスになっていたなら——と旭はいまでも思う。同じクラスなら、旭はクラスメイトと哲との仲を取り持てた。哲が仲間に溶けこめるよう、子供ながらに尽力できたはずだ。

だが現実には小中の九年間、二人はずっと別のクラスだった。

旭が知る限り、べつだん哲はいじめられてはいなかった。ただみんな、彼を無視した。哲を相手にせず、いないもののように扱い、輪の中から弾きだした。

——そして中一のとき、あれが起こった。

旭は指を組み、

「テツ」と低く言った。

「よかったら――おまえがよかったらでいいんだけどさ、力を貸してくれないか。じいちゃんは、ネットで世論を動かすことに賭けたいらしい。となるとやっぱ、イラストより動画だろ。閲覧数も拡散能力も、影響力だって段違いだ。でもおれは動画の分野は素人だ。だから、おまえに頼みたいんだ」

「動画なんて誰だって撮れるさ」

哲はそっけなく言った。

「五万も出しゃ、一眼レフが買える。YouTubeに上がってる九割は、カメラを据え置きで回しっぱなしにしただけの素人動画だ。編集ソフトだって、ちょっと検索すればフリーソフトがいくらでも見つかる」

「そんなのはわかってる」

旭は首を振った。

「わかってるからこそ、おまえに頼みたいんだ。――だっておれたちがやりたいのは、世論なんていうわけのわかんない、漠然《ばくぜん》とした、雲を摑むようなもんを相手にすることだからな。まるで全体が見えないけど、〝でかい〟ってことだけは確かなもんに立ち向かわなきゃいけない。そんなのを動かすには、信頼できるスタッフを揃えなきゃ駄目だ。おまけに人一人の、死刑囚一人の命がかかっている」

「だからだよ」

哲は静かに告げた。

「人一人の命がかかってるからこそ、おれは安易に手を出せない」

数秒、旭と哲は無言で見つめあった。

やがて哲がため息をつく。

「……事件については、もちろん知ってるさ。事件概要に目を通したこともある。だが疑念なしに、さらっと読んだだけだ。いまの話を聞いただけじゃ、北蓑辺事件が冤罪だったかどうか、おれには判断しようもない」

「それは〝断る〟って意味か？　テツ」

「いや」

哲は否定した。

「〝返事の猶予をくれ〟と言ってる。どっちにしろ、いまこの場でうんと言えないことは確かだ」

「じゃあ何日後ならいいんだ」

「せめて十日ほしい。できる限り、北蓑辺事件についての書籍とデータを読みこんでみる。それからでないと返事はできない。おれはアサヒみたいに、そつなくなんでもできる男じゃないんだ。事件に対する疑念や雑念があったままじゃ、まともな作品は仕上げられない」

「無実と納得できたら、協力してくれるんだな？」

旭は念を押した。

ついさっき「冤罪なのかどうか、おれも半信半疑」と言いはなったことは、気づけば頭から吹き飛んでいた。

しかし哲は「明言はしないよ」とかわした。

「書籍とデータをいくら読みこんだって、事件の空気に直接触れられはしない。目で文字を追っただけで、白か黒か判断できるとは思えない。ただグレイがどれだけ濃いか薄いか、それを整理しておきたいんだ。——それから、アサヒに条件を出したい」

「条件？　なんだよ」

旭は身がまえた。

哲が無表情につづける。

「おれがおまえの要請を容《い》れ、動画をつくることになったとしよう。だがその内容は、かなり硬派なものになるはずだ。ＹｏｕＴｕｂｅやＴｉｋＴｏｋで求められるような、明るく楽しい動画にはなり得ない。アサヒだって知ってるだろう。ただアップロードしただけじゃ、いくら出来が良くたって大衆は観やしない。イラストも動画も同じだ。そして、人に観てもらえない作品には意味がない」

「…………」

旭は視線を落とした。

哲の言うとおりだった。

自分が描くイラストに対し、「観てもらえない作品には意味がない」と言われたなら、きっと反感を覚えただろう。しかし今回の件は別だ。まさに「観てもらえないなら無意味、無駄」なのだった。

哲はつづけた。

「協力するための条件は三つだ。まずは絶対条件として、おれ自身が当時の捜査および判決に疑念を抱けるかどうか。ふたつめは、おまえがおれの動画公開に先んじて、視聴者を最低でも一千人確保しておけるか」

「一千人⁉」

旭は声をうわずらせた。

平然と哲がうなずく。

「全国に口コミで広がる可能性が見込める、ぎりぎり最低限の人数だ。確保の方法はアサヒが自分で考えてほしい。それから最後のひとつ」

眼鏡の奥で、哲は目を細めた。

「動画作成と公開にあたって、必ず被害者遺族の許可をとってくれ。もちろん全員の許可だぞ。いいか、これは道義的な問題なんだ。遺族が一人でも反対したなら、おれはいっさい力を貸さない」

＊　＊

彼は薄暗い部屋にいた。

部屋には彼と、少女がいるだけだった。

今日の夕方、車に乗せて連れて来たちいさな女の子だ。

この部屋に連れこんですぐ、彼は少女を痛くした。まず顔を殴って痛くし、腹を殴って痛くし、服を脱がせて少女の脚の間のやわらかいところをたくさん痛くした。

少女は泣き、血を流し、「お腹の中が破れちゃった」「お願い、お医者さんに連れていってください」と泣いた。

彼は言った。

「言うことを聞いていたら、お医者さんに診《み》せてあげるし、おうちに帰してあげるよ」

少女の目に希望が灯《とも》った。こんなにずたぼろに、ごみくずのようにされていても人間というのは希望を感じられるんだな、と彼は感心した。

彼は少女にいろいろ質問をした。

学校は楽しい？　友達は多いほう？　勉強とスポーツとどっちが好き？　好きな芸能人はい

る？　お父さんお母さんは好き？　好きな食べ物はなに？　初恋は済ませた？　将来なりたい職業はなに？

少女は恐怖にもつれる舌で懸命に答えた。

学校は楽しい。友達はまあまあ多い。勉強は好きな教科と、そうでもない教科がある。好きな芸能人は、よくわからない。

お父さんは好き。お母さんは死んじゃったからいない。事故で死んだの。おばあちゃんがいつも、「顔ノ見分ケモツカンクライ、ボロボロニ、ボロキレミタイニ」なったって言うの。

好きな食べ物は、お父さんと一緒にこしらえたハンバーグ。今日食べるはずだったの。お父さんがお休みのうちに、どっさりつくって冷凍庫にしまっておくの。お父さんがつくるカレーも好き。焼きそばも好き。

初恋は、よくわからない。まだだと思う。将来なりたいのは、看護婦さん。病気で具合の悪い人を、手当てしてあげたいから。

少女の口調が次第に、甘えるような舌足らずになっていくのを彼は楽しんだ。

媚《こ》びていやがる、と思った。

彼の言うことをおとなしく聞き、気に入られれば解放してもらえるのでは、と期待してやがる。精いっぱい全身で媚びていやがる。

滑稽《こっけい》だった。その滑稽さが、たまらなく愛《いと》おしかった。

彼は少女の手をきれいにした。そして、次つぎに質問した。

好きな歌はある？　好きな本はある？　好きな色は？　ファミコン持ってる？　どんなゲームが好き？　ドライブは好き？　おうちに帰れたら真っ先になにをしたい？

訊きながら、彼は少女を殴った。殴りながら犯した。

外が真っ暗になり、空腹を感じたので部屋を出て夕飯を食べ、戻って、また質問しながら殴った。

日付けが変わるすこし前、彼は少女の家に電話をかけた。

少女本人から聞きだした番号であった。少女は口からだらだら血を流しながら、例の媚びをまだ声に滲《にじ》ませて答えた。前歯を失って不明瞭な発音だったため、何度も言いなおさせた。

「――はい、木野下です」

ワンコールで男の声が応答した。おそらく父親だろう。

父親の声音《こわね》に、彼は冷や汗を感じとった。

それは焦燥の汗であり、恐怖の汗であり、怯えの汗だった。娘を失うかもしれない、いや、もしかしたらすでに失ったかもしれない――そんな汗の沼に、父親は肩まで浸かっていた。

「三日後の午後一時、駅前公園横の電話ボックス。一千万円用意しろ」

彼はそう早口で告げ、通話を切った。

だが公園横の電話ボックスになど、行く気はなかった。ただ楽しみたかった。

こう言えば父親は、すくなくとも娘は三日生かされるはずだと信じ、希望にすがるだろう。その無為な希望を想像して愉《たの》しみたかった。

彼は少女に向きなおった。

少女の瞳《ひとみ》の奥にも、まだかろうじて希望の光が瞬いていた。じきに消えるに違いない光だった。

彼はゆったり微笑《ほほえ》んだ。

第二章

1

星野誠司は『片桐《かたぎり》法律事務所』の応接室で、片桐弁護士と向かい合っていた。

レトロな雰囲気の応接室である。

壁には風景画の額。革張りのソファセットにローテーブル。陽が射しこむ窓際には、鉢植えの観葉植物が青あおと茂っている。

片桐は七十代はじめに見えた。

手入れのいい白髪を後ろへ撫でつけ、痩身《そうしん》を開襟《かいきん》シャツと麻のパンツに包んでいる。ラフな格好だが、胸には規定どおり弁護士バッジが光っていた。

片桐は快活に笑って、

「北蓑辺事件の特捜本部におられたとか。まさか元捜査員の方から、ご連絡をいただけるとは思いませんでしたよ」と言った。

「ええ。こちらも弁護士さんに会う事態になるとは、思いもよりませんで」

誠司は生真面目に答えた。

「亀井戸は――亀井戸さんのことは、お気の毒でした。新聞で訃報を見ましてね。なんというか、いてもたってもいられん気分になりまして……。お忙しいところ、お時間を割いていただいて恐縮です」

誠司は訥々《とつとつ》と、北蓑辺事件で自分が予備班であったこと、捜査の段階から違和感があったこと、上司に訴えたが一笑に付された件を話した。

しばし片桐は、黙って聞いていた。

誠司が話し終えると、片桐は腕組みして言った。

「――北蓑辺事件の一審で、亀井戸さんと伊与さんのお二人を弁護したのは国選弁護人でした。わたしが伊与さんの弁護人をつとめたのは控訴後、『国民生活救援センター』経由で依頼が来てからのことです」

「はあ」

誠司はうなずいた。

国民生活救援センターとは、労働者の権利や社会的自由を守り、冤罪事件の支援などをおこなう人権団体である。

いわゆる「国家権力の不正に立ち向かう」が旗印の団体だ。元警察官の誠司としては、その名を聞くだけでも尻の据わりが悪くなる。

片桐が目を伏せて、

「こんな言いかたはよくないですが、国選の先生は通りいっぺんの弁護活動しかなさらなかったようでね。法廷記録によれば証人尋問も反対尋問もおざなりで、おまけに判決は検察調書をなぞっただけというお粗末さでした。世論が、犯人憎しで沸騰《ふっとう》していたせいもあるでしょうが……」

苦い声音だった。

検察の描いたストーリイはこうだ。

一九八七年六月十七日、亀井戸建と伊与淳一は下校途中の木野下里佳ちゃん（当時八歳）に「猫を見せてあげる」と声をかけ、連れ去った。

亀井戸と伊与は水道工事会社『波田《はた》設備』を解雇されたのち、日雇いをしながら同じアパートで暮らしていた。アパートといっても一軒家を改造しただけの、風呂なし、便所共同の築五十年近い物件である。

部屋は四室あったが、亀井戸たちのほかはパキスタン国籍の男性が入居するのみだった。ちなみにこの男性から証言は取れていない。二人が逮捕された当時、すでに帰国していたからだ。

供述書によれば、亀井戸は部屋に毛布を敷き、その上で里佳ちゃんを強姦した。

つづけて伊与が強姦した。

彼らは里佳ちゃんから父親が帰る時間帯を聞きだし、日付けが変わる前に身代金要求の電話をかけた。

その後、亀井戸と伊与は身代金受け取りの計画を立てる。ああだこうだと意見を出すものの、うまくいきそうにないと知って言い争いになった。

調書には「腹が立って、やぶれかぶれのような気持ちになって」、邪魔な里佳ちゃんを「始末してしまおう」と亀井戸が主張したとある。

誘拐から二日後、殺意は実行に移された。亀井戸は息もたえだえな里佳ちゃんを毛布でくるみ、盗んだ原付自転車の荷台に紐でくくりつけた。

原付自転車には伊与が乗った。彼はアパートから約二十キロ離れた山中に、深さ約五十センチの穴を掘って里佳ちゃんを埋めた。

書類に残る亀井戸の供述は、

「生きていたかどうか、確認しなかったのでわからない。どっちでもよいと思った。早く帰りたかった」

使用した毛布やスコップは「後日、ゴミの日に出した」

翌二十日は、彼らが電話で指定した身代金受け取りの日であった。「どうせうまくいくまいと考えたが、一応公園まで見に行った」と亀井戸は述べている。

実際にこの日、公園近くで亀井戸とおぼしき男が近隣の主婦に目撃された。この目撃証言により、のちに亀井戸と伊与が容疑者として浮上したのである。

亀井戸は逮捕初日こそ「行っていない」と否認していた。しかし翌日には、公園周辺にいたことを認めた。

直後の供述書では、「空き巣の下見に行った」となっていた。

後日これが何度か訂正され、最終的に「一応公園まで見に行った」の供述に落ちつくことになる。

検察調書では、亀井戸たちは帰宅後に証拠の隠滅をはかったという。まず里佳ちゃんの衣服を公園のゴミ箱に捨てた。ランドセルなどの所持品は川へ投げ入れた。証拠品がその後どうなったかは、両名ともに「確認していない。知らない」という。

事件の四箇月後、二人は放浪生活に入る。家賃を滞納してアパートを追いだされたのである。アパートにはのちに捜査の手が入った。だが里佳ちゃんを監禁、暴行した物証はとくに発見できなかった。

翌一九八八年九月二十二日、木曜日。

亀井戸たちは二度目の犯行に及んだ。

誘拐されたのは、同じく下校途中であった柳瀬沙奈江ちゃん（当時七歳）。捜索の甲斐もむなしく、少女は翌週月曜日の早朝に死体で発見された。

一一〇番通報したのは河原をジョギングしていた男性だ。通信司令室は「草むらの中で子供が死んでいる」との電話を受け、ただちに警官を現場へ急行させた。

沙奈江ちゃんの死体は惨《むご》たらしい有様だった。全裸で、絞殺された跡がくっきり頸部《けいぶ》に残っていた。

監禁場所はその日のうちに判明した。

小学校から二キロほど離れたところに建つ、建設会社の倉庫である。

倉庫の南京錠《ナンキンじょう》はハンマー状の工具で壊されていた。また拉致《らち》された当日、建設会社の社員たちは県外の仕事に出ており、現場から直帰であった。翌二十三日は祝日で、二十四日は土曜である。

休日出勤などない会社だった。犯人は心置きなく、沙奈江ちゃんを四日かけていたぶった。

なおこの倉庫からは後日、沙奈江ちゃんの血痕、衣服の一部、皮膚組織などが検出された。

しかし犯人とおぼしき指紋や掌紋《しょうもん》、体液は発見できていない。

高まる世論を受け、特捜本部は周囲一帯をしらみつぶしに捜査した。

そうして浮上したのが、同エリアで何度か職務質問を受け、連続窃盗犯の疑いで泳がされていた亀井戸建と伊与淳一であった。

逮捕にいたる一連の流れを、誠司ははっきり覚えている。

建設会社の事情を把握していたことなどから、犯人はある程度の土地鑑《とちかん》があるものと推定された。

そして窃盗犯もまた、土地鑑を必要とする。

不在の多い家や会社か、人目に付きにくい立地か、交番の巡視がない区画かどうか、逃走経路は確保できるか。彼らは住民や社員の生活パターンを把握し、リスクをすこしでも下げようとする。

「シノよ。五海町事件の捜査書類《タテガキ》はどこだ？　身代金受け渡し指定現場の周辺で、『不審な男を見た』って主婦の目撃証言があったよな。あの書類を探してるんだ」

「そっちのファイルです。ああ待ってください、おれが出しますよ。トクさんにやらせたら、全部ぐちゃぐちゃにしちまうんだから——」

そう笑って徳野にファイルを渡したのが、ほかならぬ星野誠司であった。

くだんの倉庫を持つ建設会社と、亀井戸たちとの繋がりはじきに判明した。彼らがかつて勤めていた、水道工事会社の取引先だったのだ。

特捜本部はがぜん色めき立った。着々と捜査員は状況証拠を固めていった。

亀井戸、伊与ともに金に困っており、住所不定であった。亀井戸には逮捕歴が複数回あった。里佳ちゃん事件のみならず、沙奈江ちゃん事件でも、亀井戸らしき薄汚れた男の目撃証言があった。

まずは主婦の証言をもとに、警察は彼らを別件逮捕した。

容疑は、網原町に建つ質屋への侵入窃盗である。一九八九年二月十五日のことであった。

侵入窃盗については、伊与が先に自白した。次いで亀井戸が自白。

この時点で里佳ちゃん殺し、沙奈江ちゃん殺しともに、彼らにはアリバイなしと判明している。お互いのアリバイを証明できるのはお互いだけ、という状態であった。

一九八九年二月二十八日。亀井戸が里佳ちゃん殺害を自供。

翌日、伊与が自供。

三月九日、亀井戸建と伊与淳一の両名は、殺人と猥褻目的誘拐、死体遺棄の疑いで再逮捕された。

三月十四日、里佳ちゃんのシャツに残された唾液のＤＮＡ型が、亀井戸と一致したとスクープ記事が出る。

調書によれば動機は、

「商売女を買う金がなかった」

「タダでやりたかったから、強姦しようと思った。大人の女は騒ぐし抵抗するので、ちいさな子を狙うことにした」――。

それ以後は、国民の大方が知ってのとおりだ。

一審判決で死刑。控訴するも高裁、最高裁と棄却。亀井戸建と伊与淳一は東京拘置所に移送され、死刑の執行を待つ身となった。

――亀井戸が、病で死を迎えるまではだ。

誠司は応接室で、湯気の立つほうじ茶を啜った。

ひと息ついて片桐弁護士に尋ねる。

「……北蓑辺事件は主犯、従犯ともに一審で死刑判決でした。従犯まで死刑というのは、なかなかに珍しいんじゃありませんか？」

日本において、死刑判決はそう簡単に出るものではない。

俗に『永山《ながやま》基準』と言われる判決基準がある。連続射殺魔こと永山則夫《のりお》への死刑適用に対し、最高裁が示した判断ゆえ〝永山〟の名が付いた。

被害者が複数であること、社会的影響の大きさ、年齢、犯行後の態度などを考慮して「極刑やむなし」とされた場合のみ、死刑判決が下される——。おおまかに言えば、そんな内容だ。

つまり被害者が一人の場合、極刑になることは珍しい。死刑間違いなしとされるのは三人からである。

北蓑辺事件の場合、被害者は二人だった。しかし猥褻目的の誘拐罪、身代金目的略取の罪が併合される。その上マスコミが連日騒いだ事件であり、犯行の悪質さや残酷性からして、主犯が死刑になるのは当然と言えた。

——だが、従犯の伊与までとは。

片桐はかぶりを振って、

「なにしろ手口が残虐すぎましたからね。被害者は年端もいかぬ幼女で、しかも複数。計画性ありで身代金の要求までしています。そこへ加えて、伊与さんが一貫して無罪を主張した態度が『改悛《かいしゅん》の情なし』と見なされたようです。せめて一審からわたしが弁護していたら、と悔やまれますよ」

と嘆息した。

「また亀井戸さんのガンゼル症状は、法廷でそうとう悪印象だったようです。まあ、裁判官も人間ですからね。——失礼ですが、ガンゼル症候群の容疑者をご覧になったことはありますか」

「ええ」

誠司はうなずいた。

「亀井戸さんの弁護は、中里総一郎《なかざとそういちろう》先生がなさったそうですね」

高名な人権派弁護士である。いや、とうに故人だから〝だった〟か。

片桐が沈痛にうつむく。

「はい。やはり救援センター経由での依頼です。亀井戸さんは拘禁反応が重く、面会のたび苦労したとおっしゃってました」

「でしょうな」

拘禁反応およびガンゼル症候群。

捜査員となってその症状をはじめて目にしたとき、誠司はかなり戸惑った。馬鹿にされているのだと思ったし、憤《いきどお》ったし、呆《あき》れた。

いわゆる『でまかせ応答』『的はずれ応答』と呼ばれる、めちゃくちゃな受け答えがこの拘禁反応の特徴である。赤いものを指して「青」と言ったり、一たす一を「三」と答えたり、果ては自分の名前すら正確に言えなくなる。

誠司は湯呑を置いた。

「取り調べの段階で、亀井戸さんの様子は変でした。最初のうちは捜査員を罵倒《ばとう》したり、床につばを吐いたりと反抗的だった。そのうちに顔が痙攣《けいれん》しはじめ、突然奇声をあげたりするまでになった。……法廷に出る頃にはさらに悪化し、まともな受け答えはほとんどできなかった、とか」

「そのとおりです」

片桐はうなずいた。

「一審がはじまる頃には鬱病《うつびょう》も進行していましてね。途中からは被告人質問に対し、ほぼ緘《かん》黙《もく》状態でした。拘置所で抗鬱剤が処方されましたが、最後まで病状は一進一退を繰りかえすばかりでした」

「亀井戸さんは、十代の頃からはみだし者だったそうですね。粗暴かつ短気で、家庭裁判所に二回送致されている。しかし伊与さんは非行の前歴なしと聞いています。片桐先生から見て、伊与淳一さんはどんなかたですか？」

「そうですね、こういう言いかたは失礼でしょうが……」

片桐はすこし言いよどんで、

「とても自己評価の低い人です。まず、生育環境がよくなかった。早くに母親が死に、父親は彼をろくに学校へやらず、仕事の手伝いをさせては『手際が悪い』と折檻《せっかん》していました。そのせいか逃避癖があり、楽な方向へ流れたがる傾向があります。相棒の亀井戸さんに、そうとう依存していたようでしてね。彼が先に自白したと聞かされて、心を折ってしまったのも納得ですよ」

「亀井戸に——さんに、精神的に支配されていたんですか」

「いや、そこまで不健全な関係ではなかったようです。兄貴分と弟分という表現が一番しっくりきますね。上下関係はありましたが、絶対的ではなかった。お互い持ちつ持たれつでやっていたようです」

片桐弁護士の言葉に、誠司はしばし考えこんだ。

ふたたび口をひらく。

「刑の確定後、亀井戸さんは刑に服す意思を伝え、再審請求の手続きを拒否したそうですね。請求をおこなったのは、伊与さんだけだとか」

「ええ。伊与さんはいままでに五回再審請求をし、五回とも棄却されました。現在は即時抗告の申し立てをしております」

「彼はいま、どんなご様子です？」

「消沈しておいでです。とくに亀井戸さんの死を知ってからは、めっきり元気をなくされてね。いまは抗鬱剤を飲んでいるようです、亀井戸さんが処方されていたのと、まったく同じ薬をね」

「そうですか……」

誠司は声を落とした。

伊与が未決囚のうちに面会しておけばよかった、と遅ればせながら悔やんだ。

監獄法第九条は〝死刑囚の処遇は未決囚に準じる〟と定めている。しかしかの『六三年通達』以降、死刑確定囚と会えるのはほぼ親族と弁護士のみだ。

「伊与さんにお会いするのは、むずかしいでしょうね」

断られるのを承知で、誠司は尋ねた。

旧監獄法が改正され、死刑囚にも〝友人、知人〟の面会が許されるようになったのは二〇〇六年の三月からである。

拘置所の現状がどうであるのか、実地を誠司は知らない。お上の沙汰《さた》がどう変わろうが、おおかたの現場には無関係なものだ。おかしな話だが、往々にして法の番人たちが一番法律から遠く、旧態依然としている。

「お会いしたいなら、伊与さんから申請してもらいましょう。星野さんを『親族外〝手紙・面会〟希望者』としてね」

片桐は言った。

「面と向きあえば、星野さんもきっとわかりますよ。伊与さんは人殺しなどできる人ではない。元捜査員のかたが味方についてくださるなら、われわれとしても心強いです。六度目の再審請求への励みになります」

2

片桐弁護士は帰り際、伊与と過去に面会した際の録音データを貸してくれた。

誠司はデータを持って旭の部屋へ直行した。

旭がＵＳＢメモリをパソコンに差し、再生を選択する。もとはテープ録音というだけあって、音質はけしていいとは言えなかった。

「囚人との面会って、録音できるもんなんだ？」と旭。

「弁護人ならな。刑事訴訟法第三九条で、弁護人は立会人なしに被疑者や被告人と面会し、書類その他を受け渡しできると定められてる。未決囚相手の録音機器持ち込みは事前申請が必須だが、死刑確定囚ならその必要はなかったはずだ」

誠司は耳を澄ました。

スピーカーから片桐の声が聞こえてくる。

「――亀井戸建さんとは、同僚だったんですね？」

いまより、声音がだいぶ若い。

「そうです……。『波田設備』って会社で、水道工事の作業員をやっとりました」

洟《はな》を啜りながら、相手がぼそぼそと答える。伊与淳一の声だ。

「歳は建ちゃんがふたつ上やったけど、会社じゃぼくが一箇月だけ先輩やったんです。ぼく、こんなんでとろくさいでしょう。どこ行ってもいじめられて、波田設備に入るまでは、尻が据わらんで転々としとったんです。けど建ちゃんは、いつもぼくをかばってくれました。弱いもんいじめが嫌いな、やさしい人です」

九歳まで奈良で過ごしたという伊与は、言葉に関西訛《なま》りがあった。

「波田設備には、八五年までいました。辞めたんと違います。馘首《くび》になったんです。社長が死んで息子さんに代替わりした途端、いろいろ変わってもうて。ちょうど景気が上向きでしたから、息子さんも水道工事なんかやってられへんと思うたん違いますか。ぼくらは真っ先に切られて、社員寮も追いだされました。

いや、すぐ再就職しよ思たんです。けどぼく、面接があかんのです。どうにもこうにも、あがり性でして……。それにあの頃は工事関係の仕事がじゃんじゃんあって、どっこも人手不足でしたでしょう。日雇いの仕事でも食っていけたんで、まあ無理に会社に入ることもないかって、建ちゃんが言うてくれたんです」

伊与は言葉を探しながら、訥々と話していた。

「最初はよかったんです。せやけどぼく、とろいから。建ちゃんは、ぽんぽんっと反応早いんです。口も手ぇも早《はよ》うてね。けど、ぼくはあかんのです。なんか言われるたび、いったん止まって考えてまうんです。しゃあからどこの現場でも、すぐ邪魔にされました。

ぼくが馬鹿にされるたび、建ちゃんは怒ってくれてね、結局二人して、飯場《はんば》を飛びだす羽目になるんです。で、そんなん繰りかえしてるうちに、だんだんね、手配師さんに嫌われて、仕事もらわれへんようになって……。

はい。どこも手が足りてへんかったから、全然仕事がないってことはないんです。けど手配師さんに嫌われとるってのは、現場の作業員になんとなく伝わるでしょ。そうなると、誰もこっちにかかわりたがらへん。ちょっとずつ肩身、狭《せも》うなっていってね。現場にも、仕事もらいにも、行きづろうなってしもたんです」

「あなただけでなく、亀井戸さんも仕事しにくくなってしまった?」

「はい。ぼくら、コンビでしたから」

伊与は子供のような口調で答えた。

この録音は一九九二年のものだというから、伊与は当時三十七歳のはずだ。

それにしては幼い。弁護士という肩書を持つ片桐が怖いのか、機嫌をうかがうような間がしばしばあく。

「最初は飯場近くの安宿に泊まっとったけど、そんなこんなしてるうち、金がのうなりまして。酒飲んだ帰りとかに、そこらの公園で寝るのを繰りかえしてたら、だんだん野宿が平気になっていったんです。ホームレス言うんですか。そういう人たち、ようけおったし。なんて言うか、自分らだけじゃない、みたいな安心感があって。

泥棒かて、最初はするつもりと違《ちが》かったんです。雨降りの日に、偶然どっかの倉庫のシャッターが開いとって……はい、雨やどりさしてもらうつもりで入ったんです。せやけど、倉庫に積まれてる段ボールがちょっとだけ開いてまして、中身が見えとってね。それが、カップラーメンの段ボールやったんです。……ぼくらそのとき、二日くらい、なんも食うてなくて」

だから箱ごと盗んだのだ、と伊与は恥ずかしそうに認めた。

「お湯はどうしたかって？ 銀行のね、あの、待っとる間に座る椅子のとこに、無料の番茶のポット置いてあるでしょう。そのお茶もろうてね。はい、番茶でカップラーメンつくって」

「行員に、注意されませんでしたか」片桐が問う。

「見て見ぬふりでした」

伊与は声に苦笑を滲ませた。

「けどそんときの味は、忘れられません。『生きかえる』ってこのことか、と思うたね。食いもんってこんな味するんか、こんな染みるんか、と思いました。……ほしたらね、ぼくの横でラーメン啜っとった建ちゃんが、ぽつんと言うたんです」

――死んだらいかんな。

――こそ泥してでも、生きていかんといけんな。警察の世話には二度とならんつもりでいたが、もう無理かな。

「……弁護士の先生に、こんなん言うの申しわけないです。ですけど、ぼくら、そっから盗みで小金つくるようなってね。小汚い部屋でしたけど、一応アパートも借りたんです。ぼくらのほかにもどっかの国の人が住んどって、いっつもカレー粉の匂いがしました。カレーと便所の臭いが混ざりあってたんを、いまでもよう覚えてます」

「失礼ですが、定職に就《つ》こうとは思わなかったんですか」

「思いました。けどその頃んなると、建ちゃんのほうが嫌がってましたわ。履歴書で波田設備の名前書くと、必ず前歴《マエ》を聞かれましたし……。鑑別所《カンカン》とか少年院《ネンショー》帰りが、ようけいる会社で有名でしたもん」

「亀井戸さんは、少年期に四度逮捕されているそうですね。その件については、どうお聞きでした？」

「どれも喧嘩《けんか》で、相手をボコボコにしたって聞いてます。建ちゃん、ガタイでかいし、強いから。……けどね、けっして悪い人と違います」

伊与の声が湿った。

「顔おっかないし、言葉も乱暴やけどね。でも弱いもんいじめが嫌いで、曲がったことが嫌いな人です。あの建ちゃんがちっさい女の子をいじめて殺すとか、そんなん絶対ありえません。そら、女は好きやったよ。人並みに助平やったけど、建ちゃんが小学生の女の子に興味あるなんて、ぼくは長い付き合いん中で、いっぺんも聞いたことあらしませんわ――」

「ではなぜ、あなたは自白したんです？」

片桐が問う。

伊与は大きく洟を啜りあげて、

「だって、建ちゃんはもう自白したって、刑事さんに言われたから。ほしたら、もうあかん、て思うたんです。何日も寝かせてもらえんくて、頭ふらふらで。刑事さんたち、みんなおっかないし、なに言うてもまともに取りあってくれへんし。我慢の糸、切れてしもた。警察にいる限り、誰もぼくらの言い分聞いてくれへんと思て、そこで諦めてしもたんです」

呻《うめ》くように言った。

「裁判になったら、真実がわかると思うたんや。だって裁判所て、そういうとこでしょう。こっちの意見聞いて、公平に判断してくれるとこのはずでしょう。なのにみんな冷たくて、まるで警察と変われへんかった……」

「伊与さん」

片桐の声があらたまった。

「あなたは無実だと、わたくしどもは信じます。あなたもこの場で誓えますか？　誓っていただけますか。天地神明にかけて、あの少女たちを殺していないと」

「誓えます」

喉につかえたような声で、伊与は答えた。

「ぼくらは、殺していません。確かに盗みはやりました。人ん家入《ち》って、泥棒しました。せやけど殺しなんて、そんなおっかないこと、ぼくにはようできません」

嘘はないな――と誠司はつぶやいた。

すくなくともこの言葉に嘘はない。

誠司は四十年以上、警察の釜の飯を食って暮らした。叩きあげの刑事として、嘘は星の数ほど聞いてきた。

その勘が言っていた。こいつは殺していない。

「だいたいぼくら……あんとき、汚かったですもん。あんな汚い格好で、知らん女の子に近づけるわけないし、近寄りません。建ちゃん、よう言うてました。『おれらみたいなもん、怖がらせてしまうから、女子供の近くに行くな』って。そういう人なんです。そういうとこ、ほんま気にする人なんです」

伊与は涙声でつづけた。

「もともと建ちゃんは、ぼくと違《ちご》うて、ちゃんとした家の子です。けど建ちゃんは、親兄弟は頼れんし、二度と頼る気ないって言うてました。自分の前歴《マエ》を気にしてたんです。『おれみたいなもんが、家族にまた迷惑かけたらいかんから』『せっかく平和に暮らしてるのに、邪魔できんから』って。ほんま、そういう人なんです――」

音声データが切り替わった。

三十秒ほどの間があき、ノイズが消える。

聞こえたのは片桐の声だった。さっきよりもずっとクリアだ。そして、現在と同じ声音である。年老いている。

「伊与さん、お加減はどうですか。風邪が長引いていたそうですが、大丈夫ですか」

「はい。なんとか」

答える伊与の声も、同じだけ年月を経てしわがれていた。

痰《たん》の絡んだような音をたて、笑う。

「なんとか大丈夫やけど、もう建ちゃんもおらへんしね。頃合いかな、と思っとります。もういつ死んでもええかな、と。ははは」

「そんな」

言いかける片桐を伊与はさえぎって、

「ちょっと前までは、建ちゃんと一緒にここを出る想像をしょっちゅうしとりました。ぼくらの無実が証明されてね、二人でここを出て、外から刑務官どもに『ざまあみろ!』て怒鳴ったる想像をね」

「ほう。いいですな」

「ほいで、まずビールですわ。居酒屋に、きんきんに冷えた美味いビールを飲みに行くんです。建ちゃんと一緒に……」

「冷えたビール。うん、そいつはいい」

片桐が辛抱強く相槌を打つ。

しかし応える伊与の声は、「けど」とふたたび暗く沈んだ。

「けどもう、おらんからね。建ちゃんがおらんのに、ぼくだけで娑婆《しゃば》に出たって、意味ないでしょ。だってぼく一人では、外で生きていかれへんもの。出る意味も生きる意味も、この世にもうありしません……」

誠司は旭に合図し、データの再生を止めさせた。

いつもの薄い鳩麦茶を啜り、尋ねる。

「どうだ、旭。どう思う」

「……正直に言っていい？」

「ああ」

「嘘はついてない、と思う。人が好さそうだから、とかじゃなくて……言っちゃ悪いけど、誰かの言いなりに片棒を担ぐタイプではありそう。で、もし殺人にかかわったとしたら、無実を訴えるより『脅されました』『ほんとうはやりたくなかった』って刑事に泣きつく人じゃないかな。

だって嘘をつきつづけるのって、しんどいしエネルギーがいるじゃんか。拘置所で三十年も、弁護士相手に虚偽の主張を通せるほど、我《が》の強い人とは思えない」

旭が祖父をうかがう。

「じいちゃんは、どう思う?」

「おれもおおよそ、おまえと同意見だ」

誠司は旭に封書を差しだした。

二十六年前に伊与淳一が『国民生活救援センター』宛てに送付した手紙である。やはり片桐弁護士から渡されたコピーであった。

旭が受けとり、便箋《びんせん》をひらいた。

「支えんしてくださるみなさまへ
ありがとうございます。伊与淳一、無実死刑囚です。お手紙ありがとうございました。とてもよくよませていただきました。ありがとうございました。

建ちゃんもぼくも、無実でございます。無実の、死刑囚です。

女の子をころしてはおりません。りかちゃんも、さなえちゃんも、いっぺんも会っておりません。ころしておりません。

なぜなら、人をころせるほど、だいそれた人間でありません。

子どものころから、おまえはばかだばかだと、言われておりました。勉きょうが、できませんでした。

あまりに言われるので、小学こうのとちゅうから行かなくなり、親も行けと言いませんもので、そのまま行かなくなりました。

中学こうはたぶん、ぜんぶ合わせても、十日くらいしか行っておりません。だれも、行けとも、こいとも言いませんもので、そのままでした。

卒ぎょうできたかも、ようわかりません。建ちゃんも、中がくのとちゅうから行かなくなったと言っておりました。

悪いことは、いくらかしました。学こうをさぼりました。ものをぬすみました。うそをつきました。人をはたいたことがあります。

ポリさん（原文ママ。警官のことだろう）から、にげたことがあります。そこらで小べんをしました。ものをこわしました。

しかし人はころしておりません。そんなだいそれた人間でありません。無実の伊与淳一死刑囚です。よろしく支えんをお願いいたします。

平成四年　五月十七日

無実死刑囚　伊与淳一」

ひらがなだらけの手紙だが、「建ちゃん」と「無実」「死刑囚」などは必ず漢字で書いている。

日付でわかるように、これは伊与が支援者宛てに礼状を書きはじめた頃の筆だ。のちになればなるほど漢字が増え、字もめきめき上手《うま》くなっているという。つまり逮捕当時は、正真正銘の無学だったのだろう。

精神鑑定時の知能検査によれば、伊与淳一の知能指数は94である。言語性知能指数は89。知識6、数唱10、単語7、算数9、理解9、類似13の評価が出されている。動作性検査は98と平均値だ。

ウェクスラー式知能検査は100を平均とし、80以上を正常と定めている。この結果を見る限り、伊与はけして本人の言うような「ばか」ではない。

目立っているのは知識と単語の低さだ。彼が親にも行政にも放置されてきた子供、適切な教育を受けずに育った人間であることが、この数値にはっきり表れていた。

旭が手紙を丁寧にたたみ、誠司に返す。

「テツに話して、協力を頼んできたよ」

「そうか。なんて言ってた?」

「最低でも十日くれってさ。その間に情報を整理して、ほんとうに二人が無実かどうか判断したいって。灰色無罪だとしても、グレイがどれだけ濃いか薄いか認識しておきたいんだって」

「あの子らしいな」誠司は苦笑した。

子供の頃から石橋哲は一風変わっていた。ぶ厚い眼鏡の奥から相手を品定めするように凝視し、旭以外の他人を寄せつけずに成長してきた。

賢いことは賢い。だが一般社会に適応していけるタイプかは疑問だった。如才ない旭とは、ある意味正反対の青年であった。

「あいつ、おれに『動画視聴者を最低でも一千人確保しとけ』だってさ。簡単に言ってくれるよなあ、まったく」

「一千人？　おいおい、大丈夫なのか」

「わからない。でもやってみる」

旭は祖父の視線を受けとめて、

「それから『動画を公開していいか、被害者遺族全員の許可をとれ』って言われたよ。そうでなきゃ協力しないって。これはまっとうな申し出だと思うけど、どう？」

「ああ。そいつはもちろんだ」

誠司はうなずいた。

「来週にでも遺族と会えるよう、片桐先生にお願いしてきた。……遺族全員と言っても、幸か不幸か数は多くないんだ。里佳ちゃんも沙奈江ちゃんも、両祖父母はすでに亡い。里佳ちゃんは父子家庭だったし、沙奈江ちゃんのご両親は事件の二年前に離婚して、父親のほうとは連絡がとれん状態だ」

「そっか。三十年も前の事件だもんね。ご両親は当時三十代として、いまは六十代か。祖父母の代は亡くなってて当然だな」

しんみりと言ってから、旭は顔を上げた。

「じいちゃん、ご遺族に会いに行く日っていつ？　おれも行っていい？」

「かまわんが、たぶん平日だぞ」

「いいよ、講義のほうは友達に録音を頼んどく。じゃあ日程が決まったら教えてよ。その日は作業のスケジュールを空けとくから」

なんの作業だと誠司は訊かなかった。

わかったとだけ言い、孫の部屋を出た。

誠司は鳩麦茶を淹れなおし、一階で一番陽当たりのいい座敷の窓際に座布団を置くと、あぐらをかいた。

薄い茶をちびちび飲みつつ、脳内で考えを整頓する。

――調査をはじめるにあたって、疑問がいくつかあるな。

第一に、亀井戸はなぜ伊与をかばいつづけたのだろう。

伊与の言葉を信用するならば、亀井戸は失職しても一人で生きていけたはずだ。なにしろバブルに向かって好景気の時代である。過去の逮捕歴は確かにマイナスだが、引き取り手は皆無ではなかったろう。

しかし亀井戸は伊与に付き合って日雇いをつづけた。そればかりか伊与を抱えたせいで手配師に嫌われ、宿を失い、ついには連続窃盗犯にまで落ちている。

第二に、なぜ亀井戸のほうが重度の拘禁反応に陥ったのか。

誠司は直接に亀井戸を取り調べてはいない。だが調書を何度もチェックした。徳野たちからは、様子を逐一聞かされた。

亀井戸は最初のうち「馬鹿野郎」「くそが」「くたばれ」と捜査員たちに喚《わめ》き、床につばを吐くなど反抗的だった。

しかし三日も経つと顔面に激しいチックがあらわれ、喚く内容が支離滅裂になってきた。突然飛びあがったり、断続的に猥褻な言葉を叫ぶなど、異常な言動を見せはじめたのだ。

精神的に弱い伊与ならば話はわかる。しかしもと非行少年であった亀井戸が、取り調べの段階で早々に根を上げたのがどうも解《げ》せない。

——だがこれらの疑問より、前に。

一番肝心な問題がある。誠司たちの調査が成果を出せるまで、国が伊与の死刑執行を待ってくれるか否か、という問題だ。

刑事訴訟法第四四八条は『再審開始の決定をしたときは、決定で刑の執行を停止することができる』と規定している。

実際、ほとんどの法務大臣は再審請求中の死刑囚に執行命令を出さない。だから多くの死刑囚が「再審請求している間は無事だ」と信じ、棄却されても棄却されても拘置所から請求しつづける。

とはいえ刑事訴訟法が定めているのは、あくまで『再審開始の決定をしたときは』だ。

再審請求による執行停止は慣例にすぎない。二〇一七年には二件、再審請求中の死刑囚が刑を執行されている。

コーヒーがほしい、と誠司は思った。

こんな白湯《さゆ》まがいの茶じゃ頭は働かない。脳にがつんと来る、熱く濃いカフェインを喉から胃にどっと流しこみたい。

耳の奥に、旭の声がよみがえる。

――もし殺人にかかわったとしたら、無実を訴えるより「脅されました」「ほんとうはやりたくなかった」って刑事に泣きつく人じゃないかな。

――拘置所で三十年も、弁護士相手に虚偽の主張を通せるほど、我の強い人とは思えない。

たぶん旭の分析は正しい。誠司は口中でつぶやいた。

伊与は人を殺してなお、平然と無実を訴えられる男ではない。長年の刑事生活でつちかった、誠司の勘がそう告げている。

宗教にすがっている様子がないことも、誠司の仮定を裏付けた。死刑囚の多くは監房内で宗教に目覚める。教誨師《きようかいし》の導きで、仏教なりキリスト教に入信するのだ。

殺人犯の大半が、被害者の夢を見る。そして罪悪感から逃れたいがために、神仏にすがる。もし伊与のような弱い男が強姦なり殺人に加担していたならば、はたして宗教の助けなしにいられるか――。否、と思えた。

しかし。

誠司は腕組みした。しかし伊与は、おそらくなにか隠している。

確証はない。これもまた勘であった。だが録音データの伊与の声は、きな臭かった。捜査員としての誠司の直感をずくずくと疼《うず》かせた。

——面会希望者申請が、通ればいいが。

誠司は座敷の天井を仰いだ。

3

柳瀬沙奈江ちゃんの母親、柳瀬久美子《くみこ》は、古びた木造アパートの一階に住んでいた。

事件当時三十一歳だった彼女は、いまや六十一歳。

夫と正式に別れてからは再婚せず、共済保険会社のパート事務として細々と暮らしているという。

片桐に連れられ、誠司は旭とともに久美子を訪ねた。

久美子の住まいは1LDKで、広いとは言えなかったが清潔だった。籐《とう》かごやワイヤーラックで、こまごまと工夫を凝らした収納が微笑ましい。

しかし収納グッズより、サッシから射しこむ光より、まず目を惹《ひ》くのは奥の仏壇であった。蒔絵《まきえ》がほどこされた黒檀には埃《ほこり》ひとつない。供えられているのは仏花でなく、ほんのり色づいた紫陽花《あじさい》の切り花であった。

「このたびはお忙しいところ、お時間を割《さ》いてくださってありがとうございます。つきましては、御仏前にお線香を上げさせてもらってもよろしいでしょうか」

誠司がそう頭を下げると、久美子は無言で脇へどいた。

仏壇の前へ座り、誠司は一礼した。

黒枠の中では七歳のままの沙奈江ちゃんが笑っていた。目のぱっちりした可愛い子だ。母親によく似ている。

線香を香炉《こうろ》に立て、鈴《りん》を鳴らして掌《て》を合わせた。

遺体の写真は、三十年前に誠司も見た。無残な姿だった。激しく殴打され、切り刻まれ、鴉に食い荒らされていた。

――わが子のあんな姿を見せられた久美子は、この三十年間をどうやって生きてきたのだろう。

誠司に次いで片桐弁護士が、さらに旭が線香をあげた。

久美子は座卓で茶を淹れてくれていた。

誠司は「いただきます」と小声で言い、舌を湿した。重い空気に、口内が渇ききっていた。

久美子の、色のない唇がひらく。

「ほんとうは、今日、お会いするつもりはなかったんです」

かすれた声だった。

「そっとしておいてほしいと、お断りする予定でした。でも木野下さんが、お会いしたいとおっしゃるので……」

――木野下さん。

第一被害者である里佳ちゃんの父、木野下一已《かずみ》のことだ。

木野下は『犯罪被害者遺族の会』で長く活動し、現在は幹部の一人でもある。同会は死刑制度の存続を強く希望しており、『国民生活救援センター』とは対極の団体と言っていい。

むしろ木野下のほうが面談に反対すると思っていたが――。いぶかりながら、誠司はいま一度頭を下げた。

「勝手なわがままを聞き入れてくださり、まことにありがとうございます。わたくしは星野と申しまして、当時の――」

「刑事さんだったんでしょう。片桐先生からうかがっております」

久美子がさえぎった。

「正直言いまして、なにをいまさら、と思っています。あの男たちが死刑執行されず、三十年ものうのうと生きただけでも腹立たしいのに、いまになって再調査だと言われても……」

両手で口を覆《おお》う。

「あの男、拘置所で病死だなんて……。吊るされもせず、お医者に看取られて、ベッドの上でぬくぬくと死んだんですよ」

指の間から、悲痛な呻きが洩れた。

「うちの子を……わたしの娘を、あんなにしておいて、自分だけ安らかにベッドの上で病死なんて。……許せない。そんな、そんなことになるなら、わたしがこの手で、三十年前に絞め殺してやりたかった……」

視界の隅で、旭がうつむくのを誠司は見た。

直視に堪えなかったのだろう。気持ちはわかる。ベテラン捜査員でも遺族の愁嘆場《しゅうたんば》を苦手とする者は多い。かく言う誠司も、その一人であった。

チャイムが鳴った。空気を裂くような甲高《かんだか》い音だ。

久美子が慌てて涙を拭い、立ちあがって玄関ドアへ走る。

入ってきたのは、久美子よりやや年かさの男だった。折り目のついたチノパンツに白いポロシャツ。長身で、年齢のわりに引き締まった体つきをしている。

「はじめまして。木野下と申します」

男は名乗った。

彼が木野下一己か。誠司は思った。

長年勤めた会社を去年で定年退職し、いまは『犯罪被害者遺族の会』の活動一本だと聞く。いかにも骨惜しみせず動きそうな男だ。会幹部として真摯につとめるだろう、誠実な空気を身にまとっている。

あらためて各々の紹介を終え、彼らは座卓を囲んで座った。木野下は、誠司の真正面に腰をおろした。

「伊与の五回目の再審請求が棄却されたそうですね」

前口上なしに、木野下は切りだした。

「つまり今回のお話は、六回目の請求を目指しての証拠集めということですか」

「ええ。わたしはそうです」

片桐が応えてから、隣の誠司を手で示した。

「しかし、こちらの星野さんは違います」

「話はお聞きしています。元刑事さんだそうですね」

木野下の双眸《そうぼう》が誠司をとらえる。

「北蓑辺事件の特捜本部にもいらしたとか。いまになって、伊与を死刑台から救いたいとおっしゃるんですか」

「いえ」

誠司はかぶりを振った。

「そんな崇高な考えではありません。ただ、疑念が消えないんです。片桐先生の前でこういう言いかたは失礼ですが、伊与さんの無実を証明したいというより、北蓑辺事件に対する自分の疑惑を解決したい、という願望のほうが大きいです。しかし片割れの亀井戸建は獄中死し、永遠にその機会を失いました。ならば伊与さんだけでも、と思ってしまったんです。無実の男を吊るしたくはない。……なによりも、わたしの精神の安寧《あんねい》のためにです」

「なるほど」

木野下は首肯した。

「伊与のためでなく、あなた自身のためか。それなら話はわかります。もし人権がどうの、死刑制度の是非がどうのと語られたなら、即座に追いかえそうと思っていた」

誠司と木野下は、正面から視線を交わした。

木野下がつづける。

「ではわたしも率直に言いましょう。おかしな話に聞こえるかもしれませんが、わたしは公判で、主犯の亀井戸よりも伊与のほうが腹立たしかった。罪の意識で正気を失った亀井戸のほうが、まだしも人間的に思えた。法廷にまで引きずり出されてなお、反省ひとつせず『無実だ、潔白だ』と喚く伊与は、怪物じみて映りました。――星野さん、あなた、子供は何人おられますか」

「二人です。ここにいる孫の母親と、その上に倅が」

「そうですか。――わたしには、あの子だけでした。里佳だけです」

木野下は、きつく己の膝を握った。

「妻は――里佳の母親は、あの子がもの心つく前に、無免許運転の暴走車に撥ねられて死にました。ただ撥ねられたんじゃない。コートの金具が、車の一部に引っかかって……、三キロもの距離を、生きたまま引きずられたんです。運転していたのは、未成年でした。あいつは妻を引きずっているのを承知で、振り落とそうと、蛇行しながら走りつづけた」

膝を摑んだ彼の手は震えていた。

強く握りしめすぎて、血の気を失った関節が白くなっている。

「妻が里佳を産んだのは、事故の一年半前のことです。あの子が生まれたとき、おれは思いました。ああ、自分の役目はこれで半分終わったようなもんだと。これからはこの子に引き継いでいくんだ。おれが死んでもこの子が生きて、また孫へと命を受け継いでくれるんだ、と――」

いつの間にか「わたし」が「おれ」になっていた。

久美子がちいさく洟を啜るのが聞こえた。

「――そのすべてが、断ち切られました。ある日突然に、あんな、惨いやりかたで」

誠司は無言で木野下を見つめた。

里佳が生まれたとき、きっと彼は幸福の絶頂にいただろう。そのわずか一年半後に妻が理不尽に命を奪われ、さらに七年後、忘れ形見の娘が惨殺《ざんさつ》された。

凄絶な半生であった。『遺族の会』での活動が、かろうじて彼の精神を支えてきたのかもしれない。

木野下は呻いた。

「公判でおれは、ずっと思っていました。――里佳に、せめて正義を見せたいと」

「もはや親として、あの子にできるのは、墓前に正義を捧げることだけです。一審でやつらに死刑判決が下されたとき、おれは快哉《かいさい》を叫んだ。控訴が棄却され、刑が確定したときは、柳瀬さんと抱き合って泣きました。正義がおこなわれた。これでやっと、里佳の墓前に報告ができると思った……」

木野下は言葉を切った。目頭を拭う。

しばし、誰もものを言わなかった。室内を重い沈黙が満たした。

やがて木野下が口をひらいた。

「……よろしい。星野さん、あなたたちに協力しましょう」

「木野下さん」

久美子が声をあげた。彼女を木野下は手で制して、

「伊与のためではありません。里佳のためです。おれ——わたしは、里佳に正義を見せると誓った。亡き娘に捧げる正義には、一点の曇りもあってはいかんのです。娘の魂が、安らかであるためには、墨《すみ》一点の疑いも——」

彼は絶句した。その両目は、真っ赤に充血していた。

喉を詰まらせながら、木野下は言った。

「是非、再調査してください、そして今度こそ、伊与たちの犯行だったと完全に証明してください。わたしは——正直、たまらなかった。刑を執行されることなく獄中で生きつづける犯人も、絶え間なく出されつづける再審請求も、——それをよそに、事件が風化していくことも。なにもできない自分が、歯がゆかった」

横に座る久美子の目から、涙が溢《あふ》れて頬へ落ちた。彼女は拭いもしなかった。座卓の端をきつく両手で摑んだまま、小刻みに肩を震わせていた。

木野下は言った。

「再調査にも、世論への訴えにも、できる範囲で協力しましょう。ただし『無実を主張する』のではなく、あくまで『不完全だった捜査に疑問を投げかける』体《てい》にしていただきたい。ネッ

トを使うのは反対しません。だが発表する文章なり写真なりは、事前にチェックさせてください。そして心ない書き込みが柳瀬さんの目に入らないよう、その都度対策してほしい」

「もちろんです」

応えたのは旭だった。

「アメリカでは警察がSNSを使って、二十年以上前の未解決事件の情報提供を募るなどの取り組みをはじめているようです。せっかく素人でも情報発信できるようになった時代だ、成果をゼロにはしません。アプローチのやりかたはご相談させていただきますし、反対されたらその時点でやめます。イラストや動画は全部、アップロードする前に木野下さんたちに確認してもらいます」

「イラスト？」

「その点については、あとでお話しさせてください。あ、これがおれの名刺です。こちらのアドレスとＩＤで、今後やり取りをお願いいたします」

旭は丁重に名刺を渡した。

いわゆる学生名刺という文化らしいが、誠司にはよくわからない。しかし木野下が名刺を受け取るのを見て、ひとまずは安堵できた。

木野下が片桐に向きなおって、

「最後にもうひとつ。もっとも肝心なことを、片桐先生、あなたにお願いしたい」

と言った。

片桐が居住まいを正す。

「なんでしょう」

「もし今回の星野さんの調査で、伊与淳一の有罪が証明されたなら、――今後の再審請求の支援活動はやめていただきたい。そして今後は請求を出さないよう、伊与を説得してもらいたい」

強い口調だった。

片桐の喉仏が、大きく上下した。

再審請求の支援活動をやめ、なおかつ請求を思いとどまらせる。それはすなわち、死刑を百パーセント確定させるということだ。

誠司は横目で片桐をうかがった。

片桐の唇がひらき、また閉じる。瞳が逡巡《しゅんじゅん》で揺れているのがわかった。

息づまるような沈黙ののち、

「後者は――わたしの一存では確約できません。ですが……」

片桐は言った。

「……わたしが伊与さんの弁護活動を引き受けたのは、ひとえに彼が冤罪だと信じているからです。いいでしょう。彼が少女二人を殺したと納得できたなら、その場で弁護人の役目を降ります。支援活動からもいっさい手を引きます」

「その旨、書面にしていただけますか」

「ええ」

硬い声で、片桐は了承した。

誠司はそのやり取りを横で聞きながら、「こりゃあ木野下氏が一枚上手《うわて》だったか」と内心で唸った。

やけにスムーズに話が進むと思ったら、片桐弁護士から言質を取るのが目的だったらしい。

とはいえ「事件を風化させたくない」「手をこまねいているだけでは歯がゆい。娘のために、今度こそ真実を」との思いに嘘はないようだ。誠司にとっては、それで充分であった。

だがもう一人の被害者遺族である柳瀬久美子は、最後まで「考えさせてください」の一点張りだった。

無理もなかった。彼女の気持ちを思えば、無理強いするわけにはいかない。

頭を下げて、一同は柳瀬家を辞去した。

アパートの外で片桐と別れ、誠司はあらためて木野下に声をかけた。

「あのう、里佳ちゃんの仏壇にも、お線香をあげさせてもらえませんか」

木野下は断らなかった。

誠司は旭を連れ、木野下のマンションを訪れた。

里佳ちゃんの仏壇は、マンション用のコンパクトなものだった。しかし手入れは十二分に行き届いていた。

旭は臆せず木野下一己の個人用アドレスを訊き、「パソコンはあるか、ネット環境はどうか」等と尋ねた。生前の里佳ちゃんについて取材したいと申し出、これにも了解をもらった。

「ほんとうにいいんですか」

念押しする誠司に、「ええ」と木野下は答えた。

「さきほども言ったように、わたしは風化していく一方の事件に無力感を覚えていました。このまま手をこまねいていても、伊与の処遇は変わらない。——現状に、なにかしら風穴を開けたいんです。『被害者遺族の会』は、わたしが説得します」

誠司と旭、木野下の打ち合わせは、午後六時過ぎまでつづいた。


小野寺記者から誠司に電話があったのは、その夜だ。

「シノさん、あんたメールかLINEを覚えろよ。いまどきは電話で話すほうがまどろっこしいんだぜ」

「そのうち孫に習うよ。ところでなんの用だ」

「いや、じつは昨夜、福永《ふくなが》に会ってな。覚えてるか？　『栃木総合テレビ』の福永吾郎《ごろう》。あいつ出世して、いまは報道番組のチーフプロデューサーなのさ」

「福永さんか。なんとなく覚えてるよ。目つきの鋭い、人相の悪い男だろう。顔に似合わず、馬鹿丁寧な話しかたをするやつだ」

「そうそれ。そいつがあんたの話に興味を持って、いっぺん会ってみたいと言ってたぞ」

「ありがたい申し出だ。だがまだ、なにも話せることはないな」

誠司は慎重に言った。

「一言でも余計な口を利いたら、関係者に迷惑がかかりそうだ」

「関係者というと？」

「オフレコで頼む。じつは弁護士の仲介で、事件の被害者遺族と会ってきた」

「おっ、もうそこまで進展したのか。さすが行動が早いねえ」

「いや、これからどう転ぶかわからんよ」

小野寺の茶化しに、誠司は首を振った。

「と言うより、ここで止まる可能性のほうが高い。遺族全員の同意が得られなかったら孫たちは降りると言ってるし、おれ自身、遺族の反感を買ってまでやる調査じゃないと思っている」

「そりゃまあそうだな」

小野寺はあっさり肯定した。

「かつては伝家の宝刀だった〝知る権利〟やら〝報道の自由〟なんて台詞も、昨今はびこるネットじゃ批判の的だ。三十年前には黙殺されとった被害者たちの声が、民意に反映される世の中になった。それ自体はいいことだが、ジャーナリストとしてはやりにくい時代になったもんさ」

「あんたらジャーナリストはいまだって必要だよ。ただちょっとばかり、スタンスを変える時期が来たってだけだ」

「そう言ってもらえると嬉しいね。じゃあシノさん、次こそいい連絡待ってるぜ」

「ああ。なにかあれば電話する。またな」

通話が切れる。

誠司はすっかりぬるくなった茶を飲みほし、時計を仰いだ。

そろそろ風呂に入らねばならない。星野家の入浴ローテーションは、一番に実加子の夫である悟《さとし》、そして旭、誠司、実加子の順となっている。愚図愚図していて実加子に皺寄せが行こうものなら、またどやされてしまう。

下着と寝間着を持って、誠司は自室を出た。

携帯電話に灯るランプに誠司が気づいたのは、風呂上がりのことだ。確認すると片桐から留守電が入っていた。

「柳瀬久美子が、再調査への協力を承諾した」

との一報であった。

4

「北蓑辺事件の事件概要を読みなおしたよ」

旭の部屋に入ってすぐ、石橋哲はそう挨拶もなしに切りだした。

「ああ。で、どうだった？」

クーラーボックスを開け、旭は缶のコーラを哲に手渡した。

初香が炭酸飲料を禁止しているため、哲はコーラやソーダを星野家でしか飲まない。しかもペットボトルは嫌いで、瓶《びん》か缶しか口にしないときている。おかげで哲が来なくとも、このクーラーボックスには必ず数本の缶コーラが常備されていた。

「白か黒か、テッちゃんはどう結論を出したんだよ？」

「グレイだ」

哲が短く答える。旭は顔をしかめた。

「なんだよそれ。そんなの最初からわかってただろ。おれが聞きたいのは――」

「まあ待て」

哲は親友を手で抑えて、

「アサヒは亀井戸建と伊与淳一の経歴を読んだか。家族歴と本人歴を」

「いや、ざっとなぞっただけだ。知ってるのは亀井戸が二回家庭裁判所の世話になったのと、伊与が早くに母親と死に別れたことくらいかな」

「じゃあいま読んでくれ」

哲はバッグから紙束を抜き、旭に押し付けた。

「頭に入れやすいよう、おれが要点を整理しておいた。読んでみてくれ」

どういうことだと訊きかけ、旭はやめた。口をつぐみ、紙束に目を落とす。ワードで打ったらしい文字が、白い紙面をびっしりと埋めていた。

旭は読みはじめた。


亀井戸建は一九五三年に栃木県で生まれた。

十歳上の兄、豪《ごう》のほか、二卵性双生児の姉、景子《けいこ》がいる。

当時としても旧弊な家だったようで、彼の両親と祖父母は「双子は縁起がよくない」として景子と建を別々に育てると決めた。

結果、次男である亀井戸建は生後まもなく母親から引き離され、父方の祖父母宅で六歳まで養育される。その一方で長女の景子は両親のもと、なに不自由なく育った。

亀井戸が両親が住む家へ戻されたのは、小学校の入学直前である。就学の都合というより、祖母が大病を患い、彼の世話ができなくなったためだ。

以後、亀井戸は六年暮らした家を出て、両親と兄姉との五人で暮らしはじめる。

しかし亀井戸は家にも学校にも馴染めなかった。

小学校教師の彼に対する評価は、

「落ち着きがない。じっとしていられない。乱暴。悪い言葉を吐く。協調性がなくグループ活動ができない。根本的なしつけがなっていない。友達づくりが下手」

プラスの評価は、

「頭の回転が速い。音楽が得意。筋が通っていないことを嫌う。動植物の世話をよくする」などである。

亀井戸は音楽と体育以外の授業では、まったくの落ちこぼれだった。退屈すると奇声を上げて授業を妨害した。女子生徒に向かって猥語を怒鳴るなどして、泣かせることもしばしばであった。

兄姉は、対照的に優等生だった。

教師は「兄さんたちに比べて、どうしておまえはそう駄目なんだ」と亀井戸を叱《しか》った。両親も同様であった。とくに母親は、

「自分の子のような気がしない。わたしが育てた子じゃない」

と彼を疎《うと》んじた。父親もとくに亀井戸をかばわなかった。

亀井戸は低空飛行のまま小学校を卒業し、中学で完全にドロップアウトした。

一年の一学期なかばで通学をやめ、昼間から繁華街をうろつくようになった。むろん高校へは進学していない。

十八歳になるまでの間に、亀井戸は繁華街および歓楽街で複数回逮捕されている。いずれも喧嘩沙汰だ。うち二回は家裁送致となった。裁判官に暴言を吐くなど不遜《ふそん》な態度が記録されたものの、二度とも不処分になっている。

双子の姉が大学へ入学するのをよそに、亀井戸は就職して家を出た。

鉱山機械メーカーや石油タンク設置業などを転々としたのち、二十五歳のとき『波田設備』に入社。

そこで彼は伊与淳一と出会い、事件の二年前まで同社に在籍することとなる。

＊　＊

伊与淳一は一九五五年に奈良県で生まれた。

彼を産んだ当時、母親は十七歳。七人兄弟の三女で、両親はアルコール依存症だった。彼女は六歳で児童養護施設へ送られ、十六歳までをそこで過ごした。なお伊与を出産する二年前、彼女は望まぬ妊娠で堕胎している。

伊与の父親は、当時十九歳で無職だった。

彼もまた健全な生育環境にはほど遠く、小学生のとき実父が失踪。母親は自殺している。母方の叔母の家に引きとられたものの、家族と折り合いが悪く、頻繁に家出するようになった。生涯を通じて放浪癖があり、窃盗の前科が二犯ある。

伊与淳一が生まれてすぐ、父親は消火器のセールスマンをはじめた。商品を抱えて各地を転々とする商売で、家に帰らぬ日々がつづいた。

母は「寂しい、寂しい」と息子の伊与を手もとに置きたがり、ほとんど外へ出さなかった。幼稚園にも保育園にも通わせず、ろくに公園さえ行かせなかった。

結果、伊与は同年代の子供たちと触れ合う機会を得ないまま六年間を過ごす。親戚付き合いもなく、密室育児と言っていい六年だった。

とはいえ就学通知が届くと、さすがの母親も息子を学校へやらぬわけにはいかなかった。

入学して、伊与はすぐにつまずいた。

彼はおそろしく人見知りだった。クラスメイトに声をかけられるたび、顔を赤くして逃げた。また母に絵本一冊買ってもらえなかった伊与は、ひらがなの読み書きさえできなかった。

規律だらけの集団生活に馴染めず、伊与はいじめられて孤立した。

「学校がいやなら、行かなきゃいい」

と母親は、休んで自分のそばにいるよう勧めた。彼女自身、学校や勉強とは縁の薄い半生であった。

教師たちの伊与への評価は、

「自分の意見を言えない。消極的。忘れ物が多い。注意力散漫。サボり癖がある。全般に学力が低い。努力を避ける」。

美点は「気がやさしい。自分の好きなことには根気強く取り組む。争いを好まず穏和。手先が器用」。

母親が死んだのは、伊与が九歳のときである。食道癌であった。

自覚症状が出ても「お医者は偉そうで嫌いだ」と受診をずるずる先延ばしにしていたため、発見できたときはもはや手遅れだった。

セールスの旅から帰った父親は、伊与を施設送りにはしなかった。代わりに自分の仕事に連れ歩き、手伝わせるようになった。

伊与は父とともに三年間、消火器を売りながら近畿圏の各地を転々とした。通学など夢のまた夢だった。行政は、彼らの居所すら把握できなかった。

母と違って父は厳しかった。伊与がへまをするたび怒鳴り、拳で顔を殴《なぐ》った。

父が転職して関東に落ちついたとき、伊与は十二歳になっていた。

役所の働きによって六年生に復学したものの、当然ながら授業にまったくついていけなかった。クラスメイトには訛りをからかわれ、身なりが汚いと笑われた。

伊与は学校をサボり、街をうろつくようになった。非行少年たちに目をつけられて使い走りにされ、この時期に何度か補導されている。

さらに伊与が十四歳のとき、父親が借金を残して失踪。

電気もガスも止まった部屋で一人うずくまる伊与少年を発見したのは、家賃の取り立てに訪れた大家であった。伊与は栄養失調で即入院となり、その後は児童養護施設に保護された。

だが彼の居場所は、施設にも存在しなかった。

何度か脱走しつつも、十七歳で就職してようやく施設を退所。このときの就職先は、わずか二箇月で辞めている。理由は「愚図で仕事でけへんから、いじめられました」「殴られるのがいやんなって、逃げました」。

その後も伊与は就職と失職を繰りかえしながら、二十三歳の春に『波田設備』に入社する。

同社で一箇月後に、彼は亀井戸建と出会うこととなる。

読み終えて旭は顔を上げた。

哲と目が合い、ぎょっとする。幼馴染みの両眼は、涙で潤んで真っ赤だった。

「テツ、おい、どうし――……」

「読んだか」

「読んだよ。どうしたんだ、おまえ、なに泣いて――」

「彼らは、おれだ」決然と哲は言った。

その口調に、旭は息を呑んだ。

「居場所がなかった。他人と馴染めなかった。生育環境のせいで学校に適応できず、無価値なものとして扱われた。ほんの一、二ルート違っていたら、おれだって彼らと同じ道をたどっただろう。おれから家名や、父の存在や、財力を削《そ》ぎ落としたなら彼らになる。彼らは――おれ以上に、おれだ」

哲は涙を拭き、旭を見据えた。

「この事件は物的証拠も、目撃証言も乏しい。ＤＮＡ型鑑定はいまや時代遅れの不確かな鑑定法で、決め手と言えるのは亀井戸と伊与の自白だけだ。おまけに亀井戸の状態からいって、供述調書はほぼ警察の作文だったと思われる。でもそんなことは、どうだっていい」

「どうだっていいって、おい……」

「おれにとってはいいんだ」

哲は断言した。

「旭、おれはおまえに乗る。冤罪かどうかは二の次だ。おれは北蓑辺事件を通して、彼らを追いたい。とくに伊与淳一を追い、事件を撮ってみたい。おまえとスタンスは分かれるかもしれないが、是非協力させてほしい。だから前に出した条件は――」

「いや、待ってくれ」

旭は幼馴染みを手で制した。

「おまえが心変わりしてくれたのはありがたいよ。でも一応、確認させてくれ。……信じていいんだな？」

「ああ」

哲は刻みこむように言った。

「アサヒだって知っているだろう。おれは、嘘が下手だ。むしろ嘘がつけたら、と思うくらい不器用な人間だ。望んだ成果が出せるかは保証できない。でもおまえに協力したいこの気持ちは、本物だと保証する」

「そうか」旭はうなずき、

「なら、いいよ。おまえがおれに出した条件はそのままでいい。動画公開に先んじて、視聴者を最低でも一千人確保、だよな？　被害者遺族の許可はとれた。おまえはその気になった。次はおれがいいとこ見せる番だ」

と笑った。

「ラッキーなことに、木野下さんが密着取材に応じてくれるそうだからな。情報と素材は充分なんだ。……ま、やるだけやってみるさ」

5

旭はまずツイッターを活用しようと決めた。

現在、日本でのツイッター利用者数は約四千五百万人。ほかのSNSツールより匿名性《とくめいせい》が高く、必ずしも相互フォローを必要としない点が、国民性に合っているのかもしれない。

一般にインスタグラムやフェイスブックは写真向きで、ツイッターはイラストや漫画向きとされている。つまりツイッターのほうが、よりサブカル的傾向が強いのだ。

インスタグラムではストレートに「おしゃれで、きれいな画像」が受ける。それに対し、ツイッターではやや捻《ひね》ったユーモアや、ブラックなつぶやきがバズる。

旭は木野下一己を、一週間みっちり取材した。彼ら父娘《おやこ》のアルバムをめくりつつ、エピソードをひとつひとつ語ってもらった。

木野下父娘をモデルとした一ページ漫画を描き、ツイッターに上げるためであった。

むろんプロットの段階で、必ず木野下にチェックしてもらう。アップロード直前にもだ。

世に『子育て漫画』なるものは多い。ツイッターでも、育児日記にちょっとしたイラストを添えて発信する主婦は何万人といる。誰もが通ってきた道ゆえ共感を集めやすいのか、バズる頻度も高いようだ。

旭は三万フォロワーを超えるアカウントに絞って、研究と対策を練った。リツイート数をもとに〝受ける傾向〟を模索した。

また『毎日かあさん』『よつばと!』『甘々と稲妻』『私たちは繁殖している』などの商業作品も、フィクションとノンフィクションを分けず目に付く限り読んだ。

――キーワードは「共感」と「癒《い》やし」かな。

「あるある。うちの子もこんなんだった」

「わかるわかる。おれも子供の頃、こんなふうに思ってた」

「子供可愛い。大変だし疲れるけど可愛い」

等、読み手の感情をポジティヴにかきたてるものが受けやすいようだ。

育児ノイローゼや嫁姑《よめしゅうとめ》の確執、非協力的な夫への怒りを描いた作品も多い。しかしSNSで多くの支持を集めたいなら、やはり「共感と癒やし」を前面に出すべきだろう。

――共感できて、可愛くて、くすっと笑える作品。

――ゆるい雰囲気で、大人がみんな子供にやさしいユートピア。

そんな世界観を、まずは構築しようと思った。

次はキャラクターデザインだ。ディズニーふうに娘はうさぎ、父は熊にしてみたらどうだろう。三頭身にデフォルメしてみたらどうだろう。絵柄は誰に似せたら受けるだろうと、頭をひねった。

旭の本来の絵柄は、メカなら鳥山明と大友克洋《おおともかつひろ》、人物はイラストレーターの村田蓮爾《むらたれんじ》に影響を受けている。だが仕上げる速度を考えると、もっと描きやすくシンプルなキャラクター造形が望ましい。

悩んだ末、あずまきよひこと久米田康治《くめたこうじ》の絵を模写してから、自分なりに崩してみようと決めた。むろん付け焼刃である。だがシンプルかつ見やすい絵柄のコツは、それなりに摑めた。

アカウントは新しく立ちあげる予定だった。しかし考えた末、いままでの『アサヒ』名義のアカウントを流用することにした。

どうせイラスト用につくったアカで、現実の友人とは一人も繋がっていない。いままではメカ絵やロボット絵ばかりのアップロードで、現在のフォロワー数は二百をすこし超える程度である。

イラスト描きとしてはけして誉《ほ》められた数字ではない。

それでもゼロからはじめるよりは、かなりマシなはずだった。

——さて、ここからだな。

旭が木野下父娘をモデルとした『父子家庭奮戦コミック』一話をツイッターにアップしたのは、閲覧者の多い金曜夜の十時台であった。

キャラをうさぎや熊にするのはやめた。できるだけ見やすく、可愛らしさ重視の画風を心がけた。

「知り合いの父娘がモデルです。実話です」

とだけ但《ただ》し書きを添えておく。

ネタはオーソドックスに〝はじめてのお使い〟を扱ったものだった。里佳ならぬ〝梨香《りか》〟が父親の心配をよそに、べそをかきながらも案外器用にこなしてしまうオチだ。

評判は、悪くはなかった。

しかし二十四時間後のリツイート数は三桁に達しなかった。

次の二作も同様だった。旭は「軌道に乗るまでは、一日一回の更新」を己に課していた。木野下も問い合わせに迅速《じんそく》に応じてくれた。

遺族の協力を得てこの程度の結果では申しわけない——。そう旭が焦《じ》れているうちに、四夜、五夜が過ぎた。

大きな反応があったのは六夜目だ。

「梨香の母親はすでに亡い」と匂わせたコミックをアップするやいなや、ぐんとリツイートが伸びたのである。

百を突破してしまうと、あとはまたたく間だった。夜十時台にアップロードして、翌朝九時には二千リツイートを超えていた。

気づけば一作目から五作目も、五百から千のリツイート数と、三千近い「いいね」を叩きだしていた。

——そうか、変に奇をてらわなくていいんだな。

旭は悟った。

ひねったオチは二の次だ。素直に〝泣かせ〟でやっていいんだ。

受けのよかった六話目を区切りとして、旭はそれまでの作品を『リエイト』にまとめて投稿した。当然ながらこちらにも「知り合いの父娘がモデルです。実話です」の説明書きは忘れなかった。

デイリーランキングの結果は上々だった。一日半で百位台まで昇りつめた。『リエイト』からツイッターに飛んでくるユーザーを迎え、フォロワー数は着実に伸びていった。

間を置かず旭は更新した。

木野下との打ち合わせ等で更新できない夜は、先んじて「今日はお休みです」と夕方のうちに告知した。

コミックには木野下夫妻の馴《な》れ初《そ》めエピソードをはじめ、親子三人が揃っていた頃の逸話も小出しに混ぜた。

見かけは可愛いが、言葉や態度の端々《はしばし》がクールで大人びた娘。娘にでれでれで、「いいように転がされてるなあ」と自覚しつつ甘んじる父親。そして聖母のごとき天国の母親。

レギュラーキャラはこの三人だ。微笑ましく見守る近隣の住民や、やさしい祖父母がさらに彼らを取りまく。

五作描き溜めて『リエイト』へ投稿するサイクルが、しばしつづいた。

ツイッターに寄せられるリプライも、『リエイト』へのコメントも概して好意的だった。

「梨香ちゃん可愛いです！」

「お父さん、娘の尻に敷かれてますね！」

「今日も可愛いです、癒やされます」

「更新待ってました！　ほんとに実話なんですか？」

もちろん中には「つまんね」「パクリくさっ」「くだらねー」等の罵倒もあった。「絵が下手」「もっとネーム練ったら？」と上から目線のコメントもすくなくなかった。しかし旭は淡々と更新した。

実在のモデルがいるとは、つねに明記した。

はじめてリツイート数が一万を超えた日は、なんと木野下本人から祝いの電話がかかってきた。

なぜ受けたのか旭本人にもわからない、よくあるネタだった。父が休日に娘とハンバーグの種をまるめながら、

「いつかこの子はおれじゃなく、夫と子供のためにこの作業をするんだろう。願わくはその光景を元気なうちに見たいものだ」

と感傷にふける姿を、流行《はや》りのシュールな〝間〟を入れて描きあげただけの一ページ漫画だ。木野下本人も「なにが受けるかわからないな」と笑ったくらいだ。

だがひとしきり笑ったのち、木野下は、ふいに声を詰まらせた。

「……ありがとう」

木野下は呻いた。

「こんなかたちで、里佳が、……里佳と過ごした時間が、戻ってくるなんて思わなかった……。ありがとう、ありが――……」

長い沈黙ののち、彼は嗚咽《おえつ》を洩らしはじめた。

六十を過ぎた男が身を絞るようにして啜り泣く声を、旭はドラマや映画でなく、はじめて現実に聴いた。

――思った以上におれは、だいそれたことに加担してるかもしれない。

そうあらためて自覚した。とはいえ後戻りはできなかった。

後日、旭は石橋哲を連れて木野下邸を訪れた。

「相棒にも、里佳ちゃんとの思い出を語ってもらえませんか」

と頼んだ。

木野下が語る言葉を、哲はまぶたを伏せて粛然《しゆくぜん》と聞いていた。

そうして毎日の更新コミックがコンスタントに五百リツイートを超えるようになり、フォロワーが七千人を超え、『リエイト』のランキングでも五十位以内に入るようになった頃。

旭は、当初からの作戦を決行した。

すでに読み手側は十二分に〝梨香〟と〝お父さん〟の存在に感情移入していた。

いつもの更新時間に旭は、いつもの短いコミックではなく、事件概要を漫画化した十四ページにわたる画像をつづけざまにアップした。

そうしてはじめて、

「〝梨香〟のモデルは、栃木県北蓑辺郡で起こった『北蓑辺郡連続幼女殺人事件』の第一被害者、木野下里佳ちゃんである」

と明かした。

里佳ちゃんが下校途中に誘拐されたこと。その夜に身代金要求の電話があったが、受け渡し現場に犯人は現れず、とうに里佳ちゃんは殺害されていたこと。

検視の結果、生前に前歯六本を殴打で失い、頬骨と鼻骨と眼窩下孔を折られ、脾臓が損傷していたこと。繰りかえし強姦されて膣と肛門に裂傷を負っていたこと。両の股関節がはずれるほど激しい陵辱《りょうじょく》であったこと。死因が生き埋めであったこと。当時まだ八歳だったこと等をすべて明かした。

またこれまでに発表したすべての漫画、ならびに文章は実父である木野下一己氏のチェックを経た作品であることも明記した。

今回なぜこのような手段に出たのか、なにをどう目論《もくろ》んでのことなのかも、ツイッターと『リエイト』で同時に発表した。そして最後に、哲が作成した事件概要動画のリンクを貼った。

当然ながら、その夜のリプ欄とコメント欄は荒れに荒れた。

「驚きました」

「こんな事件があったなんて知らなかった」

「風化させてはいけないですね」

といった好意的な意見もあれば、

「売名行為うっざ」

「思想とかナントカ活動とかいう臭《くさ》いのはよそでやってください」

「偽善者乙」

「しらけたわー。これでおまえら、いくらもらえんの？」

と批判するコメントも殺到した。

しかし批判者が匿名巨大掲示板でスレッドを立て、かつツイッターやアフィリエイトサイトが拡散してくれたおかげで、概要動画の再生数は二日で八万を超えた。

その後も口コミやＳＮＳへのリンクで、再生数は伸びつづけた。

一週間後の再生回数は約十七万、チャンネル登録は約一万八千にのぼった。

哲の動画が広まる間にも、他方面で動きがあった。伊与淳一が申請を出した、星野誠司への『親族外〝手紙・面会〟希望』が通ったのである。

季節は夏に移り変わっていた。

＊　＊

彼は薄暗い部屋にいた。

部屋には彼と、少女がいるだけだった。

一昨日の夕方、車に乗せて連れてきた女の子だ。おしゃべりだった女の子。お父さんとハンバーグをつくるのが好きな女の子である。

少女はずっと泣いていた。痛くされて泣いていた。だが、いまは泣きやんで放心している。うつろな双眸は、なにも映していない。

つまらないな、と彼は思った。

泣いていない少女はつまらない。泣きもしないし、口もきかない。数時間前からそうだ。蹴っても、転がしても、無理やり指を突っこんで掻《か》きまわしても、ちいさく呻くだけでろくに反応しない。

指についた血を、彼はティッシュで拭った。

爪の中にまで血がこびりついたのが不快だった。すこし前まではこの血と尿臭さえ愛おしかったのに、急に厭《いと》わしいものに変わってしまった。それもこれも、少女がつまらないものに成り下がったせいだ。

——いまいましい。

つい数時間前まであんなに楽しかったのに。あんなに楽しませてくれたのに。

昨日、彼は少女に歌えと強要した。少女は震える声で、途切れ途切れにアイドルのなんとかいう曲を歌った。歌わせながら、彼は犯した。歌が下手だと叱り、お仕置きだと殴りながら犯した。

少女の口調からは、いつしか媚びが消えていた。感情のない、がらんどうの声になっていた。

彼は少女に気持ちいいと言わせた。こうされるのが好きですと、もっとしてくださいと言わせた。

気持ちいいはずがなかった。少女は裂傷を負い、絶え間なく出血していた。痛みに失神することさえあった。わかっていて、言わせた。

彼は質問をつづけた。

好きなテレビ番組は？　ドラマは観る？　アイスクリームとケーキ、どっちが好き？　お母さんに会いたい？　海外旅行したことある？　大きくなったら結婚して、子供が何人ほしいとか考えてた？

少女は答えたり、答えなかったりした。眼球が濁っていた。全身を弛緩《しかん》させ、口の端に血のあぶくを溜めていた。

それが昨夜までのことだ。

でもいまの少女は、もう動かない。

泣きも笑いもしない。蹴っても、踏みつけても反応しない。

彼はちいさく舌打ちする。

壊れかけは好きだ。でも完全に壊れてしまったら、もう捨てるしかないじゃないか。

――あと一日くらい、持つかと思ったのにな。

駅前公園横の電話ボックスで、父親が右往左往するだろうそのときまで。

でもまあいいか、と彼は思う。どうせ金を受けとる気などなかった。危険を冒《おか》してまで、慄《おのの》く父親を野次馬したいとも思わない。

この子がその瞬間に生きていようがいまいが、どうでもいいことだ。予定に変更はなにひとつない。

彼は少女の足首を摑み、無造作に引き寄せた。

両の股関節がはずれているせいで、少女はなめらかにではなく、ぎくしゃくと左右に揺れながら床の上を滑って来た。

彼は少女を覗きこんだ。顔全体が腫《は》れあがってまぶたが塞《ふさ》がっている。ぱっちりしていた目が、ただの亀裂と化している。

眼球にはいくつもの血のすじが走っていた。だが、かろうじて瞳は見えた。

希望の光はもうなかった。その代わり絶望も悲嘆もなかった。からっぽの、空洞だった。

それでもまだ呼吸だけはしていた。薄っぺらい胸が、浅く上下している。

彼は微笑み、尋ねた。

「きみ、お母さんのところへ行きたい?」

少女は答えなかった。

第三章

1

三十年前に亀井戸建と伊与淳一が住んでいたアパートは、とうに取り壊されていた。その土地は現在、月極駐車場になっていた。

日曜の午前十一時だけあって、駐めてある車は多くない。空はスカイブルーの絵具を刷《は》いたように青く、風がさやかに吹いている。絶好のレジャー日和《びより》ゆえ、家族持ちは海か遊園地にでも繰りだしていそうだ。

駐車場の塀に貼られた看板には、不動産会社の電話番号が記載されていた。

誠司がかけてみると、中年の男性社員が応答した。この駐車場の管理を委託されているそうで、

「ええ、そこは会社設立当時からわが社が管理を任されております。契約をご希望ですか？」

と訊きかえしてきた。

誠司は声を低めて、

「いや申し込むかどうか、いま検討中なんですがね、じつはわたし、趣味で易《えき》をやるもんで。つまり験《げん》をかつぐタチなんですよ。噂じゃ、ここに以前建っていたアパートは殺人事件の現場だそうじゃないですか。ちゃんと地鎮祭《じちんさい》は為されたんですか？　お浄《きよ》めは？　されたとしたらどちらの宗派ですか？　そのへんの諸々が解決しないことには、安心して契約なんて、とてもとても」

「え？　いや、まいったなあ」

電話の向こうで男が苦笑する気配がした。

「なんですかその態度は！」

誠司は声を張りあげた。

「住むわけじゃあないが、大事な愛車を預ける場所だ。あなたがご存じないようなら、近隣の方がたに訊いて回るしかないな！　もしくはここでしばらく待って、ほかの契約者とみっちりお話し――」

「ちょ、ちょっとお待ちを！」

一転して、男が悲鳴をあげた。

「たいへん失礼いたしました。ご説明させていただきます。是非わたくしどもでご説明させていただきますので、ほんの十分、いえ五分お待ちいただけますか。社員を早急にそちらへ向かわせます。ええ、なにとぞよろしくお願いいたします」

誠司は通話を切って、背後に「ＯＫだ」と親指を立ててみせた。

「じいちゃんも人が悪りいなあ」

孫の旭がにやにやしている。

「アサヒのおじいさんが嘘をつくとこ、はじめて見ました。……びっくりした」

一眼レフデジタルカメラを手に、目をまるくしているのは石橋哲だ。

会うのは五、六年ぶりだったが、印象にさほど変わりはなかった。背と髪は伸びたものの、あいかわらず馬鹿がつくほど真面目そうだ。

「方便と言ってくれよ。この程度の方便が適度に使えないようじゃ、捜査一課《ソウイチ》の捜査員はつとまらんさ」

誠司は笑って、

「さて、不動産屋が来る前に撮影を済ませておくか。看板の電話番号やら表札には、あとで墨塗りができるんだろう？」

「墨塗りって、古いなあ。ちゃんとテツがぼかしかモザイクか、エフェクト入れてくれるよ、大丈夫」

「説明の音声はナレーションソフトでかぶせます」と哲。

「おれたち素人がつっかえつっかえしゃべってたんじゃ、視聴者が内容より演者に気をとられますから」

「なんだね、そのなんとかソフトというのは」

「入力した文字を機械が音声に変換し、読みあげる機能です。今回は硬い内容なので、男性の声を選択しておきますね。抑揚《よくよう》や感情も抑え気味に設定します。一本調子にならないよう、微調整もしますよ」

「はあ、便利なもんだなあ。そのカメラも、おれが知ってるようなビデオカメラじゃないんだろう？」

「一眼レフのムーヴィー撮影です。長時間撮影にはビデオカメラが向いていますが、今回はどうせ細切れの撮影になるでしょうからね。一眼は室内や暗部でもきれいに撮れて、背景をぼかすことで立体感を出せるし、動画から静止画への切り替えがスムーズなんです。とくに背景をぼかして、被写体にのみピントを合わせる手法は、視聴者の注意を惹きやすいはずです」

「なるほど。いろいろ考えてるんだな」

誠司は感心しきりだった。

旭の部屋で、三人が〝作戦会議〟をひらいたのは先週のことだ。哲が作成した概要動画の再生回数は、その時点で二十万を超えていた。

「今後の動画は、テツがカメラを持ってじいちゃんの再調査を追いかけるスタイルになる。だから最初のうちは、じいちゃんの顔や背中ばっかり映ることになるよな。絵として、どうにも弱いね」

「大丈夫だよ。『ゆきゆきて、神軍』だって、出ずっぱりなのは奥崎謙三《おくざきけんぞう》という当時六十代の男性だった。でも画面の吸引力は抜群だった」

　哲が真顔で応じた。

「とはいえ奥崎ばりの暴力による追及を、アサヒのおじいさんにやらせるわけにはいかない。やはり内容と臨場感で惹きつけるしかないな。後者は、編集のテンポを速めることで出せると思います。それこそ『神軍』を見習いますよ。あの作品ほどドキュメンタリー映画の体裁を保ちながら、編集の妙で名作になった映画はない。……けど視聴者のリズムとテンポを摑むまで、最初の数回は厳しいかもな」

「プロの監修があったら、どうだ？」

　誠司は思わずぽろりと口にした。

「プロとは？」

「いや、じつは知人の知人に『栃木総合テレビ』のプロデューサーがいるんだ。おれたちの活動に興味を持ったってだけで、協力してもらえるかはわからんがな。しかし観てもらって、アドバイスを乞《こ》うくらいは可能かもしれん」

「その人が携わってるのは、どんな番組ですか。ドラマ？　バラエティ？」

「報道番組だ。四角四面なニュースじゃなく、ドキュメンタリー畑の人間だよ」

「うってつけですね。そんな人にチェックしてもらえるならありがたいです」

　哲はしかつめらしく首肯して、

「さて、ここでちょっといやな話をします。――一番集客力の高い動画がなにかと言えば、結局エロか、笑いか、暴力なんですよ」と言った。

「不謹慎を承知で言いますが、北養辺事件はすでに〝エロと暴力〟このふたつの要素を満たしている。幼女を誘拐し、激しい暴行を加え、強姦して生きたまま切り刻んだ陰惨《いんさん》な事件です。この部分を強調して、視聴者の義憤を駆りたてるのは必要不可欠なファクターでしょう」

「それはまあ、わかるよ」

旭が応じた。

「でも動画に性的な要素は、極力入れたくない。もちろん匿名性が高いネットにはいろんなやつがいて、そっち方面で騒ぐ馬鹿がいるのは避けられないだろう。でもおれたちの作品からは、できるだけ排除したいんだ。女性視聴者の支持がほしいからな。女性が観られないような絵は、すべからくアウトだ」

「そうか、女性の反感や不快感にも留意しなくちゃな」

哲は考えこんだ。

「概して女性は、コミュニケーション能力と共感能力が高い。口コミに頼るおれたちが、女性にそっぽを向かれるのはまずい」

「それだよ。そういうこと」

旭は親友に向かって指を鳴らした。

「おれ、できれば母親層を取りこみたいんだ。幼い女の子が殺された事件に危機感と義憤を感じ、かつ情報拡散能力を持つ人たちと言えば、ママ友がたくさんいる三十代から四十代の女性じゃんか。うちの母親が典型だけど、あの層って流行りものと時事ネタが得意なんだ。共働きなら職場やパート先で雑談するし、専業主婦でも親戚やご近所さんとしゃべるだろう。その話題の一端に食いこめたら、かなり違うぜ」

熱心に旭は言った。

哲が無精髭をいじりながら、

「じゃあ事件のエログロ的要素は、〝絵〟にしない方向でいこう。ナレーションで入れるくらいならいいか？　あくまで視聴者のウェットな感情を煽る線で、暴力性を楽しむようなニュアンスは厳禁。……被害者の顔写真は、公開ＯＫなんだっけ？」

「そこは遺族の許可をもらってる」旭が請け合った。

「失踪当時にも、何枚かの写真がテレビで公開されたしな。木野下さんのほうは、新たな写真を提供してもいいと言ってくれてる」

「ありがたいな。やはり顔がわかったほうが『こんな可愛い子がひどい目に』と視聴者がイメージしやすい。被害者の顔写真公開については賛否両論あるが、こと子供に関しては義憤の材料になる。……ただし」

哲は言葉を切った。

「ただし、おかしなやつはどうしても出てくると思う。その写真を悪質なコラージュに使うだの、被害者を貶《おとし》める意図で使うやつはな。そうなれば、ご遺族の目にも入る可能性があるが――大丈夫かな」

「木野下さんは覚悟してると言ってた。実際、この三十年間でそんな経験は山ほどしてきたらしい。柳瀬さんのほうは逆に、ネットはいっさいやらないそうだ。おれたちの作品チェックはするが、世間の反響を確かめる作業は『木野下さんに全部おまかせします』だってさ」

誠司が口を挟んだ。

「視聴者に不快感を与える懸念の点は、さっき言ったプロデューサーにチェックを頼んでみよう。やつはテレビ畑の人間だからな。ＢＰＯだのなんだの、ネットよりはるかに規制の多い環境でやってきた男だ」

「うん。頼もしいよ。お願いしたい」

そう旭はうなずき、

「とりあえずはコミックの意外性と、事件概要の苛烈《かれつ》さで、ある程度の興味は惹けた。けど今後も動画を観つづけてくれるのはそのうちの三割、いや二割ってとこかな……。二割強の口コミ力《りょく》に賭けるしかないか」と腕組みした。

と話しあったのが、先週の金曜夜。つまり二日前だ。

そうしていま、哲は一眼レフカメラで駐車場をぐるりと撮っている。旭はナレーションの草稿に使うのか、ＩＣレコーダに実況を録音していた。

誠司の目の前で、一台のタクシーが停まった。

あたふたと後部座席から降りてきたのは、スーツ姿の初老の男だった。風体《ふうてい》からして、この駐車場を管理する不動産屋の社員だろう。

誠司はいちはやく男に歩み寄り、握手を求めた。

「どうもどうも。ご足労かけてすみません。星野と申します」

男の視界をふさぐためであった。その隙《すき》に哲は一眼レフカメラをバッグに、旭はＩＣレコーダを素早くポケットにしまった。

2

不動産屋の社員とともに、三人は近くのファミリーレストランに入った。

誠司以外は全員、ドリンクバーのコーヒーかジュースである。当の誠司は今日も娘の命令を守って、カフェインレスのハーブティを頼んだ。

「あそこは地鎮祭もお祓《はら》いも、きちんと済ませておりますよ、保証します。なにひとつ、ご心配いりません」

社員は額の汗を拭《ふ》き拭き、そう言った。

「ほんとうですか？　なにしろ事件は三十年も前になりますからな。だいたいあなた、その頃はほかにお勤めだったんじゃ？」

誠司は粘着質な老人を装い、社員を上目で睨《にら》んだ。

社員が慌てて手を振り、

「いやあ、いましたいました。当時はまだ新入社員でしたが、わたしは確かに在籍しておりました」

と早口で弁解した。

「あの土地はまだアパートがあった頃から、わが社が管理を請け負っていましてね。解体工事のときだってそうです。すべて、こちらで手配いたしました。行政への申請書提出から、近隣への説明会、建物滅失登記の手続き、取り壊し始祭《はじめさい》にいたるまでです。その旨、しかと間違いございません」

「取り壊し始祭は、ちゃんと神社に頼みなすった？」

「はい。あの土地の氏神《うじがみ》さまにお願いしました。念には念を入れて、残された布団や家財もすべてお祓いしていただきましたよ。そのまま業者に引き取らせたんじゃ、あとで苦情がきそうでしたし」

「残された家財？　——ああ、なるほど」

誠司はわけ知り顔で相槌を打った。

「つまりあの犯人どもは夜逃げ同然に、ある日忽然と消え失せたんですな。だから荷物のあらかたは、あなたがたが処分せざるを得なかった。どうせ家賃も滞納していたんでしょう。そりゃあ御社も、迷惑をこうむりましたね」

誠司は語尾に同情を滲ませた。

空気が一気にやわらぐ。社員の肩から、ほっと力が抜けるのがわかった。

「そうなんですよ。いやあ、えらい災難でした」

社員がマドラーで勢いよくコーヒーを混ぜる。

誠司は言葉を継いだ。

「お話を聞く限り、御社はきっちり義務を果たされていたようだ。いや、まことにお気の毒です。アパートで住人にあんな事件を起こされたんでは、たまったもんじゃ――ああいや、失礼。あのアパートは、殺害現場ではないんでしたっけ？」

「はい。そのとおりです」

社員が得たりとばかりに言った。

「さもあのアパートで殺されたかのように報道されましたがね。被害者はあそこで死んじゃあいません。あの部屋は、ただの監禁場所だったんです。あいつらは女の子を山へ連れていって、そこであの子を――」

彼は言葉を切り、かぶりを振った。

「……ひどい事件でした」

「そのようですな。大家さんも、さぞショックだったでしょう」

「ショックなんてもんじゃありませんよ。岩崎《いわさき》さんはご高齢でしたしね。マスコミが連日押しかけるわ、近所から苦情が押し寄せるわで、すっかり参ってしまわれた。アパートを取り壊したのは、事件から二年後のことです」

「まだご存命ですか」

「いいえ。亡くなって二十年近くになります」

「では駐車場の現在の所有者は、息子さんか娘さんですかな」

「ご長男が相続されました」社員は薄く笑んだ。「二度とアパート経営にかかわる気はないそうですよ。最低でも、あと二十年は駐車場のままでしょう。安心してご契約なさってください」

クレーム対応がうまくいった気のゆるみからだろう、社員はあきらかに口が軽くなっていた。

誠司は首をかしげて尋ねた。

「さすがにもう、マスコミが来て騒ぐことはないでしょうな？」

「大丈夫です。けして契約者の皆さまにご迷惑はおかけしません。事件もすっかり風化しましたしね。取材協力のお願いも、ここ十年は絶えました」

「ほう。取材の申し込みがあれば、当時はお受けしていた？」

「お受けというか、まあ訊かれたら答える、という程度ですよ。わたしだって、犯人たちをよく知ってたわけじゃありません」

「でも面識はあったんですか」

「ほんの多少ですよ。あのアパートは、毎月の家賃が手渡しでしたから。当時は自動引き落とし用の口座を持たない借主も多かったんです」

「では、あなたが家賃の集金に訪問していた？」

「委託されてましたからね。でも、たいていは向こうから事務所まで払いに来ましたよ。いつも来るのは、関西弁のほうでした。そっちの男はおとなしいから、まだマシなんです。でももう一人は、急に怒鳴りだしたりするんで怖かったな。絶えず舌打ちして、体を揺すっていてね。大柄な男だったから、よけいおっかなかったです」

「では事件が報道されたときは、さぞ驚いたでしょう。毎月のように顔を合わせていた人間が、あんな凄惨《せいさん》な事件を起こしたんだから」

「うーん、……そうですね」

社員は視線を宙に投げた。

「確かに驚きはしました。でも見るからに、堅気《かたぎ》じゃない男たちでしたから。逮捕されたときはとっくに夜逃げ済みでしたし、意外ではなかったです。子供相手の犯罪というのも、どこか納得、というか」

「納得？」

「やつが子供といる姿を、何度か見かけたものでね。関西弁じゃなくて、おっかないほう――亀井戸でしたっけ。そいつが近所の子どもたちと、しょっちゅう遊んでいたんですよ」

「ほう」

誠司は顎を撫でた。

「その子らは、ではやつの毒牙から運よくまぬがれたわけだ。〝子ら〟と言っても、いまはすっかり大人でしょうなあ。ご立派になられておいでで？」

「そりゃもう」社員は微笑んだ。

「近所の子というか、大家さんのお孫さんたちです。つまり現在のオーナーのお子さんですよ。

お嬢さんは県外へお嫁にいかれましたが、坊ちゃんはこのご近所に家を構えてお住まいです」

3

元大家の孫は不動産屋が言ったとおり、駅裏の一軒家に住んでいた。

門柱には『岩崎』の表札が出ていた。庭先で自転車の整備をしていたのが、当の孫息子であった。いかにも休日らしい、Tシャツにジャージというラフな格好である。

誠司は彼に対しては正直に名乗った。「引退した元捜査員であり、三十年前の事件について調べている」と言うと、

「ああ……亀井戸さん、亡くなったそうですね。新聞で読みました」

現在四十一歳だという彼は、そう眉宇《びう》を曇らせた。

「失礼ですが、会話を撮影させていただけませんか。事件の調査をネットに公開して、世に問いたいと思っているんです」

誠司は率直に申し出た。

岩崎はすこし戸惑ったようだが、「顔は映さず、声だけなら」と了承してくれた。

誠司はあらためて頭を下げて、

「亀井戸建と伊与淳一があのアパートに住んでいる頃、あなたと交流があったとお聞きしましてね。ぶしつけながら、訪問させていただきました」

「交流だなんて。そんなたいそうなもんじゃありません」

岩崎は苦笑した。

「あの人がギターを弾くんで、それを横で聴いたってだけです」

「ギターを？　亀井戸は楽器ができたんですか」

誠司は驚いた。そういえば教師の評価に「音楽が得意」とあったな、と頭の隅で思いかえす。

「ええ。ぼくが誕生日に買ってもらったアコースティックギターです。家じゃうるさいと言われるんで、河原で練習していたら亀井戸さんが『貸してみろ』と言って……。うまいもんでしたよ。『禁じられた遊び』を、トレモロでさらっと弾いてたな」

「へえ。そりゃすごい」

旭が割りこんできた。

「あの曲は簡易バージョンが有名だし、ごまかしが利くから初心者向けと思われがちです。でもちゃんとアルペジオで弾くだけでも、けっこうな難曲ですよね。亀井戸建がギターを弾くなんて意外だなあ」

「はい。意外でした」

岩崎は頬をゆるめた。

「亀井戸さんは顔が怖い上、口も悪かったから。ぼくの妹がいるときでも、平気で『チンポを出したい』だの『勃起《ぼっき》した』だのと連発してました」

「えっ」

旭がぎょっとした顔になる。

岩崎は苦笑した。

「ひどいでしょ？　だからぼくが注意するまでもなく、妹はあの人に近寄りませんでした。けどギターを弾いてるときだけは、静かな人だったなあ」

「妹さんは当時おいくつでした？」誠司が問う。

「八歳です。ぼくが十歳」

「いやな質問ですが、亀井戸が妹さんだけを誘いだそうとしたことは？」

「ありません」

岩崎は首を横に振った。

「さっきも言ったように妹本人は彼を怖がっていたし、亀井戸さんは妹に見向きもしませんでした。むしろもう一人のほうが、おかしな感じがしましたね」

「もう一人？」

旭が尋ねかえす。

「というと、伊与淳一ですか」

「ええ。あいつのほうがよっぽど挙動不審でした。いつも遠くから、おどおどと様子をうかがってましたっけ。妹の脚をじっと見ていたこともあります。警察が亀井戸さんを主犯と断定したのが、ぼくなんかには不思議でしたね。……亀井戸さんは、裁判がはじまる頃はおかしくなってたんでしょう？」

「よく存じで」誠司は肯定した。

「亀井戸は拘禁反応で、正常な受け答えができなくなっていました。取り調べの途中から、様子が変だったようです」

「そのくだり、ぼくもルポ本で読みました」

岩崎は言った。

「じつを言うと、ぼくはずっと疑っていたんです。伊与ってやつが、自分の罪を亀井戸さんに押しつけたんじゃないかとね。亀井戸さんが精神的にまいってしまって、弁明できないのをいいことに、です」

なるほど、と誠司は思った。

なるほど。彼も疑惑を抱えていたのだ。だからこそこんなにあっさりと、突然の闖入者《ちんにゅうしゃ》にこころよく口をひらいてくれた。

——はなからこんな証人にぶつかるとは、幸先がいい。

おれたちは、孤立無援じゃないかもしれん。北蓑辺事件に疑問を抱く者は、案外多いのかもしれない。

誠司は気を引き締め、あらためて岩崎に問うた。

「つまりあなたの目に、亀井戸建は幼女殺しをするような男とは映らなかった?」

「いえ、そうとまでは言いません」

岩崎は慎重に言った。

「彼をよく知ってたわけでもないですしね。亀井戸さんは粗野で、下品な人でした。ただぼくが見た限り、乱暴な人ではなかった」

「ちいさな女の子の前で猥語を連発する男でも、ですか？」

「妹がいることに気づくと、そのたび『ごめん』と謝っていましたよ。とはいえ態度をあらためることはなかったですが」

「おとなしい伊与淳一のほうが、やらかしてもおかしくない男に見えたんですね？」

「誤解しないでください。ただ『いやな感じがした』ってだけです」岩崎は言った。

「当時のぼくにとって、亀井戸さんはいやな感じがしなかった。伊与のほうにはした。それだけですよ。それ以上でも、以下でもありません」

「なるほど」

誠司は嚙みしめるように言った。

きっと岩崎は亀井戸が好きだったのだろう。子供時代に可愛がってくれ、辛抱強く相手をしてくれた大人のことは、長じてからも忘れないものだ。

岩崎がこの歳まで好意を持ちつづけたならば、亀井戸の態度にはそれなりの真実があったに違いない。

──問題はそこに、裏の魂胆《こんたん》がなかったかどうかだ。

「そういえば、亀井戸さんの墓はどうなるんですか」

ふと岩崎が尋ねた。

「死刑執行はされず、病死だったんですよね。どこに埋葬されるんでしょう」

「遺体および遺品はたいていの場合、行政が遺族に引き取りを要請します」

誠司は答えた。

「しかし囚人に親族がいないか、遺族が引き取りを拒否した場合は、拘置所で火葬されます。遺骨は東京拘置所の場合、雑司ヶ谷《ぞうしがや》霊園の法務省納骨堂に納められると決まっていますよ」

「そうですか。納骨される場所が、ちゃんとあるんですね……」

岩崎は安堵したようだった。

「なにかの拍子に、亀井戸さんがぽろっと言ったんです。『おれは家族に絶縁されてる。会える立場じゃないんだ』って。だから遺骨はどうなるのかと、ずっと気にかかっていました。行き場所があるなら……それなら、よかったです」

次に誠司たちは、柳瀬沙奈江ちゃんの監禁および殺害現場へ向かった。

予想どおり、倉庫はとうに取り壊されていた。登記簿によれば同敷地内に建っていた会社も、すでにない。

跡地には無味乾燥な、全国チェーンのコンビニが建っていた。

「近頃はどこでもコンビニになっちまうなあ」

「個人商店が生き残れる時代じゃないからね」

つづいて遺棄現場の河原へ足を向けたものの、こちらも周辺ごと大きく様変わりしていた。

約三十年前は街灯もなく、日が落ちれば通る者などほぼなかったはずの河原だ。しかし事件の十七年後に建ったマンションのおかげか、いまはコンビニ、ファミレス、家電量販店、スーパーマーケット等々が軒を連ねている。

「こうなっちまえば、死体を捨てに来るのは真夜中だろうと無理だな」

「人通りも多いしね。でもキャリーケースかなにかに詰めて、ケースごと遺棄だったらまだ……いや、やっぱ無理か。コンビニの防犯カメラに映りこみそうだ」

小声で会話する誠司と旭を後目《しりめ》に、哲は黙々と河原の風景を撮影している。

「おじいさん。沙奈江ちゃんの遺体は、藪の中にあったんですよね？」

「ああ、そっちのあたりだ」

「撮っておきましょう。使えそうな絵はいくらでもほしい」

そのとき、背後で犬の吠え声がした。振りかえる。

毛づやのいいジャーマン・シェパードを連れた老人が、土手をゆったり降りてくるのが見えた。

近隣の住民だろう。大型犬を飼っているならばマンション住民の可能性は低い。年齢からいっても事件を知っていそうだと、誠司は歩み寄っていった。

「こんにちは。いい天気ですね」

「ああどうも。今日も暑くなりそうですねえ」

老人が人なつこい笑顔を見せる。

誠司はかがみこみ、犬を撫でた。「懐かしいなあ、これくらいの体格のシェパード」

「飼われてたんですか？」

「いや、個人的にじゃありません。じつはわたし、元警察官でしてね。庁舎内に警察犬としてジャーマン・シェパードが何頭かいたんですわ」

「ほう、警察犬ってのは庁舎で飼われてるもんなんですね」

老人は屈託なく目じりに皺を寄せた。元警察官と聞いても、その態度に変化はない。誠司は立ちあがって言った。

「ちょっとお訊きしていいですか。この河原で三十年前、遺体が見つかったのをご存じですかね。北蓑辺郡連続幼女殺人事件の、二人目の被害者です」

「ああ……。覚えていますよ」

老人は顔をしかめた。無意識にか、愛犬を片手で引き寄せる。

「いやな事件でした。三軒先の娘さんが、被害者の子と同じクラスだか同学年だったかでね。ずいぶん怖がってたっけなあ。無理もない。大人でもぶるっとくるような惨《むご》い事件でしたもの」

「近隣じゅうが震えあがったでしょうね。ちいさい子供を持つ親御さんたちは、気が気じゃなかったはずだ」

「そりゃあもう。犯人が逮捕されたと聞いたときは、祝杯をあげたい気分でしたよ。確か二人組の男だったんですよね。あ、もしかして元警察官ということは、あの当時警察犬を連れて、ここら一帯を……？」

「いやあ、わたしは書類仕事ばかりでした」

誠司は首を振った。

「しかし特捜本部の端くれにいたのは確かです。通りかかったので、せめて掌《て》だけでも合わせていこうかと思いましてね」

「それはそれは」

老人が沈痛にまぶたを伏せる。誠司は言葉を継いだ。

「犯人といえば、主犯として死刑判決を受けた男が、先日拘置所で病死しましてね」

「え、病死？　あいつら、死刑になったんじゃないんですか」

老人は目を剝いた。

「だって三十年前に捕まって、とっくに死刑判決が――。あれからずっと生きてたんですか、刑務所で？」

拘置所です、と誠司は訂正せず、

「どうやら冤罪の疑いがあったそうで」とだけ答えた。

「エンザイ？」

「ほかに真犯人がいたのではないか、と」

「はっ、まさか」老人は笑った。

「確かにそんな噂はあったようですがね。馬鹿らしい。あいつらがやったに決まってますよ。

警察のみなさんだって、きっちり捜査してくださったんでしょ？　それで逮捕されて、自白したんだからねえ。裁判だってずいぶん長々とやってたじゃないですか。それで死刑判決が出たんだから、疑いようがないでしょう」

「ええ、まあ――」

深く突っ込まれたくない話だった。誠司は咳払いし、

「ところで、噂とは？」と訊いた。

「え？」

「さっき『そんな噂はあったようですが』とおっしゃったので」

「ああ、いやいや。なんてことないデマですよ」

老人は手を振った。

「あの頃ここいらには、ちいさい女の子がいたずらされる事件が頻発してましてね。被害に遭《あ》った子の一人が、『ニュースに映ってた人と違う』と言いだしたらしいんです。『あんな汚いおじさんじゃなかった』って。いや、もちろん子供の言うことですからね、当てになりゃしません。あいつらがやったに決まってますよ」

4

星野家の夕飯は、たいてい七時からだ。

今日の献立は白菜と豚バラの重ね蒸し、もずく酢、南瓜《かぼちゃ》の鶏そぼろ餡《あん》かけ。そして減塩の味噌を使った豆腐の味噌汁であった。

いつもなら、日曜夜の食事当番は旭である。だが今日はあらかじめ「じいちゃんと外出する」と申請済みだったため、実加子が夕飯を引き受けた。父の悟は休日出勤だそうで、まだ帰っていない。

旭は味噌汁に口を付けつつ、祖父を横目で見た。

今日も今日とて祖父の誠司は、つまらなそうに食後の鳩麦茶を啜っている。愛するコーヒーと缶ビールを封印されて以来、祖父はずっとこの有様だ。

固定電話が鳴った。

「はい、星野です。——あら、綾子《あやこ》叔母さん?」

母の声が弾んだ。同時に誠司の肩がぴくりと反応する。

旭もつられて顔を上げた。

〝綾子叔母さん〟は、旭の祖母の末妹《まつまい》にあたる人だ。実加子とは、たった九歳違いの叔母である。

とはいえ彼女たちが仲良しな理由は、歳が近いからではなかった。綾子の夫もまた、管轄は違えど県警捜査一課の捜査員なのだ。女性同士、愚痴《ぐち》り合うには絶好の相手らしい。

「え、今年もデラウェア送ってくれたの? いつもありがとうねー。うんそう、そうなのよ。ちっとも安くならなくってね、いやになっちゃう。着いたら電話するね。お返しはいつものチーズケーキでいい？　そんなあ、いらないなんて言わないでよ……」

はしゃぐ実加子の眼前に、祖父がメモ帳をかざした。

――旦那がいるなら、替わってもらってくれ。

と走り書きしたメモだ。

だが実加子は平気の平左《へいざ》で叔母としゃべりつづけた。ようやく子機を誠司へ渡したのは、約十五分後のことであった。

「……もしもし？　今道《ミチ》さんかい」

実加子がキッチンへ消えるのを見送り、誠司は通話をハンズフリーに切り替えた。

「おひさしぶりです、シノさん」

テーブルに置いた子機から、苦笑交じりに応える声がする。旭は耳をそばだてた。綾子の夫で、千葉県警警部補の今道弥平《いまみちやへい》だ。

誠司が実加子をうかがいつつ、ささやく。

「じつはいま、ちょっくら昔の事件を掘りかえしてるんだ。以前あんたも似たようなことをやったらしいじゃないか。アドバイスをもらっていいかね」

「そんな。おれのような若輩者が、シノさんにアドバイスだなんて」

「謙遜《けんそん》はいいさ。ところで北蓑辺郡連続幼女殺人事件を、あんた覚えてるか」

「もちろんです」

今道の声に緊張が走った。

「主犯が先日、拘置所で病死――ああそうか、それでですか。従犯のほうも死刑囚でしたね。なにか疑わしい点でも？」

さすがに飲み込みが早い、と旭は感心した。今道がつづける。

「シノさんが独自で捜査をされてるんですか。だったら捜査一課《ソウイチ》の若いやつに、パイプを一、二本つくっておくのはどうです」

「若いやつ……に当てはない。だがそうさな。二十年ほど前に若かったやつなら、何人か心当たりがあるか」

「本部内に繋ぎがありゃ、損はないはずですよ。とはいえ北蓑辺事件を掘りかえすなら、上の反感は必至だ。当時の捜査とはかかわりのない、四十代あたりがおすすめです」

「なるほど」

誠司はうなずいて、

「警察内部といやあ、ミチさん、おれぁ当時の先輩に会いに行くか迷ってるとこなんだ。死んだ主犯を自白《ウタ》わせた、まさにそのお人さ。いまは七十八か九になっただろうな。どうだい、あんたなら賭けて会ってみるかい」

「そいつは相手の人柄によるとしか」今道は言った。

「だが歓迎してもらえるとは思えませんね。おれが取った自白に文句があるのか、この野郎、と思うのが普通でしょう。その先輩は、叩けば埃が出るような人でしたか」

「いや、正反対のタイプだ。……そうだな、期待せんほうがいい。万が一会えたとしても、即撤退は覚悟しなくちゃな」

「ええ。とうに引退した捜査員でも、現役のお偉いさんと繋がってる可能性はありますしね。怒らせても、なにひとつ得はありません」

「ごもっともだ。アドバイス助かったよ。じゃあまた」

誠司は通話を切った。

旭はおずおずと口をひらいた。「……『シノさん』なんだね」

「ん？」

誠司が振りかえる。

「いや、星野なのに『ホシさん』じゃないんだなと思って」

「ああ、真犯人《ホンボシ》の隠語とまぎらわしいって係長が言いだしてな。それより旭、実加子に『しばらく食事当番はできない』と言っておけ。これから忙しくなる。優雅にメシの支度なぞしていられんぞ」


旭は風呂を済ませ、自室のパソコンに向かった。

ツイッター更新の息抜きがてら、グーグルで自分のペンネーム、そして事件概要動画のタイトルを検索する。いわゆるエゴサーチというやつだ。

結果、匿名巨大掲示板のスレッドがいくつかひっかかった。

読んでみると、嘲笑交じりの煽りが七割、スレ荒らしが二割で、好意的な意見は一割に満たなかった。

——だが、充分だ。

旭はモニタに向かってうなずいた。

反応が八割近くあるなら上々だ。たとえ罵倒や嘲笑でも、無視できなかったから彼らは書きこんだのだ。

それにレスポンスの付いた書き込みは、元レスをさかのぼって読んでもらえる確率が高い。比較的書き込みやすい匿名掲示板でさえ、ロム専——黙って読む専門の利用者が大半なのだ。

——ネット民の目を惹けるなら、なんだってかまわない。

この国ではつねにマジョリティがおとなしい。マイノリティの一部だけが、ノイジーで人目を惹きがちだ。

しかし今回の旭たちのターゲット層は、サイレントマジョリティのほうであった。スレッドを読むだけで書き込まず、無言で動画を視聴しながらも、世論を動かしていく人たちだ。

——だからこそ、ノイジーマイノリティの声も必要だ。

ツイッターにも、『糞《くそ》リプ』と呼ばれる煽りがだいぶ集まるようになった。中には被害者の少女や、遺族をはっきり侮蔑する内容もすくなくなかった。

だが旭はあえて彼らを放置した。さすがに遺族である木野下一己には非表示対策《ミュート》を勧めたが、彼自身はブロックもミュートもしなかった。

旭は自分のツイートをクリックし、リプライをツリー表示させた。予想どおり、いや予想以上の論争が起こっている。

「犯人がイケメンだったんだろう。ほいほいついていった危機感のないメスガキの自業自得《じごうじとく》、自己責任」

「どうせただの援交のもつれ。約束以上に金をふっかけられて、犯人がキレたに決まってる。女尊男卑の日本じゃ、つねに男は女の被害者。女は糞」

といった煽りツイートに対し、

「いい大人が恥ずかしくないんですか」

「運営に通報しました」

「たった七、八歳で殺されていった罪もない少女に、よくそんな言葉が吐けますね。軽蔑します」

とフォロワーからは憤りのリプが相次いでいる。

――そうなんだ。こういうかたちの義憤の駆りたてかたもある。

煽っているほうは、他人の反応がほしいだけの愉快犯にすぎない。しかし結果的に彼らの侮辱は、旭たちの活動の追い風になっていた。

まともな感性を持つサイレントマジョリティは、彼らの侮蔑に怒りと反感を抱く。反感が積もり積もれば、無言の大衆たちとて声を上げはじめる。怒りのエネルギーは、もっとも人を突き動かしやすいのだ。

旭は〝怒り役〟を大衆たちに任せ、淡々と更新した。

沈黙は金《きん》だ、と旭は心得ていた。ＳＮＳ全盛のこの時代、よけいな失言は避けなくてはならない。

ツイッターのフォロワーは、いつしか二万五千人を超えた。『リエイト』への投稿は、毎回五十位以内に入るようになった。事件概要動画の再生回数は、三十万に届こうとしている。

ノックの音がした。

「旭、入っていいか」祖父の声だった。

「いいよ」

椅子を回転させて応える。

だが入ってきた誠司の表情は、あきらかに曇っていた。

「どうかした？」

「いや、元部下のネギ――根岸《ねぎし》から、堺さんの連絡先を聞いて電話してみたんだ。それとなく水を向けてみたが、やはり無駄だった。いまさらなんだと警戒されて、突き放されただけだったよ」

誠司は額を掻き、苦笑してみせた。

旭は「そっか」とうなずいて、

「おれたちの活動についてはどう？　気づいてない様子だった？」

「おそらくな。中年以上にはまだまだインターネットはハードルが高い。それより、これ」

誠司が手渡してきたのは四つ折りにされた数枚の便箋だった。

物問い顔で見上げた旭に、

「伊与淳一からの手紙だ。おまえも読むだろう」と祖父が微笑む。

旭は便箋をひらいた。一枚一枚に、拘置所の検閲印らしき桜のスタンプが押してある。

白い便箋を埋める文字は、けして達筆とは言えない。しかし以前見たのとは、段違いに上達した筆跡であった。

「星野誠司さまへ
伊与淳一です。このたびはありがとうございます。

片桐先生より、支援して下さる件お聞きしました。刑事さんだったのですね。失礼にも覚えておりませんが、このたびのこと、心より感謝申し上げます。

亀井戸建も、生きておりましたら、同じくらい感謝したことと思います。

わたくしどもは無実です。無実死刑囚です。

亀井戸建。伊与淳一。両名、神に誓って無実でございます。

この監房に来て、わたくしは二十二年目になります。亀井戸建は、失意のまま、世を去りました。まことに無念です。

無実死刑囚、亀井戸建。伊与淳一。どうぞよろしくご支援をお願いいたします。

面会に来て下さる日をお待ちしております。

平成三十年　八月三日

東京拘置所より　伊与淳一」

三日後の十一時三十八分、無料動画共有サイトに新たな動画がアップロードされた。不動産屋の社員、元大家の孫、河原で会った老人へのインタビューを編集し、伊与の手紙の一部を公開した動画であった。

最新動画の再生数は、一晩で十万を超えた。

5

東京拘置所は、東京都葛飾《かつしか》区の小菅《こすげ》一丁目に建っている。

誠司は受付で面会手続きを済ませ、手荷物をロッカーに預けた。金属探知機のゲートをくぐってのち、ようやく拘置所内の面会室へと通される。

ごく狭い、無機質な空間だった。あるのはパイプ椅子と、透明なアクリル板の仕切りのみだ。誠司が椅子に座って待っていると、刑務官に連れられて老人が入ってきた。

──これが伊与か。

思わず誠司は腰を浮かせた。

伊与淳一は現在、六十三歳のはずだ。しかし七十をゆうに超えて見えた。

頭髪は後頭部にわずかに残っているだけで、薄い髪にも肌にもまるで脂気がない。長く陽に当たらないせいか生《なま》っ白《ちろ》く、眼窩が落ちくぼむほどに痩せている。小柄な体格にのみ、かろうじて三十年前の面影が残っていた。

「はじめまして」

伊与は椅子に座る前に、深ぶかと頭を下げた。

「このたびは、ぼくなんぞのためにわざわざすみません。片桐先生からお聞きしました。元刑事さんなんですよね。ぼくの無実を証明してくださるそうで、まことにありがとうございます」

ああ伊与だ、と誠司は思った。

確かに伊与本人だ。この口調と声音を覚えている。いつもなにかに怯えたような、腰の引けた口調。踏みつけられることに慣れきった、負け犬の声音。

「こちらこそ、面会許可のご申請をありがとうございます。三十年前にお力になれず、なにをいまさらとお思いでしょうが、よろしくお願いします」

誠司は頭を下げかえした。

刑務官を横目で見る。規定どおり、面談の内容を記録するためペンを構えている。

仕切りの前へ伊与が腰を下ろした。許される面会時間はけして長くない。誠司は口火を切った。

「いま、伊与さんが一番したいことはなんですか」

伊与がぽかんと口をひらく。誠司は繰りかえした。

「いますぐに出られるとしたら、一番にしたいことはなんですか」

伊与はうつむいた。

数秒口ごもったのち、彼は言った。

「お母ちゃ……母の、墓参りに」しわがれた声だった。

「お墓、奈良にあるんです。もうお寺さんの場所も、よう覚えてへんのですが――行きたいです。こないに長《なご》う不義理してしもて、合わせる顔あらしません。そんでもせめて、死ぬ前に一回は……」

「では二番目にしたいことはなんですか」

誠司の追い打ちに、伊与は唇を噛んだ。

「――建ちゃんの、墓参りです。こんなん言うたらあれやけど、ぼく最近、死んだらどうなるか、そればっか考えとります。母はぼくが、九《ここの》つんときに死にました。建ちゃんも、こないだ死んでしまいました。……六十何年生きとって、ぼくにやさしくしてくれたん、母と建ちゃんだけでした。前はね、なんのために生まれてきたんやろって、よう考えましたよ。けど最近は、死ぬことばっか考えてます」

ほろ苦く、伊与は笑った。

「死んだらどこの墓に入れられんねやろ、って、いつも想像するんです。まさか母と一緒は無理でしょう。親父なんて、とっくに野垂《のた》れ死んでそうやしね、ぼくの骨、引き取りに来るわけあれへん。せやからせめて、建ちゃんの隣に納骨してほしいけど……。あの世でまで、建ちゃんにぼくの面倒みさすの、申しわけないかなって……はは」

自嘲の笑いだった。

誠司はさらに問うた。

「では生きている人間で、会いたい人はいますか」

「りつ子さんに」

即答だった。伊与の目に、はじめて光が灯った。

「りつ子さんとは？」

「土居《どい》りつ子さん。『波田設備』の事務員さんで、建ちゃんと付き合《お》うとった女性です。旦那と死に別れて、二人の子供抱えて苦労してました。ぼくらが馘首《くび》んなって、無職になってしもたから、建ちゃんのほうからお別れしたんです。りつ子さん……いまはどこでどうしてるかさっぱりですが、子供らも建ちゃんになついとりました。建ちゃんの思い出話ができる人いうたら、あの人しか残ってへん」

「亀井戸さんは、子供好きな方《かた》だったようですね」

「はい。――あ、いや、変な意味でと違いますよ」

伊与は急いで両手を振った。

誠司はうなずいて、

「元大家さんのお孫さんに会ってきました。ギターを子供たちに聞かせていたとか」

「ああ、はい」

伊与は安堵顔になった。

「そうなんです。建ちゃんは歌も上手くてね。あのギターどうこうかて、子供らのほうから寄ってきたんです。疑われるようなもんと、違《ちが》かったんですよ。そうですか。あの子たち、建ちゃんのこと覚えとったか……」

兄のほうはあなたが妹の脚を見ていたと話しましたが——とは誠司は言わなかった。初回の面会ならば、信頼を勝ちとるのが最優先だ。そして相手がどんな人間か、可能な限り見きわめることが。

——伊与淳一は、ほぼ想像どおりの人物像だな。

意志薄弱。自己評価が低い。母を喪《うしな》ってから愛情飢餓《きが》がつづいており、亀井戸建に出会ってからは彼に依存。いまは恒常的な鬱状態にある。

だいそれたことができる男ではない。攻撃欲も低い。ストレスが溜まっても、殺人より自殺を選ぶタイプだ。そして。

——そして、やはりなにか隠している。

だがそれは、いまこの場で問いつめるべきことではなかった。

「もうひとつ訊かせてください。あなたがたは、当時あの一帯で女児へのいたずら事件が頻発していると知っていましたか？」

「え？　あ、はい」

「誰からお聞きになった情報ですか」

「誰からってこともないですよ。よう噂になってたし、あそこらに住んどる者なら、みんな知ってたと思います。せやから建ちゃんも、大家さんとこの孫娘とは距離とってましたもん。疑われたらお互い気ぃ悪い、言うて」

「そうですか」

誠司はうなずいた。

岩崎の「亀井戸は妹に見向きもしなかった」との証言と一致している。

しかし噂を知っていたにしては、亀井戸の態度は無用心だ。男児とはいえ、岩崎もそばに寄せつけるべきではなかっただろう。あえて好意的にとらえるならば、土居りつ子の子供たちの面影を、岩崎の中に見出《みいだ》したからか。

――亀井戸建の人物像が、いまだに摑みきれんな。

粗暴で口汚く、反抗的。喧嘩による二度の家裁送致。だが子供好き。伊与というお荷物を抱えつづけながら、繊細なギターを弾いたという。

非行に走ったのは、愛情に乏しい生育環境ゆえだろう。そこは理解できる。

しかし就職して生活が安定してからも、二面性のある言動や反抗的な態度は直っていない。

警察に楯突いた態度など、むしろ悪化していると言っていい。

──土居りつ子を捜すべきだな。

彼女の口から亀井戸建の人となりを聞かねば、と誠司は思った。女性の目から見た亀井戸は、また違った人物像をかたちづくるかもしれない。

誠司は伊与に目を戻した。

「伊与さん、じつは自分の活動には、孫とその友人も参加してくれてます。よかったら彼らのぶんも、面会と文通の許可申請を出してやってもらえませんか」

「お孫さんですか。はあ、でしたらずいぶんお若いですね」

ぴんとこない、と言いたげに伊与は相槌を打った。

「まだ大学生です」

「大学生……。頭よろしいんですなあ、はい」

伊与が首を縦にすると同時に、

「はい、時間です!」刑務官の乾いた声がした。

面会終了の合図であった。

6

誠司は拘置所を出たのち、駅前で旭と合流した。

二人はその足で、柳瀬久美子のアパートを訪れた。

前回顔を合わせたときとは一転して、久美子は愛想がよかった。会話を録音したいという旭の申し出も、こころよく受けてくれた。

「木野下さんから聞きました。ずいぶん頑張ってくださっているそうで」

彼女は誠司にほうじ茶を、旭にアールグレイの紅茶を淹れてくれた。つましい暮らしぶりながら、茶器の趣味がよかった。

誠司が手みやげに買ったマドレーヌの半分は菓子盆に出され、残る半分は仏壇に供えられた。

「旭くんが描いた漫画、いつも木野下さんにプリントアウトしてもらってるんです。反響がすごいんですってね。わたしはインターネットはやらないもので、直接見ることはできませんが……」

久美子は声を落とした。

「事件以来、匿名でものを言う人が怖くなってしまって。だからいまだに、電話も苦手です」

誠司は横目で、卓上の固定電話機をうかがった。ナンバーディスプレイ対応で、在宅中にもかかわらず留守電ランプが点いている。

「それで、お話ししたいこととはなんです?」

誠司は切りだした。

木野下経由で「柳瀬さんが、ご相談したいことがあるそうです」と連絡が入っての訪問であった。

久美子は頬を引きしめて、

「重要かどうかわかりませんが、ふと思いだしてしまったもので、一応お耳に入れておこうかと。……じつはそれも、電話の話なんです」

と言った。

「あの頃、沙奈江が誘拐されてからというもの、うちにはひっきりなしに電話がかかってきました。いたずら電話です。不用意に番号を電話帳に載せていた、わたしもいけないんですが……。あの子が行方不明だとテレビで報道された直後から、遺体になって発見されたあとも、全然やまなくて。彼らが飽きてしまうまで、ずっとベルの音に苦しめられました」

語尾が涙でぼやけた。膝で握った、久美子の拳が震える。

「お気の毒です」

誠司は抑えた声で言った。

残念ながら、心ない輩《やから》はどこにでもいる。犯罪が起これば当然加害者はバッシングされるが、被害者の多くも非難をまぬがれない。

子供が巻きこまれた事件ならば、なおさらだ。彼らはさも正義の代表面をして、

「母親のおまえが目を離したせいだ」

「子供はおまえの怠慢の犠牲になった」

「自業自得だ」と声高に喚きたてる。

久美子が目じりを拭った。

「週刊誌に『離婚した母子家庭だ』と書かれてからは、いやがらせがさらにエスカレートしました。生活保護をもらっていたわけじゃないのに、『税金泥棒』と怒鳴られたり、『娘に高額な保険をかけていたか』『男をくわえこんでいる間、娘を家から追いだしていたんだろう』なんて……」

ふっと彼女は薄く笑った。

「あとで聞いたら、うちにかかってきたいやがらせ電話は、木野下さんの御宅に比べて三倍以上だったそうです。母子家庭に世間の風当たりがきついのは知ってましたが、こんなところにも差が出るのかと、呆れて笑ってしまいましたわ。……もちろん笑えたのは、何年も経ってからですけどね。渦中にいるうちは、泣きも笑いもできませんでした。妙に感覚がふわふわしてね。すべてに麻痺《まひ》していたんです」

誠司の視界の端で、旭が眉根を寄せてうつむいた。耳にするのもつらい、とその表情が物語っていた。

ひと息置いて、誠司は口を挟んだ。

「思いだされたというのは、そのいやがらせ電話の中の一本ですか?」

「そうです。そう……だと思います」

久美子の声が、自信なさそうに揺れた。

「なにしろその頃はろくに寝られなくて、ずっと頭に霞《かすみ》がかかったみたいで――。おかしな電話でした。当時、担当の刑事さんにも報告したんです。きっと報告したことで安心して、忘れたんでしょうね。犯人がすでに捕まっていましたし、任せきりにして、三十年近くも思いださなかった……」

「どんな電話でしたか」

誠司は問うた。久美子が答える。

「歌、です」

「歌？」

「ええ。沙奈江が好きだった歌を、電話口でぼそぼそ歌う声がして……。知らない男の声でした。若いか年寄りかもわからないくらいの小声です。あの子の好きな歌だと知った上で、わざとわたしに聞かせたと思うんです」

「なんという歌ですか。有名な歌？」

「一般的に有名かどうかは……」

久美子は言いよどんで、

「もともとは、別れた夫が好きだった曲です。四十年以上前にヒットした、『フラッシュライン』って映画をご存じですか？　その主題歌のB面でした。タイトルは忘れてしまいましたが、夫が鼻歌で歌っていたのを覚えたみたいで、子供らしいでたらめ英語で歌って……」

声を詰まらせた。

「六つや七つの子供が歌うような曲じゃないんですよ。でもこまっしゃくれた仕草で、気取って歌うのが可愛らしくて――。あの子が歌うたびわたしが笑ったから、しょっちゅう歌うようになったんです。いま思えば、離婚したての母親を元気づけようとしていたんでしょうね」

「その曲を、電話口で歌った男がいたと？」誠司は唸った。

「当時、その歌が娘さんの十八番《おはこ》だと知っていたのは、誰と誰ですか」

「まずは別れた夫。あとは両親と弟、学校の友達くらいでしょう。引っこみ思案な子でしたから、親しい人以外の前で歌うことはなかったかと」

――ではやはり、犯人の可能性が高いか。

誠司は眉根を寄せた。

想像以上にサディスティックな野郎だ。拉致された少女が、犯人の前でみずから歌うはずがない。歌えと命じたのだ。

犯した少女に歌うことを強《し》い、それを口伝えに家族へ聞かせる。尋常の神経ではなかった。里佳ちゃん誘拐のとき、身代金云々《うんぬん》で警察が振りまわされたことを誠司は思いだした。となれば、あれは受け渡しを諦めたのではなく、はなから故意だったのではないか。金は二の次で、犯人は大の男たちが右往左往するさまを見たかったのか。

――糞野郎が。

誠司は奥歯を噛みしめた。

この電話の件を、誠司は書類で見た覚えがない。捜査本部《チヨウバ》で取りあげられた記憶もだ。久美子は時期をはっきり覚えていないようだが『犯人がすでに捕まっていましたし』と言うからには、捜査本部はすでに解散済みだったとおぼしい。

「あの、もうひとつご相談があるんですが、いいでしょうか」

久美子がためらいながら言った。

「おそらく動画や漫画を観た人たちでしょうが……。近所に、野次馬が出没したらしいんです」

「えっ」旭が目を剝いた。

「そいつら、柳瀬さんになにかしたんですか」

「いえ、まだなにも。ついさっきお隣さんから聞かされたばかりです。『このあたりに柳瀬という女性が住んでいないか』と、尋ねまわる人たちがいたそうでね。言うことがおかしいので問いただしたら、『ネットの動画がどうこう』と言いだしたと」

「若いやつですか。チャラそうな格好の?」

「ええ、大学生らしき若者が二人。サングラスで顔を隠して、最初はマスコミ関係者だと詐《さ》称《しょう》していたとか。中年男がうろついていた日もあって、こちらは顎鬚《ひげ》に手袋で、探偵を気取って手帳まで見せつけてきたそうです」

「うわあ、もうそんな馬鹿が湧いたか。すみません」

旭は恐縮して何度も頭を下げた。

久美子が苦笑する。

「いえ、覚悟はしていました。わたしはいいんです。でもご近所に迷惑がかかるのは、ちょっと……。こういうときって、警察に言うべきなんでしょうか」

「署には相談しておくべきでしょうな。わたしのほうから片桐さんに報告しておきます。ご足労ですが、是非彼と一緒に生活安全課へ行ってください」

誠司は渋い顔で言った。

「木野下一己さんのほうにも同類の輩《やから》が湧いていないか、訊いておきますよ。ご近所さんにも、その手のやつらを見かけたら通報するようお伝え願います。柳瀬さんが見かけた場合は、われわれか木野下さんにご連絡を。戸締りにはこれまで以上に注意してください。もちろん外出する際もです」

久美子は胸の前で手を組んで、「はい」と深くうなずいた。

7

帰ってすぐ、誠司は旭に新たな要望を出した。

約四十年前から現在まで、北蓑辺郡を中心とした一帯に〝幼女および少女に関する猥褻及び致傷事件〟がどれだけ起こっているか知りたい、という頼みである。

「もし亀井戸と伊与が冤罪だとしたら、疑問がひとつ浮かぶ。『なぜ彼らの逮捕とともに、犯行が止んだか？』だ。この手の犯人はよほどの理由がない限り、捕まるまで犯行をつづけるものだ。殺人の衝動は無理に抑えこんだとしても、幼女に対する欲求までは消えないはずだ」

「えーと、じゃあ、ネット上にあるデータベースサイトを当たってみるよ」

旭は考え考え、答えた。

「国内外の事件データをまとめているサイトに、いくつか心あたりがある。誘拐や性犯罪は、警察庁がPDFで公開してる『少年非行、児童虐待及び子供の性被害の状況』や、『少年の補導及び保護の概況』『警察白書』からピックアップしてみる。足りないとこは、テツに国会図書館に行ってもらおうかな。あいつ、字を目で追うの、めっちゃくちゃに速いから」

「すまんな、面倒ごとばかり押しつけて。じいちゃんはインターネットやパソコンは、からっきしだからな」

誠司は頭を掻いた。

「とはいえ急がなくていいぞ。おれたちの目的は、冤罪かどうか判断すること。もし冤罪だったなら、伊与淳一の死刑執行を止めることだ。その過程で真犯人が見つかれば万々歳だが、そこまでは期待しとらんよ」


午後七時。

誠司が向かった先は、以前も顔を出した居酒屋であった。

「よう、こっちだ」

奥の四人掛けテーブルで、小野寺記者が手を挙げる。

小野寺の横では、いかつい顔をした目つきの悪い男が猪口《ちょこ》を傾けていた。

「福永さん、お久しぶりです」

誠司は男に頭を下げた。『栃木総合テレビ』のチーフプロデューサー、福永吾郎だ。

福永が猪口を置き、わざわざ立ちあがって礼を返す。

「こちらこそお久しぶりでございます。本日は小野寺さんに無理を言って、この席を設けていただきました。お忙しいところ、お時間を割いてくださってまことに恐縮です」

「ああ、いや、こちらこそ」

誠司は苦笑した。あいかわらず、大げさすぎるほど慇懃《いんぎん》な男だ。

小野寺が手を振った。

「くだくだしい挨拶はいいから、二人とも座れよ。シノさん、あんたはどうせお茶だろ？　おーいおねえちゃん、こっちにデカフェの茶をひとつと、甘海老の唐揚げ、串焼き盛り合わせを頼む。三人分な、獅子唐《ししとう》入れて」

誠司のグラスが届いてすぐ、小野寺のビールジョッキ、福永の猪口とで乾杯する。

福永がさっそく口をひらいた。

「動画、観ましたよ」

上目づかいに誠司を見た瞳が、にぶく光っていた。

「うらやましい。クレームに怯えて、規制規制ばかりのいまのテレビにはできない芸当です。じつにうらやましい」

「そう思うなら、福永さんもうちの班に入ってくださいよ。命名〝星野班〟だ。ほかのテレビマンが目を付けてない、いまがチャンスです」

椎茸串に手を伸ばし、誠司は笑った。冗談めかしながらも、語尾に本気の色を滲ませた。福永がそれを受け、にやりとする。

「わたしと星野さんは同年代だ。お互い北蓑辺事件のときは三十代。まるきりの新米じゃあないが、まだまだ上にもの申せる立場じゃありませんでしたな」

「まったくです」誠司は同意し、串に嚙みついた。

福永がつづける。

「――じつは北蓑辺事件について、星野さんと話したいことがひとつ」

静かな声音だった。誠司は椎茸の串を置いた。

福永が猪口の酒を舐め、

「三角巾の男」

と言う。

「腕を、白い三角巾で吊った男です。わが報道局取材班が独自に摑んだ情報――と言いたいところだが、警察の網にだって当然引っかかっていたでしょう。あの男の容疑は、いったいどこにいってしまったんですか」

「さすがだ。よくお調べです」

誠司は頭《こうべ》を垂れた。

捜査員たちは当時、北蓑辺郡と周辺一帯で、小児猥褻および強姦の前科がある者をリストアップした。また、目撃証言もできるだけ集めた。

ほとんどは「信憑性がない」として処理されたものの、証言に幾度か出てきたのが「腕を三角巾で吊った男」であった。

「福永さんのおっしゃることはわかります。確かに北蓑辺事件の前後、片腕を三角巾で吊り、怪我したふりで少女を誘いこんでいたずらする常習犯がいた。しかし特捜《トクソウ》本部はあくまで北蓑辺事件の捜査本部です。結果的に、あんな卑劣漢を野ばなしにしたのは悔いが残りますが――」

「いや、そうじゃなく」

福永はさえぎった。

「三角巾の男が、北蓑辺事件の真犯人という線はないんですか」

「それはあり得ません」誠司は即答した。

「なぜです」

「やつにはアリバイがあるんです。二人目の被害者である柳瀬沙奈江ちゃんが誘拐された時刻、やつは別の場所で少女に声をかけていやがった。少女は賢い子で、その場から走って逃げ、パートから帰宅した母親に報告しました。母親の通報履歴が残っていますし、少女の証言もしっかりしていて齟齬《そご》はなかった」

「ふうむ」福永は額を撫でて、

「わたしはこう聞きましたがね。『あの頃、三角巾で腕を吊って少女に声をかける男は、複数いた』と」

誠司はぎょっと息を呑んだ。あらためて、福永をまじまじと見る。

福永はうなずいて、

「若い男と中年と、すくなくとも二人いたようです。いわゆる模倣犯《もほうはん》でしょうかね。三十年前の子供らは、学校で建前ばかり詰めこまれていたもんです。『困っている人には親切にしなさい』『大人のお手伝いは進んでやりましょう』……。現代ほど防犯意識が発達しておらず、よくも悪くも牧歌的な時代でした。やつらは自分の欲望を満たすため、成功率の高い犯行手口を真似たのではないでしょうか」

と言った。

「ちなみに、われわれ取材班が模倣犯の存在を摑んだ頃には、亀井戸と伊与の両名はすでに逮捕されていました。直後に亀井戸が自白し、DNA型鑑定結果も一致した。結果、〝複数いた三角巾の男〟のスクープはお蔵入りになった。だがわたしゃあ、どうにもそいつが頭の隅に引っかかってね。忘れられませんでした」

「福永さん……」

「来週の水曜、『長期未解決事件の謎を追う』の二時間スペシャル番組をオンエアする予定です」

福永は顔を上げ、誠司を正面から見た。

「わたしはそこに北蓑辺事件概要の動画を、十分……いや五分でいいから、ねじこみたいと思っています」

薄い眉の下から、三白眼《さんぱくがん》で睨《ね》めあげてくる。

「どうかご許可をいただけませんかね。動画の尺はこちらで多少つまむことになるでしょうから、編集の許可もお願いしたい。お孫さんがネットで公開しているウェブ漫画も、数点ご紹介させてください。

小野寺さんからお聞きしましたよ、世論を動かしたいんでしょう？　だったらテレビの力は不可欠だ。インターネットに押されているとはいえ、まだわれわれがマスコミュニケーションの頂点にいることは間違いない」

誠司は福永と見つめ合った。

ややあって、携帯電話を取りだす。

「福永さん。あんた、この場でおれの孫たちと話してもらえますか。コミックは孫、動画は孫の友人にそれぞれ著作権がある。被害者遺族である木野下さん、柳瀬さんとも話してください。

——その四人が承諾するなら、おれにいっさいの異論はない」

8

栃木総合テレビが制作した『長期未解決事件の謎を追う』は、視聴率六・三パーセントと、スペシャル番組としてはふるわぬ数字であった。

しかし反響は大きかった。

旭のツイッターアカウントは、フォロワーが倍になった。事件概要動画の再生回数は一夜にして七十万を超えた。

また、電子媒体からのインタビュー依頼も相次いだ。

「たった八分ちょいの放映だったのに、すごいな」と石橋哲は感嘆し、

「だよな。〝テレビは失墜した〟だの〝オワコン〟だのと言われて久しいけど、やっぱ影響力は抜群だ」

と旭は手ばなしではしゃいだ。

「とはいえ、これはあくまで瞬間的なものだからな。テレビで寄ってきた大衆はすぐ飽きる。このうちの一割でも捕まえて、次の口コミに繋げなきゃ」

その言葉どおり、旭はツイッターをコンスタントに更新しつづけた。

フォロワー数はいつしか七万人を超えた。

哲は『北蓑辺事件・再調査編』動画の第二回目をアップロードした。伊与と誠司が面会したときの会話をナレーションソフトで再現し、柳瀬久美子のインタビューを流した。旭と哲が福永と電話でやりとりしたくだりは、ほぼノーカットで収録した。

ただし電話口で歌われた曲については伏せた。誠司からの要望であった。背景画像は、里佳ちゃんと沙奈江ちゃんの写真を多用した。

事件概要動画の再生数はいまや、百万にせまる勢いだった。『再調査編』の第一回、第二回も順調に再生数を伸ばしていた。

誠司の携帯電話に、小野寺記者から着信があったのは放映から五日後であった。

「シノさん、明日の朝刊のリークだ。こいつは予想外の展開だぜ」

「どうした」

誠司は問いかえした。

小野寺の声は、興奮でうわずっていた。

「あんた、メールは不得意なんだっけか。すまんが旭くんに替わってくれ。彼のパソコンに、明朝の日永新報の画像をPDFデータで送りたい」

旭がデータを受信したのは、星野家のポストに朝刊が投函される約五時間前だった。

メールでPDFデータを受けとった瞬間、

「まさか。ガセだろ?」

と旭は叫んだ。誠司も同感であった。あり得ない。哲が作成した動画や、福永の番組を観た愉快犯の仕業ではないのか——と。

その記事は販売部数全国二位を誇る日永新報の三面に、写真入りで大きく載っていた。

『北蓑辺郡連続幼女殺人事件、真犯人を名乗る男から小包』

『事件から三十年、新展開か』

しかし記事を読み進めていくにつれ、二人は押し黙った。

日永新報に送りつけられた小包には女児用のスカートと、古い爪、歯のかけらが梱包されていたという。

タグをもとに調べたところ、スカートを製造したアパレルメーカーは二十四年前に倒産していた。爪は左足の中指から剝がされたもので、歯は折れた第二大臼歯《だいきゅうし》であった。どちらも大きさや摩耗の度合いからして、五歳から十歳の児童のものと判明した。

小包には文書が添えられていた。

北蓑辺郡連続幼女殺人事件　終わったと思ったか？
おまえたちにはおれの影しか見えない

A4の用紙に、ワードでその二行だけが打たれていたらしい。

署名は『虎より』。

「ただしこの署名は、記事の中では伏せた」と小野寺はメールに書き添えていた。犯人しか知り得ない情報を残すためだろう。

つづいて記事は、〝北蓑辺事件の主犯として死刑判決を受けた亀井戸建が、今年五月に獄死した〟ことに触れ、

『この怪文書の送り主はいったい誰なのだろうか。またスカートおよび爪と歯は誰のものなのか。当紙はスカートおよび爪と歯を警察に届け、三十年前の被害者のDNA型と一致するか、鑑定を託した』と結んでいた。

「……じいちゃん」

旭があえいだ。その声の震えに、誠司は顔を上げた。思わずぎょっとする。

孫の頬は、血の気を失って真っ白だった。旭は言った。

「こいつ、――間違いない。こいつが、真犯人だ」

「なぜそう思う」

「柳瀬久美子さんが言ってた歌だよ。映画『フラッシュライン』のテーマソングのB面。おれ、調べたんだ。『TIGER』って曲なんだよ。その歌詞にはこうある。『Stand back, All you can see is my shadows』、『I am the tiger』。〝近寄るな。おまえたちに見えるのはおれの影だけ。おれは虎だ〟――」

数秒の間、二人は顔を見合わせた。

沈黙が落ちる。

やがて、旭は唸るように言った。

「なんで送り先は、日永新報だったんだろう」

一般に日本三大新聞は東都《とうと》新聞、日永新報、文政《ぶんせい》新聞と言われている。統計では朝刊シェアの約二十二パーセントを東都新聞、十八パーセントを日永新報、十三パーセントを文政新聞が占めるそうだ。

「どうして、シェア一位の東都新聞に送らなかったんだろうね」

「あそこは左寄りの硬派な新聞だからな」

誠司が答えた。

「文政新聞は逆に、どっちかと言ゃぁ右寄りだ。比較的中庸で、記事が俗っぽい日永新報なら、飛びつく確率が高いと踏んだのかもしれん」

ちなみに小野寺が以前在籍していた日永書房は、日永新報社グループの出版社である。朝刊の内容を誠司たちにリークできたのもその伝手《つて》だ。

「旭。おれもおまえの意見に乗るぞ」

誠司は奥歯を軋《きし》ませて言った。

「北蓑辺事件の犯人は里佳ちゃん事件において、受け渡し現場に来る気もないのに身代金要求をした。沙奈江ちゃん事件では、悲しむ母親にいやがらせ電話をかけた。……こいつは警察や被害者家族を振りまわして、楽しんでやがる。亀井戸や伊与に、こんな余裕や稚気《ちき》はない。犯人はもっとふざけたイカれ野郎だ。三十年も経って新聞社宛てに、証拠を送りつけて遊ぶようなくそったれだ」

あぐらをかいた膝を苛立《いらだ》たしげに揺する。旭が小声で言った。

「じいちゃん、コーヒー飲みたい？」

誠司の膝が止まる。

「我慢してんだよね、知ってる。けど、こんなときくらい……おれ、淹《い》れてこようか」

「いや――」

誠司が首を振りかけたとき、ノックの音がした。

なんとはなしにぎくりとし、誠司と旭はドアを見やった。

細くひらいた隙間から、白い顔が覗く。実加子であった。

「……お父さんたら、こんなとこにいたの。早くお風呂入っちゃってよ、あとがつかえてるんだからね」

「ああ、すまん」

誠司は短く詫《わ》び、立ちあがった。

しかし誠司が箪笥を探って着替えを探す間も、なぜか実加子は立ち去ろうとはしなかった。

「なに？」旭が問う。

「べつに。……ただ、あんたら最近、ずいぶんと仲がいいみたいだから」

誠司の心臓がどくりと跳ねた。思わず肩越しに旭をうかがう。

旭が無表情に肩をすくめた。

「は？　前からじゃん。おれとじいちゃんが仲悪かった時期なんて、いままでいっぺんもねぇし」

その言葉を聞いても、実加子は白茶けた顔で旭を眺めつづけていた。

だがやがて、諦めたようにふっと息を吐いた。

「ま、いいけどね。それよりあんた、ちゃんと大学行ってんでしょうね？　留年だけは許さないわよ。うちは余分な学費を払ってあげられるほど、余裕ある家じゃないの」

「わかってるよ」

旭が口をとがらせた。実際、前期の必修単位はすべて取得できたらしい。成績は低空飛行、出席率はぎりぎりだが、危ない橋は渡っていないと聞く。

だが実加子はまだ戸口でぐずぐずしていた。旭が苛立った声を出す。

「なんだよ。まだなんかあんの？」

「――テツくんと、仲直りしたのね」

今度こそ旭の顔が強張《こわば》った。実加子が声を落とした。

「ごめん。こんなこと言いたくないけど……。あまり初香さんを刺激しないで」

「わかってるって」

旭は同じ返事を繰りかえした。

気まずい静寂が落ちる。それを破るように、旭のスマートフォンが鳴った。メールの着信音だ。

実加子がドアの向こうへ消えるのを見届け、旭はメールをひらいた。

誠司も背後から画面を覗く。木野下からだった。小野寺から送られた日永新報のＰＤＦデータを見たという内容だ。

「日永新報に送りつけられたあのスカートは、里佳のものだ。あの子がお気に入りだったジャンパースカートだ。背中から見た肩紐のかたちに特徴がある。買ったおれが言うんだから、間違いない」

9

日永新報の報道から二日後、星野旭宛てに県警から電話があった。

さいわいにも固定電話の子機をとって、応答したのは誠司だった。そのまま旭の部屋へ走り、ハンズフリーにして二人で聞いた。

内容は、要するに〝口頭注意〟というやつである。

相手は誠司の知らぬ警官であった。例の動画やツイッターが世間を刺激したと思い込んでいるようで、「あんたらのせいで愉快犯が出現した」と言わんばかりの口ぶりだった。

電話口で、誠司は旭の父親を装った。旭に謝罪するよううながし、

「すみません。わたしからもよく言い聞かせますから」

と低姿勢に徹した。

警官は三十分ほどたっぷりと気持ちよく説教したのち、ようやく通話を切ってくれた。

「――警察は、日永新報に届いたあれを本気にしてないってこと？」

旭が紅茶のペットボトルを開けながら問う。

誠司は腕組みした。

「いや、そうとは限らん。だがおれたちを、深刻な脅威と見なしちゃいないのは確かだな。本格的に睨まれたなら、口頭の警告ごときじゃ済まんよ。捜査員が家まで来るか、もしくはおっ

かない呼びだしがかかったはずだ」

「テツんとこにも電話がいったかな。ヤバいなあ。あいつには動画サイトのログインに、おれのフリメのアドレスを使わせてるんだ。気休めだろうけど、ちょっとはたどりづらくなるかと思って」

旭は小声で「初香さんに知れたら、シャレになんないよ」と付けくわえた。

「例の、同居の叔母さんか」誠司は問うた。

「うん」

「おれはよく知らんのだがな。うちの実加子よりヤバいか」

「なんていうか、ヤバさの種類が違う感じ」

どういう意味だ、と問おうとした。だがその前に、今度は誠司の携帯電話が鳴った。

「もしもし？　シノさんですか」

「あ？　なんだ、おまえか」

誠司はほっとした。元部下の根岸巡査部長である。

「ちょうどよかった。たったいま、県警《そっち》からうちの孫に電話があったとこさ。『一般市民ごときがよけいな真似をするな、おとなしくしてろ』だとよ。おれの存在は、まだ割れてないってことかね」

「だとしても時間の問題ですよ」

根岸は語尾で苦笑した。

「なんと警察庁《サッチョウ》の鷲尾《わしお》刑事局長から、直々《じきじき》の釘《くぎ》刺しがあったようでして」

「鷲尾——？　ああ、鳩山捜査一課長《イッカチョウ》の娘婿か」

「とっくに〝元〟イッカチョウでしょ。それより聞きましたよ。鷲尾刑事局長が初の捜査本部入りしたのが、くだんの北蓑辺事件だったそうですね」

「ああ、そう言われてみりゃそうだ。鷲尾さんもまだ当時は二十代で、ぴちぴちの警視だったなあ。鳩に取りこまれる前の……いや、これは言っちゃいかんか」

誠司は笑った。

結婚当時、同僚たちが鳩山の苗字をもじって、

「鷲尾次長がハトさんの娘と結婚？　こりゃいかん、鷲が鳩に取りこまれやがった」

「鳥類としちゃ、えらい格下げだな」

と宴席でもっぱらネタにしていたのだ。

しかし根岸は声音を引き締めて、

「笑いごとじゃありませんよ。北蓑辺事件の解決に異を唱えるのは、すなわち鷲尾刑事局長の功績に異を唱えるってことです。あの人は押しも押されもせぬキャリアな上、数々の有名な事件に貢献してますからね。その手はじめが北蓑辺事件だ。刑事局長にとっちゃ、思い入れもひとしおなんじゃないですか」

「だろうな」

誠司はうなずいた。

確かにあの事件の解決を機に、鷲尾刑事局長の評判は上がった。いまさら茶々を入れられ、面白くない気持ちは十二分に理解できる。

「ともかく、あまり派手に動かんでくださいよ。シノさんはいまや一介の市民なんだ。こう言っちゃなんですが、警察を敵にまわして、いいことなんかひとつもありゃしませんぜ」

「だな。心配ありがとうよ」

誠司は礼を言った。だが最後に質問するのは忘れなかった。

「ところで例の怪文書、発送元はたどれたのか」

「消印は宇都宮《うつのみや》中央でした。封筒は料額印面付きの、いわゆるレターパックってやつです。重量四キロまでなら、ポストに投函すりゃ全国どこでも届く仕組みのアレですよ。なお内容物および封筒から、指紋は検出されていません」

「ありがとう」

重ねて礼を言い、誠司は通話を切った。


旭のほうは、その日のうちに石橋家を訪れた。

県警から哲のもとへ連絡はなかったという。旭たちに口頭の警告があったと聞いて、哲は無邪気に喜んだ。

「ありがたい。国家権力の横槍なんて、動画が盛りあがる格好の材料だ」

「おーいテツ。言っとくが『神軍』手法はやめろよ」

旭は眉間に皺を寄せた。

石橋哲が「ドキュメンタリー映画の最高峰」と信奉する『ゆきゆきて、神軍』のことだ。かの映画では真相追及のために、積極的に暴力をふるう主役の姿が延々と映しだされる。

「ああいうのは、星野班じゃ無しだ」

「わかってるさ」

哲があっさり言う。

「おれたちに奥崎謙三の真似はできない。する気もない。だがなんらかの対立があれば、視聴者にとってわかりやすい図式ができる。純粋にそれを、作り手として歓迎しているだけだ」

「ほんっとマイペースだな、おまえは」

うらやましい性格だよ――、と旭は嘆息した。


その言葉どおり、哲は県警からの口頭注意と、日永新報に届いた怪文書をメインに動画を作成した。アップロードしたのは翌々日だ。

木野下一己の肉声による、

「日永新報に送りつけられたジャンパースカートは、里佳のもので間違いない。あの子はアニメ『愛の若草物語』が好きだったから、主人公が着ているのと似たスカートを買ってやったんだ」

とのインタビューも収録された。

また日永新報は「警察を信頼して爪、歯、スカートをゆだねたというのに、『不完全指紋しか出なかった』以降、連絡ひとつ寄越さない」と警察の不誠実さをなじる続報を載せた。

さらに三日後、『週刊ニチエイ』に小野寺記者の記事が掲載された。

『北蓑辺郡連続幼女殺人事件、事件から三十年にして急展開？　真犯人登場か？』

『獄死した主犯は冤罪？　警察の大失態か、はたまた隠蔽か』

記事はヤフーニュースに転載され、アクセスランキングの上位に入った。おかげで一連の騒動は、またたく間にネットで広まった。

ヤフーニュースのコメントは急増した。ツイッターでは『真犯人登場』『冤罪』のワードがトレンドに入り、旭のフォロワー数は倍に跳ね上がった。

概要動画の再生回数はついに百万を超え、一気に百八十万を突破した。

巨大匿名掲示板では専用スレッドが乱立した。事件の考察や推理が、ネットのあちこちで語られはじめた。

だがむろん、旭たちの活動に集まるのは賛辞ばかりではなかった。

旭のアカウントに寄せられるリプライは毀誉褒貶《きよほうへん》の〝褒〟が六割、〝貶〟が四割だ。後者の中にはあからさまな脅迫や侮辱も交じっていた。

だがそれも計算のうちだった。

北蓑辺郡連続幼女殺人事件の名は三十年の時を超え、ふたたび人びとの注目を集めつつあった。

＊　　＊

彼は薄暗い部屋にいた。

いや、正確には部屋ではない。

コンクリの壁、冷たい剝きだしの床、据え付けの棚に並ぶ工具類――。倉庫だ。

倉庫には彼と、少女がいるだけだった。巷《ちまた》で〝二番目〟とされるはずの少女である。

彼女は前の女の子より、一回りちいさかった。ちいさすぎて、手をきれいにするのが大変だった。おまけになかなか挿入できなかった。

苛立った彼は少女を殴った。たくさん、たくさん殴った。少女はぐったりし、多くの血を流し、気を失った。

倉庫の横には洗車用の立水栓《りっすいせん》があった。のちに少女の遺体を洗うことにもなる水道であった。

彼はバケツに冷水を汲《く》み、少女に頭からぶちまけた。

目覚めた少女に、彼は口で奉仕させた。

「嚙んだら殺すぞ」

と言うと、「ころさないでください」と少女はくぐもった声で答えた。殴打の恐怖で、身も心もすくんでいるのがわかった。

彼は甘い息を洩らした。

激しい殴打で切れたらしく、少女の口中は血でぬるぬるしていた。気持ちがよかった。

彼は少女に歌わせた。

好きな歌を歌ってみろ、とうながすと、震えるかぼそい声で歌いだした。

英語の歌だった。彼も知っている曲だ。歌詞はむろん、子供らしいでたらめ英語である。しかし「タイガー」という単語は聞きとれた。

――近寄らないで。わたしは暗い部屋からあなたを見てる。

――あなたに見えるのはわたしの影だけ。わたしは虎。

歌詞を調べたところ、そんな内容だった。

彼は笑い、喜んだ。そしてさらに少女を殴った。

失神して脱力した少女にようやく挿入できたのは、夕方過ぎだった。

彼はいったん倉庫を出、近くの公衆電話から「今日は帰らない」と自宅に連絡を入れた。

戻ると、全裸の少女が血まみれで床を這《は》っていた。

どうやら出口を目指し、余力を振りしぼって逃げようとしたらしい。彼はまた笑い、少女の足を摑んでもとの位置へ引きずり戻した。

そして声の出なくなった彼女の代わりに〝虎の歌〟を歌ってやった。歌いながら殴り、また歌い、犯した。

少女は痛みのためか、何度か嘔吐《おうと》した。そのたび彼は「汚い」と殴った。やがて少女の口からは、黄いろい胃液すら出なくなった。

朦朧《もうろう》とした意識の中で、少女はうつろに「おうち、かえして」「おかあさん」と呻いた。

そのうち「ああ」「うう」としか言わなくなった。

倉庫の外は、深く濃い夜だった。

第四章

1

旭は哲とともに、ある山を訪れていた。里佳ちゃんの遺体の遺棄現場である。

素人が茸や山菜を採りに入るだけあって、けして高い山ではない。しかし散策ルートをいったん外れると、ひどく険しかった。国有林なのかは不明だが、『立ち入り禁止』の看板はどこにも出ていない。

哲はあいかわらずカメラを回しつづけている。

「足もと気をつけろよ、テツ」

旭は枝を掻き分け、背後の相棒に声をかけた。鬱蒼《うっそう》と茂った枝葉が夏でも陽をさえぎり、湿った土でスニーカーの底がずるずる滑る。

「里佳ちゃんが埋められたのは……ええと、あのあたりだ」

スマートフォンのアプリで位置を確認し、旭は前方を指さした。

野草が白や紫の可憐な花を咲かせている。旭は植物にはくわしくない。なんという花かもわからない。だが、感傷を覚えた。

――里佳ちゃんがここに埋められたときも、この花は咲いていたんだろうか。

あの子が生き埋めにされ、泥が喉に詰まって息絶えたそのときも。

「カメラ落とすなよ」

もう一度相棒に声をかけ、旭は片手で木の幹を摑みながら、きつい傾斜を滑り下りた。丈の高い野草に溜まった露が、ジーンズを脛《すね》まで濡《ぬ》らす。

旭ははっとした。

――足跡だ。

野草を踏み分けて進んだらしい跡が、はっきりと残っていた。

「おい、こいつを撮ってくれ」哲を振りかえる。

「おれたちの前に、誰か来たらしい」

べつだん夏の山を散策する者は珍しくない。しかしハイキングやウォーキングを楽しむ者が、ルートをはずれてこの場所にたどり着くとは考えにくい。

――テレビ局のスタッフか、それとも記者か。

いや違う、と思った。テレビ局の撮影なら、もっと大人数の足跡が残るはずだ。確かに『週刊ニチエイ』の後追い記事は複数書かれた。しかし小野寺ほど深く追っている記者が、ほかにいるとはまだ聞かない。

――だとしたら、誰だ。

追いついた哲が、足跡を撮りはじめた。

「この靴底はトレッキングブーツだな。泥にはっきり形が残ってる。往復したようだ。来たのは、ええと、昨日か一昨日ってところか。二十七、八センチくらいの靴に見えるが、正確なサイズはあとで割りだそう」

足跡を踏まないよう追っていく。追った果ての光景に、旭は短い声をあげた。

野草ごと、地面を円状に踏み荒らした跡があった。まさしく木野下里佳ちゃんが生きながら埋められた地点である。

旭は、全身がぞわっと鳥肌立つのを感じた。

――普通じゃない。

こいつは普通じゃない。まともなやつじゃない。

動画を観て訪れた、野次馬の仕業だとは思えなかった。あの動画を観て、過去の記事を漁《あさ》っただけでは、正確な遺棄現場まではわからない。

ここがわかるのは――そして三十年を超えてこの場所を執拗《しつよう》に冒瀆《ぼうとく》できる人間は、一人しか考えつかなかった。

――犯人が、戻ってきやがった。

手が震えた。無意識に拳を握る。

カメラを向けながら哲が「犯人は現場に戻るってやつだな」と言った。

「多くの犯人は『捜査の進捗具合が知りたい』『証拠を残さなかったか確認したい』との小心さゆえに戻る。でもこいつは違うようだ。見ろよ、アサヒ」

哲が利き手で指さしたものを見て、旭の喉は引き攣《つ》った。

呻きが洩れそうになり、思わず手で口を覆う。

木の根もとに、精液が付着していた。時間を置いたせいか変色している。だがほかの体液とは見間違えようもない。

野郎、ここでオナニーしたんだ。旭は思った。

――里佳ちゃんを思いだしながら興奮して、自慰《じい》しやがった。

「カメラ清掃用の綿棒で、一応採取しておくか。……時間が経っているし、屋外に放置されていたから、DNAが検出できるかはわからないがな」

哲の声は、軽蔑で冷えていた。

2

帰宅した旭は、誠司に精液の件を報告した。

「これって警察に届けるべき？　でもおれたち、県警から口頭注意受けてる身だもんね。感謝されるどころか、たぶん怒られるよな」

「通報は見送ろう。まだ真犯人のものと決まったわけじゃないしな。野次馬があそこへ来て自慰していった可能性は低いが、皆無じゃない」

哲が割りこんだ。

「いまは民間にもDNA鑑定を請け負う業者が複数ありますが、おじいさん、どうしますか？」

「考えたが……記者の小野寺に託そうと思う」

誠司は答えた。旭と哲には、すでに小野寺を引き合わせてあった。

「ちょうど今夜、会う約束をしてるんだ。『土居りつ子を捜してくれ』と、あいつに頼むつもりだった」

「亀井戸建と交際していた女性ですね。『波田設備』の事務員だったという」

と哲。

「そうだ。男女の付き合いをしてた相手なら、そいつの生《ナマ》の姿を一番知ってるからな。親きょうだいすら知らない姿もだ。二面性がある男ってのは、たいがい女の前では本性をあらわす。おれが手がけたある事件のマル被は、誰からも聖人君子と評された男だった。しかし親にも妻子にも見せない顔を、愛人の前では見せていた。とんでもなく下劣な変態野郎だったよ」

「いまのところ、亀井戸建が幼女趣味だったという証言はありません。しかし土居りつ子は、子持ちの母でした。その子たちに亀井戸がどんな態度だったかは、事件にとって重要なポイントでしょう」

と相槌を打つ哲に、横から旭が言う。

「伊与さんは『りつ子さんの子供らは建ちゃんになついてた』と言ってたな。元大家の兄妹といい、亀井戸は子供受けするタイプだったのかな。もっとも彼ほど粗暴な男が、子供にやさしかったのはかえって不気味だけど……」

つぶやいてから、彼は哲を見やった。

「おまえ、伊与さんと文通してるんだよな？　彼の証言は信用できると思うか？　文章から伝わってくる人となりとか、そういうのはどうなんだ」

「伊与さんは、おれと似た人だよ」

哲が即答した。

「最初の予想どおり、おれと共通点の多い人だ。他人とうまくコミュニケーションがとれない。心を許した相手にはべったり依存してしまうが、それ以外の人間はみな恐怖の対象だ。そして弱いからといって、けして善人というわけでもない」

「おい、最後のは問題発言だぞ」

旭がすこし慌てる。しかし哲は表情を崩さず、

「ほんとうのことさ。完全なる善人も悪人もこの世には存在しない。そしておれたちはとりわけずるい。公明正大に生きていけるのは、得てして自己評価が高く強い人間だ。〝おれたち〟は弱くて自分に自信がないから、よく嘘をつく」

「そりゃまあ、わからんでもないな」

誠司が同意する。

「で、テツくんから見てどうだ。伊与淳一は、嘘のうまい人間かね？」

「不器用な人間ですから、うまくはないです。現にどうも、不自然な……」

言いかけて、哲は首を振った。

「すみません、伊与さんが嘘つきだと決めこんだ言いかたですね。でもなにか気になるんです。なんというか、こう、かゆいところに手が届かないような」

「そうか」

誠司はうなずいた。

「じつはおれも、伊与淳一はなにか隠していると思っていた。きみは文通をつづけて、彼と心を通わせてくれ。なるべく過去の話を引きだし、多くを語らせてほしい。情報はいくらあっても困らんからな」

誠司はいつもの居酒屋で、小野寺と顔を合わせた。

フリーザーバッグに保存した綿棒を、小野寺は宝物のごとく丁重に受け取った。例の木に付着していた、精液を拭った綿棒だ。

「確かに預かった。受領証はいるか？」

「いいさ。信用してる」

誠司は手を振った。

「ちなみに沙奈江ちゃんの遺体発見現場からは、精液の痕跡は見つかっていない。とはいえ犯人が河原で自慰しなかったという確証もない。ま、そもそもそいつが、犯人の体液だと確定したわけでもないがな」

「だからこそ調べるのさ。それじゃお言葉に甘えて、このまま預かるぜ」

小野寺はフリーザーバッグをバッグにしまうと、誠司に向きなおった。

「昼間のうちに『週刊ニチエイ』の編集長と相談したよ。この綿棒は、民間のDNA鑑定機関に預けようと思う。なにしろ警察は、例のスカート一式を受けとったあとは知らん顔だからな。二の舞は御免だ」

ビールを一口呷って、

「さて、綿棒の礼というわけじゃないが、こっちからも情報だぜ」

と小野寺はテーブルで指を組んだ。

「伊与の父親が見つかった。現在八十二歳。いまは大阪で生活保護をもらいながら、市営住宅で一人暮らししているらしい。あちこち体にがたは来ているようだが、頭のほうはまだしっかりしているとさ」

「よく見つけたな」

誠司が感嘆すると、小野寺は苦笑した。

「じつを言えば、おれが見つけたわけじゃない。数年前に日永新報の大阪支社で、高齢者の貧困問題を特集したんだ。そのとき『息子は死刑囚で塀の中にいて、誰も頼りになるもんがおらん』とぼやいた老人を、記者の一人が覚えていた」

「そうか。しかし大阪は遠い」

「おれが行くさ」

小野寺は言った。

「どうせ交通費は『週刊ニチエイ』の経費で落ちる。泊まりがけでじっくり話を聞いてくるよ。こう見えてもジジババの相手はうまいんだぜ。帰ったら録音データを聞かせてやるから、楽しみにしとけ。なにしろ編集長じきじきに『星野班と共同戦線を張れ』とGOサインが出たからな、こそこそする必要はなくなった」

美味そうにビールの残りを干し、にやりと笑う。

「次はこんな安居酒屋じゃなく、デスクの金一封で焼肉屋へ行こうぜ」

「ああ。うちの孫たちも連れてな」

「もちろんだ」

小野寺は手入れのいい歯を見せてから、すっと真顔に戻った。

「で、シノさんはこれからどうする」

「里佳ちゃんの遺体の、第一発見者に会う予定だ」誠司は答えた。

「きのこ採りのため、山へ入ったご夫婦だった。当時夫は六十代、細君は五十代。夫は亡くなったが、細君はご存命で悠々自適《ゆうゆうじてき》だそうだ。栃木総合テレビの『長期未解決事件の謎を追う』も観てくれたそうでな。話が早くて助かったよ」

木野下里佳ちゃんの第一発見者は、閑静な住宅街の一軒家に愛犬と住んでいた。

誠司は有名店のケーキを手みやげに、旭を連れて訪れた。

祖父の欲目かもしれないが、旭はなかなかルックスがいい。甘い顔立ちのせいか、ことに年配の女性から受けがいいのだ。

「もう三十年も前になるんですねえ。なんだか信じられないわ」

頬に手をあてて、細君はため息をついた。

ボブカットに切りそろえた真っ白な髪が、染めるよりかえって若々しい。愛犬のトイプードルが、しきりにリヴィングを走りまわっている。

「あの日は朝四時に起きて、山に入ったんですよ。主人が定年退職したばかりでね。毎日暇《ひま》そうにしているから、きのこ採りに付き合わせたんです。それがあんなことになるとは、夢にも思いませんでした」

「最初に遺体に気づいたのは、ご主人だったんですよね？」

先ほど線香を上げた仏壇の遺影に、誠司は目をやった。

「ええ。あの人が『鼬《いたち》がいる！』と叫んだんです。『噛まれたら病気になるぞ、逃げろ！』とね。でも声に驚いて逃げたのは、鼬のほうでした。くわえていた獲物を、駆け去ったとき落としていったんです。それが……」

「例の、遺体の一部だった」代わりに誠司が言う。

細君はぶるっと身を震わせた。

「最初はマネキンだと思ったんです。業者の不法投棄が、いっとき話題になったでしょう？　だからてっきり捨てられた人形かと……。でも主人が『おい、なんだかおかしくないか？　おまえも見てみろ』なんて言うもんですから、つい近寄って覗きこんでしまったんです」

「マネキンと人間の手では、質感がまったく違いますからね。驚かれたでしょう」

誠司は声に同情を含ませた。

細君はうなずいて、

「そりゃあ驚きました。でも主人が腰を抜かしてしまったものですから、わたしはかえって冷静になっちゃってね。まじまじと見たら、子供の手じゃないですか。あんなこと、許しちゃおけません。黙って下山するわけにはいきませんでしたよ」

「それで、警察に電話なさったんですね」

「ええ。でもあの頃はまだ、携帯電話なんて普及してませんでしょう。だから主人を支えて大急ぎで山を下りて、ふもとの売店で電話を借りたんです。でもそこまでして通報したのに、警察は察しが悪くってね。何度も何度も訊きかえすんですよ。『え？　子供の手？　女の子の手ですか？　は？　どこに落ちてたって？』なんて調子でね。もっとまともな人を電話口に出してよ！　って、そりゃあ苛々しましたわ」

「そいつはどうも、申しわけない」

誠司は急いで頭を下げた。

旭はといえば、膝に飛び乗ってきたトイプードルを撫でまわしている。細君は旭と愛犬を微

笑ましそうに眺めて、

「まあ過ぎたことですから、いいですけれどね。でもその後も大変でしたよ。刑事さんたら態度がきついし、同じことを繰りかえし繰りかえし訊いてくるんですもの。疑われてるみたいで、いい気持ちがしませんでしたわ。そのくせ続報なんか、ちっとも教えてくれないし」

「すみません」誠司は身を縮めた。

「ま、いいですけれどね」

と細君はいま一度言い、

「そういえばテレビだけじゃなく、あなたがたの動画も観ましたよ」とつづけた。

旭が犬を撫でる手を止める。誠司も一瞬言葉に詰まった。

戸惑い顔の彼らに、細君が愉快そうに笑う。

「携帯電話すら持ってなかったのは、三十年も前の話。いまどきは八十のおばあちゃんだって、スマホで動画を観るくらいはします。あなたがた、ご自分で思っているよりだいぶ有名人ですわよ」

「そ、それはどうも」

誠司は咳払いした。旭が前傾姿勢になって、「あのう、それなら話が早いです」と言った。

「じつはその動画のカメラマンが、外で待機してまして。そいつもお宅に入れていただけませんか。あ、もちろんお顔は映しません。ご要望があれば声もエフェクトをかけて、プライバシーの保護につとめます」

「あら、声はこのままでかまいませんよ。うちの子もどうぞ映してくださいな」

細君は澄まし顔で「うちの子」こと愛犬を抱きあげた。

「ご厚意、感謝いたします」

誠司は礼を述べ、ふと顔を上げた。

「ところで、なぜ女の子とわかったんです」

「え?」

細君がきょとんとする。

「さきほどおっしゃったでしょう。通報の際に『女の子の手』と言って、電話口の警官に訊きかえされたって。どうして女の子とわかったんですか」

「え……、そうねえ、なぜだったかしら」

細君はしばし視線を泳がせ、「あ、そうそう」と膝を打った。

「思いだしたわ。爪がね、きれいだったんです」

「爪?」

「ええ、そう。五本の指とも磨《みが》かれていたんですよ」

「ネイルがされてたってことですか?」旭が問う。

細君は首を振った。

「ネイルってマニキュアのことでしょ? そうじゃなくて、爪磨きよ。爪やすりで磨くことを言うんだけど、いまの子には通じないかしらね。紙やガラスのやすりを使うと、なにも塗らずとも爪がぴかぴかになるの」

誠司は旭と目を見かわした。

——調書には、なかった。

なかったはずだ。すくなくとも誠司は目にしていない。

木野下里佳ちゃんは当時八歳だった。むろん父親に確認する必要があるが、爪を磨くような年齢ではないし、特別ませた子でもなかったはずだ。

「そのお話、カメラの前でもしてもらえますか」

旭が勢いこんで言った。

3

大阪に一泊して戻った小野寺は、その足で星野家を訪れた。

「あっちは食いもんが美味《うま》いんで、もう一晩泊まりたかったなあ。ま、今回はそう悠長《ゆうちょう》にしてられんか。たいした収穫もなかったし」

小野寺がするりと額を撫でる。

場所は旭の部屋だ。広いとは言えない八帖間には小野寺のほか、誠司、旭、哲の三人が集まっていた。

クーラーボックスから小野寺は烏龍茶《ウーロンちゃ》を受けとって、

「伊与の実父は、しれっとしたもんだったよ。『実際あんた、子供なんてこさえたとこで金の無駄やで。ガキの頃は邪魔なばっかりで、やっと大人んなったと思たら、人殺しになって親に大恥かかしよる。ああ、欠かさず仕送り寄越すような、殊勝な息子やったらよかったなあ』だとさ」

と関西弁のイントネーションを真似て言う。

「伊与淳一に対して、情のかけらもないってふうだったな。『かかあが甘やかしよったさかい、あないなガキになってしもた。へなへな、ふらふらして挨拶もようでけん。勉強も運動も駄目《わや》やから、せめて仕事教えたろと思って、セールスに連れて歩いたったんや。せやけどあかんかったな。物覚えは悪いし、へまばっかりしよるし、客に愛想ふりまくこともでけへん。あいつ、なんのために生まれてきたんやろな』だとよ。実親の台詞かね、まったく」

「父親は、伊与さんが十四歳のとき失踪したんだったな?」

誠司は合いの手を入れた。

「ああ。息子をアパートに置き去りにして、仕事も借金もほうりだして逃げたんだ。話を聞くに、若い頃から逃げ癖のある男だったらしいな。しょっちゅう家出をしては、一週間ほどしてふらっと帰る常習犯だったとさ。『しまいには、親もおれを捜さんようになった』と笑ってやがった。

息子の伊与を捨てたあとも同じだ。やつは逐電《ちくでん》しては放浪を繰りかえし、四十代にはホームレス同然だったらしい。息子の起こした事件については『役所の世話んなったとき、人づてに聞いた。ニュースなんて全然見てへんかったし、たいして知らんわ』だそうだ。まるっきり他人事《ひとごと》だった」

腹立たしそうに言い、小野寺が烏龍茶を呷《あお》る。

「ただ、ひとつ気になることがあった」

「なんだ？」

「事件についてどう思うか、と訊いたんだ。息子は無実だと思わないかと。そうしたら爺さん、笑ってこう言ったね。『主犯や言われたら、そんな阿呆《あほ》なと思うとこやな。あのガキに、そない大それた真似でけへんわ。せやけど主犯はほかにいて、あいつはついてっただけなんやろ？ほしたら納得や。そういうのん、何度かあったしな』と」

「ほう？」

誠司は身を乗りだした。小野寺がつづける。

「爺さんが言うには、『あいつ、ろくに学校行ってへんやろ。友達がおらんかったから、悪いやつにへつらってでも、かまってもらおうとしよるねん。万引きの見張りだの、置き引きの囮役《おとりやく》だの、やらされとったらしいで。悪ガキが女の子にいたずらして怪我ぁさしたときも、その場におったようやしな』だそうだ」

——悪ガキが女の子にいたずらして。

「小児猥褻の前歴があるってことか」

誠司は眉根を寄せた。そういえば大家の孫も、「伊与は妹の脚をじっと見ていた」と言っていた。

小野寺が応えて、

「伊与本人は『女の子にひどいことするなんて、知らんかった。ただ人が来ぇへんよう見とけって言われただけ』と供述したらしい。爺さんいわく『そんときゃ嘘とは思わへんかった。けど、なんでも一回やったらハードル下がるやろ、そういうもんや。せやから事件のこと聞かされたときも、意外ではなかったわな。あいつはいいようにも悪いようにも、染まりやすいやつやねん。自分てもんがないねんな』――」

「ふむ。……どう思う」

誠司は横目で旭を見た。

「おれたちの活動には、不利な情報だ。動画の材料にすべきと思うか？」

「じいちゃんは、どう思うの」

旭の語尾がわずかに揺れた。誠司は答えた。

「おれ個人としては、これも動画で流すべきと思う。なるべくフェアにいきたいからな。絶対に無実だ、なんて思いこんで情報を操作するのは、本末転倒だ」

「うん。じゃあそうする」

旭はうなずいた。すぐ隣の哲を見やる。

「おれと哲は『伊与さんとの手紙をそろそろ動画に上げようか』と話しあってたところだ。哲の手紙のコピーが六通、伊与さんの返信が五通溜まったからね」

「公開していいのか」

誠司は哲に問うた。

「伊与さんの同意はもらっています。個人名などは、ぼかしの加工を入れる予定ですが」

「先に、小野寺とおれが見てもいいか」

「もちろんかまいません」

哲は首を縦に振ってから、

「ただ『過去の話を引きだして彼と心を通わせてくれ』の指示どおり、事件についての応答まではたどり着けていません。おれも伊与さんも、母親の話が多いです」

と言った。

石橋哲の母親は、伊与淳一の母と同じく早世している。だが父しかいなかった伊与と違い、哲には叔母の初香がいた。結婚も就職もせず、愛する実兄に尽くすべく、いまも石橋家に住みこんでいる女性だ。

「伊与さんは、母親のこととなると筆がよく走ります」

哲は抑揚なく言った。

「安易に使いたくない言葉ですが、伊与さん本人は『自分はマザコンだ』と認めていました。かなり母子密着型の幼少期だったようですね。そこがおれとは違う。おれは母の顔を、うっすらとしか覚えてませんから」

バッグを探り、哲は封筒の束を差しだした。きっちりと重ねてダブルクリップで留めてある。

「手紙はもちろん検閲済みですが、思ったほど制限はきつくないです。そして、ひとつ朗報です」

哲は珍しく頬をゆるめて、

「さっきの小野寺さんの情報への反論になりますが、伊与さんの好みは〝豊満な中年女性〟だそうですよ。『まさに母性的な、包みこんでくれるようなふくよかな女性に惹かれる。建ちゃんは反対にスレンダー好みだから、女で争うことはなかった』と三通目の手紙にあります」

「そうか」誠司は短く言った。

表情には出さなかったが、内心でほっとしていた。口ではああ言ったものの、やはり伊与たちに不利な情報はありがたくない。

「あとでじっくり読ませてもらうが、とくに注意して読むべき点はあるかい」

誠司の問いに、哲は眼鏡を指でずり上げた。

「そうですね。まずは母親の話から、伊与さんの生い立ちが透けて見える点でしょうか。伊与さんの母親は児童養護施設と自宅を往復しながら、十六歳で彼を妊娠しました。彼女もまた学校にほとんど行っておらず、同い年の友達はなく、孤独でした。相手をしてくれるのは体目当ての男たちばかりでした。彼女は幼い伊与さんを、わざと書物——というか、文字に触れさせなかったふしがあります」

「伊与淳一は小学校に入ってすぐ、勉強から落ちこぼれたらしいな」

誠司は言った。

「ほかの子たちは幼稚園なり保育園で、すくなくとも平仮名くらいは習っている。スタートラインの差は大きかっただろう」

「ええ。伊与さんがクラスメイトにいじめられて登校を渋りはじめると、母親は『行かなくていい』とあっさり許したそうです。おれが思うに、登校拒否は母親の思うつぼだったんじゃないでしょうか。

息子の伊与さんを産んだことで、彼女はようやく孤独ではなくなった。見かえりなくそばにいてくれる、唯一の存在を得た。彼女が望んだのは、母子二人だけの密室的世界でした。息子の見識が広がらないよう、彼女は意図的に教育を怠ったんです。これは、一種の虐待でしょう。公的な検査の結果、伊与さんの知能は正常値でした。長じてからも無能者扱いされていたのは、幼少時の不適切な養育法のせいです」

力をこめて語ってから、哲はふっと声を落とした。

「おれからの手紙の中には、初香さ……いえ、叔母に触れている箇所もあります。すみませんが、そこはぼかしを入れさせてください」

「かまわんよ」

誠司はうなずいた。

「事件と関係ない箇所だしな。問題ない」

哲が硬い表情で繰りかえした。「すみません」

「いや。次に押さえておく点は？」

「次には……そうですね、知りあったときの亀井戸の印象でしょうか。伊与さんいわく『建ちゃんは、とにかく口の悪い人だった』『最初のうちは、顔を合わせるたび態度が変わるので、とても戸惑った』だそうです」

「おかしいか？　亀井戸に会った者は、たいがい彼の態度に面食らってるぞ」

「それはそうなんですが」

哲は同意してから、

「ですが、なにか——なんだろうな。伊与さんの手紙を読んで、どこか引っかかったんです。すみません。この点についてまだうまく言えないので、アサヒのお祖父さんも読んでみてください」

「わかった」

誠司は首肯し、小野寺を振りむいた。

「おい、聞いてたよな？　というわけで、おまえには一連の手紙のコピーを渡すよ。あとで旭にコンビニに行ってきてもらう。さておれたちのほうは、里佳ちゃんの遺体の第一発見者と会ってきたわけだが——」

ひとくさり彼に説明した。

聞き終えて、小野寺があぐらをかきなおす。

「爪が磨かれていた、か。女性ならではの観点だな」

「日永新報に送られてきたという爪は、どうだったんですか」と旭。

小野寺はかぶりを振った。

「わからん。おれは実物を見てないんでな。写真は確認したが、古くて黄ばんでいたし、磨かれていたかなんてさっぱりだ」

「三十年前の調書には、なぜその旨の記述がなかったんです？　現場の捜査員の見落としでしょうか」

哲が無表情に訊いた。

「うむ。見落とし……かもしれん」

誠司は唸った。

「言いわけになるが、警察ってのはよくも悪くも男社会なんだ。三十年前はいまよりその傾向が強かった。一九八九年に逮捕された、宮﨑勤《みやざきつとむ》を知ってるか？　北蓑辺事件と同じく、女児を対象とした連続殺人事件の犯人だ」

「事件概要は知ってます」と哲。

誠司はつづけて、

「宮﨑は〝今田勇子《いまだゆうこ》〟の署名付きで、新聞社宛てに犯行声明文を送りつけた。不慮の事故で子供を亡くした主婦になりきっての文章で、全文が女言葉で統一されていた。捜査本部もはじめのうちは、ほんとうに女の手による声明文だと信じたんだ。しかし一人の女性警官が『これは男の文章だ』と異を唱えた。

根拠は声明文の中に何度も出てくる〝しわくちゃパンティー〟という単語だ。その女性警官は『年端もいかぬ女児の下着に対して、通常の女性は〝パンティー〟という性的な単語は使わない。せいぜい〝下着〟か〝パンツ〟だ。〝しわくちゃパンティー〟を執拗に連呼するこの声明文は、女児を性的対象と見なしている男の文章だ』と主張したのさ。そして、その主張は正しかった」

いったん言葉を切り、誠司は一同を見やった。

「つまりだ。下着の名称がどうこうと同じく、爪が磨かれていたかどうかなんて、当時の男性捜査員には判別がつかなかった。宮崎事件ではたまたま女性警官の意見が通ったが、おれの知る限りでは珍しい一例だと思う。調書になかったとしても、単に誰も気づかなかったんだ。捜査本部の故意ではない」

「……沙奈江ちゃんの遺体の手は、どうだったんだろうな」

小野寺がつぶやくように言う。

「それも、調書にはなかったのか」

「ああ。しかし木野下さんに問い合わせたところ、里佳ちゃんに爪を磨く習慣はなかったそうだ。柳瀬久美子さんもまた、『娘は爪を塗ったり磨いたりしなかった』と証言している」

「じゃあ、……」

――じゃあ、いったい誰が。

短い沈黙ののち、小野寺が腰を浮かせた。

「こうしちゃいられんな。おれぁ編集長と作戦の練りなおしだ。シノさん、あんたは福永のスタッフに会っといたほうがいいぜ。あいつら〝星野班〟と仕事したくて、うずうずしてやがるからな」

4

その頃、栃木総合テレビの福永は、亀井戸建の従兄《いとこ》のインタビューに成功していた。

三十年前から亀井戸の無実を信じていたという彼は、

「あいつがちっちゃい女の子に乱暴したなんて、でたらめですよ。あいつはそんなやつじゃありません。逆です、逆」

と鼻息荒く言いはなった。

インタビュアーが「逆とは、どういうことです？」と訊く。

従兄はすこしためらったが、

「いいでしょう。身内の恥を含みますが、言ってしまいます」

と覚悟を決めたように言った。

「これは四十年近く前の話です……。建のやつは就職して家を出たが、たまたまその日は、法事のため帰ってきていました。その法事の席でね、酒が入った途端、ある親戚が下品な自慢話をはじめたんです。『バンコクで、毛も生えてない十歳やそこらの少女を買った』とね。いまの若い人は信じないでしょうが、一九八〇年代にはこの手の『東南アジアでの集団買春ツアー』がざらにありました。戸一枚隔《へだ》てた台所で自分のかみさんが立ち働いてるってのに、その親戚は『一・五倍の料金を出せば、十歳以下の子でも買えた。たまたま持ち金がすくなかったので惜しいことをした』『同僚は姉妹をいっぺんに買っていた。次はおれも真似しよう』と得々としゃべっていました。反吐《へど》が出そうでしたよ。しかしおれは黙ってました。どうせ言っても無駄だとわかっていたし、なにより波風を立てたくなかった」

「では亀井戸さんのほうは、どうでした?」

「あいつは別室にいました。でも親戚の声がでかいから、聞こえたんでしょうね。建は部屋に入ってくるなり、『恥を知れ』と親戚を怒鳴りつけた。そして『てめえにも娘がいるのに、よくそんな真似ができるな』と、問答無用でぶん殴った。おれは、建を羽交《はが》い締めにして止めましたよ。あいつは怒ると手が付けられなくなるんだ。しまいにはなにを言ってるのかわからなくなって、滅茶苦茶になってしまう」

「よく止められましたね」

「まあ建は口こそ悪いが、おれまで見境なしに殴る男じゃありませんから。それに、止めたのは、親戚をかばうためじゃありません。建が逮捕されたり、訴えられるのがいやだったからです。……あいつは、確かに困ったやつでした。しかしまともな感覚を持っていました。子供好きだったし、子供のために怒れるやつでした」

従兄は肩を落とした。インタビュアーが言う。

「あなたは亀井戸建さんを、人間的にお好きだったんですね」

「ええ、そうですね。はい」

「では彼のご家族はどうでしたか。問題行動の多い亀井戸さんを、どう扱っていたんでしょう」

「家族……そうですね。叔父《おじ》たちは、はっきり言ってもてあましていました」

言いにくそうに従兄は告げた。

「あいつは双子の弟のほうだったもんで、縁起がどうとか言われて、就学前まで祖父母に預けられていたんです。おれも親が共働きだったから、同じく祖父母の家に入りびたりでね、そこで仲良くなったんですよ。

あいつが親もとへ戻されたのは、六歳の冬です。でも親にも兄姉にも馴染めませんでした。兄姉はあいつとは正反対の優等生でしたし、乱暴者で悪ガキの建は、家族の中で一人浮いてました」

「とくに母親に疎《うと》まれていたという噂がありますが、どうですか？」

「噂じゃない。事実です」

従兄は断言した。

「叔母さんにしたら、『産んですぐ引き離された。姑にとられた子だ』という意識が強かったようです。おまけに叔母さんの亡くなった弟に、建はよく似ていたそうでね。『厄介者《やっかいもの》だった弟にそっくりだ』『ところかまわずつばを吐いたり、汚い言葉ばかり使うところがそっくり。ぞっとする』と言って遠ざけてました。まあ叔母さんは、弟の生前は迷惑をかけられどおしだったそうですから。弟を嫌うのも無理ありません。しかし建のやつは、別の人間なんですからねえ。似てるからって、わが子をあそこまで嫌うのは、さすがに……」

彼は悄然《しょうぜん》と目を擦った。

インタビュアーが質問をつづける。

「亀井戸さんは中学を卒業後は進学せず、十八歳になってから家を出ていますね。ご家族との関係は、それ以後はどうだったんでしょう」

「家を出てからのほうが良好でしたよ。距離ができたのが、かえってよかったんじゃないかな。叔母さんはわれ関せずって態度だったが、叔父さんや兄姉とは歩み寄れていました。建の口の利きかたも、多少ましになっていましたしね。まあその蜜月も、五年と持ちませんでしたが」

「なにかあったんですか」

「事故ですよ」

従兄は言った。

「遊んでいる最中、建のやつが甥《おい》っ子に……豪ちゃんの子供に、怪我をさせてしまったんです。一生残る怪我でしたから、豪ちゃんも叔母さんも激怒しました。とくに叔母さんは、建がいくら謝っても許さなかった。以後は付き合いが切れ、完全に疎遠です。それをきっかけに、建の粗暴な言動もぶりかえしてね……」

「では事件が起こるまで、亀井戸さんは家族とずっと決裂していた？」

「起こってからも、ですよ。おれが知る限り、叔母さんたちが拘置所に面会に行ったことはない。手紙すら書いていないはずです。おまけにマスコミを避けるため、職も変えて、二度引っ越しました。親戚の間では、建の話題を出すことすらタブーでした。いまもさほど変わっちゃいません」

「わたくしどもも同じです。兄の豪さんと姉の景子さんに取材を申し込んで、両名ともに断られました」

インタビュアーは言った。

「お二人とも、いまは亀井戸姓ではないそうですね。景子さんはご結婚されたから当然としても、豪さんは事件後に奥さんの姓に変えられたとか。彼らは弟さんを、どう思っているんでしょう。やはり恨《うら》んでおいでtogether でしょうか」

「そこは否定できません。あの事件が一家の、いえ一族全員の人生を大きく変えたのは、確かですから……」

従兄は口ごもりつつ答えた。

「建が疑われたのも、会社を馘首になったのも、あいつ自身の責任です。あいつの言動がよくなかったんだ。そこは誰のせいでもないです。でもね、思うんですよ。あいつがもっと親に愛されて、大事にされていたら、なにか違っていたんじゃないかと。せめて叔母さんがもっと愛してやっていれば。家族の一員としてもっとまともに扱われていれば、って——。いやもちろん、こんなのはただの繰《く》り言《ごと》ですがね」

彼のため息は、重く苦かった。

5

福永が企画した『長期未解決事件の謎を追う』の続編にあたる『ルポ・北蓑辺郡連続幼女殺人事件』は、予定どおり彼の主導で制作された。

正式な番組タイトルは『ルポ・北蓑辺郡連続幼女殺人事件。真犯人出現か？　三十年前の事件に急展開！　はたして獄死した死刑囚は冤罪だったのか』である。くどくて長ったらしいが、慣例としてしかたのないことらしい。

企画が流れなかったのは、ひとえに日永新報に届いた怪文書のおかげだ。あの文書が後押しとなって、

「よし、世論が冷めないうちに放映してしまえ」

と上層部から承認が下りたのである。

新番組『ルポ・北蓑辺郡連続幼女殺人事件』は、日永新報に小包が届いたシーンからはじまった。

「小包には女児用のスカートと、古い爪、歯のかけらが梱包されていた」とのナレーションとともに、イメージ図が映しだされる。

ナレーションは次いで、

「爪はおそらく左足の中指から剝がされたもので、歯は折れた第二大臼歯であった。どちらも

大きさや摩耗の度合いからして、五歳から十歳の児童のものである」

と淡々と説明した。

そこへ木野下一己が、旭へ宛てたメールの文面がアップになる。

『日永新報に送りつけられたあのスカートは、里佳のものだ。あの子がお気に入りだったジャンパースカートだ。背中から見た肩紐のかたちに特徴がある。買ったおれが言うんだから、間違いない』

無機質なメールの文字に、里佳ちゃんの生前の画像がダブる。さらにナレーションの声がかぶさる。

ここでタイトルだ。ドラマティックな音楽が流れ、『ルポ・北蓑辺郡連続幼女殺人事件。真犯人出現か？　三十年前の事件に急展開！　はたして獄死した死刑囚は冤罪だったのか』のタイトル文字が画面いっぱいに表示される。

この番組は夕方四時から五時台の、通常ならば情報番組を流す枠にねじこまれた。コマーシャルを抜けば、約七十分の番組である。

最初の十五分は、北蓑辺郡連続幼女殺人事件の事件概要に費やされた。そして残る五十五分が〝星野班〟捜査の総集編であった。

石橋哲が制作した映像がふんだんに使われた。すでにネットにアップ済みの映像である旨が絶えずテロップで出され、旭が投稿したウェブ漫画や、ツイートもぼかしなしで映しだされた。

「この時間帯のメイン視聴者は、主婦とお年寄りです」

福永は誠司たちに語った。

「いまの十代から四十代はスマホに夢中ですが、その上はまだまだテレビがメイン媒体ですからね。今回アピールするのは、まさにその層です。主婦が夕飯の支度をしながら流し見することも考慮し、できるだけわかりやすく作ります。そのために、旭くんたちの活動を前面に出させてください。彼らは〝ひとつことに打ちこむ、正義の若者像〟が大好きなんです」

「いやあ、べつに正義のためにやってるわけじゃ……」

旭は苦笑した。

「おれも、おれのためにやっているだけです」哲が同調する。

福永は「それでいいんだ」とうなずいた。

「きみたちはきみたちのままでいい。視聴者が勝手に、きみたちを既存の枠に当てはめて解釈するだけだ。おれの要望は〝とくに反発せず、割りきって受け止めてほしい〟ってことだけさ」

番組は『亀井戸死刑囚の獄死を知り、昔日《せきじつ》の疑惑をよみがえらせる元老刑事』『孫との共同戦線』『孫の親友の協力』『元老刑事の昔馴染みである記者や、テレビマンの参戦』と進んでいった。そうして哲が制作した動画を中心に、捜査のまとめへと入っていく。

哲の動画は意図的にトーンを抑えてあった。けして扇情的にならぬよう、品よく作成されていた。映画的と言ってよかった。

しかし福永は派手な音楽を効果的に用い、要所要所で視聴者の目を惹きつけていた。ドラマティックな編集だ。これぞテレビマンの仕事であった。

「流し見でも内容がわかるようにですね、さすがだ」

哲が冷静に認める。

そんな彼を、誠司は斜め後ろの位置から眺めた。哲は服装こそまだTシャツにジャージだが、伸び放題だった髪を切り、無精髭も剃《そ》るようになっていた。

もともと長身の細身で、ルックスはけして悪くないのだ。眼鏡も旭のアドバイスにより、流行のフレームに替わっている。

番組は最後に警察から口頭注意が入った件を伝え、

「しかし捜査が中断されることはない。権力の壁に阻《はば》まれようと、元老刑事の挑戦は果敢につづく――」

とのナレーションで終わった。

「……いやあ、こいつはちょっとクサすぎませんかね」

誠司は苦笑した。

「わたしらは権力に挑戦しようだなんて、だいそれた考えは持っちゃいませんよ」

「わかっています。しかしテレビには、ある程度の誇張も必要なのでね。どうぞご勘弁くださ い」

福永は頭を下げてから、旭たちを見やった。

「きみたち若者は『テレビは時代遅れ。もう年寄りしか観ちゃいない』と笑うだろう？　しかし年寄りの口コミ力ってのは、そう馬鹿にしたもんでもないんだぞ。それを証明してあげよう。テレビの拡散力と、年寄りと主婦の口コミ力――。このふたつが合わさったらどれだけ膾炙《かいしゃ》が速いか。あとは仕上げをごろうじろ、だ」

福永の言うとおりだった。

『ルポ・北蓑辺郡連続幼女殺人事件』が放映されたその夜から、誠司の携帯電話は鳴りっぱなしだった。家の固定電話も同様だった。

実加子は怒り、呆れ、

「なんで黙ってたの！」

「どうしてそんな危ない真似を！」

と誠司と旭を交互に怒鳴りつけた。

夫に「まあまあ」となだめられ、誠司に「すまんすまん」と頭を下げられ、実加子が渋りながらも矛《ほこ》をおさめたときには、時刻は夜十時を過ぎていた。

誠司はほうほうの体《てい》で家を飛びだした。しかしコンビニへ一歩入るやいなや、高校生らしき二人組に指をさされた。

「あれ？　あの人、そうじゃない？」

「観た観た。元刑事だよね」

身を縮めながらも紅茶と缶コーラを買い物かごに入れ、レジに持っていくと、

「あぁっ！」

と今度は店員に目をまるくされた。まいったことに握手まで求められ、誠司は居心地の悪い家へ速足で逃げ帰った。


日付けが変わる寸前、特別番組『ルポ・北蓑辺郡連続幼女殺人事件』が、動画共有サイトに無断転載された。


真っ先に気づいたのは旭であった。

そうして哲と福永と相談した結果、一同は削除依頼を出さないと決めた。著作権の保護云々より〝多くの人に知られ、観られる〟ほうを選んだのだった。

その『ルポ・北蓑辺郡連続幼女殺人事件』は、夕方放映ながら視聴率六・八パーセントと健闘した。裏番組が人気ドラマの再放送であること、通常放送の番組は平均視聴率が四パーセントであることを考慮すれば、なかなかの数字であった。

しかし数字以上に大きかったのが、電話やメールで寄せられた反響だ。

「いまさら真犯人から手紙？　やらせじゃないのか」

「どこまでほんとうなんだ。全部テレビ局の企画か？」

「もし冤罪だったとしたら許されない。獄死した死刑囚の命は戻ってこない。国家的犯罪と言っていいのでは」

「元老刑事とやらの捜査を、今後も逐一知りたい。こんな中途半端なところで切られては生殺しだ」

栃木総合テレビはこの反響を重視し、『ルポ・北蓑辺郡連続幼女殺人事件』の再放送を決めた。

一般に視聴率が高い時間帯といえば、朝七時から九時、そして夜七時から十一時の帯だ。さすがにこの枠は取れない。

だが福永はごり押しで、その直後と直前の枠をもぎ取った。すなわち朝十時台と夕方六時台である。しかも二度にわたって再放送した。

結果、朝十時台は九パーセント、夕方六時台は十二パーセントをマークした。夜七時のゴールデンタイムですら二桁を割りがちな昨今において、十二パーセントはたいした数字であった。

前回と同様、局には感嘆、批判、賛辞、冷笑がとりどりに押し寄せた。

多くは五十代から上の層で、

「事件を覚えている。被害者がうちの娘と同年代で恐ろしかった」

「犯人が逮捕されたのは知っていたが、その後どうなったかわからなかった。まさか冤罪の疑いがあったとは」

「もし冤罪だったなら、取りかえしがつかない」

との意見が溢れた。

六時台の再放送をおこなった日の翌週、福永は誠司の携帯電話に留守電のメッセージを残した。

「緊急会議の結果、『ルポ・北蓑辺郡連続幼女殺人事件』の連続放映が決まりました。毎週木曜、深夜一時からの枠です。つきましては旭くんと哲くんに、本格的な共同態勢をお願いしたい。とくに哲くんの動画です。構成と演出を、こちらにバックアップさせてもらいたい」

福永本人が星野家を訪れたのは、翌日だった。

その夜、旭はツイッターと『リエイト』に声明をアップした。

「栃木総合テレビからお声がかかり、祖父と相談の結果、要請をお受けすると決めました。また『週刊ニチエイ』の小野寺記者とも情報共有していく旨を、ここにご報告します。今後ともご支援のほどよろしくお願いいたします」

ツイートには「頑張ってください」「応援しています」等支援のリプライが六割。「やっぱり金か。こうなると思った」「売名行為」「終わったな。つまんなくなりそう」と批判のリプライが四割の割合で並んだ。

ネットの声をまとめるアフィリエイトサイトでは、やはり冷笑的な編集が多かった。一方、ぽつぽつとだが好意的なサイトも増えつつあった。

動画サイトのチャンネル登録数は、気づけば五十万を超えていた。

6

とはいえ、むろん朗報ばかりではなかった。最寄りの警察署から今度こそ呼びだしを食らったのだ。任意ではあるが、断れるはずもない。

誠司は旭をともなって署に出頭した。

署内の廊下を歩きながら、不覚にも誠司は冷や汗をかいた。顔見知りの捜査員が遠巻きにうかがっているのに気づき、思わず身が縮まる。まるきりの他人を見るような、冷えた視線であった。

誠司は旭と別室に分けられた。その上でまだ三十代とおぼしき署員から、みっちりねっちりと説諭を受けた。

「星野さん。例の番組、わたしも観ましたけどねえ。あれじゃあ警察が悪者みたいじゃないですか、ねえ？」

「はあ……」

「あなたも元警察官だそうじゃないですか。お世話になった職場に、そんな後足で砂かけるような真似しちゃいけませんよ。そう思いません？」

最初から最後まで、署員は薄ら笑いを浮かべていた。

――ああ。おれもついに警察官に威圧〝される〟立場になったか。

覚悟していたつもりだったが、こりゃたまらん、と誠司は額の汗を拭った。

ようやく亀井戸と伊与の気持ちがわかった。一般人がいきなり署に連行され、この重圧をかけられたなら、身も心も縮こまって当然だ。

警察署という建物自体が醸《かも》しだす空気。警察官のいかつい顔つき、目つき。制服の威圧感。

すべてがたまらなかった。長く署内の空気を吸って過ごしたはずの誠司でさえ、芯まで気圧された。

約四時間拘束されたのち、誠司と旭はようやく解放された。

「どうだった」

誠司が尋ねると、旭は消耗しきった顔で「疲れた」とだけ答えた。

「もうやめたいか？」

「まさか」

旭が首を振り、空を見上げる。

「いつの間にか秋になっちゃったね。大学生の夏休みは長いはずなのに、やたら短く感じたな」

「うむ」唸って誠司も空を仰いだ。

言われてみれば、空の青がぐっと薄くなったようだ。夏の入道雲とは似ても似つかぬ、薄い雲が切れ切れに散っている。

旭が伸びをしながら言った。

「じいちゃん、迷惑料にカツ丼おごってよ。説教聞き流してる間、『やっぱ取り調べといったらカツ丼だよなー、カツ丼カツ丼』ってずっと思ってたんだ」

「その程度でいいなら、いくらでも」誠司は笑った。

「なんならテツくんも呼ぶか？　夕方から約束してるんだろう」

「うん。買い物に付き合う予定なんだ。あいつ自分で服買ったことなくて、選びかたがわかんねえって言うから」

「そうか、初香さんが――」

初香さんがずっと買ってあげてたのか。そう問いかけて誠司はやめた。

吹き過ぎる風がほんのりと涼しい。

目の前で、赤信号が青に切り替わった。


その夜の九時過ぎ、小野寺から誠司に電話があった。

「ご苦労さん。所轄署に呼びだされたんだって？」

にやにや笑いが目に浮かぶような口調であった。誠司は苦笑して、

「『ロートル爺いは引っこんでろ』とばかりに小突きまわされたよ。ところで、そっちの進捗はどうだ」

小野寺には亀井戸の元恋人の行方を追わせていたのだ。

「土居りつ子のほうは捜索中だ。それより」

ふっと小野寺は声音をあらためた。

「特ダネもんの情報がふたつ入ったぞ。とくにひとつは爆弾級だ。シノさん、どっちから聞きたいかね？」

「じゃあ、衝撃のちいさいほうから聞くか」

言いながら誠司は座りなおした。小野寺が言葉を継ぐ。

「では言うぞ。ひとつ目は、新たなロリコン野郎が関係者すじに浮上したことだ。関係者と言ってもいささか遠いがな。里佳ちゃんの母親が、無免許運転の暴走車に撥ねられて死んだことは知ってるな？」

「ああ」

「犯人は当時、まだ十代だった。少年院を退院後は保護司の監督のもと、鳶職《とび》として働いた。しかし二十一歳のとき再逮捕され、今度は刑務所へ送られている。罪状は『小児猥褻』だ。わかっているだけで四人の少女が被害に遭っていた」

「里佳ちゃんの母親は、彼女が二歳になる前に亡くなったんだよな」

誠司は考え考え、言った。

「ええと、殺害されたのが八歳だから——七年後か。そいつは『北蓑辺事件』が起こった当時、なにをしていたんだ」

「やっぱりそこが気になるよな？　残念ながらやつは、刑務所をわずか一年ほどで出所した。すなわち『北蓑辺事件』が起こった一九八七年には、大手を振って公道を歩いていた。ただしその後の逮捕歴はない。更正したのか、犯行が巧妙になったのかは不明だ。あくまで逮捕されてない、ってだけだからな」

「いまは、どうしている」

「現在は五十代。内縁の女とアパートで暮らしながら、たまに日雇いで働いているらしい。ありていに言ってヒモだな。犯歴はしょぼいが、小児猥褻の前科が気になる。監視リストに一応入れておいた」

「それがいいな。……それで、爆弾級の特ダネってのはなんだ」

「聞いて驚くなよ」

小野寺は咳払いをして、

「昔取った杵柄で、サツまわりをして掴んだネタだ。検察庁から返還された北蓑辺事件の証拠品が、どうやら一部行方不明らしい」

「なんだって？」誠司は目を剝いた。

小野寺がつづける。

「なくなったのは、里佳ちゃんのDNA型サンプルだ。衿に、犯人の唾液が付着した肌着だよ。このサンプルが、証拠品保管庫に見あたらんそうだ」

「そんな馬鹿な」

誠司は啞然とした。

証拠品保管庫は各警察署にあり、証拠品は事件ごとの段ボール箱に入れられて厳重に保管される。段ボール箱には『発生日時、事件名、発生場所』が明記され、一目でわかるようになっている。

北蓑辺事件はとうに「解決済み」扱いの事件ゆえ、衣服などは被害者遺族に返却されたはずだ。ただしDNA型サンプルは例外で、長期保管庫に眠ることになる。

「検察庁から返された時点でなくなっていたのか？　それとも署内で保管しているうちになくなったのか、どっちだ」

「それすらわからんらしい。大失態だな。情報提供者は『監察の内部調査が入る』と青い顔をしてやがった。あの顔いろからして、ガセじゃなさそうだ」

「だがＤＮＡ型サンプルは、すでにデータベース化……いや、三十年前はまだＭＣＴ１１８型検査法が使われてたんだったな。登録されてるのは、結果だけか」

「おそらくな。付け焼刃で調べたが、現在はＳＴＲ型検査法ってのが主流らしい。えーと、塩基が短いＤＮＡの繰りかえし領域の反復をショートタンデムリピートと呼ぶとかなんとかで、とにかくそいつを略してＳＴＲという。こいつの違いを調べることで、個人を識別する検査方法だそうだ」

小野寺は棒読みでメモを読みあげて、

「ＤＮＡってのは保存状態さえよけりゃ、数百年経っても再鑑定が可能らしいな。日永新報に送りつけられたスカートには、複数の人間が触れた形跡があった。おまけに例の綿棒がある。それらのＤＮＡ型を調べた上で、三十年前のサンプルを再検査して比較すれば、伊与淳一と亀井戸建の容疑が晴れる可能性はあったはずだが……」

低く唸った。

「いったいどこのどいつが、保管庫から証拠を持ちだしたってんだ。まさか犯人は、警察関係者じゃあるまいな」

「まさか」

誠司は乾いた笑い声を上げた。

「単純な紛失だろう。そう思いたい。もちろん、それはそれで大問題だがな」

身内に──警察内部に犯人がいるなどと疑いたくはなかった。単純に感情の問題である。それに比べたら、保管の杜撰《ずさん》さを責められたほうが、何百倍もマシだ。

「シノさん」

小野寺が言った。

「ともかくこの紛失の件、おれは記事にするぜ。あんたに先に言っときたかっただけだ。書くなと止められても、書くからな」

「べつに止めやせんよ」

誠司は答えた。だが声に力がないのが、自分でもわかった。

気を取りなおして、

「ところで土居りつ子の行方は、当分わかりそうにないか？」と問う。

「まだなんとも言えん。とりあえずは『波田設備』の元社員が取材要請を受けてくれたよ。伊与、亀井戸、土居りつ子の三人と同時期に働いていた社員だ」

「その取材はいつ行くんだ？」

「明後日の午後にアポをとった。あんたも旭くんと哲くんを連れてくるか？　もちろんカメラを持ってだぜ。いまやおれたちはチームなんだ、遠慮するな」

7

亀井戸たちの元同僚だという男は、

「胸から下の撮影で、声も変えてくれるなら」

という条件で撮影を承諾した。

取材および撮影は、日永新報社の地方営業所でおこなわれた。小野寺が話をつけ、応接室を借りきっての特別待遇であった。

「そう、あいつらと働きはじめたのは……もう四十年も前になるんですねえ」

亀井戸建より二歳上だという彼は、懐かしそうに目を細めた。

「でも亀井戸たちとは、それほど付き合いはなかったんです。あいつらはあいつらだけでべったりでしたから。デキてるんじゃないか、なんて噂まであったくらいで」

皺深い顔に、さらに深い笑い皺が寄る。

「伊与は印象の薄いやつでしたね。なにを言われてもへらへら笑ってるんで、みんなに馬鹿にされてました。酒好きだったことくらいしか覚えていません。あいつを相手にする物好きは、亀井戸くらいのもんでしたよ」

「では亀井戸建の印象から教えていただけますか」小野寺が言う。

元同僚はすこし考えこんでから、

「奇妙なやつでした」

つぶやくように言った。

「奇妙とは？」

「なんというか、ちぐはぐなんですよ。初対面のときは『とんでもない愚連隊が入社してきた』と思いました。目つきは悪いし、肩を揺すりながらひっきりなしに悪態をついてましたね。『くそっ』『ちくしょう』『馬鹿がっ』といったふうにです。図体がでかいし顔もごついから、悪ガキを見慣れてるおれたちでもおっかなかったですよ。とくに『くそっ』と『馬鹿がっ』は、口癖と言っていいくらいでした。なんの脈絡もなく助平な話をはじめたり、あたりかまわずつばを吐いたりするもんだから、最初のうちは安酒でココをやられちまったんだと思ってました」

元同僚は、自分の額を指で叩いてみせた。

「でも、次第に印象が変わっていった？」

「働きぶりが、意外なほど真面目でしたからね。おまけに頭も悪くなかった。むしろ回転の速さは、社員の中じゃ上のほうだったと思います。学校の成績がいいってタイプじゃないが、ぽーんと玉を投げたら、すかさずぽーんと打ちかえしてくるような感じでね。ええと、なんて表現したらいいか……」

「当意即妙？」

「ああそう、それそれ。そんな感じでしたよ。いつもぽかんとしてる伊与と、いい対比でした。

亀井戸は器用だし、気が回るし、こまかい作業が得意でしたね。また集中力がすごいんですよ。そういった作業をしてる間は、不思議と例の『くそっ』『馬鹿がっ』も飛びだしませんでした」

「なるほど」小野寺はいったん首肯して、

「ところで、さきほどの〝助平な話〟というのをお聞かせ願いたいんですが、よろしいですか」と言った。

元同僚が苦笑する。

「いやあ、そいつはちょっと、カメラの前じゃ言いにくいなあ。うーん……なんというか、下品なことをね。意味なく喚きちらす癖があったんです、あいつは」

「具体的にどんな？」

「言っちゃっていいの？」元同僚は顔をしかめた。「カメラ、これ撮影してんでしょう？」

「かまいませんよ、あとで編集しますから」

「あー、じゃあ言いますけどね。……あいつ、『チンポが勃《た》った』とか『パンツ脱ぎたい』とか、そんな言葉を連発するんです。小学生みたいでしょう？　しかも言いはじめると止まらないようでね。おれたちも最初はぎょっとしましたが、慣れてくると『またはじまった』ってなもんでしたよ。『まーた亀井戸のチンポチンポがはじまったよ』なんて。とくにストレスが溜まると言いたくなるみたいでした」

「ストレスとは、職場のですか」

「まあそりゃ、もちろん楽な仕事じゃありませんから。夏は暑いし冬は寒い。危険の多い作業だし、上司はむかつくし給料も高《たか》かあない。でもあいつが一番荒れていたのは、入社したての頃でしたね」

「ほう？　なにかあったんでしょうか」

「みたいです。酒の席で亀井戸がぽろっとこぼしたんだが、なんでも実家に不義理しちまったみたいでね。『謝っても謝りきれないことをした。二度と顔を見せるなと言われて、なにも言えんかった』って、でかい図体を縮こまらせてましたっけ」

そこまで言い、元同僚が視線を宙にさまよわせる。

「いや、あの頃の亀井戸はマジでおっかなかったなあ。伊与ですら、たまに近寄れないくらいでしたよ。とくに酔うと『くそっ』『馬鹿がっ』の口癖がひどくなって、目じりがぴくぴく痙攣して……。りっちゃんがいてくれなかったら、どうなってたか」

「りっちゃん？」

「うちの事務員ですよ。苗字は土居です。土居りつ子」

元同僚は自分の言葉にうなずいて、

「旦那に早くに死なれたそうでね。幼な子二人抱えて生活に困ってるからって、社長の知人の紹介で入社したんです。亀井戸の態度がおさまっていったのは、あの子が陰ひなたにカバーしてくれたおかげですよ。ほんと、おれたちにとっちゃ、りっちゃんさまさまでした」

「そういえば土居りつ子さんと亀井戸さんは、一時期交際していたとか？」

「らしいですね」

元同僚はすんなり認めた。

「あいつ、りっちゃんの子供をずいぶん可愛がってたようです。不思議と亀井戸のやつ、子供相手だと暴言がちょっとマシになるんですよ」

「子供の前ではマシ……。ということは、女性の前では平常運転だったんですか。それでよく土居さんと交際できましたね」

小野寺が言う。

元同僚は肩をすくめて、

「おれもそう思います。いきなり『くそっ』『馬鹿がっ』『チンポが勃った』の連発がはじまっちゃあ、普通の女性は怖がりますよね。でもりっちゃんは毎日そばで働きぶりを見てたから、やつの人となりがわかったんじゃないかな」

と苦笑した。

「言っときますが、チンポだケツだと連発するわりに、亀井戸自身は妙に潔癖でしたよ。みんなで飲んだ帰りなんかにソープへ繰りだしたときも、あいつは絶対ついて来なかった。『女を金で買うなんて好かん』『かわいそうで、よう勃《た》たん』と言ってね。伊与のほうが流されやすいぶん、そっち関係はルーズだったなあ」

そう言ってから、彼は鼻の横を擦った。

「だからね、いまもってわからんのですよ。もし伊与がちっちゃい女の子に変な気を起こしたなら、亀井戸が止めたはずです。そして亀井戸主導の犯行ってのは、もっと考えづらい。会社を首になってやさぐれたとしても、そこまで人が変わるものか？　と疑問でした」

「当時、警察にもそれをおっしゃいましたか？」

「まさか。おれは事件のとき、とっくに同僚でもなんでもなかったからね。警察とは話もしちゃいません。あいつらが逮捕されたニュースを、ぼけっとテレビで眺めただけです。納得いかんとは思ってたが、おれなんかになにができるはずもない」

言いながら、元同僚はどこか悔しそうだった。

小野寺が重ねて問う。

「土居さんは、亀井戸さんが『波田設備』を辞めたときに彼とお別れしたそうですね。当時、彼女はどんな様子でしたか？」

「ああ、あのときのりっちゃんね。かなり落ちこんで、しおれてました。だから彼女も亀井戸を追っかけて、すぐ辞めちゃいましたよ。けど事件当時は一緒じゃなかったようだし、どうなっちゃったのかなあ」

「では現在どこにおられるか、ご存じないんですね？」

「知りません。実家が長野だとか言ってたから、子供を連れて帰ったのかもな。……亀井戸のやつ、おとなしくりっちゃんと所帯を持ってりゃよかったんです。そしたらきっと、あんな死にざまを迎えずに済んだでしょうよ」

冷めた茶を、元同僚はまずそうに啜った。

元同僚を帰したあと、誠司、小野寺、旭、哲の四人は、日永新報社の地方営業所に残って話しあった。

「どう思う」

と小野寺が切りだす。

「土居りつ子は、退職した亀井戸を〝追っかけて〟いったらしい。しかし亀井戸は彼女と一緒
にならなかった。かたくなに別れを選んだってわけだ」

「事件に直接関係はないとしても、いきさつが気になるな。やはり彼女の行方を引きつづき捜
して――」

言いかけた誠司を、

「ちょっといいですか」と哲がさえぎった。

「土居さんの行方はいままでどおり、捜査のかたわら捜していく方向でいいと思います。それ
より、今日の取材で確信したことがあります」

「確信？　なんだね」

「亀井戸建さんは、トゥレット症候群だったと思われます」

一瞬、室内に静寂があった。

哲以外の三人には、言われた意味がわからなかったのだ。

誠司がおそるおそる問いかえす。

「トゥレ……？　なんだね、そいつは」

「トゥレット症候群。中枢神経系における、神経伝達物質の分泌過剰が引き起こす疾患です」

哲は一息に答えた。

「主な症状は、チック、痙攣、意思に反した筋肉の動き。同じく意思に反して、罵倒や卑猥語を発してしまう汚言症《おげんしょう》。ドーパミン神経の発達不全による速すぎる反応と反射、大きな独り言などです。これら諸症状はストレスで悪化し、物事に集中すると改善すると言われています。またこの患者には、音楽的才能がしばしば見られるそうです。間違いなく、亀井戸さんはトゥレット症候群患者でしょう」

「うん……？　つまり、どういうことだ？」

小野寺が戸惑い顔で言う。

「彼は、まわりが思っていたような粗暴な男ではなかったんですよ」

哲は言った。

「亀井戸さんの悪態やつばを吐く癖は、敵意のあらわれではなかった。いきがっての虚勢でもない。れっきとした病気なんです。ちなみにこの疾患は遺伝の要素が大きいそうです。彼の母親が言っていたでしょう。『厄介者だった弟にそっくりだ』『ところかまわずつばを吐いたり、汚い言葉ばかり使うところがそっくり。ぞっとする』と。

トゥレット症候群の多くは子供時代に発症し、大人になるにつれ、おさまっていきます。だが少数ながら例外もあります。亀井戸さんとその叔父は、その少数派の一人でしょう。つまり彼らは性格異常者でも、反社会的人間でもなかった。医療の遅れにより、適切な治療と投薬を受けられなかった被害者なんです」

「あ――え？　ちょっと待て」

誠司は唸《うな》った。

「もしその仮定が正しいとすれば……ちぐはぐな言動は、やつの二面性じゃなかったのか」

「そうです。逮捕後に警察で暴れたのも、逮捕のストレスと緊張によって症状が悪化したせいでしょう。資料にはこうありますね。

〝亀井戸は最初のうち、『馬鹿野郎』『くそが』『くたばれ』と捜査員たちに喚き、床につばを吐くなど反抗的だった。しかし三日も経つと顔面に激しいチックがあらわれ、喚く内容が支離滅裂になってきた。突然飛びあがったり、断続的に猥褻な言葉を叫ぶなど、異常な言動を見せるようになった〟

罵倒、チック、突然飛びあがるといった症状は、トゥレット症候群特有のものです。その後の緘黙《かんもく》は二次障害でしょう。外見とは裏腹に、彼は繊細な人間だった。トゥレット症候群患者の多くが、不器用で緊張しやすく、ストレスや不安に弱いデリケートな人間だと言われています」

「では少年時代の喧嘩沙汰も、彼の意思ではなかった可能性があるな。亀井戸は喧嘩をふっかけたくて、まわりに悪態をついていたんじゃなかった」

「甥っ子に怪我をさせた件も、筋肉の不随意運動のためかもしれません。たとえば抱いていた甥を落としてしまったとか、意図せず押したとか……。諸症状のせいで、亀井戸さんは不自由の多い、誤解されどおしの半生を送ったはずです」

「そのトゥレット症候群というのは――おれは初耳だが、有名な病気なのか？」

「いえ」

哲が首を振る。

「いまでも知名度はけっして高くない疾患です。日本ではつい近年まで〝ただのしつけが悪い子、養育の行き届かない子〟と思われていました。亀井戸さんが子供だった五、六十年前なら、なおさらでしょう」

「ううむ」

誠司は相槌の代わりに唸った。

小学校教師の亀井戸建に対する評価は、以下だ。

「落ち着きがない。じっとしていられない。乱暴。悪い言葉を吐く。協調性がなくグループ活動ができない。根本的なしつけがなっていない。友達作りが下手」

「頭の回転が速い。音楽が得意。筋が通っていないことを嫌う。動植物の世話をよくする」

小中学校を通して、彼はただの口汚い問題児と思われていた。

しかし疾患による悪態癖、意思に反した動きなどを除いて考えれば、彼は正義感が強く、動物と子供が好きな普通の少年だったと言える。

長じての仕事ぶりは真面目で、頭の回転も速かった。ただ平均的なふるまいはできなかった。哲の仮説によれば、神経伝達物質の分泌過剰により各機能が阻害されていたゆえだ。

考えこむ誠司に、哲が呼びかけた。

「もうひとつ聞いてほしいことがあるんですが」

「ああ。なんだね？」

誠司は姿勢を正した。

哲がノートパソコンをバッグから取りだして、

「約四十年前から現在まで、北蓑辺郡を中心とした一帯に、子供相手の性犯罪がどれだけ起こっているかを調べました」

と言った。

「正直言って驚きました。日本がロリコン大国だと言われているのは知っていた。だがこの事件調査にかかわるまで、さして重大事とは受けとめていませんでした。しかし年間の被害総数の多さだけでなく、『大事件にならぬ限り報道されない』という事実に、あらためて気づかされたんです。被害者が訴え出なかった暗数を含めるならば、実際の被害数はもっと膨《ふく》れあがるでしょう」

「そうだろうな」

誠司は苦にがしく認めた。

「性犯罪はほかの犯罪と比べ、泣き寝入り率が断トツに高い。成人女性ですら警察に訴えるのはせいぜい一割と言われている。児童の被害件数なんぞ、ベテランの捜査員でも想像つかんよ」

「まあ、おれたちだって小学生の頃は、登下校中におかしな大人と何度も遭遇しましたよ。な、アサヒ？」

突然話を振られて、旭が、「ああ」とうなずく。

「車の中から『お菓子あげるから舐めさせて』と言ってくるやつとか、『いま穿《は》いてるパンツ、千円で売って』って付きまとうおっさんとかいたよな」

「おいおい」

誠司は顔いろを変えた。孫のまわりに、そんな変質者が出没していたとは初耳だ。

しかし哲は涼しい顔で、

「よくある話でしたよ。でもわざわざ通報しようなんて誰も思わなかった。みんな走って逃げて、それで終わりです。被害に遭ってしまった子も、叱られるのを恐れて隠すか、親に訴えても『そのことは誰にも言うんじゃない』と口止めされるかでした。ですから、この数字は氷山の一角であると承知の上で――パワーポイントで、分布図を作成してみました」

哲はパソコンのタッチパッドに触れ、作成したデータを表示させた。

「おお、こいつは見やすいな」

誠司は目を細めた。

「発生年も、被害総数もわかりやすい。一九八八年以後、当該地域で幼女を対象とした猟奇《りょうき》的《てき》な殺人事件は起きていない……。そして北蓑辺事件の発覚後、里佳ちゃん事件の五海町《いうみまち》と、沙奈江ちゃん事件の網原町で、児童相手の猥褻被害は激減している」

「取り締まりや市民の目が何倍にも厳しくなったからな。ロリコンたちが、いっせいに自戒しやがったんだろう」

小野寺が口を挟んだ。

「性犯罪者の中には、なぜか妙な連帯感を持ってるやつらがいるんだ。そいつらは、横の繋がりをつくって情報交換する。いい例が電車を根城《ねじろ》にしている痴漢や盗撮犯さ。あいつらは匿名掲示板やSNSを使って、どの沿線のどの車両が狙い目だのと、嬉々として〝交流〟しやがる」

口調に軽蔑が滲んでいた。

哲がうなずく。

「犯罪者たちの自戒は、確かにあったと思います。多くは警察を避け、尻尾《しっぽ》を出して捕まることを恐れ、情報を共有しながら活動をひかえた。しかしこの犯人は違うと思います。やつが性犯罪者と連帯し、足並みを揃えたがったとは思えません」

「同感だな。この犯人は一時的に他人と繋がったとしても、絶対に長つづきしない。情報源として利用することはあってもだ。三十年経ったいまも同じだろう。性癖や性格というのは、そうそう変わるもんじゃない」

誠司は言った。

「ですね。おれが言いたいのも、まさにそこです」

哲が机を指で叩く。

「この犯人は独特だ。そして犯罪者の根には、強固な性癖、つまりパターンがあると思うんです。犯人特有の独自性というか、変えがたいパターンが」

彼の声は、珍しく熱を帯びていた。

「北蓑辺事件の犯人の〝独自性〟には、被害者の年齢が七、八歳前後であること、劇場型で承認欲求を剝き出しにした言動などが挙げられます。だがなにより絶対的な特徴は、その残酷性でしょう。この犯人は残酷で、著しい凶暴性を持っており、罪悪感や良心に乏しい。いかに手口を変えようが、変えられないのはこの土台です。いくら自制しようが、根っこにあるものは完全に打ち消せやしない」

哲は椅子から腰を浮かし、一同を見まわした。

「だからおれは、ひとまず犯人の残忍性にのみ着目することにしました。近県の小児猥褻事件の中でも、目立って残酷な事件をピックアップしたんです。その分布図が、これです」

新たなデータが表示される。

哲は指でモニタを突いた。

「見てください。里佳ちゃん事件の一年前、埼玉《さいたま》県古路《こみち》で『六歳の少女が陰部に異物を挿入された上、腹部を数回殴打され内臓を傷つけられる』事件が起きています。半年後には栃木県江《え》都《と》町で『七歳の少女が公衆トイレに連れこまれ、下腹部に全治三箇月の大怪我』。この二事件はどちらも犯人が捕まっていません。北蓑辺事件の捜査中にも関連事件として浮上したかもしれませんが、伊与さんたちの逮捕によって有耶無耶《うやむや》にされていています」

「埼玉のほうは知らんが、この栃木の事件は覚えてる」

誠司は呻いた。

「とはいえ書類上だけだがな。北嚢辺事件に関連する可能性が見込まれ、参考事件として目を通した。しかしその後、捜査会議で取りあげられた記憶はない」

「ではなんらかの理由で除外されたんでしょう。同一犯ではない物証があったか、もしくは――」

「もしくは？」

「……保管庫から、物証が紛失したという噂が気になっています」

哲が硬い声音で言う。

誠司は眉を曇らせた。

「どういう意味だね。捜査員に、内通者がいたとでも言いたいのか」

「いえ、そうは言っていません。あくまで仮説です。忘れてください」

哲はかぶりを振って、つづけた。

「話を戻します。里佳ちゃん事件は、栃木県江都町の事件から約半年後に起こりました。そして沙奈江ちゃん事件の後、同地域では五年ほど小児相手の大きな事件は起こっていません。当然ながら、被害はゼロじゃありませんがね。盗撮、痴漢、公然猥褻、児童買春、児童ポルノ製造および提供、同じく児童ポルノ単純所持……。くそ、吐き気がしてくるな」

哲は顔を引き攣らせた。

「……児童への強制猥褻事件のほとんどは、犯行から一箇月以内に犯人が捕まっています。致傷事件となると、さらに逮捕の割合は高くなりますね。多くは近所の住民や顔見知りの犯行でしたから、これらは除外します。そしてピックアップした、未解決かつ残虐性の高い児童猥褻事件の犯行現場を地図上に赤で記していく。この赤い点が最大限多く入るよう円を描き、十キロ、十五キロ、二十キロと同心円状に範囲を広げていくと――ああ、ここです」

ふたたび哲はモニタを指で突いた。

「北蓑辺事件から十八年後の二〇〇六年、茨城《いばらき》県千野《ちの》市で七歳の少女が失踪しています。名前は吉川陽花《よしかわはるか》ちゃん。現在も失踪したままの未解決事件です。彼女が姿を消す直前の、友達の証言はこうです。『〝怪我で困ってる人がいたからお手伝いしてくる〟と言ったきり、陽花ちゃんは帰ってこなかった』――」

「〝三角巾の男〟か」

誠司は言った。

「手口は似ていると思います」哲が首肯する。

「さらに見てください。こちらは近年に開発された防犯アプリをもとにしたデータです。さきほどの円を、近県一帯に重ねて表示してみましょう。発生年別に、あらかじめ色分けしておきました」

誠司はモニタに顔を近づけた。

「これは……増えてるのか？」

「そうです。不審な男による幼い女児への声かけ事案、誘拐未遂、通りすがりの単純暴行などが増えています。とくに亀井戸さんの獄死以後、目立って増加していると一目でわかるでしょう」

「犯人は亀井戸建の獄死で、真相が完全に葬り去られたと安堵したのか。そうして、犯行を再開した……？」

「意図までは断定できません。それに、すべては仮説です。北蓑辺事件とはまるで無関係かもしれない。あくまでただのデータです」

哲の声音は平静に戻っていた。

誠司は顔をしかめ、頬の内側を噛んだ。

8

翌週の午後二時十分。

旭の部屋にノックの音が響いた。

「ちょっといい、旭？」実加子の声だった。

旭の部屋にいた誠司は、思わず首をすくめた。

昨夜――いや今日の午前一時、『ルポ・北蓑辺郡連続幼女殺人事件』の第一回目が放映されたのだ。

誠司は旭に録画を頼み、いつもどおりの時間に就寝した。

一方、旭は当然のようにリアルタイムで観た。ほんとうなら哲と二人で観る予定だったが、哲が深夜に家を抜けだせなかったらしい。

というわけで三人揃って録画をチェックするべく、旭の部屋へ集まったのが午後二時、つまり十分前のことだ。

さて再生しようと、リモコンを握った矢先のノックであった。

「お父さ——あら、テツくんも来てたの。いらっしゃい」

実加子は小言を飲みこみ、哲に向かって笑顔をつくった。だがその笑みをすぐに消し、旭に向かって声を低める。

「昨日の夜中に、放映開始したんですってね。お父さんはもちろんだけど、あんたもちょっと映ってたわよ。おかげで今朝、ゴミ捨て場でご近所さんたちに囲まれて、さんざん激励されちゃった」

なぜか誠司には一瞥もくれず、まくしたてる。

短い沈黙ののち、実加子はため息をついた。

「……危ない真似はしないって、約束できる？」

「できる」旭は即答した。

「留年は許さないわよ」

「しない。絶対しない」

「まったく……」

実加子はいま一度深ぶかとため息をついた。だが今度は、諦めの濃い吐息であった。

最後に実加子はようやく誠司に目をやった。

実父をかるく睨みつけてから、彼女は身を引き、ドアを閉じた。

「——ふう」

誠司は額を拭った。

「思ったほど粘られなかったな。てっきり、もっとねちねち嫌味を言われるかと……」

「テツの手前でしょ。それに母さん、あれで結構ミーハーだからね。ご近所に持ちあげられて、いい気分だったんじゃない」

そう茶化してから、旭は真顔に戻った。

「ていうか、バレたらヤバいのはテツのほうだよな。おまえんちはどうなんだ？　大丈夫なのか？」

「父も初香さんも、まだ気づいてないよ。二人ともあまりテレビを観る習慣がないしね。ＳＮＳもやってないし、ネットも検索くらいしか使わない人たちだ」

「そうか。ま、おまえはカメラマンだから映りこむ心配ないしな」

旭がほっと息をつく。

だが誠司は逆だった。哲の声音に、どこか引っかかるものを感じた。孫の親友をそっと上目でうかがう。

今日の哲は旭と同じような細身のパンツを穿き、淡いブルーのシャツを着ていた。ごくシンプルな服装だが、スクエアな雰囲気が彼によく似合っている。おそらく旭のアドバイスで買った服だろうが、以前から着こなしていたかのように自然だった。

「じゃ録画再生するよ。じいちゃん、用意はいい？」

「ああ」

旭がリモコンで再生を選択する。

短いCMのあと、『ルポ・北蓑辺郡連続幼女殺人事件』がはじまった。

「派手なオープニング曲だな。ムソルグスキーの『禿山《はげやま》の一夜』か。ちょっとやりすぎじゃねえ？」

「テレビだからインパクト重視なんだろう」

旭の慨嘆に、哲がにこりともせず答える。

第一回目だけあって、内容はほぼ総集編に近かった。しかし押さえるべきところは、きっちり押さえた編集であった。

番組は最後に、哲の動画が無料動画サイトで閲覧できることと、旭のツイッターアカウントを紹介して終わった。

「ま、初回はこんなもんかな」

「及第点だ。その証拠に、放映直後から動画の視聴数がまた上がったよ。おまえのツイッターも、フォロワーが増えつづけてるだろう？」と哲。

「おかげさんで、十万の坂を超えてからはうなぎのぼりだ。今は十八万くらいかな。ちょっと地味な芸能人並みの数字だぜ」

と得意そうな旭に、誠司は言った。

「そういや最新の動画をまだ観てなかったな。再生してもらえるか」

「いいよ」

旭が請《う》け合う。デスクトップパソコンの角度を変え、ブラウザを立ちあげた。

動画サイトの協賛プログラムに加入すれば、動画の合間に広告が流れて収入が得られる仕組みだ。しかし旭たちは加入していなかった。

長い目で見れば、クリーンな姿勢を保つほうが得策だと思ったからだ。「しょせん金だろう」と、被害者遺族まで誹謗《ひぼう》される事態は避けたかった。

「同僚のインタビューをメインに編集したのか?」

「それも収録しました。でも、メインはトゥレット症候群のほうです」

哲が答えた。

「福永さんに手配を頼んで、脳神経疾患に強い小児神経専門医からコメントをもらったんです。国内ではまだ馴染みの薄い疾患なので、専門家に解説してもらったほうが信憑性が出ると思って」

「なるほど」

テレビ的な手法だ、と誠司は思った。福永の影響か、哲もいい意味でこなれてきたようである。

小児神経専門医はバリトンのいい声をした、やさしげな中年男性だった。トゥレット症候群についての説明も、平易な言葉でわかりやすかった。

発病すれば意思では制御できないチック的症状を有すること、奇声や汚言の発作で日常生活に支障をきたすこと、患者の大半が生きづらく、誤解されやすい人生を送りがちなこと等が、誠実な言葉でなめらかに語られた。

「再生数は好調に伸びているし、コメントも好意的なものが大半です。『こんな疾患があるとはじめて知った』『自分がこんな病気だったら苦しいと思う』など、亀井戸さんに同情が集まっています」

哲は言った。

「動画の内容については伊与さんに手紙で逐一報告しています。だがトゥレット症候群の件は、彼も驚いたようですね。『なにかの病気じゃないかとうすうす思っていたが、そんなたいそうな病名とは思わなかった。建ちゃん本人は〝チックだと言われ、子供の頃に医者にかかった。大人になれば治ると言われたが、藪だった〟とぼやいていた』そうです」

「文通は、問題なくつづいているようだね」

誠司が言う。哲はうなずいた。

「やっと心を許しはじめた、という感じです。まだほんのとば口ですよ。あ、それから伊与さんはこうも書いていました。『りつ子さんとお別れしたせいか、建ちゃんは事件のすこし前から症状が悪化していた』と」

「ほう？」

誠司は聞きとがめた。

「その手紙はいま、テツくんの家にあるのか」

「持ってきました。どうぞ」

哲はボディバッグから封筒を取りだした。差出人の住所は東京拘置所、記名は『伊与淳一』の手紙である。

「ここです」

広げた便箋の中ほどを哲が指す。

誠司は眼鏡をずり上げ、行を目で追った。

――建ちゃんは事件のすこし前から、例の『くそっ、馬鹿っ』や、壁を殴る癖、自分をぶつ癖がひどくなっていました。

――きっと、りつ子さんとお別れしたせいでしょう。ストレスで悪化する病気だったと知り、納得です。

――もしりつ子さんの行方がわかったら、お詫びを言っておいてください。建ちゃんが、『結婚できんで悪かった』と言っていたと、伝えてください。

誠司は手紙をためつすがめつしてから、

「以前、伊与淳一は言っていたな。『ぼくらが馘首《くび》になって無職になったから、建ちゃんからりつ子さんとお別れしたんです』と」

と声を落とした。

「しかし伊与はこうも言っている。『ぼくが馬鹿にされるたび、建ちゃんは怒ってくれて、結局二人で飯場を飛びだす羽目になった。そうこうしているうちに、だんだん手配師に嫌われて、仕事をもらえないようになった』『どこも手が足りていなかったから、全然仕事がないわけではなかった』。

仕事はあったが働けなくなったのは、伊与淳一が手配師に疎まれたからだ。亀井戸建は疾患の弊害はあれど、頭がよく手先も器用だった。『馘首《くび》になったから、りつ子と別れた』と伊与は言うが、当時は好景気だった。亀井戸一人ならあれほど困窮することはなかったし、再就職の口だってあったはずだ」

仮に、りつ子との別れがトゥレット症候群の発作を悪化させ、自傷の症状を引き起こすほどのストレスだった、としよう。

――ならばなぜ、彼はりつ子より伊与を取った？。

なぜ彼女との別れを選び、伊与とともに去ったのか。

「前から気になっていた。なぜ亀井戸はあんなにも伊与をかばい、かたくなに離れなかったのか。同性愛じゃないかとからかわれるほど、彼らの関係は親密だった。しかし実際には二人とも、完全な異性愛者だったようだ」

伊与が亀井戸に依存するのはわかる。彼は社会的弱者だった。知能に問題はなかったが、生い立ちのせいで正常に発達できず、周囲に適応しづらかった。

亀井戸もまた社会不適合者ではあった。しかし疾患のハンディキャップがあってさえ、伊与よりも強く優秀だった。

「亀井戸建がウェルナー・ボーストのような支配型の犯罪者だったなら納得はいくんだ。相棒は、言いなりのでくのぼうのほうが都合がいいからな。しかし実際の亀井戸建は、伊与を抱えて困窮し、悪いほうへ悪いほうへと傾いていった。なぜだ」

「……弱みを握られていた、とか?」

旭が問う。

「どうかな。伊与に亀井戸を脅せる甲斐性はあるまい」

誠司は首を振った。

「とはいえ、まだなんとも明言はできん。彼が伊与淳一を見離せない、特殊な理由があったのかもしれん。どのみちおれは以前から、伊与はなにか隠していると思っていた。——テツくん」

哲を振り向く。

「すまないが、もうすこし伊与に探りを入れてくれないか。彼に共感を覚えているきみには、しんどい作業だろうが」

「いえ。大丈夫です」

短く応え、哲が封筒をボディバッグにしまう。

あいかわらず感情を悟らせない表情であり、口調だった。だがやはり引っかかるものがあった。訊こうかどうか迷い、誠司は結局口にした。

「――なあ、テツくんもいま、なにか隠しているよな？」

哲の動きが止まる。

「伊与淳一とは違って、ここ最近で抱えた悩みのようだ。……よかったら、話していかないか。もし大人相手に言いたくないなら、旭だけ残しておれは席をはずすよ」

誠司はできるだけ平板な声音を装った。

哲の唇が、ためらいがちにひらく。思いなおしたように閉じ、またひらいた。

たっぷり一分近い逡巡《しゅんじゅん》ののち、哲は押し殺した声で、

「……すみません」

と呻いた。

「すみません。――でも、さっき言ったことは嘘じゃない。父と初香さんが、テレビや動画の件を気づいていないのはほんとうです。ただおれの外出が増えたり、身ぎれいになったことを、初香さんがあやしんでいて……」

「ヤバそうか？」

間髪《かんはつ》を容《い》れず旭が問う。哲は首をかしげた。

「いまのところは、外出のたびアサヒの名を出してるから――。相手がアサヒだから、なんとか外出を許してくれてる。でも、わかるんだ。ほんとうは初香さんはおれを、外になんか出し

たくないって」

「剣呑《けんのん》だな」

誠司は眉根を寄せた。

「つまり彼女は、きみを家に閉じこめておきたいのか」

「それができるなら、そうしているでしょう」

答えた哲の声は疲れていた。誠司はそこに、長年蓄積された感情を読みとった。理屈ではない。勘と経験でしか読みとれぬ、心の痛みであった。

「なあ、訊いていいか」

誠司は身を乗りだした。

「旭のやつは話したくないようだった。でもおれは、いまあえて訊きたい。……中学一年のとき、きみたちになにがあった。初香さんはいったい、当時のテツくんになにをしたんだ?」

「たいしたことじゃありません」

哲は静かに言った。

「初香さんはある意味、なにもしていない。彼女はいつもどおりだった。──ただおれが、耐えきれなくなって自殺をはかっただけです」

ぎくりと誠司は体を強張らせた。

旭が素早くまぶたを伏せる。

哲の顔は、能面のような無表情だった。

「おれは、浮いた子供でした。七歳になるまで、子供同士で揉《も》まれる経験をしなかったせいかな。小学校に入学してすぐ、つまずきました。子供特有の率直さと残酷さにも、教師が押しつける集団行動にも順応できなかった。運動神経が鈍く、賢しらすぎた。可愛げがなく、うまく友達をつくれなかった。

せめて一年でもアサヒと同じクラスになれていたら、すこしは違っていたかもしれません。でも小学校の六年間を通して、おれはひたすらに〝ぼっち〟のガキでした」

でも中学生になって、変化があったんです――。哲は言った。

「一年のときの担任が、若い熱血教師でね。おれをクラスに溶けこませようと、奮闘したんです。最初はクラスメイトたちも戸惑っていました。でも人気の高い教師だったから、徐々にみんな感化されていった。すこしずつだが、おれも人の輪の中に入っていけるようになっていました。――でも」

「でも？」

「初香さんが、学校に強く抗議したんです。『うちの子にかまうな』と」

哲は唇を嚙んだ。

「男子中学生同士の、すこし強めのコミュニケーションを、初香さんは許容しなかった。相手をからかって笑いに繫げるとか、『おまえ、ふざけんな』『馬鹿じゃねえの』程度のやりとりを、彼女は問題にした。『いじめだ』『言葉が汚い。うちの子に悪影響だ』と、校長に直接ねじこんだんです。

慌てて校長が担任とクラスメイトに確認すると、『ちょっとしたいじり』『からかっただけ。石橋くんだって喜んでいた』という回答だったようです。初香さんはそれを聞いて『ほら、攻撃的ないじめっ子の常套句《じょうとうく》じゃないですか。教師の指導力不足ですね。教育委員会に報告します』と勝ち誇った。そして翌日から、彼女はおれに登校を禁じました」

——あんな学校、行かなくていいわ。

——公立は程度が低いから、あなたには合わないと思っていたのよ。

「おれは、初香さんに逆らえなかった。言いなりに、二箇月間学校を休みました。その間、担任やクラスメイトが、家まで何度も足を運んでくれた。初香さんはそのたび彼らを追いかえし、ときには冷たい言葉で侮辱しました。

二箇月後、初香さんは『二度と石橋哲くんに干渉させない』という確約を、学校から勝ち取りました。でも、そんな必要はなかったんです。おれはふたたび登校できるようになったけれど——おれにかかわりたいと思う生徒は、とうに一人もいなくなっていた。教室は、針のむしろでした」

「だからか」

誠司は呻いた。

「だから、きみは……」

自殺をはかったのか、とはさすがに口にできなかった。

哲が抑揚なく言う。

「おれは、眠れなくなりました。食欲も落ちた。もともと痩せていたのに、学校を休んでから二キロ落ち、登校を再開してからは、一月半で五キロ落ちました。背中が痛み、体が強張り、微熱がつづき――なんでもないときに涙が止まらなくなったり、声が出なくなったりしました。首を吊ったのは、急な衝動にかられてです。人気《ひとけ》のない理科実験準備室で、ドアノブにタオルをかけて〝吊った〟んです。見つかりにくい場所と時間帯だと思ったのに、……運悪く校務員さんが通りかかって、失敗しました」

哲はやはり無表情を保っていた。

誠司は横目で孫をうかがった。旭のほうが、いまにも泣きだしそうに顔を歪めていた。

「なぜだ」

誠司は哲に問うた。

「初香さんは、なぜそこまできみを追いつめた。なぜきみを孤独にさせたがったんだ」

「おれが、父の息子だからでしょう」

哲は投げ出すように言った。

「初香さんは潔癖な人です。理想が高く、穢《けが》れを嫌い、とくに性的なことを厭《いと》っている。彼女のお眼鏡にかなう男は昔から、実兄である父だけなんです。でも彼女は、しょせん妹だ。女として父を独占することはできない。行動を制限する権利もない。……おれは、その代用品です」

「要するに、おじさんの身代わりだって？」

旭が声をあげた。

「おじさんを独占できないから、代わりにテツを？　なんだよそれ。そんなことのために、テツを——彼女はスポイルしてきたのか」

旭もはじめて真相を知ったらしい、と誠司は悟った。

遠回しに察しつつも、はっきりと言葉にして訊いてはこなかったのだろう。この年頃の男同士なら当然だ。過度に踏みこまないことで、往々にして少年たちは友情を守る。

「ふざけんな。テツは死ぬとこだったんだぞ。くそっ」

旭は顔に血をのぼらせていた。

哲が薄く笑う。

「そんな言葉づかい、初香さんの前ではやめとけよ。おまえも出入り禁止にされるぞ」

「うるせえよ」

旭は親友を睨みつけた。

「平気なふりすんな。おまえのことだろうが！」

こんなに怒った孫を見るのははじめてだ。誠司は目をすがめた。

普段の旭は飄々《ひょうひょう》とした青年である。子供の頃から器用だった。要領がよかった。よく言えば空気を読むのがうまい世渡り上手で、悪く言えば軽薄だった。怒りや悲しみといった負の感情を、滅多にあらわにしなかった。

「……自殺未遂のあと、きみはどうしたんだ」

誠司は哲に尋ねた。

「初香さんは、きみにどう対処した」

「彼女はおれを、小児精神科に連れていきました。鬱病と診断されましたよ。睡眠障害。食欲低下。頭痛。不安感。無感動。典型的な症状だと言われました。医師は投薬は勧めず、カウンセリングでの治療を進言した。でも初香さんは投薬治療のほうを望みました。結局おれは、中学三年間をほとんど鬱状態で過ごしました」

「おまえがおれに『話しかけないでくれ』って言ったのも、その頃だよな」

旭が言った。

「おまえのクラスまで様子を見にいったおれに、おまえは言ったんだ。『もう校内じゃ話しかけないでくれ、アサヒ』って——。あれ、けっこう傷ついたんだぜ」

かすかに苦笑する。

「おれもガキだったからな。突きはなしたおまえの気持ちなんて、わかってやれなかった。言われたとおり、遠ざかるのがおまえのためかと思っちまった」

「アサヒは悪くないさ」

哲は応えた。

「おれが偏差値四十台の高校にしか行けなかったことに、アサヒが罪悪感を抱いてるのも知ってる。でもアサヒはなにも悪くない。おれもおまえも、ただの中学生だった。お互いのためにできることは、限られていた」

「………――」

旭がうつむいた。

誠司はそんな孫を見つめた。

石橋哲と違い、旭は高偏差値の男子校に進んだ。県内ではもっとも東大合格者の多い進学校であった。どこでも誰とでもうまくやれる旭は、高校生活を謳歌しているかに見えた。

「男ばっかの学校だけど、他校女子との合コンが多いんだ。入学してよかったあ」

そう公言し、実際に何人か彼女もできたようだ。親友への複雑な罪悪感など、旭はおくびにも出さなかった。

「……で、どうする」

誠司は問うた。

「もし初香さんに今回の件がバレたらどうする？　哲くん次第だ。きみはどうしたい？　おれたちは、きみの希望に沿うよ。もしここでやめたいなら――」

「いえ」

哲がさえぎる。

「やめません。バレても、いいです」

わずかに声が震えた。しかし口調は決然としていた。

「たとえバレても、この調査と動画制作はやりとげます。打ち明けたことで肚《はら》が据わりました。

――馬鹿げた言いぐさかもしれませんが、おれはこの機会を逃したら、一生このままな気がする。初香さんの掌の中で、人生をつぶしてしまう気がする。そうはなりたくないです」

ふっと哲は言葉を区切り、上目づかいになった。

「ただアサヒのおばさんには、迷惑をかけるかもしれないけど……」

「だなあ。初香さんならうちにカチこんで、おふくろ相手にクレーム入れてきそう」

顔をしかめた旭に、

「苦情はおれが受ける」誠司は断言した。

「責任者は実加子でも旭でもない。おれだ。テツくんも万が一バレたときは、おれの名前を出しなさい。職業柄、おっかないやつらの対処には慣れている。遠慮せず、初香さんをおれにぶつけてくれ」

安心させるため、にやりと笑ってやる。

数秒置いて、哲がちいさくうなずいた。

誠司は旭のほうを向いて、「おい、なにか飲むもんをくれ」と言った。

「べらべらしゃべったら喉が渇いちまったよ。おれにはカフェインなしの麦茶だ。紅茶とコーラも、こないだ買ったやつがまだあるだろう」

「あるけど、これでラスイチ」

言いながら旭が、クーラーボックスから麦茶のペットボトルと缶コーラを取り出す。哲が受けとって、すぐさまプルトップを開けた。喉をそらして一息に呷る。

ふと、旭がパソコンのモニタに目を向けた。

「あ、ＤＭが来てる」

「なんだそれは」

誠司は問いかえした。

「ダイレクトメッセージのこと。ツイッターの機能だよ。リプライだとみんなの目に触れるけど、ＤＭは非公開でやりとりできるんだ。情報のチクリがあるかもしれないから、相互フォロワー以外にも開放してるんだよね。でもいまのところ、たいして有益な情報は……」

マウスを使う旭の手が止まった。

「どうした」

「アサヒ？」

誠司と哲の声が重なる。旭はモニタから目を離さぬまま、

「──マジかよ」

と言った。ゆっくりと振りかえる。

「マジで、騙《かた》りでないとしたら──じいちゃん、すげえのが来た」

「なんだ」

「土居りつ子を名乗るアカウントからだ。怒ってる。というか、まさに苦情のメッセージだよ」

誠司は瞬時に腰を浮かした。老眼鏡をかけなおし、モニタに顔を近づける。

──よけいな騒ぎを起こすのはやめてください。

——わたしたちは静かに暮らしたいだけなんです。いまさら、なんの権利があって掘りかえすんですか。

番組を観たという土居りつ子は、文字だけでも火を噴きそうなほど激怒していた。仮名にしているとはいえ、わたしを知る人間にはすぐ思い当たってしまう。騒ぎを起こされ、この歳で住み家を追われたらどうしてくれる。なぜほうっておいてくれないのだ、と。

りつ子はさらにつづけた。

——亀井戸さんは最後まで、わたしに心を許しきっていませんでした。ずっとなにか隠していました。

——彼には〝生涯、忘れられない女性〟がいたんです。

——せいぜいその人を捜せばいいわ。わたしたちを巻きこまないで。

＊　　＊

彼は薄暗い部屋にいた。

小包の中身を、ああでもないこうでもないと、半日はためつすがめつしていた。

新聞社に送りつけるための小包であった。

考えに考えた末、彼はスカートのほか、歯のかけらと爪を手放すことに決めた。

スカートに対しては迷わなかった。さして執着のない品であった。

歯と爪に関しては、最後まで悩んだ。

とはいえスカートだけでは、新聞社は相手にするまい。声明文だけでも同様だ。ある程度ショッキングななにかを送らねばならない。

彼は北蓑辺事件再捜査の動画を、欠かさず視聴していた。

元刑事の孫だという〝アサヒ〟のツイッターアカウントもフォローしていた。「応援しています」とリプライを送ったことすらあった。通りいっぺんながらも、アサヒは礼を返してきた。なんとも笑えた。

笑えたものの、高揚は二、三日で消えた。

新聞社に声明文を送りつけようと思いついたときは、すこし興奮した。勃起もした。

なぜってあの〝星野班〟とやらは、癇《かん》に障《さわ》る。事件の所有権が彼らにあるかのような振る舞いが、たまらなく神経に障った。

北蓑辺事件は、彼と少女たちのものだった。

長らく事件の名は、二人の少女、そして死刑宣告された二人の男とともにあった。

しかし彼は、死刑囚に対し不快感を覚えてはいなかった。

亀井戸建。伊与淳一。両名の名は、彼が罪を逃れ得たことの象徴だった。むしろ心地よく耳に響いた。

——だが、今回は駄目だ。

北蓑辺事件は彼のものだ。彼のコントロール下になければならない。彼の膝下《しっか》にあって然るべきだ。

いまになって他人が事件の真相を侵《おか》すなど、あり得なかった。死んだ少女たちに対する冒瀆ですらあった。

だから彼は声明文をつくった。誰もが使うマイクロソフト・ワードを使ってだ。

北蓑辺郡連続幼女殺人事件　終わったと思ったか？
おまえたちにはおれの影しか見えない
虎より

文章に凝《こ》るつもりはなかった。よけいな個性は不要だ。

しかし被害者遺族にわかるだろう語句は、ちりばめておく必要があった。「虎」だ。柳瀬沙奈江の母親にならば、通じるはずのキイワードだった。

——近寄るな。おまえたちに見えるのはおれの影だけ。

——おれは虎。

彼はネットワークプリントサービスを使い、コンビニで声明文を印刷した。

送付用の特定封筒はすでに購入してあった。同じコンビニのコピープリント機で、宛名シールも印刷した。手袋はもちろん、最初から最後まではめていた。

十九世紀イギリスの切り裂きジャックは、新聞社宛てに声明文とアルコール漬けの腎臓を送ったという。

カリフォルニアですくなくとも五人を射殺したゾディアックは、暗号入りの声明文や、被害者の血染めのシャツを新聞社に送りつけた。

またニューヨークで六人を殺害したデヴィッド・バーコウィッツは『サムの息子』と署名した手紙を新聞社に送り、「おれを止めるには殺すしかない」「もしおれを逮捕できたら、捜査員みんなに新しい靴を買ってやる」と挑発した。

みな思いは同じだったのだ。彼は思う。

事件は犯人の作品だ。操舵権はあくまでおれたちにある。主導権の持ち主を再確認するため、思い知らせるために、これは必要不可欠な作業なのだ――と。

彼はコンビニを出た。陽射しがまぶしかった。

ちょうど下校時刻とかち合ったらしく、目の前を女子小学生たちが笑顔で行き過ぎる。赤、水色、キャラメルブラウンと、色とりどりのランドセル。同じくカラフルな靴下に、スニーカー。

脂肪の薄い細長い手足。日焼けしたなめらかな肌。ゆるく結った髪が、走るたび上下に揺れる。

フリルが段になったデニムのスカート。ストラップ付きの靴。ちいさな尻に食いこむホットパンツ。膨らみかけた胸。腕を上げるたび、無毛の腋《わき》の下が覗く。

彼は低く口ずさんだ。

「Stand back, I'll be watching you, in the middle of dark room……」

いまだ残暑が冷めやらぬ街を、彼はゆったりと闊歩《かっぽ》した。

第五章

1

哲の新たな動画は翌週に公開された。

撮影の舞台は、さるアパートの一室である。1LDKと手狭だが、清潔な部屋だった。仕切りの襖《ふすま》が開けはなたれており、奥に据えた仏壇が見える。

蒔絵《まきえ》のほどこされた黒檀《こくたん》の肌。一輪挿しで可憐に咲いている山茶花《さざんか》の小枝。黒枠の中で笑っているのは、永遠に七歳のままの少女だ。

沙奈江ちゃんの母、柳瀬久美子のアパートで撮影した映像であった。

画面が切り替わり、あぐらをかいた男の足が大写しになる。つづいて正座の足が映る。

どうやらカメラは座卓の下に置かれているらしい。映るのは並んだ膝。靴下を穿いた足。そして、ときおり己の腿《もも》をさする中年男の手である。

来客らしき男は二人おり、どちらもスーツ姿とおぼしい。カメラがパンし、同じく座卓を囲む人物たちの足を順にとらえていく。

画面の下にテロップが出た。

――第一の被害者の父親　木野下一己さん
――第二の被害者の母親　柳瀬久美子さん
――『週刊ニチエイ』小野寺記者
全員が手足のみの出演だ。久美子と木野下は正座し、小野寺はジーンズに素足であぐらをかいている。

スーツ姿の男たちにテロップは出されない。しかし男の片割れが発した台詞で、すぐに素性は知れる。

「あなたたちねえ、いい加減にしてくださいよ。勝手な真似をされたらね、××だっていつまでも黙ってられませんよ。××執行妨害でしょっぴかれたって文句言えないんですからね？　そんなのお互い困るでしょう。あなたがたには、いまの生活だってあるわけですし……」

××部分はピーッという音で消されている。声にはエフェクトがかけられていた。しかし××にそれぞれ「警察」「公務」の単語が入ることは明白だ。

「××執行妨害もなにも、あんたらの捜査は終わっとるんでしょう」

小野寺がわざと間延びした口調で応える。こちらの音声に加工はない。

「あんたらが北蓑辺事件について再捜査してるってんなら、まだ話はわかりますよ？　だがそうじゃないでしょ。なにもしとらんあんたらを、わたしらがどう妨害するというんです。いやそれとも、再捜査してくれるのかな？　だったら万々歳だ。おれたちゃ邪魔どころか、全面協力したいくらいだ」

「おい、調子にのるな」

片割れがすごんだところを、

「やめろ」

とスーツのもう一方が制した。声はやはり変えてあるが、地声が低いことは察せられる。

「あのねえ小野寺さん、あんたも挑発的な態度はとらんでください。べつにね、××はあなたたちに喧嘩売りに来たわけじゃないんですから」

どうやら定石どおり、恫喝役《どうかつやく》となだめ役が組んでの来訪らしい。

小野寺が茶を啜って、

「おれたちだって喧嘩するつもりはありませんや。ただね、ひとつ言わせてください。『邪魔しないで』はこっちの台詞ですよ」

と笑った。

「遺族は真実が知りたいだけだ。おれはその手伝いをし、ついでに特ダネをものにする。なにがいけないんです？　遺族が真犯人を知りたいと思っちゃいけないってのか。人の心まで、公務執行妨害とやらで脅して締めつけますか」

今回の「公務」の音は消されていない。故意かミスかは不明だが、映像と音声はそのまつづいていく。

よ」

「真犯人ってねえ……」

なだめ役のほうが嘆息した。

「小野寺さん、亀井戸と伊与は、プロの捜査員が何百人態勢で捕まえた犯人ですよ。警察が逮捕し、検察が立件し、司法が正規の手続きで死刑判決をくだしたんだ。プロセスには一点の曇りもありゃしません。三十年も経って、いまさら素人があやを付けられる事件じゃないんですよ」

「そう思うなら、静観してりゃいい」

小野寺は鼻で笑った。

「自分らの捜査に自信があるなら、どーんと構えていりゃいいだろう。こんなところまで来て、ぐちぐちと脅し文句を垂れていく必要はないはずだ」

「いや、そうは言っていられません」

男の声がさらに低まった。

「もし――もしですよ。あなたたちがその〝真犯人〟とやらに、素人の生兵法《なまびょうほう》で目星をつけたとしましょう。まさかそれもネットやテレビで流す気ですか。冗談じゃない。あんたらの所業にはすでに万単位の目が集まってるんだ。不用意に一般人を名指ししようもんなら、リンチ騒ぎが起きかねません」

「むろん、それは本意ではない」

小野寺は澄まして応えた。

「そもそも大衆におれたちが逐一現状を報告するのは、本筋からはずれた騒動や、疑心暗鬼に駆られての魔女狩りを避けたいからだ。何度も言うが、こっちは警察との対立なんて望んじゃいない。協力し合えるものならしたいんだ。拒んでいるのは、あんたらのほうだ」

「小野寺さん」

男がふたたび嘆息する。

「わかってるでしょう。警察が素人捜査に手を貸すなんて、できるわけがない」

「だよな」小野寺は肯定した。

「どこまでいっても平行線だよ。というわけで、決裂だ。報道には報道の正義がある。あんたらは警察の正義を通していりゃあいい」

「ふざけるな」

恫喝役の男が喚いた。机を叩いたらしい音がする。

なだめ役の男が相棒を制して、

「柳瀬さん」

と久美子に話しかけた。

「柳瀬さん、もうやめましょうや。こんなことをして、沙奈江ちゃんが喜ぶと思いますか。そっとしておいてあげましょう。いつまでも騒いでいたら、あの子だって安らかに眠れませんよ」

しばし、静寂が落ちた。

息苦しいほどの静寂だった。

「……あの子は」

ぽつりと久美子が言った。

「あの子は、もう――喜びも、悲しみもしません」

感情のない声だった。

「泣くことも、しゃべることもできません。すべて、犯人に奪われました。――お願いします。わたしたちから、もう、なにも奪わないでください。警察にご迷惑はかけません。ですから、活動をつづけさせて。気の済むまでやらせてください。……知りたいと願う権利まで、わたしたちから取りあげないで」

なだめ役の男は反論しなかった。

ふたたびの沈黙が部屋を満たした。

たっぷりと間を置いて、木野下が口をひらく。

「……星野さんや小野寺さんは、三十年の時を超えて、われわれの娘のために立ちあがってくださった。誰もが忘れつつあった、風化するばかりの事件にです。いや、誤解しないでください。けして警察に文句があるだとか、恨みを抱いているとかじゃないんです。ただしばらくの間でいいから、われわれをほうっておいてほしい。――望むのは、それだけです」

彼が言い終えると同時に、画面が切り替わった。

「これって現職の警官を隠し撮りしたわけだろ？　いいのかよ」

動画を自室で確認していた旭が、呆れ声を出した。

「かまわないさ」

哲が涼しい顔で応える。

「隠し撮りが犯罪となるのは、まず衣服の下などを狙った猥褻目的の盗撮。次に他人の住居に侵入しての盗撮。あとは著作権侵害、名誉毀損《きそん》、肖像権侵害にあたる場合などだ。そして公務中の公務員に肖像権はない。――とはいえ今回は顔を映さず、声も加工した。名前、役職、身分のたぐいだってすべて伏せた」

「でもネットに上げるのはグレイゾーンだろ？」

「すくなくとも、警察の心証は悪化するな」

哲はあっさりうなずいた。

「だから抗議があれば、すぐ削除するよ。だがそれまでに何万人が観るかは、おれたちにはコントロールできない。不可抗力だ」

「悪いやつだなあ」

旭は笑った。

予想どおり、翌日の午後には動画を削除することになった。しかしわずか数時間後、動画を保存していた有志の手によって再アップロードされた。

当然運営側が削除したが、別の利用者がまた上げた。

削除と再アップの繰りかえしが、一日のうちに幾度も為された。きりのない、文字どおりのいたちごっこだった。

さらに匿名掲示板で、その攻防が話題となった。

事件に興味がなくとも動画アップに協力する愉快犯まで現れ、動画の総再生数は三日で百二十万に達した。

2

「どうしたの、じいちゃん」

大学から戻ったばかりの旭が、リヴィングに入って目をまるくする。

まだ日も落ちきらぬ時刻であった。

ソファに横たわったまま、誠司は薄くまぶたを開けて孫を見上げた。上体を起こさねば、と思ったが、その前に旭に制された。

「寝てていいよ。具合悪いの？」

「いや」

かぶりを振って、誠司は緩慢に起きあがった。

「じつは三十年前に亀井戸から自白をとった、堺さんから電話があってな。一方的に怒鳴られて、叩っ切られたよ。……覚悟はしてたが、尊敬する先輩に『恩知らずの糞野郎』とまで罵《のの》しられるのは、やはりこたえるな」

「大丈夫？」

「ああ。おまえこそ、大学のほうはどうだ」

尋ねると、旭は笑った。

「ちょっとした有名人になりつつあるよ。でも全然平気。すれ違いざまにひそひそされるのは、こそばゆいけどね。……それより」

と顔つきをあらためる。

「ネットから派生した馬鹿どものほうが問題だよ。おれたちを真似て事件現場に行ったり、木野下さんたちの自宅に突撃する〝迷惑系〟が増えつつある。悪ノリの便乗動画をアップするやつまで出てきた。運営に抗議して削除してもらったけど、おさまってくれるかはあやしいね」

「やれやれ」

誠司はため息をついた。

「少年探偵団はお断りだと、テツくんの動画で釘をさしてもらわにゃならんな」

コーヒーがほしい。いつにも増して誠司は思った。

だが堺の罵声《ばせい》を聞いたばかりのいまは無理だろう。胃がきりきり痛む。強引にカフェインを流しこんだら、内臓が悲鳴をあげそうだった。

誠司は利き手でみぞおちをさすった。

夕食後、誠司が自室に引きあげると、携帯電話の着信ランプが光っていた。

小野寺からだ。さっそくかけなおす。

「シノさん、例のロリコン野郎について調べたぞ。ほら、里佳ちゃんの母親を撥ねて、少年院へ行ったやつだ」

「おう、どうだった？」

「残念ながらシロだ。里佳ちゃんが殺害された頃、やつは道路改良工事の作業員として、川崎《かわさき》市の日進町《にっしんちょう》で寝泊まりしていた。また日永新報に郵便物が届いた前後、肺炎で一週間ほど入院していたよ。他人に投函を頼めんこたぁなかろうが、犯人の可能性はごく低いな」

「そうか。ありがとうよ」

「どうした？　元気がないな」

小野寺に指摘され、誠司はつい苦笑した。じつは堺から電話があり、怒鳴りつけられたのだと簡単に説明する。

小野寺が唸って、

「堺さんと言やあ、確かもう八十近いよな？　八十の爺さんが騒ぐほど、おれたちの活動も有名になったか。テレビの力はさすがだな——と、喜んでばかりもいられんか」

と苦笑した。

「いよいよ警察と全面対決かね。うちの編集長はやる気満々だから問題ないが、シノさんにとっちゃ本意じゃないわな」

「おかげで元部下とも、連絡が取りづらくなっちまったよ。洩れ聞いたとこじゃ、鷺尾刑事局長から『一般人によけいな真似をさせるな』との勅令が下ったらしい」

「鷺尾？　ああ、鳩山のおっちゃんの娘婿か。〝鳩に取りこまれた鷺〟だな」

ケッ、と小野寺は吐き捨てた。

「鳩山のおっちゃんはなかなかの狸だったよな。現役時代、ネタの裏取りのために別荘まで追いまわしてやったことがある。のらりくらりと逃げられたよ。ふん、いまごろはエリート婿のおかげで、鼻高々ってとこか」

「鼻も高くなるさ。鷺尾刑事局長は評判の切れ者で、次期警視総監候補の一人だ。田舎県警の警視で終わった鳩山さんにとっちゃ、一等の宝くじを当てたようなもんだ」

「ふむ、その〝一等の宝くじ〟を、おれたちは敵にまわしたわけか。おっかないねえ。怖くて寝小便したらいけない。今夜のビールは一缶でやめとこう」

軽口を叩いて、小野寺は「またな」と一方的に切った。

誠司は電池の残量を確認し、携帯電話に充電器を差しこんだ。

視線を感じ、ふと顔を上げる。引き戸がなかばひらいて、娘の実加子が立っていた。

「ああ、すまんな。いま風呂に行く」

慌てて腰を浮かしたが、実加子にさえぎられた。

「兄さんから、電話があったわ」

誠司は動きを止めた。

思わず振りかえり、娘をまじまじと見つめる。

実加子の兄といえば秀彦しかいない。潔子の死について誠司を許せず、いまだ絶縁している長男の秀彦だ。

「例のテレビを観たみたいよ。兄さんらしくもなく、慌てふためいてた。『おまえがついていながら、なにをやらせてる』『止めないのか』だって。あんまりしつこいから、『わたしが目を光らせてるから大丈夫』と言い張って切っちゃった」

「すまん」

誠司は再度謝った。謝る以外できなかった。

実加子は父親を見下ろすと、

「もう……、くれぐれも無茶しないでね」

ため息をついて引き戸を閉めた。

3

だがほんとうに大変なのは翌週からだった。

警察の訪問を隠し撮りした動画が、朝のワイドショウで取りあげられたのだ。トップニュース扱いではなかったし、扱ったのは一局だけだ。とはいえ全国放送となると、反響の規模が違った。

コメンテーターたちは眉間に皺を寄せ、

「警察が一般市民を、しかも被害者遺族を恫喝《どうかつ》するような態度はいただけない」

「素人捜査をよしとはしないが、警察のやりようはどうかと思う」

と、警察に対し一様に批判的であった。

放映時間はわずか十五分ほどだった。しかし放送後、番組宛てに多くの電話やメールが寄せられた。またSNSでも、

「これって動画サイトで話題になってるやつ？」

「はじめて知った」

「ローカル放送だけって、もったいなくね？」

とのコメントが多数投稿された。

とはいえ、もちろんいいことばかりではなかった。まずは星野家の固定電話に、いたずら電話が数十回かかってきた。午後にはモジュラージャックを抜く羽目になった。実加子は激怒したが、

「まあまあ。どうせ全員がスマホか携帯電話を持ってるんだ。固定電話が使えなくたって、さほど不便じゃないさ」

と亭主の悟がなだめてくれた。

いたずら電話や怪文書のたぐいは、木野下一己や柳瀬久美子のもとにも届いた。その被害は星野家をはるかにしのいだ。

だが二人とも恬淡《てんたん》としたもので、

「慣れていますから、いまさらなんてことないです」

「留守電に残されたメッセージや、ポストに届いた怪文書はすべて保存してあります。あとでお渡ししますよ。動画のネタができたと思えばありがたいくらいだ。それより、星野さんのご家族にまで迷惑をおかけしたようで申しわけない」

と逆に謝られてしまった。

旭のツイッターアカウントにも、かつてない量の〝糞リプ〟が届いた。

とくに悪質な輩《やから》はリプ欄のツリーに、子供の死体画像や、女児がモデルの猥褻なイラストを複数貼っていった。どちらもネットで拾ったらしい画像であった。

イラストについては描いた作者本人が、

「報《しら》せを受けて来ました。作者の意思とは無関係な無断転載です。こちらからも削除依頼を出しました」

と慌ててコメントしていくケースが相次いだ。

フォロワーたちは団結し、ツイッターの運営に再三通報してくれた。だがいやがらせの主は捨てアカを続々と立ちあげ、画像の貼り付けを繰りかえした。

「これは、向こうが飽きるのを待つしかないか」

と旭は肩を落とした。一方、哲は冷静だった。

「いいさ。木野下さんの言うとおり、愉快犯の悪意や妨害は動画のいいネタだ。画面ごと、すべてスクリーンショットで保存しておこう」

旭は考えた末、『リエイト』を一時退会することに決めた。作品を消すだけでなく、アカウントごとの削除であった。

「いいのか」

哲に確認され、旭は「ああ」とうなずいた。

「役目はおおかた果たしたし、データはＵＳＢにもクラウドにも保存してある。その気になりゃ、またいつでも再開できるからな」

彼は掌で顔を擦《こす》って、

「それに、いやがらせの件だけじゃないんだ。最近、幼女系エロのイラストに対する意識が変わってさ。もちろん人の嗜好《しこう》に文句をつける気はないけど、どうにも里佳ちゃんや沙奈江ちゃんの顔がちらついて……」

「ああ。いろいろと意識を変えざるを得ないよな」

哲は無表情に同意した。

他局のワイドショウも数日後、追随するようにくだんの動画を取り上げた。栃木総合テレビにも、全国から「自称・情報提供者」からの連絡が押し寄せた。

「昔あの近辺に住んでいました。そういえばあやしい男を見た気がします」

「親が不審な物音を聞いたと言ってました」

「死んだ亀井戸さんに似た人が近所にいます。この人が犯人で、亀井戸さんは誤認逮捕された可能性はないでしょうか？」

ツイッターに届くダイレクトメッセージだけでも膨大な量だった。チェックしていた旭は、五日で音を上げた。

誠司は急遽、小野寺にヘルプを入れた。以後ダイレクトメッセージの管理は、週刊ニチエイの事務社員へと委託された。

深夜放送の『ルポ・北蓑辺郡連続幼女殺人事件』に対しては、

「東京でも観たい」

「なぜ全国放送しないんですか」

との要望が多数届いたようだ。

それに応えるように、『ルポ・北蓑辺郡連続幼女殺人事件』のCMをカットした動画がネットに複数アップされはじめた。

番組の著作権は当然、テレビ局にある。番組をそのままアップロードすれば、運営者が見つけ次第、著作権侵害として削除することになる。しかし消されても消されても、複数人によって動画は上げられつづけた。

むろん違法である。だが前回同様、福永はとくに削除依頼を出さなかった。

「次の放映に向けて、いい宣伝になります」

その言葉どおり、視聴率は右肩上がりだった。

ことに録画予約率が急激に伸びていた。放映時間まで起きていられない層が、録画して観たがっているのだ。バラエティでもドラマでもなく、全国区のタレントも出ないドキュメント番組としては異例の事態であった。

さらには「番組のメインスポンサーになりたい」と申し出る企業まで現れた。栃木に本社を置き、関東中心にホームセンターのチェーン店を展開する二部上場企業である。創業者から直々《じきじき》の電話があり、

「番組のファンなんだ。テレビ業界の事情は知らんが、予算がなきゃ打ち切られるんだろう？　たかが予算の都合で、番組が観れなくなっちゃたまらん」

とまくしたてられたらしい。

「たかが予算、って台詞がさすがですよね。このデフレ時代に太っ腹なことです」

福永は苦笑していたが、嬉しそうだった。

また、誠司のもとには取材の申し込みが殺到した。しかし誠司はすべての依頼を丁寧に断った。

「すみませんが、『週刊ニチエイ』以外の取材は受けられません」

べつだん『週刊ニチエイ』と独占契約を結んではいない。だが仁義の問題であった。

「当然だ。星野班のいっとう最初のメンバーは、おれなんだからな」

小野寺は得意げに胸をそらした。

居酒屋で会った夜、「いまの段階じゃ乗ってやれん」と言いはなったことなど、まるで忘れきった態度だった。

4

「二〇〇六年の吉川陽花ちゃん事件について、情報を整理してみよう」

旭、哲、小野寺、福永の主要メンバーを集め、誠司はそう切りだした。

場所は星野家の、旭の部屋である。

いつの間にかすっかり溜まり場と化してしまった。なにもない誠司の部屋より、やはりパソコンがある旭の部屋が便利なのだ。

なお福永と小野寺から「せめてもの場所代」として小型冷蔵庫がプレゼントされたため、例の古いクーラーボックスは御役御免になった。

「二〇〇六年といえば、沙奈江ちゃん事件から十八年後だ。同一犯だとして、よく十八年も欲求を抑えていられたな」

小野寺が言った。

「それはいまも同様でしょう。もし陽花ちゃん事件が同一犯の手によるものなら、やつは現在進行形で、十年以上犯行を我慢していることになる」と福永。

「以前から抱いていた疑問に通ずるな。『真犯人がいるなら、なぜ亀井戸と伊与の逮捕とともに犯行が止んだのか？』だ。というより各々の事件前にこそ、犯行にいたる大きなきっかけがあったのかもしれん」

誠司が考えこみながら言う。

「犯人は里佳ちゃん殺しによって、子供相手の変質者ではなく凶悪殺人犯になった。衝動を実行に移すには、かなり高い心理的ハードルを越えねばならん。越えさせるなにかがやつに起こったんだ。そして二〇〇六年にも」

「すみません。これは本の受け売りですが――」

哲が口を挟んだ。

「犯罪学にくわしいイギリスの作家、コリン・ウィルソンによれば『犯罪者は緊張作用、つまり爆発する緊張度が普通の人間より高い』んだそうです。彼らは平均的人間より、はるかにストレスに敏感です。さらに殺人者の衝動は、精神の安定度に大きく左右されます。

実際の殺人犯が犯行前に感じたストレスは、家族間のいさかい、異性との別れやもつれ、怪我や病気、失職、借金などが原因です。これらの問題が起こっても、普通の人間なら犯罪に走ったりせず、根本的解決につとめますよね。しかし彼らは精神の緊張度を高めていき、やがて他人に向け爆発させてしまう」

「要するにこうだな？　陽花ちゃん失踪事件を同一犯と仮定するなら、犯人は二〇〇六年か五年に、なにやら大きなストレスを受けた可能性がある」と小野寺。

「異性との別れやもつれ、怪我や病気、失職、借金、か……。やっぱり犯人も生身の人間だな。その程度のつまずきで子供に八つ当たりされちゃかなわんが、怪物のイメージがちょっとばかり払拭《ふっしょく》できた気がするぜ」

「そいつは一歩前進したな」

誠司が資料をめくって、

「さて、吉川陽花ちゃんは姿を消す直前『怪我で困っている人がいた。お手伝いしてくる』と友達に告げたという。この友達はしっかりした子で『知らない人でしょ？　やめときなよ』と止めたらしい。しかし陽花ちゃんは『ちいさい子がいるおうちだから、大丈夫』『お礼におもちゃを見せてくれるって』と言い張り、走り去ってしまった。ただし証言は多少あやふやで、〝おもちゃ〟と言ったか〝ペット〟と言ったか、もっとほかの言葉だったか、さだかでないそうだ」

「これは新情報なんじゃ？」旭はうかがうように問うた。

「家にちいさな子がいる。おもちゃが多いか、ペットがいる……。子供を釣るためのでたらめかな？」

「というか、その証言自体があやしいぜ。二〇〇六年当時の小学生が、おもちゃごときで釣られるか？」

小野寺が肩をすくめる。

「えーと、リーマンショックが二〇〇八年だから、その二年前なら日本は景気がよかったはずだぜ。トヨタがゼネラル・モーターズの売り上げを抜いたとかなんとか、華やかなニュースを聞いた覚えがある。あの時代の子供が、おもちゃに釣られてほいほい付いていくかね」

「さすが記者だな。社会情勢にくわしい」

と誠司はおだててから、

「だが吉川陽花ちゃんは残念ながら、お世辞にも裕福な家の子じゃなかったようだ。四歳のとき両親が離婚し、以後は母と弟とともに市営住宅で暮らしていた。母親は昼夜働いており、子供に手をかける暇がなかった。陽花ちゃんは『いつも同じ服で臭い』『ゲームを持ってないから話が合わない』と同級生に敬遠されていたそうだ。ちなみに前述の友達は同じ市営住宅に住む三歳上の少女で、学校の友達ではなかった」

「また一人親家庭か。……いや、すまん。べつにくさしたわけじゃないぞ」

小野寺は即座に打ち消した。

「わけじゃないが、里佳ちゃんは母親と死に別れ、沙奈江ちゃんも離婚家庭だっただろう。犯人は、両親が揃っていない子を狙い打ちしやがったのか」

「寂しさにつけ入るのが得意なのでは？」

福永が言う。

「同級生に敬遠されるくらいだから、陽花ちゃんは犯人の目にも〝親のケアが充分でない子〟だとわかったでしょう。里佳ちゃんと沙奈江ちゃんは下調べしたとしても、陽花ちゃんは通りすがりの突発的な犯行かもしれません。親の目が行き届いていないイコール、犯行に気づくまでタイムラグが生じる。犯人としちゃ好都合な獲物だ」

「じゃあやっぱり、おもちゃかペットで釣ったかな」と旭。

「でも犬や猫なんて、そのへんで触れるよな？　珍しいペットだったとか？」

「動物好きの子にとっちゃ、犬猫でも充分に魅力的だったんじゃないか。市営住宅じゃ飼えないしな」哲が言う。

誠司は「いや」と否定した。

「わざわざ友達に宣言していったあたり、自慢のニュアンスがある。おもちゃにしろペットにしろ、多少なりと希少価値のあるなにかだろう。ともあれ犯人は、女の子の心を摑むのがうまいようだな」

「子供の扱いに慣れてる職業なんじゃないか？　たとえば教師とか保育士とか」

小野寺が腕組みした。

「三角巾で腕を吊ってるにしろ、それだけじゃ子供は完全に安心しやせんものなあ。たとえば物腰がやわらかいとか、子供と同じ目線でものが語れるとか」

「子供と同じ目線……。そういえば、昔おれたちに声をかけてきた変質者たちが、そんな感じだったな」

旭が低く言う。

「教師は違うと思う。そういう、上からの雰囲気じゃなかった。大人なんだけど、ものすごく大人って感じじゃなくて、不思議な雰囲気の人が多かったな。たいがい車の中から声をかけてきた。あの頃流行ってたポケモンとかムシキングを餌にして『そこのぼく、カード交換しない？』って。今回の犯人も、あんな感じだったのかも」

なかば独り言のようだった。

哲がうなずく。

「ああいうやつらって、みんなカードなりゲームの現物を持っていたよな。そのジャンルにもきっちり詳しくて、付け焼刃じゃない知識を持ってた。そして子供が『交換したい』と言えば、『車の中にもっとあるよ。きみの目で見て選んで』と言いくるめて乗せてしまうんだ」

「連続幼女殺人犯の宮崎勤は『写真を撮ってあげる』と、カメラ片手に少女たちに近づいたそうだ。誘い文句は違えど、やりくちはほぼ同じだな」

誠司は苦にがしく言った。

「また『吉展《よしのぶ》ちゃん誘拐殺人事件』の犯人、小原保《こはらたもつ》は『水鉄砲を直してあげる』と吉展ちゃんに近づいたという。小原は片足が不自由で、東北訛りがきつく純朴そうに見えた。子供が警戒するような男ではなかった……」

誠司は脳裏で犯人像を思い描いた。

まず優男《やさおとこ》だ。容貌は中の上。当時の年齢は比較的若く、上限は三十代前半だろう。子供を安心させる雰囲気を持っている。同世代の目にはやや幼稚に映るかもしれない。

二〇〇五年ないしは六年に大きなストレスを味わっている。爪にこだわりがある。承認欲求が強く、尊大。嗜虐性《しぎやくせい》を隠せる程度の適応能力はある。

犯行に緻密な計画性は感じられない。杜撰《ずさん》な点も多い。しかしすくなくとも無秩序、無計画ではない。とくに沙奈江ちゃん事件では、監禁用の隠れ家を事前に下調べした様子がある。

知能は低くない。だが社会的な成功者にはほど遠い。むしろ負け犬と言えるだろう。プライドが高く、周囲を見下している。「自分はあいつらよりも有能なのに、不当な評価ばかり受ける」と思いこんでいる——。

ようやく犯人像の輪郭が浮かびあがってきたな、と誠司は思った。

プロファイリングと呼べるほどのものではない。しかしぼんやりとでも、かたちになってきたのはありがたい。小野寺の言うとおり、〝人間〟を追っているという実感が湧いてきた。

誠司はゆっくり掌《てのひら》を擦りあわせた。

5

福永から電話があったのはその夜だ。

「土居りつ子の現住所が判明しました」

前置きなく、福永が特有の早口でそう告げる。誠司はゼロコンマ数秒絶句し、すぐに気を取りなおした。

「確かなのか。どうやって調べた？」

「局宛てに、匿名の密告《タレコミ》です。土居さんのフルネームその他は伏せて放映していますが、見る人が見ればすぐにわかりますからね。裏《ウラ》付けはこちらで取りました。間違いなく土居さんでしたよ。現在は娘夫婦とともに、網原駅近くの借家に住んでいるようです」

「そうか。ありがとう」

「いえ。それからもうひとつ朗報が」

福永はもったいぶった間を取り、

「『ルポ・北蓑辺郡連続幼女殺人事件』が在京キー局の目に留まりました。放映時間はさらに深夜へ下りますが、これで関東のほぼ全域で観てもらえます。やりましたね、ついに一大ムーヴメントになってきた。映像屋冥利《みようり》に尽きますよ」

「そうかい。おれはいまいち実感がないというか、すごさがわからないよ」

とはいえおめでとう、と誠司は彼をねぎらった。

「番組のことは福永さんに一任するさ。おれたちは土居りつ子の件を追いたい。住所その他の情報を、旭宛てにメールしといてくれ」

「了解です」

福永は珍しく弾んだ声を出した。


翌日の夕方、誠司は旭と哲を従えて網原町へ向かった。

移動はいつものように電車である。星野家のセレナは悟が通勤に使っており、平日は自由にならない。また哲は運転免許そのものを持っていなかった。

「おれらもさ、そろそろレンタカーとか考えてみない？」

「だな、機材が重い。運転はアサヒがしてくれよ」

ぶちぶち言う孫たちを後目に、誠司は吊り革に摑まって窓の外を見ていた。移りゆく景色を眺めつつ、土居りつ子について考える。だが物思いは、遠慮がちな声によって破られた。

「あのう……」

「はい？」

振り向いた先には、制服姿の女子高生が立っていた。バッグでも当たっていたかな、と誠司は身を引いた。

だが少女は怒っていなかった。それどころか、はにかんだ笑顔で言った。

「『ルポ・北蓑辺事件』の刑事さんですよね？　ネットでいつも観てます。うまく言えないけど……あの、頑張ってください」

ぺこりと頭を下げたのち、照れたように隣の車両へ速足で去っていく。

呆然《ぼうぜん》とする祖父をよそに、旭は大喜びした。

「リアルでの応援とか、マジかよ。しかも女子高生からだぜ、やった！」

日ごろクールな哲ですら「けっこう嬉しいもんだな」と頬をゆるめていた。

土居りつ子が住む借家は、網原駅の地下道を出て徒歩三分ほどの住宅街にあった。

築年数を重ねていそうな、ごく平凡な木造一軒家である。庭はなく、代わりに一台分のカーポートが備わっていた。道路に面した台所の窓に、目隠しのごとく取り付けられた格子が古めかしい。

――娘夫婦と同居中、か。

窓を見上げて誠司は考えた。おれと同じだな、と奇妙な親近感がこみあげる。

べつだん実加子たちとの同居に不平はない。婿の悟はできた人だし、旭には幼い頃から慕われてきた。実加子がいささか口うるさいのだって、婿の手前があるからだと十二分に承知している。

――だが、土居りつ子はどうだろう。

巷《ちまた》で「嫁姑の同居はうまくいかない」「長男夫婦より、長女夫婦との同居のほうがうまくいく」などと言われはじめて久しい。

誠司とて、秀彦との同居なら一年ももたなかっただろうと思っている。もっとも秀彦が、誠司にそんな申し出をするはずもないが。

――りつ子は、娘夫婦といい関係を築けているだろうか。

亀井戸建の訃報を聞いて、娘となにがしか会話を交わしたのか。娘婿には、死刑囚とのかつての関係を打ち明けたのだろうか。

「テツくん、カメラの用意はいいか」

「はい」哲がいつもの声音で答える。

誠司はドア横のチャイムを押した。

インターフォンやカメラはなく、ただの呼び鈴だ。表札も出ていない。しかし福永の情報で、りつ子の娘の名が未知留《みちる》であること、野末《のずえ》姓になったことは把握していた。

「はーい」

チャイムに応える声が聞こえた。

中年女性の声だ。おそらく未知留だろう。

三和土《たたき》におりる気配があった。しかしドアはひらかなかった。アルミ製のドア越しに、未知留が問うてくる。

「どなたですか？」

「あの、りつ子さんにお会いしたいのですが」

「……どなたですか？」

未知留は繰りかえした。声音に不審が宿っていた。

「亀井戸建さんの件で、おうかがいしたいことが」

「帰ってください」

未知留の口調が硬くなった。

母娘間で意思の疎通はできているようだな。誠司は察した。証言によれば、りつ子の子供たちは亀井戸になついていたという。彼のことを、未知留はどの程度覚えているだろう。

「りつ子さんは中にいらっしゃるんですか」

「お話しすることはありません。しつこくするなら、警察を呼びます」

未知留の声が高くなっていく。なかなかに過敏な反応だ。

引き下がるべきか、誠司はしばし迷った。

りつ子に訊きたいことは山ほどある。亀井戸の〝忘れられない女性〟とは誰か。りつ子はなぜ、あんな含みのある言いかたをしたのか。亀井戸はなにを隠していたというのか。またそれは、伊与が秘匿《ひとく》しているなにかと関係があるのか。

だが誠司の考えがさだまるのを待たず、

「いま、通報しましたから」

未知留が叫んだ。

まずい、と誠司は舌打ちした。旭たちを振りかえり「撤収だ」と合図する。警察署から呼び出しを食らったばかりだ。警官と再度揉めるには、時期がよくない。

しかし敷地を数歩出たところで、

「なんですか、あなたたち」

誠司たちは、行く手を長身の男にさえぎられた。

「うちになんの用です？　妻になにかしたんですか。さっき、通報とか聞こえましたが」

こいつが娘婿か。誠司は男を見上げた。

男は威圧するように両手をポケットに入れ、肩を怒らせていた。

「なんとか言いなさいよ。なあ、なんなんだ、あんたら」

問いながら、男が誠司に肩をぶつけてくる。荒っぽい男だ。一発くらい殴られるかな、と誠司は内心で覚悟した。

「いや、あの、暴力はやめてください」慌てて旭が割って入る。

「帰ります。すぐに帰りますから」

「なんだよおい。帰りゃいいってもんじゃないだろ。人んちにあや付けておいて、逃げる気か？　警察が来るまでここにいろ！」

男が旭に向かってつばを飛ばす。

そのとき、誠司の袖を後ろからそっと引く手があった。哲だ。彼が顎で指す方向を見て、誠司は顔をしかめた。

通りの向こうから、制服姿の巡査が二人走ってくる。どうやら未知留の台詞は脅しではなかったらしい。しかも予想より、警察の動きがはるかに早い。

「旭、走れ！」

言いざま、誠司は駆けた。

誠司は今年で六十六歳になる。現役の巡査相手に逃げきれるわけがない。それでも走った。背後に旭の足音がする。すぐに息が切れたが、あとも見ず駆けつづけた。

先頭を行く哲が、電柱のある角を左折した。ほとんど考えずあとに従う。

途端、ぎくりとした。

ブロック塀の陰から、白い腕が突き出ていた。揺れている。いや、手まねきだ。逃げてこいとうながしている。

哲と旭に遅れて、誠司は塀の中へ駆けこんだ。

腕の主は初老の女性だった。知らない顔だ。だが誠司は一瞬、目をしばたたいた。亡妻の潔子に似ている気がしたのだ。

女は誠司に顔を寄せ、ささやいた。

「家に入って。中を通って、勝手口から逃げてください」

「いいんですか」

「ええ。あなたたち、子供殺しの捜査をやりなおしている人でしょう。テレビで観ました」

女は声を低めた。「……うちにも、同じくらいの、孫が」

その声音と強張《こわば》った表情に、なぜか誠司は胸を衝かれた。

「ありがとうございます」

押し殺した声で、そう応えるのが精いっぱいだった。

申し出どおり三人は家内を通らせてもらい、勝手口から出て巡査たちを撒《ま》いた。

6

「頭をからっぽにして走ったせいかな。いまさらながら初歩的な疑問が浮かんだ」

誠司は言った。

自宅に戻り、一同はいつものように旭の部屋で額《ひたい》を突きあわせていた。

誠司は薄い茶で舌を湿らせて、

「第一の犯行というのは、どの犯罪者にとっても特別なもんだ。最初の犯行のあと『二度としない』と後悔するか、『興奮した。またやらずにはいられない』となるかで、道は大きく分かれる。北蓑辺事件の犯人は、典型的な後者だろう。……しかしやつは第一被害者の里佳ちゃんでなく、沙奈江ちゃんの遺族にいやがらせの電話をかけている。なぜだ」

「木野下さんの家にもかけたんじゃないの？　当時は何百もの怪電話がかかってきたって、木野下さん本人が言ってたよ。その中にまぎれちゃったんじゃない？」と旭。

「いや、このタイプはしつこいから、相手からなんらかの反応を引き出すまでつづけるだろう」哲が考えながら言う。

「〝その他大勢の野次馬ごときにまぎれる〟ことを、けっしてよしとしない。プライドが許さないんだ」

誠司はうなずいた。

「おれもテツくんと同じ考えだ。やつにとって重要だろう『虎』の名を、沙奈江ちゃんの歌からとったのも気になるしな。というわけで、ここはひとつ初心に帰って、沙奈江ちゃん事件を洗いなおしてみないか」

「いいですね」

真っ先にうなずいたのは哲だった。

機材バッグからカメラを取りだす。テーブルに置き、何度か角度をはかりながらセットする。

「据え置きにしておきます。気にせずしゃべってください」

「ああ、そうさせてもらう」

応える誠司の横で、旭が資料をめくりはじめた。

「えーと、じゃあ沙奈江ちゃん事件の概要を読みあげるね。一九八八年九月二十二日、網原小学校二年の柳瀬沙奈江ちゃんが、下校途中に失踪した。最後に目撃されたのは校門を出る姿で、これが午後四時十五分。小学校から自宅アパートまでは、徒歩で約二十分の距離。

母親の久美子さんが仕事から帰ったのが、午後七時。まだ娘が帰ってきていないと気づき、娘の友達の家四軒に電話をかけたが、どの家も『今日は来ていない』という返事だった。久美子さんは公園や近所の商店を捜しまわったあと、交番に『娘がいない』と駆けこんだ。この時点で午後八時半を過ぎていた」

「失踪した二十二日は木曜日だったんだよな。金曜は祝日で、監禁場所となった倉庫を所有する会社は金・土・日と休みだった。そして沙奈江ちゃんの死体が発見されたのが、月曜日の早朝」

誠司が独り言のようにつぶやく。

旭が「うん」と相槌を打って、

「死後硬直と死斑からして、死亡推定時刻は日曜日の午後十一時から午前一時の間。胃の中に固形物はなく、少量のオレンジジュースが残留していた」

「食事は与えずとも、脱水症状で死なせるのはいやだったってことか」と哲。

「だとしたら、マジでくそったれな野郎だよ。……死因は手指による絞殺。膣と肛門に性的暴行の痕跡。ただし体液の残留なし。遺体は――」

旭は読みあげるのをやめ、天井を仰いだ。

「くそ、胸糞悪い。はじめて読んだときと違って、木野下さんや久美子さんを直接知ってるからな。気分の悪さが段違いだ」

「いいさ、そこは省こう。あらためて遺体の損壊ぶりを知る必要はない」

誠司は首を振った。

「問題は傷に生体反応があったことと、里佳ちゃんより沙奈江ちゃんの損壊のほうが激しかったこと。この二点だ。当時の捜査員はみな、犯行がエスカレートしたとしか思っていなかった。だが犯人が、〝里佳ちゃんに比べ、より沙奈江ちゃんに思い入れがあった〟としたらどうだろう」

「沙奈江ちゃんが、本命だったたってこと？」旭が問う。

「本命とまで言えるかはわからん。あくまで仮説だしな」

「でもそう解釈すれば、沙奈江ちゃんを殺したあと、犯行がいったん止んだ説明がつくかもよ」

「よし。その点も含め、推察していこう。おれは吉川陽花ちゃんの失踪も、九割こいつの犯行だと思っている。なんらかのストレスで陽花ちゃん事件を起こすまで、やつは〝一応〟満足していたんだ」

誠司はつづけた。

「親や教師ってのは、往々にして子供に『知らない人と話すな』と言い聞かせる。これは半分正しく、半分間違っている。未成年相手の性犯罪でもっとも多いのは〝顔見知りによる犯行〟

だからだ。しかし殺人となると、その確率はぐっと下がる。行きずりで、無作為に対象を選ぶケースが増えるんだ。だから当時、特捜本部《トクソウ》は犯人と被害者たちに面識はないと見ていた。……とはいえこいつの場合は、一人親家庭ばかり狙っている点を含め、事件前から被害者に目を付けていた可能性が高い」

腕組みして誠司は唸った。

「そうだ。三十年前も、捜査書類《タテガキ》を整理していてなにか引っかかった気がする。なんだっけかなあ……。ああくそ、ここまで出てるんだがな。まったく年をとるってのはいやなもんだ。旭、資料を貸してくれ」

孫から受け取った紙束を、誠司は順にめくった。

しばらく読みふける。

「ああそうだ、やっと思いだしてきたぞ。はじめのうち沙奈江ちゃん事件は、里佳ちゃん事件との関連性は保留されていたんだ。なぜなら最有力のマル被がいたからだ。沙奈江ちゃんの実父だ」

誠司は白髪頭を掻きまわした。

「母親の久美子さんが離婚したのは、事件の二年前だった。柳瀬は久美子さんの姓で、沙奈江ちゃんの父の名は、曽我部利男《そがべとしお》。前科持ちのろくでなしだったようだ。離婚原因はやつのアルコール依存症と暴力癖。いまで言うドメスティック・バイオレンスってやつだな。当時はまだ、家庭内暴力と言われとったが」

「最有力容疑者にされるほどひどかったんですか、その父親は」

哲が問うた。

「ひどいことはひどい。だがレベルとしちゃあ、よくある暴力亭主だな。疑われたのは、やつが事件直前に久美子さんへ脅迫状を送ったせいだ」

「脅迫状？」

「曽我部利男は久美子さんにしつこく復縁をせまっていたのさ。なだめたりすかしたり、泣き落としたりだ。しまいには電話や手紙で彼女を脅すようになった。事件の一週間前には『殺す』とまで書いた手紙が届いた。正確な文面は覚えちゃいないが、『復縁に応じないなら、おまえも娘も殺してやる』といった内容だった」

「そりゃあ疑われて当然だ。でも、疑いはすぐに晴れた？」

「晴れたよ、二日後にな。やつには鉄壁のアリバイがあったんだ」

誠司は言った。

「曽我部はなんと、日曜の夜から隣市の留置場にいやがったのさ。行きつけの居酒屋で、客同士で喧嘩になったんだ。通報で駆けつけた警官にまで一発入れて、やつは暴行と公務執行妨害で現行犯逮捕された。沙奈江ちゃんの死体が見つかった瞬間にも、死亡推定時刻にも留置場の中だった」

かぶりを振って、

「まあそうでなくとも、元妻の久美子さんでなく沙奈江ちゃんを殺すか？　とは疑問だった。

曽我部利男が恨んでいたのは、あくまで久美子さんだ。それに実の娘を犯す父親はいないではないが、あそこまで執拗に犯し、死体を損壊するのは異常性欲者の仕業《しわざ》だ。曽我部はただの粗暴なチンピラで、性的に異常な兆候はなかった」

「曽我部利男の前科っていうのは？」と旭。

「単純な傷害だったはずだ。記憶に残る罪状じゃなかったのは確かだな」

「そういえば、じいちゃんは前に『沙奈江ちゃんの父親とは、いま連絡がとれん状態だ』って言ってたね。現在の居場所はわからないの？」

「ああ。曽我部利男は失踪中なんだ。沙奈江ちゃんの死を知ってからというもの、別人のようにしおれて、久美子さんへの付きまといもやめた。おそらくやつはやつなりに、娘を愛して――」

　愛していたんだろうな、との慨嘆はそこで途切れた。さえぎったのはかん高い着信音だった。

誠司の携帯電話だ。

　発信者を確認し、誠司は片目を細めた。

「どうしたの、じいちゃん？」

「非通知電話だ」

　誠司は短く答えた。

　この番号を知っている人間はごく少数である。ときおりかかってくる〇一二〇局番を除けば、登録番号以外からのコールはほぼ皆無だ。よしんば鳴ったとしても、普段ならば無視する。

しかしそのときの誠司は違った。勘が疼《うず》いた。

旭と哲に目で合図してから、通話ボタンを押す。素早くハンズフリー通話に切り替える。

「……もしもし？」

「DNA型が一致した」

前置きなく、通話相手は一息に言った。押し殺した声であった。

誠司はすかさず問いかえした。

「なに？」

「歯は里佳ちゃん、爪は沙奈江ちゃんのものだ。DNA型がそれぞれの親と、九十九パーセント超の確率で一致した」

やはり抑えた声であった。誠司はようやく理解した。歯と爪といえば、日永新報に送られた物証に間違いない。

――ということは、電話の向こうの相手は。

誰だ、と問うわけにはいかなかった。捜査一課《ソウイチ》か、鑑識か、それとも科捜研か。警察内部の者であることは疑いない。だからこそ、問えない。

「爪は磨かれていたのか」

それだけを訊いた。わずかな間ののち、短く肯定の返事があった。

通話が切れた。

誠司は顔を上げ、哲と視線を交わした。

「……録《と》れたか？」

「と思います」

「公開動画に使うなら、声に加工を入れてやってくれ。どこの誰かは知らんが、絶対に特定されんようはからってほしい」

「了解です」

哲がカメラを止めるのを確認して、誠司は通話履歴を呼びだした。根岸巡査部長の番号を選んでかける。挨拶もそこそこに切り出す。

「おい、声は出さんでいいぞ。たったいま、例の歯と爪が被害者少女たちのものと一致したとの情報が入った。これは確かか？　イエスなら咳を一回、ノーなら二回頼む」

数秒、沈黙があった。ややあって、一回の咳が返ってきた。

「沙奈江ちゃんの爪は磨かれていたらしいな」

やはり咳は一回だった。

三十年前、被害者の爪に着目した捜査員はいなかった。検視官も同様だ。その点を今回チェックしたということは、警察も星野班の動画を観ているのだ。

「あの……シノさん」

根岸が喉にからんだような声を発した。

「なんだおまえ、しゃべるのか」誠司は苦笑した。

「せっかく気を遣ってやったのに、台無しじゃないか。まあお察しのとおり、果敢な情報提供者が現れたってわけさ。正体は不明だがな」

「はあ」

根岸は吐息とともに応えて、

「お気遣いはありがたいですが、どうせおれから言えることはないですし、引きだせる情報もないですよ。証拠紛失についても、怪文書の差出人についても、目立った進展はありませんから」

言えることはない、と言いつつしっかり情報を寄越している。

「あんな怪文書、ただのいたずらでしょう。チンケな愉快犯にすぎませんよ。第一、北蓑辺事件は三十年前に解決しているんですからね。鷲尾刑事局長の、輝かしい功績のひとつです」

「だな。とうに解決した事件の証拠が紛失したって、せいぜい係長の管理責任が問われるくらいのもんだ。いたずらとわかりきっている怪文書に、多くの捜査員を投入するわけがない。刑事局長さまの過去の実績を疑う、無礼な行為でもある」

「そのとおりです」

根岸が大真面目な声音で肯定する。誠司はつづけた。

「なあ、これはあくまで仮定だが、その方針に不満を抱くやつらが捜査員の中に現れんとも限らんよな。たぶん三十年前の捜査にかかわっていない若手あたりだ。おれの携帯番号なんぞ、ちょっと訊いてまわりゃわかることだし……」

「まさか」根岸は言下に否定した。

「警察は一枚岩の組織ですよ。上に内心で不満を抱くことはあれど、外部へのタレコミなんてあり得ません。シノさんだってよくご存じでしょう」

言いきってから、根岸は咳をした。一回。

旭が哲と顔を見合わせる。

誠司は苦笑した。「ありがとうよ」

礼を告げると同時に、通話は向こうから切れた。

7

曽我部利男が行きつけにしていた居酒屋は、二十年ほど前に閉店していた。

ただし同じ通りで、元店主の次男が現在も焼き鳥屋を営んでいた。元店主は六年前に亡くなっていたが、さいわいその妻は存命だった。

開店準備中の焼き鳥屋の二階で、誠司たちは老妻と会った。

「ああ、あんた、テレビで観たよ。夕方の再放送のやつ。そうそう、利男さんの娘さん、気の毒だったね。あんなちっちゃな女の子にひでえことして、頭のまともなやつではねえべさ。それで、死刑になったのは真犯人でねがったんだって？　え？　死刑にはなってない？　ああそう。でも同じことさあ。殺したってことにされて、塀の中で死んだんだっけねえ……」

去年八十歳になったという元店主の妻は、炭煙で煤《すす》けた柱にもたれ、洟を啜った。

「曽我部利男さんの人となりについて、お聞きしたいんですが」

誠司が言う。

老妻は皺ばんだ口をへの字にした。

「人となりもなにも、よくいる酔っぱらいよ。話せることなんてたいしてねぇさ」

「ご主人がやってらした居酒屋の、常連だったんですよね？」

「んだね。うちの人はもともと、横浜の中華料理屋で働いてたんだぁ。したっけ利男さんが、寿町《ことぶきちょう》に居付いてた頃からの顔馴染みだったんでねぇのけ。こっちで店さひらいて、一年くらいしてからかなぁ、よう来るようになったんだ。正直言って、あんまりいい客でねがったけどね」

「ということは、金払いが悪かったんですか」

「それもあるねえ。なにしろ飲む打つ買うの、怠惰《ひでなし》な人だったっけね。けんど一番困ったのは、喧嘩っ早いことよ。うちの店ぁ、あの人にガラスと皿、何十枚割られてきたか。いっくら嫁さんがしっかりした人でも、あれでは駄目さ。嫁さんも子供も、ほんと気の毒したね……」

老妻はそこでカメラを指さして、

「これ、いま撮ってんの？　ああそう」

と背すじを伸ばした。口調をわずかにあらためる。

「だけんど、子煩悩《こぼんのう》なとこもあったのよ。死んだ沙奈江ちゃんのことは、芯から可愛がってたねえ。酒さえ飲まなきゃいい人……いや、飲むから駄目な人になんのか。気のちっちゃい人だったけんど、酔うと暴れて、嫁さんさ殴ってね。『おれぁムショ帰りなんだぞ』なんて、うちの客にもよう絡んでたわ」

「前科二犯だったそうですね」

「うん。どれもこづまらねえ喧嘩さ。執行猶予中にも暴れて逮捕さって、刑務所送りになったんよ。ほんでおつとめしてる間に、嫁さんが子供連れて、行方さくらましてしまってね。出所した利男さん、もう怒るの怒らねえの……。髪の毛逆立てて、怒鳴りちらしてたべさ。そんなんの繰りかえしよ。利男さんが暴れるたんび、まわりから人がいねなっていぐ」

老妻はため息をついて、

「駄目な人だったねえ。自分で自分をさびしくしてたね。話し相手なんて、うちの亭主くらいだったんでないの。親きょうだいにも縁切られてる、って言ってたもの」

「奥さんと沙奈江ちゃんがいなくなったあとは、彼女たちを捜していましたか」

「捜してたよお。けど、うまくいってねがったね。うちの店に来ちゃあ、くだ巻いてたべさ。その頃ぁ亭主がカメラ向けるたんび、犬みたいに唸って嫌がってた」

「カメラですか?」

「んだ。その人が持ってるようなのでなくて、写真のカメラさ。うちの人ぁ、写真が趣味だったのよ。下手の横好きで、ただパシャパシャ撮るだけだったけんど」

誠司は身を乗りだした。

「当時の写真は、まだ残っているんでしょうか」

老妻が手を振る。

「あっけど、物置ん中だっぺ。孫が戻ってきたら出してもらうかね。おらみてぇな力のない年寄りには、とっても出されねえさ」

そう言ってから、ふと声を落とす。

「しかしねえ、ほんと酒は狂い水とはよう言ったもんだ。利男さんも酒さえやめてりゃ、家族をなくさねがったかもしれねえ。ほんだら、沙奈江ちゃんだって死なねかったかもしんねぇ。利男さんが酒さやめて、家族のそばにいれば、犯人からあの子を守れたんでないかね……。自分で自分さ孤独にして、全部駄目にしてしもたね……」

ふたたび老妻は洟を啜った。

「喧嘩ばっかしてたけど、根はさびしがりな人だったよ。そうそう、いっぺんだけ店に友達を連れてきたっけね。『そこで偶然会ったんだ。昔馴染みだ』って、ずいぶん嬉しそうにしてたね。連れてきたのは、それ一回きりだったけんど」

「友達……」

誠司は繰りかえした。頭の中の霧が、ほんの一角晴れた気がした。

——そうだ、友達だ。

三十年前、捜査書類《タテガキ》を整理していて引っかかった件はこれだ。ただし曽我部利男の友人ではない。沙奈江ちゃんの同級生の証言である。

「去年の春休み、沙奈江ちゃんは『大人のお友達ができた』って喜んでた」

と捜査員に話した子がいたのだ。

一九八七年の春ということは、里佳ちゃん事件が起こるさらに前である。その同級生の証言では、

「お友達のこと、お母さんには内緒なの。だから秘密ね」

と沙奈江ちゃんは耳打ちしてきたらしい。

しかし同級生は生真面目な優等生だった。「お母さんに言えないような友達と、付き合わないほうがいいよ」と彼女を諭《さと》した。沙奈江ちゃんはとくに反論せず、「そうかもね」とうなずいた。

それきり「大人のお友達」の話題は出されなかったという。

――その後に亀井戸たちが逮捕され、この証言は掘りかえされることがなかった。

己の考えに沈みかける誠司に気づかず、老妻は声を落とした。

「利男さん、いまぁどこでなにしてんだかねえ。うちの人の葬式にも来ねがったもんね。犯人の死刑判決が出た夜、ちっとは喜ぶかと思ったら、深酒して泣いてたっけ。利男さんの写真、確かどっかにあるはずだぁ……」

そう老妻はしんみりと言ってから、

「アルバム、探しといたらいいんけ?」と哲のカメラに顔を向けた。

8

小野寺が星野家にあたふたとやって来たのは、その夜の九時過ぎだった。

「シノさん、旭くん、驚け。例の怪文書が、性懲《しょうこ》りもなくまた届きやがった。しかも今度は『週刊ニチエイ』宛てにだ」

「なんだと？」

誠司は目を剝いた。

小野寺はウエットティッシュで額の汗を拭いて、

「とことんふざけた野郎だよ。明朝の日永新報の三面トップはこの記事だ。あんたが朝から心臓麻痺を起こしちゃまずいと思って、親切に教えに来てやったぜ」

「そいつはありがとうよ」

と誠司は受け流して、

「文面は？　指紋は検出できそうか」と訊いた。

「コピーを持ってきた。一応粉をはたいてみたが、指紋らしき模様は浮かなかったそうだ。今回は証拠品の添付はなく、文書だけだった」

「それでどうして、真犯人からだとわかった。類似のいたずらなんぞ何百通と届いているだろう」

「まあ読んでみろよ」

手渡されたコピーを誠司は広げた。やはりA4用紙にワードで打った文章である。

影を追う気分はどうだ？
くだらん素人捜査をやめさせれば、新たな証拠品をくれてやる
おれはいつも、暗い部屋からおまえたちを見てる
虎より

「なるほどね。また『TIGER』か」

旭が吐き捨てた。

「歌詞に『I'll be watching you in the middle of dark room』ってくだりがあるんだよ。歌と犯行の繋がりは、いままで記事にしてないもんな。それにしても……くそ、こいつ完全に頭おかしいぜ」

「ウィリアム・ブレイクの詩は知らないようだな」と哲。

「『虎よ、虎よ、あかあかと夜の森に燃えさかる――』。プライドが高いから、知っていれば意気揚々と付けくわえそうなのに」

「つまり教養は豊かじゃないらしい。文章も下手だ。〝くだらん素人捜査をやめさせれば〟――か」

誠司は鼻で笑った。

「こいつ、おれたちの動画を気にしてるな。気にかけて、怒っていやがる。語るに落ちたとはこのことだ」

だがこの怒りは、追いつめられた焦りからくるものではない。誠司は感じた。

――世間の注視がおれたちに向いたことに、こいつは怒っている。

関東全域での放映が決まった件で、星野班の活動はさらに知名度を上げていた。はからずも実加子たち夫婦に迷惑をかけるほどに、だ。

「ほとぼりが冷めるまで、おれだけ別居しようか」

と誠司から申し出たが、

「やめてよ。いま目の届かないとこに行かれたんじゃたまらないわ。好き勝手させないためにも、絶対うちから出しません」

ぴしゃりと実加子にやられてしまった。

ともあれ取材の申し込みはひっきりなしだ。誠司は道を歩けば振り向かれ、「握手してくれ」だの「頑張ってください」と言われる。かと思えば指をさされたり、ぶしつけに顔を覗きこまれたりの日々がつづいている。いまや『北蓑辺郡連続幼女殺人事件』で検索すれば、被害者の少女二人より〝星野班〟の名が上位にくる有様だ。

――そりゃあこいつにしちゃ、面白くねえわな。

長年の経験で、誠司は知っている。

性犯罪というのは、性欲よりむしろ支配欲の産物だ。獲物を支配下に置きたい、コントロールしたい、征服したいという欲望が先にくるのだ。性欲の解消が容易なはずの、既婚の性犯罪者が驚くほど多いのはそのせいだ。

「正式なパートナーには、あんな行為はできないから」

「金を払えば類似プレイができるのはわかっていたが、それでは意味がない」

逮捕された彼らは、平然とそう供述する。

電車内で自分の娘ほどの少女の体を、血が出るほど乱暴にまさぐる。衣服の中を盗撮してネットにばらまく。数人がかりでワゴン車に引きずりこみ、さんざん蹂躙《じゅうりん》したのち、裸のまま路上に捨てる——。

単なる性欲の充足なら、こうまでする必要はない。

彼らを昂《たか》ぶらせるのは「ここまでやってやった」「おれはこれくらいやってのける男だ」「他者を征服し、コントロールできる器の男だ」なる歪《ゆが》んだ自負だ。

——犯人は思っていたはずだ。これは「おれの事件だ」と。

おれの事件であり、おれの少女たち。警察とマスコミを手玉にとったと勝ち誇り、捜査員や遺族さえ事件の彩りだと、総監督気取りでいたに違いない。

そのプライドが、いま揺るがされつつある。ぽっと出の元刑事ごときが、傲慢《ごうまん》にも彼の事件に介入し、指揮棒《タクト》を横取りしようとしているのだ。

「おい、小野寺」

誠司は老記者を見やった。

「明日の朝刊の記事はともかく、『週刊ニチエイ』の記事はおまえが書くんだよな？　やつをもっと怒らせろ。挑発しろ。気取ってすかしちゃいるが、おまえはちっぽけだ、弱い者いじめしかできない負け犬だと、さんざんに煽りまくってやれ」

「了解」小野寺がにやりとした。

「任せろ。クズを煽るのは得意中の得意だ」

「知ってる。頼んだぞ」

誠司は小野寺の肩を叩いた。ほぼ同時に携帯電話が鳴った。

昼間訪れた、元居酒屋店主の老妻であった。

あれから孫にアルバムを探してもらったという。老妻の繰り言《くりごと》を「そうですか、そりゃ大変でしたねえ」とたっぷり聞いてから、誠司は孫に電話を替わってもらった。

電話の向こうの声は、興奮をあらわにしていた。

「ネットで動画、いつも観てます！　うわヤバいな、ほんとうに本物っすか」

「実物は冴《さ》えない爺さんだが、本物だよ。待ってくれ、わたしもうちの孫に替わる」

誠司は携帯電話を旭に渡した。

さすが若い者同士は話が早く、写真画像がデータでもらえるとあっという間に決まった。ご丁寧にも近くのコンビニで写真をスキャンし、旭のアドレスまで送ってくれるという。

データが届くまでの間、誠司はふたたび老妻と話した。

曽我部利男が失踪したのは、亀井戸と伊与に一審判決が出てすぐであった。利男は娘が殺されてからというもの、めっきり気弱になり、

「沙奈江が死んだのはおれのせいだ」

「おれはつくづく駄目な男だ」

と酔っては泣いてばかりいたという。

「以前店に連れてきた〝昔馴染み〟さんにも、もう会えんって落ちこんでたねえ。昔馴染みさん、口は悪いけんど面白い人だったさあ。うちの娘におみやげまでくれて」

「じいちゃん、データが届いた」

旭がさえぎる。

誠司は老妻に「すみません、すこしお待ちください」と告げ、パソコンを操作する旭の背後にまわった。

一枚目のデータは曽我部利男本人であった。

真っ黒に日焼けした小柄な男だ。年齢のわりに顔の皺が深い。グラスを持つ手の甲に、太い静脈が浮き出ている。

「利男さんの写真が届きました。この一枚目は、事件の何年前に撮ったんですか」

「えーとね、待って。裏に書いてあんだぁ。ああ、八五年の七月だってよ」

沙奈江ちゃん事件の三年前か。誠司は内心でつぶやいた。

二枚目以降は、利男を中心に撮った写真ではなかった。昔懐かしい玉暖簾《たまのれん》や、店内の品書き、

ビール会社の水着ポスターなどを背景に客たちが写っている。

酔客の顔はどれも蛍光灯を反射して、てらてらと赤らんでいた。壁のポスターからして、年を何度かまたいでいるようだ。

――この中に沙奈江ちゃんの〝大人のお友達〟になれそうなやつはいるか？

誠司は目で探した。

沙奈江ちゃんは同級生に「お友達のこと、お母さんには内緒なの。だから秘密ね」と言ったという。

――母に内緒と言うからには、父親がらみだった可能性も無視できない。

誠司は少年課に配属された経験がある。だから知っている。

女児というのは、大人が思うほど無邪気でも愛らしくもない。建前や遠慮を知らないぶん、ずけずけと残酷な物言いをする。他人の容姿にうるさい。「お友達」とまで言ったからには、彼は沙奈江ちゃんのお眼鏡にかなう男だったはずだ。

七枚目、八枚目、九枚目――ときて、マウスを操る旭の手が止まった。

誠司の肩が強張る。気配を察知したらしい小野寺が、身を寄せてきた。

携帯電話を握りなおし、誠司は老妻に尋ねた。

「この九枚目に写っている男は常連ですか。扇風機の真横に座っている、タオルを頭に巻いた男は」

「ああ、それだっぺ。その人が利男さんの〝昔馴染み〟さんよ。口ではチンポチンポうるさいくせに、おとなしい飲みかたさする人だったぁ」

老妻が笑う。

誠司は呆然とパソコンのモニタに見入った。

そこに映っているのは、まぎれもなく三十数年前の亀井戸建であった。焼酎らしきグラスを手に、片眉を下げて苦笑している。

「その昔馴染みさんがくれたおみやげ、うちの娘が長いこと大事にしとったんよ。『うちのが内職でつくってるんだ』ってね。お人形用の、ちっちゃくてようできた家具……。あれ、もしもし？　聞いてっかい、もしもし？」

9

翌日、誠司は旭と哲を連れて、土居りつ子が住む借家を再訪した。どの窓も閉ざされ、厚手のカーテンが隙間なく室内を隠している。カーポートに車はなかった。

誠司は玄関のチャイムを押した。

ドア越しに「ごめんください」と呼びかける。

家内でかすかに人の動く気配がした。こちらをうかがっている。息を詰めている様子が、手にとるようにわかった。

「ごめんください。星野と申します」

「帰ってください」

しわがれた声がした。前回聞いた未知留の声ではない。もっと年配の女だ。

「土居りつ子さんですね」

アルミ製のドア越しに、誠司は語りかけた。背後では哲のカメラが回っている。

「お願いです。帰ってください」

懇願を無視し、誠司はつづけた。

「亀井戸建さんは、木野下里佳ちゃん事件が起こる前、曽我部利男という男と居酒屋で会っています。この男は北蓑辺事件の第二の被害者である、柳瀬沙奈江ちゃんの実父でした。またこのとき亀井戸さんは、店主の娘に〝お人形用の、精巧なロッキングチェア〟をおみやげとして渡しています」

ドアの向こうで、りつ子が息を呑むのがわかった。

誠司はたたみかけた。

「ドールハウスの家具作りは、あなたの内職だったそうですね。『波田設備』の給与だけで、育ちざかりの子供二人を養うのはむずかしい。あなたはさいわい、手先が器用だった」

現在も発売中のロングセラー玩具『シルバニアファミリー』は、一九八五年に発売された。このヒットを受け、他社から類似商品がいくつも発売されたという。

りつ子が請け負ったのも、そのうちのひとつであった。本家との差別化をはかるためか、全品ハンドメイドが売りの高価格商品だった。

「マスコミが公開した亀井戸さんの顔写真は、いかにも凶悪犯といった写りのものでした。そのせいで店主の妻は、店に来た客と同一人物とは気づかなかった。だが彼と直接顔を合わせたわたしには一目瞭然です。店主が撮ったスナップ写真に、彼は写っていた。間違いなく亀井戸建さんでした」

りつ子の返事はない。

「われわれは、柳瀬沙奈江ちゃんの母親にも確認をとりました。沙奈江ちゃんもまた、母親が買い与えた覚えのない〝お人形用の家具〟を持っていたそうです。まさか盗んだのかと思って詰問すると、沙奈江ちゃんは『もらった』と言い張った。誰からもらったのか、の問いには『お兄ちゃん』としか答えませんでした。母親は気味悪がって家具を捨て、『二度とお兄ちゃんとやらには会うな』と叱りました。

これは沙奈江ちゃんが殺される、約一年前の出来事です。以後『お兄ちゃん』が沙奈江ちゃんに接触しなかったため、北蓑辺事件には関係がないと見過ごされたエピソードでした。……だがあなたは、どう思われますか」

——あの時代の子供が、おもちゃに釣られてほいほい付いていくかね。

小野寺はそう言った。

しかし画像で視認しただけでも、りつ子の作品は精巧で洒落《しゃれ》ていた。キッチンキャビネット、暖炉、ロウボードなど、いわゆるチッペンデール様式に近いデザインで、細部まで凝っている。お人形さん遊びの好きな子なら、興味を持たずにはいられなかっただろう。

「りつ子さん、出てきてください」

誠司は語気を強めた。

「脅すつもりはないが、ご自分の口で弁明しない限り、あなたの立場は不利になる。後ろ暗いところがないなら、面と向かって話してください。そうやって逃げれば逃げるほど、あなたは誤解されつづける」

返ってきたのは沈黙だった。皮膚がひりつくような、重い沈黙であった。

誠司は待った。

哲もカメラを回しつづけていた。

どれほど待ったのか、やがて、静かにドアがひらいた。

隙間から顔を覗かせたのは、七十前に見える痩せた女だった。灰白色の髪を後ろでひとつにくくり、首まわりの伸びた安っぽいスウェットを着ている。頰はこけて、瞼《まぶた》と顎の肉がたるんでいた。

「土居りつ子さんですね」

誠司が確認すると、女は早口で言った。

「……入るなら、早く入ってください。ただし顔は撮影しないで。声も変えると約束してください。でなきゃ、なにも話しません」

誠司たちは客間に通された。

この蒸し暑さにもかかわらず、やはりカーテンはぴたりと閉ざされていた。風どころか、陽光ひとすじ射しこまない。

りつ子は蛍光灯の紐を引き、吐き捨てた。

「一連の騒動を知ってから、ずっと用心しているんです。いつ誰かに見られて、なにを言われるかわかったもんじゃない」

りつ子はお茶を出すそぶりさえしなかった。誠司はさっそく切りだした。

「曽我部利男の名を、亀井戸さんからお聞きになったことはありますか」

即座にりつ子が首を振る。

「聞いていませんし、なにも知りません。どうせ、そちらでとっくに調べがついているんでしょう」

木で鼻をくくったような返事だ。誠司は苦笑した。

実際、りつ子の指摘は当たっていた。亀井戸と曽我部利男の繋がりについては、おおよそ判明している。元居酒屋店主の老妻の証言と、小野寺の取材による成果であった。

彼らは十代の頃、地元の大きな繁華街をうろつく不良少年だった。

彼らの実家は離れており、学校も異なる。しかしにぎわう界隈《かいわい》を求め、誘蛾灯《ゆうがとう》にむらがる羽虫のごとく集まったのだ。

知り合ったとき、亀井戸と利男はともに中学生だった。

利男のほうがふたつばかり年下だが、通りで顔を合わせるうち、なんとなく口をきくようになったらしい。

「柳瀬沙奈江ちゃんに、あなたの内職品がわたった経緯を知りたいのですが」

「べつにたいした話じゃありません。失敗作は買い取りだったので、家にハネ品がいくつもあったんです。全部いっしょくたに床に置いていましたから、誰だって自由に持ちだせました」

りつ子の態度は変わらずとげとげしい。

誠司はあらためて彼女を観察した。かなりやつれて、老けて見える。化粧っ気はなく、眉間《みけん》と口もとの皺が表情をいっそう険しくしていた。

「あなたは、亀井戸さんが少女たちを殺したとお考えですか？」

しばし、りつ子は答えなかった。

唇をひらきかけ、また閉じ、うつむいた。テーブルで組んだ指を居心地悪そうにねじり合わせ、やがてそっぽを向くようにして、

「いえ」

と低く言った。

「この三十年間……、一度も、彼の犯行だと思ったことはありません」

「そうですか」

誠司は短く答え、うなずいた。

「わたくしどもは彼がトゥレット症候群だったのではと考えています。その件について扱った動画は観ていただけたでしょうか」

「ええ」

「どう思われました」

「はじめて聞く病名でしたが、……いろいろと納得できることは、ありました」

「うちの孫宛てに、ダイレクトメッセージをくださいましたね」

誠司は旭を親指でさした。

りつ子が視線をはずしたまま、

「娘の未知留に頼んで、送ってもらったんです。わたしはインターネットだのパソコンだの、疎いものですから。携帯電話も使いこなせませんし」

口調がやや和らぎつつあった。

「亀井戸さんと未知留さんは、仲がよかったんでしょうね」

「……ええ。うちの子たちは、とてもなついていました。あの人は口が悪くて、顔だって怖いのに、なぜか子供に好かれる天才で」

「そのようでしたね。ところで、われわれは柳瀬沙奈江ちゃんに、あなたの内職品をあげた男を捜しています」

「捜して、って……」

りつ子がようやく誠司を見た。

「あげたのは、建ちゃんでしょう。さっきも言ったように、うちに出入りしていた人なら、いくらだって自由に持ちだせました」

「いや、沙奈江ちゃんは『お兄ちゃんにもらった』と言っていました。八七年当時、亀井戸さんは三十四歳だった。六つ七つの子供が『お兄ちゃん』と呼ぶ歳ではありません」

誠司は膝を乗りだした。

「未知留さんは、沙奈江ちゃんと歳が近いでしょう。仮に沙奈江ちゃんが亀井戸さんを通して『お兄ちゃん』と知り合ったなら、未知留さんもなにかご存じなのでは、と思いまして」

りつ子は数秒考え、かぶりを振った。

「……どうでしょう。思い当たるのは、せいぜい『波田設備』の社員くらいです。あの会社は、鑑別所や少年院あがりの子を多く引き受けるせいで、平均年齢が若めだったんです」

「なるほど。では、あともうひとつ。あなたは『亀井戸さんは最後まで、わたしに心を許しきっていなかった。ずっとなにか隠していた』と書いた。彼の隠しごととは、事件に関係あるなにかなんでしょうか？」

誠司は言葉に熱をこめた。

「彼の『生涯、忘れられない女性』とは誰です。わたしゃあどうも、亀井戸さんが誰かをかばい、その人のためになにか隠していたとしか思えない。その女性は、どこの誰だったんです」

「知らない」

あえぐように、りつ子は言った。

「ほんとうに、知らないの。——建ちゃんとどういう関係だったのか、いまどうしているのかもわかりません。わたしはその人の、顔さえ知らないんです。わかるのは、『マキ』という名前だけ」

「マキ」誠司は繰りかえした。

「下の名前でしょうか？　それとも苗字？」

「わかりません。彼はただ『マキさん』と呼んでいました。その名前だって、口をすべらせてぽろっと言ったんです。あの人は、急にわたしに別れ話を――。結婚の話が進んでいたのに、です。わたしがどんなに問いつめても、どうして別れたいのか、答えてくれなかった」

りつ子はテーブルの端を摑んだ。指さきが震えるほど、きつく握りしめている。

誠司は質問をつづけた。

「伊与さんは『仕事を馘首《くび》になったから、亀井戸さんのほうからお別れした』と言っていましたが？」

「ええ。最初はあの人も――建ちゃんも、仕事を理由にしていました。『無職になっちまった。こんな有様じゃ結婚できない、別れよう』と。でも、わたしは納得できなかった。景気は上向きなんだし、仕事なんかまたすぐ見つかると言いました。でも――」

りつ子は唇を嚙んだ。

――あなたは腕がいいんだから、再就職できないわけがない。むしろいままでより、いい条件の雇い主が見つかるかもよ。

三十三年前、そうりつ子は亀井戸を励ましたという。しかし亀井戸は首を縦に振らなかった。

――おれには伊与がいるから。

てそ法ておけん。

——あいつの面倒を見なきゃならん。二人一緒の職場でないと。

と、終始煮えきらない態度だった。

さらにりつ子が食い下がると、ようやく彼は認めたのだ。

——じつは、忘れられない女性がいる。

——結婚の約束をしたときとは、事情が変わってしまった。おれは、マキさんたちをほうっておけん。

土下座せんばかりの亀井戸に、りつ子は愕然《がくぜん》とした。

彼に取りすがって泣き、拳で叩き、責めた。しかし彼は「すまん、すまん」と頭を下げるばかりだった。

「その日以来、建ちゃ——亀井戸さんには、会っていません」

白髪頭を振って、りつ子は目を伏せた。

「裁判の傍聴にも、面会にも行きませんでした。もちろん彼に有利な証言は、いっさいしなかった。そんな義理はありませんもの。あの人は、マキさんとやらを選んで、わたしと子供たちを捨てたんです」

その声音に、いまだ消えぬ恨みが重く沈んでいた。

「彼が誰かをかばっていたのではないか、その点については、同感です。でもわたしはなにも知りません。マキという女が、事件と関係あったのかもさっぱりです。だとしたら、見かえりもなしに振りまわされて……建ちゃんは、馬鹿です」

「亀井戸さんは『マキさん〝たち〟』と言ったんですね？　複数形で」

誠司は確かめた。

りつ子が首肯する。

「はい。間違いありません。彼は『マキさんたちを、ほうっておけん』と言いました。いまだに夢に見るんです。あのときの彼の顔、彼の言葉。忘れようと思っても、忘れられな——」

玄関のドアが「ばたん」と音をたてた。

りつ子が壁掛けの時計を見上げる。まだ午後の二時だ。しかしりつ子は腰を浮かせて、

「うちの娘婿です。そうだわ、今日は早番だったんです。忘れてた」

「そりゃまずい」

誠司も慌てて立ちあがった。

娘婿の野末には、以前この家の前で捕まりかけた。「逃げるな」と肩をぶつけられ、あやうく暴行沙汰になるところだった。誠司たちが家まで上がりこんだと知れば、殴りかかってきそうだ。

「テツくん、カメラを隠せ。りつ子さん、そこの掃き出し窓から外に——」

出られませんか、と問うた声が途切れた。

客間の扉が無造作に開けられたからだ。

「お義母《かあ》さん、ただいま。誰かお客さんですか？」

間の抜けた中腰の姿勢のまま、誠司は肩越しに野末を見つめた。

作業着姿の、小太りの男がそこに立っていた。ノブを利き手に握り、口を半びらきにして誠司たちをぽかんと眺めている。

――違う。

誠司は固まったまま彼を見かえした。

あのとき誠司たちの行く手をさえぎり、「うちになんの用です。妻になにかしたんですか」と詰問してきた男と、目の前の男は背丈も体格も違う。まったくの別人だ。

「あのう、あなたが野末さんですか」

「ええ。そうですが……あなたがたは？」

眼鏡の奥で目をしょぼつかせ、男が戸惑い顔で答える。誠司は孫たちを振りかえった。旭と哲も、やはり啞然としていた。

――では、あれは誰だ。

あのとき誠司に摑みかからんばかりだった、あの男は。

誠司の喉が、ごくりと鳴った。

10

四日後、誠司は伊与に会うため、小菅の東京拘置所を訪れた。

伊与には片桐弁護士を通して「面会に行く」と予告してあった。はじめは彼と心理的繫がり《ラポール》くぐる。

「哲くんでなく、元刑事さんに来てほしい」

と伊与淳一本人が希望したのだ。

誠司は前回と同様に面会手続きを済ませた。貴重品をロッカーに預け、金属探知機ゲートをくぐる。

今回の面会室は二番であった。

あいかわらず殺風景な小部屋だ。そして透明なアクリル板越しに会う伊与も、以前と変わらず萎《しな》びたように精気がない。

「どうも、ご無沙汰しております」

誠司が頭を下げると、伊与は「いやあ」ともごもご答えた。誠司は彼を観察しながら、かつて抱いた疑問を反芻《はんすう》した。

――なぜ亀井戸はあんなにも伊与をかばい、かたくなに離れなかったのか。

同性愛ではとからかわれるほど、彼らの関係は密接だった。しかし実際には二人とも完全な異性愛者だった。

亀井戸建は伊与を抱えてみるみる困窮し、人生の坂を転げ落ちていった。

精神的に弱い伊与が、亀井戸に依存するのは理解できる。しかし現実に手を離さなかったのは、亀井戸のほうだった。

亀井戸はなぜ〝お荷物〟の伊与を、最後まで手離せなかったのか――。

「土居りつ子さんに会いました」

誠司は直截《ちょくせつ》に切りだした。伊与が顔を上げる。

「りつ子さん。……あの人、元気でしたか」

「お元気ですよ。いまは娘夫婦と、お孫さんと一緒に暮らしておいでです」

「そうですか。よかった。いまが幸せなら、それでええんです、ほっとしました」

「ただし、あなたと亀井戸建の思い出話をしたくはなさそうでした」

わざと誠司はそっけなく言った。

伊与が目を見ひらく。誠司は声を低めた。

「彼女は亀井戸建を、まだ恨んでいました。そしてこうも言った。『彼はわたしに、なにか隠していた』と。伊与さん、あなたもですね？　あなたはずっと、われわれに隠しごとをしている」

「え、いや……――」

口ごもる伊与に、誠司は追い打ちをかけた。

「亀井戸さんが、誰のためになにを隠していたかは不明です。しかし伊与さん、あなたが嘘をつきつづけるとしたら、それは亀井戸さんのため以外にはあり得ない。あなたの人生に息づいていたのは、実の母親と亀井戸さんだけだ。しかしその二人とも、もうこの世にはいません。教えてください。あなたはいったいなにを隠し、なにを黙っているんです。それはほんとうに、亀井戸さんのためになることなんですか」

伊与の額に脂汗の玉が浮きあがるのを、誠司は見守った。

せわしなく、伊与は何度も唇を舐めた。

片手で顔を覆い、上目づかいに誠司を見やる。一瞬視線が合い、彼は慌ててうつむいた。

「……建ちゃんに」

やがて、伊与はぽつりと言った。

「建ちゃんに、黙っててくれと頼まれたんです。せやから、ぼく……」

「そうでしょうね、わかります」

誠司は横目で刑務官をうかがいながら言った。

伊与がいまにも泣きだしそうな、ふやけた声を落とす。

「あのとき、建ちゃんは、二日帰ってけぇへんかった。連絡もなしにです。そんなん、はじめてやったから、ぼくは心配して……、けど、昼近くなって、建ちゃんがふらっと帰ってきて」

「あのときとは、いつです？」

やさしい声で訊く。伊与は答えた。

「最初に殺された子が、おらんようなったときです。一九八七年の六月十七日と十八日、建ちゃんは、家におらんかった」

誠司は動揺を顔に出すまいとこらえた。静かにつづきをうながす。

「その二日間、亀井戸さんがどこにいたか、あなたは知っているんですか？」

「病院です」

「は?」

意外な答えだった。伊与は鼻を擦って、

「建ちゃん、日射病で倒れて、近くの病院に担ぎこまれたんです。あの日は台風の接近がどうとかで、真夏みたいに暑い日やったから……。高熱が出て、二晩泊まったんやそうです」

「それは確かですか」

誠司は昂ぶりそうな声を抑えた。

伊与の言葉に、一瞬亀井戸建を疑った。だが逆だった。

これがほんとうなら強固なアリバイだ。里佳ちゃん殺害事件の二日間、亀井戸は病院の監視下にあったのだ。

「なぜ言わなかったんです、それを」

「……最初のうちは、言いませんでした。口止めされとったし……。建ちゃん、有り金置いて病院のトイレの窓から逃げたんです。金、たぶん足りひんかったと思います。ぼくら、保険証なかったから……。それかて踏み倒しかなんか、罪になるやろし」

「殺人に匹敵する罪じゃないでしょう」

誠司は焦れた。

「病院に確認すれば、亀井戸さんの疑惑はただちに晴れたんですよ。なぜそんな大事なことを言わなかったんです」

追及され、伊与は逃げるように身を引いた。その頬が痙攣《けいれん》する。

大きなため息とともに、彼は言葉を吐きだした。

「――建ちゃんは、字が、うまく読まれへんかったんです」

しばし、誠司は言葉の意味が理解できなかった。

だが伊与はつづけた。

「病院で意識が戻って、建ちゃん、問診票を書かされそうになったらしいです。けど読まれへんから時間かかって、看護婦に『ふざけてるのか』って叱られたって……。せやから、有り金置いてトイレから逃げたんです。建ちゃんは読み書きが苦手なん、ずっと恥じてました。ぼく以外、誰にもバレたくないって……」

――失読症か。

誠司は内心で唸った。

トゥレット症候群について、誠司は哲から本を二冊ほど借りて学んだ。ある精神医は著書でこう語っていた。

――トゥレット症候群は脳機能の障害であり、二次障害として学習困難をともなうケースが多い。典型的症状の一つが失読症である。

と。

「ようわかれへんけど、字ぃが歪んで見える、らしいんです。看板の簡単な字ぃとかやったら、ぼくが読んだります。ぼくもむずかしい漢字読めませんけど、ぼくが小学校もろくに行っとらんの、みんな知っとるから……だから、たいして恥やないんです。ぼくが『あれ、なんて書いてあるんです』て訊いて、読んでもろうて、建ちゃんはそれ横で聞いて覚えるんです」

堰《せき》を切ったように伊与は語りだした。

「地頭《じあたま》はええんや。一回読んでもろたら、全部暗記しとったもの。いったん覚えてしもたら、まず間違えることあれへんかった」

「だから何十年もの間、隠しとおせたのか」

誠司はつぶやいた。

日本で学習障害という概念が広まったのは、せいぜいでここ二十年のことだ。

亀井戸が小学生であった昭和三十年代は、現代ほど人権教育がさかんではなかった。勉強ができない子供は無慈悲に「落ちこぼれ」とレッテルを貼られ、その陰に事情があるとは誰も想像さえしなかった。

「建ちゃんは、それをなにより恥じとった。病院から逃げたのバレたら、建ちゃんが字ぃ読まれへんこともバレるでしょう。ぼく、建ちゃんに恥かかしたなかったんや。けどもう建ちゃん、おれへんし……いいですよね」

「待ってください。さっき『最初のうちは言いませんでした』とおっしゃいましたね。途中からは、供述されていたんですか」

誠司が問う。

伊与は顔を歪ませた。

「すみません。あんまり刑事さんがおっかないんで、一回だけ、ぽろっと言うたんです。せやけど信用されへんかった。建ちゃんは問診票書いてへんし、保険証も出してへんから、証拠がなかったんです。看護婦さんらに聞きまわってくれたら、きっと覚えてる、って言い張ったんですが……」

島田事件と類似のケースだ。誠司は愕然とした。

昭和の四大死刑冤罪事件と称される島田事件において、元被告人は事件の二日後に神社で小火《ぼや》を起こし、一晩警察に勾留されている。

しかし彼は、勾留されていた署の名を間違えて覚えていた。警察は「署に問い合わせたがそんな事実はなかったぞ」と元被告人を責めつづけ、ついに虚偽の自白をさせたのだ。

伊与は目を潤ませていた。

「ぼくも字ぃ、半端《はんぱ》にしか読めんかったし、建ちゃんのこと馬鹿にでけへんでしょ。それで、仲ようなったんです。ぼくらお互いかばいあってたから、だからコンビやったんです」

「せめて公判中に、もう一度アリバイの件を言っていれば」

誠司は言った。

伊与はうなだれて、

「何度も、建ちゃんを裏切るわけにいかんと思うて……。あんとき、刑事さん怖さにぽろっと言うてしまったこと、あとでえらい後悔しましたもん。それに」

「それに?」

「……ぼくにはアリバイたらいうもん、あらしません。建ちゃんの疑いだけ晴れたら、ぼくの単独犯にされるかもしれん。ほしたら、ぼくだけ吊るされるんや。……そんなん、耐えられへん」

うっ、と誠司は詰まった。

——死なばもろとも、ということか。

いままでの捜査で幾度か聞かされた、「亀井戸より伊与のほうが曲者《くせもの》だ」との台詞がふいに思いだされた。無意識なだけに重い悪意が、砂中のガラス片のようにぎらりと光った。

誰の目にも伊与の単独犯はむずかしい。司法とて、そう判断しただろうに。

しかしいまさら責めても詮《せん》ないことだ。

気を取りなおし、誠司は尋ねた。

「その日なぜ、亀井戸さんは日射病になるほど外にいたんでしょう？」

刑務官が腕時計を気にしている。いまのうちに、訊くべきことは訊いておかねばならない。

伊与はかぶりを振った。

「わかりません。それは、ぼくが訊いても答えへんかった」

「土居りつ子さんは、『彼は誰かをかばっていた』と主張していました」

「それは……、はい。かもしれません」

自信なさそうに伊与が首をかしげる。

「建ちゃんが、ふっと正気に戻ったときに言うたんです。『おまえを巻きこんでしまった。こんなつもりじゃなかったのに、すまなかった』って」

誠司は横目で刑務官をうかがった。腕時計を凝視している。時間切れまで秒読み寸前、といったところか。

「亀井戸さんから、マキという女の名が出たことはありますか?」

「はい、マキさんですね」

伊与はうなずいた。

「酔うと、たまに口にしてました。『初恋の人だ』って。『いまからでも口説きに行ったらええんちゃう』てぼくが言うたら、『それはできん。永遠に想いのかなわん相手だ』って。たぶん死んだんでしょうな」

「いや、そうとも限らんようで——」

誠司が言いかけた直後、

「時間です!」

刑務官が無機質な声をあげた。


拘置所を出てすぐ、誠司は片桐弁護士に電話をした。

亀井戸にアリバイがあるらしいと伝えると、彼は絶句していた。

「三十一年前に該当区内で救急搬送を扱っていた病院ですね。ただちに当たってみます。問診票を書かずに、有り金置いて消えた日射病の患者——。運がよければ、ベテランの看護師か医師が覚えているかもしれない」

「お願いします」

誠司は電話を切り、駅に向かった。

もしこれで亀井戸のアリバイが証明されれば、通算六度目で再審請求の悲願がかなうかもしれない。そうなれば、あとは片桐弁護士の分野であった。真犯人は見つからずとも、無罪を勝ちとれる確率はぐっと上がる。

——当初の目的は、一応果たしたと言えるかな。

そもそもの誠司の目標は、伊与を死刑執行から救うことだった。もう充分だ。あとの始末は旭や小野寺に任せ、自分は手を引くべきではないか。

——だが、無理だな。

誠司は苦笑した。切符を買い、改札をくぐる。

ホームへつづく階段をのぼりながら、誠司は「虎」と名乗る男を思い浮かべた。

いたずらの身代金要求で警察を振りまわし、悲しむ母親にいやがらせ電話をかけ、新聞社宛てに挑戦的な文書を送りつける男。りつ子の家族のふりをして、平然と誠司たちに接触してくる男。

自信家だ。いや自惚《うぬぼ》れ屋と形容するのが正しいだろう。

馬鹿ではないが、精神的に幼い面がある。一般社会では負け犬。ストレスに弱い。自分が思うほど利巧でも冷静でもない——。

——もう一度、面《ツラ》を見てやる。

ホームに立ち、近づいてくる電車を眺めながら誠司は己に言い聞かせた。ここまで来たなら、やつの顔をじっくり拝まずには引き下がれない。

りつ子の家の前では、真正面から見る余裕がなかった。醜男《ぶおとこ》でなかった記憶はあるが、滲み出る酷薄《こくはく》さや傲慢さまでは観察できなかった。

――必ずカメラの前に立たせ、世間の衆目にさらしてやる。

「間もなく二番線に、普通、東武動物公園《とうぶどうぶつこうえん》行きが参ります。あぶないですから、黄いろい線までお下がりください……」

目の前で電車が停まった。

＊　＊

彼は薄暗い部屋にいた。

ただし電気スタンドは灯っていた。

彼の手には、ミニチュアの椅子があった。いわゆる十二分の一スケールと言われるサイズで、シルバニアファミリーの家具より一回り大きい。

彼の宝物であった。子供用にはもったいないほど凝った造りで、優雅に湾曲した猫脚といい、背もたれの彫刻といい、チッペンデールふうのゴシックスタイルを見事に再現している。ちゃちな大量生産のプラスティックとは違い、本物の木製だ。

――だからこそ、少女たちに見せる価値がある。

三十年前、彼はこの家具たちをアクリルの箱に入れ、愛車のダッシュボードに飾っていた。

この家具を気に入った女の子しか、彼は車に乗せてあげなかった。

美意識の問題だ。ちいさい女の子だからって、誰でもいいわけではない。ものの価値がわからない、無教養な子はいらないのだ。

彼は、いままでに三人殺した。

車に乗せてさらい、手ひどく扱った少女はほかにもいた。だが殺してもいいほど昂《たか》ぶったのはあの時期だけだった。一九八七年から八八年。二〇〇六年。

――そして、いまだ。

二番目の子は、彼にとって特別だった。

そもそもあの子が、彼の殺意をそそったから悪いのだ。

殺人と性的いたずらではまるで違う。いたずらならば子供側が泣き寝入りして終わるが、殺人はそうはいかない。テレビのニュースが報道し、捜査本部が立ちあがり、全国の注視の中、捜査員が血まなこで犯人を追いかけまわす。

だがそうとわかっていてさえ、彼はあのとき、あの子がほしかった。

彼が悪いのではなかった。あの子がいけないのだ。

あんなふうに彼を見るから。無防備な肢体《したい》を見せつけるから。いたいけなふりをして、彼を誘惑してきたからいけないのだ。

あの子は、誰より特別だった。

――なにより、おれに名前をくれた。

虎という、ふさわしい名を。

あの子は彼の前で踊り、歌ってみせた。虎の歌だった。スカートがひるがえった。白い腿が見えた。その瞬間、彼は自覚したのだ。己が〝虎〟であることを。

だから、あの子の自業自得だ。すべては彼女自身が招いたことなのだった。

一番目の子は、ただの予行演習のつもりだった。

しかしあの子もいい子すぎた。彼の好みにぴったりだった。だからつい、手放せなくて殺してしまった。それもまた、あの子の自業自得だった。

少女はみんな幼い娼婦だった。彼を誘い、幻惑し、身をくねらせて誘うくせに、いざ手を出されたらぴいぴい泣き喚く。たちの悪い、嘘つきの小悪魔であった。

彼は椅子に、丁寧にニスを塗った。

かすかな木のささくれには、爪みがき用のガラス製のやすりを使った。紙やすりでは削れすぎてしまう。仕上げにも繊細さが欠ける。

三十年間、彼はこの椅子や、ローチェスト、ソファ、キャビネットを大切にしてきた。得がたい品であり、ほかに代わりのきかぬ品だった。

さらに十分ほどためつすがめつする。ようやく仕上がりに満足がいった。

彼はきれいなものが好きだ。汚らしい下品なものは嫌いだ。

だからちいさい女の子が好きで、老いぼれ爺いが嫌いだ。

例の動画を作成したらしい青年たちを、彼は土居りつ子の自宅前で確認した。りつ子の住まいは数年前から押さえていた。彼らが来るだろう時期も、SNSの動向でおおよそ予想できた。

結果、青年二人はどちらも及第だった。いまどきの若者らしく清潔感があり、細身でスタイルがよかった。容貌も整っていた。

だが爺いは、思ったとおり駄目だった。

彼を追いつめる重要な役者が、あんな貧相な爺いではがっかりだ。

これは彼が監督し、総演出する作品なのだ。なのに望まぬ役者が、勝手に土足で舞台に上がりこんできてしまった。

主導権を取り戻さねばならない。

あんな爺いに、これ以上好き勝手させてはいけない。

彼はいまや、ストレスの詰まった肉の袋だった。憤懣《ふんまん》で身の内から破裂しそうだった。あのときからずっとだ。なんの気なしにテレビを点《つ》け、例の番組を観てしまったあの夜から。

ニスが乾くのを待ち、彼はディスプレイ用のアクリル箱に椅子を固定した。

ダッシュボードに飾るための箱だった。箱にはUVカットのスプレーをたっぷり噴射した。

つづいて彼は、鏡の前で入念に身支度を整えた。髪を撫でつけ、曇りなく磨いた靴と、一点の染みもない白の三角巾と包帯を用意した。

——やっぱりこれが、一番しっくりくる。

このやりかたが好きだ。この手口で引っかかる、純真無垢《むく》な、善意のかたまりのような女の子が好きだ。そんな子を蹂躙《じゅうりん》するのでなければ意味がない。

三十年前、自分の模倣犯がいることを彼は知っていた。

同じく三角巾で腕を吊り、女の子に声かけしていた男が、自分のほかにすくなくとも一人いた。だがその素性を知ったのはつい最近だ。

彼はきれいに髭を剃った。口臭予防のタブレットを嚙み、シトラスの香りがする制汗スプレーを肌に噴きかけた。

彼は好男子だった。だがさすがに三十年前に比べれば容色は衰えている。

女の子たちの目は厳しい。〝不潔で不細工なおじさん〟に、彼女たちはついてきてくれない。

三十年前と違う点は、もうひとつあった。

あのときほど時間に融通がきかない、という点だ。

だからいま動くべきではない。理性ではわかっていた。時間がなく、危険度も高い。あの爺いどもの素人捜査のせいで、注目が集まりすぎた。

事件が再評価されたことは嬉しかった。しかし爺いどもの活動は不愉快だったし、こちらの動きまで不便になったことには腹立たしさしかなかった。

——でも、止められない。

衝動を止められない。

彼が悪いのではなかった。いけないのは彼を不当に扱う社会や、彼の価値を理解しない元上司や元妻だ。彼のせいではなかった。

彼は靴を履《は》き、外へ出た。

陽射しがまぶしかった。

彼はちいさい女の子が好きで、老いぼれ爺いが嫌いだ。しかし爺いを利用するのは、けして嫌いではなかった。

彼はある爺いにかけあって、今回の隠れ家を用意させた。

素人捜査の爺いより、さらに歳をとった醜い老人だ。顔じゅう染みだらけで、顎の下に萎《しな》びた肉が垂れ下がっていた。目に入れるのもうんざりな汚らしさだが、利用価値はあった。

彼は愛車に乗りこみ、ダッシュボードに箱をテープで固定した。

エンジンをかける。『TIGER』がカーステレオから流れだす。

バックミラーの角度を合わせると、鏡の中の自分と一瞬目が合った。彼はまぶたを細めて微笑んだ。ジーンズの股間《こかん》がきつい。早くも勃起しはじめていた。

滑るように、車が発進した。

第六章

1

在京キー局で『ルポ・北蓑辺郡連続幼女殺人事件』の放映がはじまり、ワイドショウでは毎日のように〝星野班〟の話題が扱われた。「六度目の再審請求に向け、片桐弁護士が動きだした」とのニュースも重なって、世間の関心は文字どおりうなぎのぼりであった。

とくに大衆向け週刊誌の加熱ぶりはすさまじかった。雑誌が売れなくなった、と言われて久しい。しかし『週刊ニチエイ』の電子版は過去最高の定期購読者数を記録し、三度目の『ルポ・北蓑辺事件特集号』は、十七年ぶりの重版となった。誠司たちは『週刊ニチエイ』以外の取材を断っている。だがむろん、他誌に記事を書くなと禁じてはいない。

各週刊誌はこぞって見出しに『北蓑辺事件』の文字を極太フォントで躍らせた。事件関係者だけでなく、星野誠司や小野寺記者、福永吾郎の経歴まで掘り起こして騒ぎたてた。

「いくらでも掘りゃあいいさ。どうせおれの黒歴史なんて二度の離婚と、マレーシアの禁煙区域で罰金刑を食らった程度だ」

小野寺は、そう笑顔でうそぶいた。その日も星野家を訪れた彼は、誠司の部屋でわがもの顔にあぐらをかいていた。

「ま、シノさんはどうだか知らんがな。こういう堅物《かたぶつ》ぶった爺さんに限って、じつは若い頃に悪さをしているもんだ。もしスクープになっても、他誌なら揉み消してやれんぞ。いまのうち覚悟しとけ」

「残念ながら、おまえを楽しませる事態にはならんよ」

誠司は苦笑し、自室の畳に並べた週刊誌六冊を見下ろした。旭がコンビニをはしごして買い揃えた最新号だった。

内容はさまざまだ。真犯人について推理する記事。誠司や小野寺の過去を書きつらねた記事。警察批判がメインの記事。世間の反応にスポットを当てた記事。しかしトップ記事はすべて北蓑辺事件である。

「見ろ、小野寺」

誠司は言った。

「おまえはあの夜、言ったよな。『再捜査と並行して、世論を動かす。あんたにそれができりゃあ、北蓑辺事件を再審まで持っていくのも夢じゃないかもな』と。それからこうも言った。

『〈疑惑の銃弾〉並みの記事を書かせてくれるなら——それほどに世論を動かせる見込みが出てきたなら、乗ってやってもいい』と。どうだ？　いまや日本じゅうの週刊誌が、ワイドショウが、ふたたび北蓑辺事件を追ってるぞ。おまえの希望どおり世論は動いた。御膳立ては充分じゃないか？」

「十二分さ」

小野寺はぬるい茶を啜って、

「あんたは約束を守ってくれた。次はおれが記事を書く番だ。まずは、こいつが手はじめかな」

と誠司の膝にファイルをほうった。

「『やつをもっと怒らせろ、挑発しろ』とのリクエストだったろう。精いっぱい応えてみたぜ。〝変態のロリコン野郎。承認欲求をこじらせた、プライドだけ高い無能男。子供しか狙えない男は、まともな女に見向きもされないFランク野郎と相場が決まってる。現実社会じゃ、さぞ惨めな負け犬だろう〟——等々、われながら下品すれすれに煽りまくっておいた」

誠司はファイルをめくった。

明後日に発売される『週刊ニチエイ』の記事がファイリングされている。小野寺が文責を負う記事だ。

本人が言うとおり、上品にはほど遠い筆致であった。『落伍者』『生ける産廃』『社会的負け犬。できそこない』と、どぎつい単語がちりばめられている。

新聞社に送りつけた声明文についても『肥大しすぎて発酵した自尊心が臭ってくるようだ』『心理学など学んでいない筆者にさえ、犯人の精神年齢の低さは如実に伝わった』『この幼稚さでは、同年代の女性と釣り合うはずもない』と糞味噌である。

「やりすぎたかね?」

「いや、いい塩梅《あんばい》さ。真犯人が大っぴらに侮辱されたと、誰の目にもわかるほうがいい。他人の評価を無視できるタイプじゃなさそうだからな」

誠司は笑った。

「……シノさん、話は変わるが」

小野寺が片眉を下げる。

「哲くんの様子はどうだ。なんというか——彼は、伊与淳一に共感していただろう。伊与のいやな面を見て、ショックだったんじゃないか」

「いや、平気そうだった」

誠司は答えた。

「『逆にほっとしました』と言われたよ。『彼が純粋無垢な善人でないとはわかっていた。さらけだしてくれて安心しました。おれはすでに、いろいろと伊与さんに手紙で吐露《とろ》しています。神父に懺悔《ざんげ》するような、一方通行の関係じゃ虚《むな》しいですから』だとさ」

「そうか」

あぐらをかきなおして、小野寺が言った。

「哲くんも変わったな。言うことが人間らしくなったじゃねえか。はじめて会ったときは、紙でできてんのかってくらい存在感の薄い子だったがな。とはいえ、あれでも昔よりはマシだったんだろう？」

「ああ」

誠司はうなずいた。

「昔よりはマシだったんだろう？」と「変わったな」の、両方への肯定であった。

2

特別養護老人ホーム『せせらぎ苑』は、国道を逸《そ》れて二十分ほど歩いた先に建っていた。外壁はやわらかなピンクベージュで、内装も同色系で統一されている。日当たりがよく、清潔な三階建ての施設であった。定員は五十名で、要介護度三以上の老人が入居できる決まりだという。

誠司たちの目当ては、この『せせらぎ苑』の一入居者だった。

「要介護度四。食事や排泄《はいせつ》など、日常生活全般において介護を要する」と認定された、身寄りのない老爺《ろうや》である。

彼は職員に「松嶋《まつしま》さん」と呼ばれていた。六十九歳のはずだが、八十近くに見えるほど皺ばみ、腰が曲がっていた。

松嶋は亀井戸建と曽我部利男との、数すくない共通の知人である。彼らと同じ頃、やはり不良少年として繁華街をうろついていたのだ。

また曽我部利男が暴行で服役していた頃、松嶋は同じ黒羽《くろばね》刑務所に収容されていた。罪状は小児相手の強制猥褻、児童買春などだ。

とはいえ、誠司は松嶋を犯人と疑ってはいなかった。松嶋は一九八七年から八九年にかけて強固なアリバイがある。〝ショッピングセンターの男子トイレ内において、複数の男児に猥褻な行為をはたらいた〟罪状により、服役中だったのだ。

「面会なんていつぶりかなあ」

車椅子に体を預けた松嶋は、ほぼ歯のない口を動かして言った。

誠司の背後では、哲がハンディカメラを構えている。提示した三万円の謝礼で、松嶋は撮影込みの取材をこころよく承諾してくれた。

「そりゃまあ、昔は悪いことだってしましたよ。けどもう、こんな体ですもん。なーんもできやしません。体がこうなっちまったらね、頭ん中だって涸《か》れるんですよ」

と口で言いつつも、彼の視線は誠司と旭たちを素通りしていた。

ホール内ではほかの入居者たちが、面会に訪れた家族と談笑している。松嶋の眼差《まなざ》しは、祖父母に甘える孫たちの肢体をねっとり舐めまわしていた。

誠司はそれに気づかぬふりをして、

「亀井戸建さんが亡くなったことは、ご存じですか」と尋ねた。

「え？　亀井戸って、死刑囚になったあいつかい」

松嶋が目を剝く。

「いつ死んだんだ。病死？　いやあ、新聞なんて読まないし、ここにゃテレビは談話室にしかねえからな。それも映るのは、お笑い番組かドラマばっかりよ。全然知らなかったなあ」

嘘ではないようだった。松嶋は口をもごつかせて、

「亀井戸が逮捕されたって聞いたときゃ、驚いたよ。まさかあいつが〝お仲間〟だったとはね。い、いや、こっち方面は興味ねえと思ってた。ま、ああいうやつほど、やるとなったら極端までいっちまうもんさ。むっつり助平ってやつかね、へっへっ」

と下卑《げび》た笑いをこぼした。

「亀井戸さんと曽我部利男さんの、共通のご友人だとお聞きしました」

「そんなたいそうなもんじゃないさ。若い頃に連れ立って、そのへんをうろついてたってだけだ。亀井戸のやつは短気で喧嘩っ早いくせに、へんなとこで真面目ぶる野郎だったな。曽我部のほうが、単純馬鹿でよっぽど付き合いやすかった」

松嶋が首をすくめる。

「しっかしあの亀井戸が、曽我部のガキを殺《バラ》すなんて予想もせんかったさ。あいつ、曽我部んとこの娘だと知ってて襲ったのかねえ」

誠司は答えず、声を低めた。

「曽我部さんは、自分と亀井戸さんが知人だと警察に言わなかったんです。口をつぐんだまま、

失踪しました。なぜだと思いますか」

「失踪？ へえ、曽我部までいなくなったんかい。寂しいね、この歳になると知り合いがどんどん消えちまう」

松嶋は一瞬しんみりした顔になったが、すぐ薄笑いに戻って、

「なんで言わなかったかって、そりゃよけいなこと突っつかれたくねえからだろ。おまわり相手に無駄口叩いたって、藪蛇《やぶへび》になるだけさ。曽我部のやつだって、叩きゃあ埃だらけの体だもんな」

「でも殺されたのは自分の娘ですよ。行きずりでなく知人の犯行となれば、捜査の方向性は変わってくる。なぜ彼は黙っていたんでしょう」

誠司は松嶋をうかがった。

曽我部と亀井戸は同じ町の生まれではない。同じ学校に通ったわけでもない。お互い不良少年として、いっとき繁華街で遊んだだけの仲である。

曽我部の所持品にも、亀井戸との繋がりを示すものはなかった。その程度の間柄だった。曽我部自身が口にしなければ浮上しづらい、ごく細い糸であった。

だが曽我部は事件後、行きつけの居酒屋で泣いてばかりいたという。

――以前店に連れてきた〝昔馴染み〟さんにも、もう会えんって落ちこんでたねえ。

元店主の老妻の証言だ。

曽我部は亀井戸が好きだったのだ。もし曽我部が亀井戸を犯人と信じていたなら、そんな言

いかたはするまい。

彼は別れた妻子に執着していた。離婚後も妻子をわがものと思い、「おれから逃げる女が悪い」と考えていた。本来が他罰的思考の男だ。わが娘が惨殺されて「おれのせいだ」「おれは駄目な男だ」と嘆くのは、曽我部利男の性格にそぐわない。

――捜査本部は、あれほど早く曽我部の容疑をはずすべきではなかった。

いまさらながら誠司はほぞを噛んだ。

むろん曽我部のアリバイが立証されたあとも、彼の身辺は洗った。しかし曽我部に恨みを抱く者、敵対する者ばかりが注目された。さらに里佳ちゃん事件と同一犯による連続殺人と断定されたのちは、ほぼ完全にノーマークとなった。

内心で歯噛みする誠司をよそに、松嶋が首をひねる。

「なんでっておれに訊かれてもなあ。亀井戸のやつは自供しなかったのかい」

「彼は当時、正確に供述できる精神状態ではなかったようです」

誠司はひかえめな表現にとどめて、

「亀井戸さんと曽我部さんは、あなたから見てどういった関係でしたか」

と問うた。

「さてね。亀井戸のほうじゃ、なんとも思ってなかったんじゃないか？　けど曽我部のほうはなついてたな。喧嘩でやられそうになったとき、やつに助けてもらったらしい。らしくもなく恩義を感じてやがったようだ」

「あなたと亀井戸さんは、どうです」

「おれかい。おれと亀井戸は単なる顔見知りだな。おれはあいつに借りもなけりゃ、恩もなかった。町を離れたら、完全に付き合いが切れたよ。まあ曽我部とも、ムショで再会するまでは切れてたがな」

「曽我部さんとは、出所後もお付き合いをなさってたんですか」

「お付き合いってか、何度かかくまってもらったことはある。あいつぁいつも金欠だったから、金さえ渡しゃ文句を言わなかった。あとはほんの四、五回――」

松嶋は口ごもった。

「なんですか」

「あー、いや……。まあいいか、昔の話だしな。とっくに時効だろ」

小ずるい目つきで松嶋は誠司を見上げ、

「あいつに頼まれてな。何度か、写真を都合してやった」と言った。

「写真?」

「まあ、ほら、あれだ。さっき言った〝こっち方面〟さ。わかるだろ」

露骨に松嶋がにやにやする。

誠司はあたりをはばかり、「子供の――ですか」と声を押し殺した。松嶋の笑みが、さらに大きくなった。

「そりゃそうさ。普通のエロ写真なら、おれなんかに頼まずとも手に入る」

「曽我部さんには、その手の趣味があったんですか」

「いや、あいつは違った。ムショじゃみんなエロ話に飢えてるから、おれたちみたいなのは重宝されるんだがね。でも曽我部はガキに興味なかったよ。写真の件についちゃ『頼まれた』と言ってたな」

「頼まれた？　誰にです」

「知らんよ。こっちも聞かなかった」

松嶋は肩をすくめた。

「まさか亀井戸のためだったんかねえ。はは、エロ写真を融通して娘をバラされたんじゃ、曽我部もたまったもんじゃねえな」

歯抜けの口で笑う松嶋には取りあわず、誠司は尋ねた。

「どんな写真を曽我部さんに渡したか、覚えていますか。彼は、その——写真の種類や内容について、あなたに要望を出しましたか」

「血が出てるやつがいい、と言ってた」

松嶋はあっさり答えた。

「刺されたり切られたりじゃなく、殴られての流血をご所望だったよ。あの頃はビデオカメラなんて高くて買えなかったからな、もっぱら写真さ。……なあ刑事さんよ、いまどきはインターネットとやらで、どんなヤバい映像でも簡単に観れるんだろう？　いいよな。ああ、この施設にもパソコンがありゃいいんだがなあ」

松嶋が嘆息する。

有益な証言だった。そしてこれ以上松嶋を相手にするのもうんざりであった。ちらりと背後を振りかえると、哲が心得顔で「もうけっこう。撮れました」と指でOKサインを出してきた。

三人が『せせらぎ苑』を出る間際、職員が二名追いかけてきた。

すわ撮影を咎《とが》められるか、と身がまえた誠司に、

「あの……星野さんですよね。頑張ってください」

はにかんだ声音で、彼らは言った。

二人とも、まだ四十前に見える男女であった。

「ぼくら、北蓑辺事件の被害者たちと同年代なんです。あの頃のことははっきり覚えてます。

親や教師がぴりぴりして、ずっと町全体に黒い雲がかかったみたいで――」

いまやぼくたちが親の世代になりました、と彼は声を落とし、

「気の利いたこと、言えなくてすみません。でも、頑張ってください」

ともう一度付けくわえた。

誠司は礼を返した。そして小声で告げた。松嶋がほかの入居者の孫を、いやな目つきで見つ
めていたこと。まだまだ欲望は涸れていないらしいことを。

「あの体では、そう無茶なことはできまいと思います。ですが、できるだけ目を離さないよう

お願いします」

念押しすると、職員はこくりと首肯した。

3

「さっきの松嶋が言うように、インターネットじゃ〝ヤバい動画〟とやらを誰でも観れるもんなのか？　ええと、つまり暴力的なやつも」

誠司の問いに、哲が真顔で答える。

「大手の動画サイトでは観られませんよ。児童ポルノは違法ですから、もしアップロードされてもすぐ削除されます。でも、抜け道は複数あるようです」

老人ホーム『せせらぎ苑』を出て、彼らは国道沿いの蕎麦屋《そばや》で休んでいた。

「マックかファミレスのほうが安いよ」と言う旭に、

「勘弁してくれ。いまファストフード店に入ったら、コーヒーの香りでやられちまう。じいちゃんは毎日必死にカフェイン断ちしてるんだぞ」

と誠司が言い張り、蕎麦屋になったのだ。

さいわい喫茶メニューがあった。誠司はほうじ茶と蜜豆を頼んだ。

哲がクリームあん蜜にたっぷりと黒蜜をかけまわして、

「児童の性的搾取や虐待への厳罰化は、世界的な流れです。着実に日本も厳しくなってきてますよ。とはいえ、まだまだ日本の児童ポルノ禁止法は諸外国に比べて甘く、基準もあいまいです」

と言った。

「暴力的なポルノに対しても、概して日本は寛容なようですね。たとえば十年以上前ですが、リアルな『暴行系』の映像を撮ることで有名なAV制作会社が事件を起こしました。女優をだまして薬物で昏倒させた上で、挿入した器具をわざと体内で破裂させたんです。女優は一生、人工肛門を付けなくてはならないほどの大怪我を負わされました。制作会社の社長は懲役刑となりましたが、関係者の大半は軽い刑で済みました。彼らに反省の色はなく、いまも〝残党〟として、ネットで当時の作品を売買しつづけているようです」

「そ、そうか――。ためになるが、すこし声を落としてくれ」

誠司は咳払いした。

旭が抹茶アイスクリームにスプーンを使いながら、あいた片手でスマートフォンを操作する。

「その制作会社のAVを観て、実際の犯行に及んだ高校生もいなかったっけか。いや、高専生だったかな？　犯人がすぐ自殺したやつ」

「山口女子高専生殺害事件だな」

哲が即答した。

「同じ研究室の女子学生をビニール紐で絞殺し、のちに山林で首吊り自殺した事件だ。犯人の男子学生はレイプ系AVを愛好しており、さっき言った制作会社の作品を一揃い所有していた。

あきらかに、ポルノに影響されての犯行だった」

すらすら暗唱する。しかし声は、さっきよりだいぶ抑えられていた。

「一説に『暴力的なポルノは、性的な加害欲を増長させがちだ』と言われています。また『性暴力を女性が最終的に受け入れる型のフィクションを観ると、〝女性は強引にされるのを望んでいる〟と錯覚する者が一定数いる』との論文も以前に読みました。つまり虚構を真《ま》に受ける馬鹿がいる、ってことです。

同じ男として不名誉な話ですが、この手の輩《やから》が一定数いるのは否定できません。悪役俳優に罵声を浴びせるやつや、漫画や小説の展開に怒って作者へいやがらせするやつが、二十一世紀になってもいるんですからね。虚構と現実の区別がつかないやつは、いつの世も絶えない」

不愉快そうに哲がウエハースを嚙み砕く。

誠司は考えながら言った。

「いまはどうかわからんが、おれが現役だった頃は〝犯罪の暴力性はエスカレートしていく〟というのが定説だった。エスカレートし、犯行の間隔も狭まっていくもんだと言われていた。人間は刺激に慣れる。もっともっとと求めていく。そして犯行は惰性化し、いずれ慢心で油断する。そこがおれたち捜査員の狙い目だ――とな」

彼はほうじ茶を啜って、

「ポルノにはくわしくないが、根っこは同じようなもんだろう。いくら刺激的でも、人間はいずれ慣れる。そして一度強烈な刺激を味わったら、なかなか戻れるもんじゃない。暴力的なポルノに馴染んだやつは、そのへんの市販作品じゃあ満足できんはずだ」

「うん。じいちゃんの言いたいことはわかるよ」

旭がスマートフォンをいじりながら言った。

「曽我部利男を通して、松嶋に『殴られて流血した女の子の写真』を融通させたやつは、その後も同等か、それ以上の児童ポルノを求めたはずだ。俗にスナッフと呼ばれるような、実際の暴行や殺人行為をおさめた映像をほしがっただろう」

「そう、おれが言いたいのはそれだ」

誠司は膝を打った。

「その手のアレを入手する手段を、どうにかして探れんものかな」

「ま、おれたちだけで探ったら、かなり時間がかかるだろうね」

旭はそう言い、スマートフォンの画面を二人に向けた。

「だからここは、外部に協力を要請してみよう。おれたちの趣旨に賛同した『リエイト』の絵師さんたちと、ツイッターのDM機能でグループをつくってあるんだ。ふざけ半分だったり、よそに情報を洩らしたやつは順に切っていった。いまは信頼できるメンバーしか残ってないはずだ」

旭は眉を下げて笑った。

「世間で言う、ロリコン的な美少女イラストを描く人も多いけどね。リアルでは『現実の子供を守ろう』『三次元少女の性的搾取反対』をモットーにする人たちだ」

誠司はスプーンを置き、孫に顔を寄せた。

「いつの間にそんな仲間をつくったんだ。おまえ、なにをどう頼む気だ」

「彼らの縦横の繋がりをフルに使って、三次元の児童ポルノ、それも暴力的なポルノを売買するやつらの情報を集めてもらうよ。前にじいちゃんが言ってたよね。『この犯人は一時的に他人と繋がったとしても、絶対に長つづきはしない。情報源として利用することはあっても』って。おれもそう思う。犯人と画像なり動画なり、なんらかの交換をした人は、きっとやつを覚えてる。こいつは他人を石ころくらいにしか思ってない。絶対になにかしら悪印象を与えて、誰かの記憶に残ってるよ」

「なるほど」

誠司は納得した。

「やつの性格からいって、目当てのポルノを〝所有〟したがるだろうしな。いつ削除されるかわからんネット上の動画や、誰もが見られるレベルの映像じゃ飽き足らんはずだ。となれば誰かに売買なり、裏取引を申し出るほかない。――旭、そこまで見越していたのか?」

「なんとなくね。でも絵師とグループをつくる云々は、こいつのアイディアだ。おれの手柄じゃないよ」

と旭は隣の相棒を指した。

指された哲は無表情にスマートフォンを見て、

「おれは新たな情報が届くまでに、撮り溜めた映像を編集しておきます。不思議なことに動画が有名になればなるほど、いやがらせコメントが減っていくんですよ。応援が爆発的に増えたせいで、目立たなくなっただけかもしれないが――」

と言った。

「おかしな気分です。はじめはあんなに糞味噌に言われていたのに、いまや苦情も揶揄《やゆ》もほとんどない。それどころか日本じゅうに応援されてる気がする。……こんな感覚、はじめてだ」

4

旭が協力を要請した有志たちは、旭いわく「みんな、それなりの有名絵師」であった。

そう言われても誠司はぴんと来なかったが、

「全員がフォロワーをそれぞれ一万人以上抱えている」

と聞かされて驚いた。ちょっとした有名人並みの数値だ。

絵師の一人はスカイプを通し、誠司にこう語った。

「体感としては、フォロワーが二千人を超えたあたりからおかしなやつが交じりはじめます。ツイートが大量拡散されることを『バズる』と言いますが、バズったツイートに糞リプが付きはじめる境目も、だいたいリツイート二千前後ですね。くだらない煽りに交じって、二次元と現実の区別が付かないやつがぽつぽつ湧いてくるんです。〝ロリコンの同族意識〟を押しつけるような、ヤバい輩《やから》がね。はっきり言って迷惑ですよ。こっちは架空の美少女キャラを描いてるだけなのに」

絵師は苦笑顔だった。

「基本的に、そういうやつらはスルーします。否定も肯定もせずにほうっておく。よっぽどエスカレートしない限りは、ミュートして放置です。でもフォロワーではありつづけるから、こちらからコンタクトを取るのは容易です」

「つまりコンタクトを取ってくれたんだな。ありがとう」

誠司はモニタに向かって頭を下げた。

「で、ヤバそうな動画を持っているやつはいたかい」

「恥ずかしながら、単純所持している程度のやつなら、いくらでも簡単に見つかるんです。ただ『その手の愛好家の中で、ブラックリスト入りした輩』を絞るのに、ちょっと手間どりまして。〝オタクは協調性がない〟なんてよく言われますが、昨今はそうでもないんですよ。ライト層の若者が増えてますしね。でもディープなロリコン界隈となると、やっぱり閉じた変な人たちばっかりで――」

彼はそう前置きしてから、

「手分けして、なんとか十六人まで絞りました。ただし本名がわかっているのは一人だけです。残りの十五人は、アカウント名やハンドルネームしか判明していません。全員が三次元の児童ポルノを複数回にわたって購入し、取引中になんらかのトラブルを起こした難物です」

「了解した。ありがとう」

誠司は深ぶかと頭を下げた。

「では、くわしいデータを旭に送っておいてくれるか」

「送信済みです。動画の更新、楽しみにしてます」

スカイプの通信が切れた。

誠司はパソコンの前から退《しりぞ》き、孫に場所を譲った。旭がノートパソコンのタッチパッドを操作し、データをひらく。

「十六人かあ。本名がバレてるやつは除外していいよね。この犯人はさほど賢くないけど、さすがにそこまで無防備でも不用心でもない」

「興味の範囲に十四、五歳の少女を含むやつも除いていいな。十歳以下の少女のみを対象に、暴力的なポルノを買った男に絞ってくれ」

「えーと……、八人残った」

「交換や出品履歴があるやつも除いてくれるか。犯人は自分のコレクションを誰かと分かち合うタイプじゃない。入手する一方のはずだ」

「絞った。まだ五人いる」

「刃物や銃を使ったポルノを買ったやつも省《はぶ》こう。松嶋によれば『刺されたり切られたりじゃなく、殴られての流血をご所望』だったそうだ」

「二人残った。――あ」

「どうした」

「ここまで絞ると、売り手のほうも重複するんだ。残った『ボイル』と『百舌《もず》』ってアカ名の二人、『PPC』なる売り手から何度も購入してる。マニアックな内容だから、やっぱ限られてくるんだろうね」

「ではその『PPC』は、両者の好みや取引時の態度を知ってるわけだな。そいつから話を聞きたいが、取材に応じてくれるかどうか……」

誠司は腕組みした。

「さっきの絵師さんに、接触方法を訊いてみるよ」旭が言った。

「ヤバい動画を売買する理由が金目当てなのか、それとも承認欲求かで、交渉の仕方が変わってくるし」

「もし謝礼が必要なら、『週刊ニチエイ』からいくらか出してもらえるぞ。とはいえ、承認欲求のほうであってほしいな。ビジネスライク一辺倒のやつは、リスクをできるだけ避ける。取材に応じん可能性が高い」

「とにかく、確認してみるよ」

旭はパソコンに向きなおった。

さいわい『PPC』は、承認欲求を満たすために動く型の男だった。

要求された謝礼も法外な額ではなかった。ネット口座への振込入金ではなく、私書箱宛てに現金書留での送金を指定してきた。

「逆探知みたいなのは無しですよ。まあ位置情報は切ってますけど」

ツイッターの捨てアカ、つまり使い捨てアカウントを取得した『PPC』は、誠司たちのメッセージにそう応じた。

予想外に『PPC』は饒舌《じょうぜつ》であった。

「ネットは匿名だから安全、なんて嘘ですよ」

と開口一番うそぶき、

「いまネットを通してしゃべってるおれが言うのもなんだけど、IPたどられてプロバイダに照会されりゃ一発でしょ。串刺せば安全だなんて言われた時代もあったけど、嘘々。何度プロキシ経由したところで、ちょい時間と手間がかかるってだけで、全然たどれますもん。遠隔操作ウイルスの犯人だって、いいとこ行ったけど結局捕まっちゃったしさ。

外国のサーバ使うにしたって、いまはどの国もロリエロに厳しくて、日本より罰則きついとこばっかだし。だから受け渡しは、昔ながらのアナログが一番足がつきません。防犯カメラの位置と台数さえ把握してりゃ、楽勝です」

と得々と語った。

「ああ、『ボイル』さんと『百舌』さんね。はい、何度かDVDを売りました。どっちも面倒くさい人ですよ」

「どう面倒くさいんです?」

「『ボイル』さんはクレーマーです。内容がちょっとでも気に入らないと、返品だなんだって大騒ぎ。一度でも視聴したものは返品不可だ、って言ってあるのにね。でもおれが思うに、本気で言ってるわけじゃない。『不満だ、満足してない』って、こっちにモラハラかましたいだけなんですよ。被害者ぶることで優位に立ちたがるタイプですね」

「『百舌』のほうは？」

「この人はケチです。とにかく値切る。そんでこっちが応じないとごねる。『受け渡し場所に行ったのにDVDがなかった』なんて、つまんない嘘ついて踏み倒そうとするしね。彼が持ってく姿を、おれは物陰からちゃんと確認してるのにさ」

「えっ、本人を目撃してるんですか」

誠司は思わず声をあげた。

だが『PPC』はこともなげに、

「さっきも言ったように、防カメの位置を把握した上での現物手渡しが一番ですから。おれはもっぱら、駅のコインロッカー使用ですよ」

と答えた。

「DVDをコインロッカーに入れて、指定の日時に鍵を男子トイレに隠しておくんです。で、おれは死角からトイレとロッカーを見張って、鍵を取ったやつがDVDを持っていくのを見届ける。出歯亀《でばがめ》根性は否定しませんが、もし持っていかれずに放置されたら、それこそ大問題ですからね。見届けるのは当然でしょう」

「じゃあ『ボイル』も『百舌』も、あなたは本人を見ているんですね」

誠司は駄目押しのように訊いた。

「はい。どっちもごく一般的なおっさんでした。『ボイル』さんは四十代から五十代ってとこかな。背が高くて痩せ形で、髭がダンディでした。夏のさかりなのに、指紋を気にして手袋してましたっけ。『百舌』さんは三十代後半の小太りハゲで、顔をマスクとサングラスで隠してました」

承認欲求と自己顕示欲の強い『PPC』の希望どおり、この会話はほぼノーカットで哲の動画に流用された。

なお彼の捨てアカは、取材を終えた五分後に削除された。しかし旭がやりとりを逐一スクリーンショットしたため、動画作成に支障はなかった。

「『百舌』は除外していいな。三十代後半なら、北蓑辺事件の被害者たちと同年代だ。支払いを値切るという行為も犯人像にそぐわない」

誠司は言った。

星野家を訪れていた小野寺が顎を撫でる。

「じゃ、いまんとこ『ボイル』があやしいか。四十代から五十代というのは、当初の予想より若い。だが土居りつ子宅の前で、シノさんたちが見た男と一致する。指紋を気にしていたなら、前科ありかね」

「かもしれん」

警察の情報がもらえたらな、と誠司は考えた。

前回は密告めいた電話があったが、さすがに毎度は期待できない。組織としての警察が誠司たちを容認するはずもないのだ。根岸に何度も頼るのも、彼の立場を思えばむずかしかった。

小野寺は持参の缶コーヒーを呷って、

「それはそうと、こっちはご要望どおり『マキ』について調べたぞ。亀井戸建の小中学校時代の同級生、実家の近所、同時期に繁華街をうろついていた不良少女などから、苗字および名前に『マキ』が付く女をピックアップした」

彼はファイルを誠司に押しつけた。

亀井戸建が知り合ったであろう年代順に、リストは整理されていた。

小学校の同級生で『牧』姓が一名。下の名が『真紀』二名、『麻紀』一名。同じく小学校の教師で『満季子』が一名。中学の同級生では新たに『真希』『真季』『小巻』。同年代で補導歴のある不良少女に『槇村』『摩紀』『麻貴』――。

「しかし成人以後、亀井戸と接触した『マキ』はいなかった」

小野寺が掌を擦りあわせる。

「ホステスの源氏名という線も考えたが、亀井戸は証言どおりの堅物だったようで、たどれんかったよ。なお『マキ』と名乗る女が、拘置所へ面会に来た履歴もなかった」

「伊与淳一は『マキ』を故人だと思いこんでいた。しかし亀井戸は『マキさんたちを、ほうっておけん』と土居りつ子に言い、結婚を断っている。それを考えると、存命と考えるのが妥当だろう」

「『マキさんたち』と複数形なのも気になるしな。ほうっておけん、と言うからには付き合いは継続していたんだろう。しかし逮捕後の亀井戸に、彼女がコンタクトをとった様子はない——。亀井戸の一人相撲だったのかね？」

「かもな。『初恋の人だ』『永遠に想いのかなわん相手だ』等の言葉からして、相手にされていなかった確率は高い」

「こういう仮定はどうだ？」

小野寺が膝を進めて言った。

「『マキ』本人はすでに死んでいる。しかし亀井戸との間に子供を遺《のこ》した。その子がじつは犯人で、亀井戸はわが子をかばった、なんて筋書きは——」

「おいおい」

誠司は苦笑した。

「事件当時、亀井戸は三十五歳だぞ。沙奈江ちゃんが犯人を『大人のお友達』と表現したことを忘れるな。『大人』の下限を十八歳としても、亀井戸が十七のときの子になっちまう」

「十七でも女を妊娠させる能力はあるさ。だいたい七、八歳の女の子にしたら、相手が高校生でも充分大人に見えるんじゃないか」

「いや」

誠司は断固として首を振った。

「『三角巾の男』は複数いたようだが、〝少年〟と形容された例は一例もなかった。せいぜいで〝若い男〟だ。女の子をさらうにあたって、犯人は車ないしはバイクを使っただろうしな。高校生にできる犯行じゃあない」

言いざま、誠司は小野寺の缶コーヒーを睨んだ。

「おい、飲み終わったんなら早くそいつを片付けてくれ。目ざわりでたまらん」

「なんだよシノさん、機嫌悪《わ》りぃな」

「悪くもなるさ。くそ、どうも頭がすっきりしない。うんと濃くて熱いコーヒーをがぶ飲みしたい気分だ」

舌打ちする誠司に、小野寺は苦笑して腰を浮かせた。

「爺さんのヒステリーはやだねえ。ここらで退散させてもらうよ。じゃ、またなにかあったら連絡する」

5

旭は、石橋哲の部屋にいた。

壁際に作業用デスクが置かれている。パソコン本体は三台、モニタは六台に増えた。プリアンプ。パワーアンプ。オーディオインターフェイス。ハンディ型ビデオカメラ。一眼レフデジタルカメラ。左右に大きなスピーカー。二十数本のケーブルが絡み合い、もつれて、ぞっとするような蛸足配線を成している。

部屋の主である哲は、今日も作業用デスクの前に座っていた。

部屋の様子はほぼ変わらない。しかし哲本人は、数箇月前に訪れたときとはまるで違っていた。

後頭部で結っていた髪は切られ、野暮ったい眼鏡は流行のフレームに替わった。全体によどんだ空気が消え、小ざっぱりと清潔になった。

もともと地は悪くないのだ。これなら彼女だってすぐできそうだ――。旭は感じ入った。

「なんだよ。なに見てるんだ、アサヒ」

「あ、いや」

旭は手を振った。

「本体とモニタ、増やしたんだなと思って。おまえんちが金持ちなのは知ってるけど、資金は大丈夫なのか？」

「小遣いの範囲でやってるから平気だ。いままで小遣いもお年玉も、通帳に貯まっていく一方だったからな。必要な機器を買ったんだし、正しい使い道だよ」

「そうか、ならいい――」

言いかけた旭の声が、途中で消えた。

突然、部屋のドアが開いたせいだった。冷えた夜気が吹きこむ。しかし入ってきた女の顔は、空気よりさらに硬く凍《こご》えていた。

――初香さん。

初香は旭には目もくれなかった。大股で室内に踏み入り、まっすぐ哲に向かっていった。

激しい音がした。

旭は目を見張った。初香が渾身《こんしん》の力で、哲に平手打ちを見舞ったのだ。

哲の眼鏡が吹っ飛び、床に落ちる。親友の頬がみるみる赤く腫れていくのを、旭は呆然と見守った。

だが哲は声ひとつ出さなかった。身をかがめて眼鏡を拾い、フレームが曲がっていないか確かめて、平然とかけなおした。

平手打ちを食らわせた初香のほうが、逆に全身を震わせていた。血の気を失った頬が、青を通り越して真っ白だ。唇がわなないている。

――ああ、バレたな。

旭は察した。

初香は知ってしまったのだ。大事な甥っ子が危険な真似をしていること。彼女の許可を取るどころか、ずっと秘密裏に動いていたこと。そして彼女の掌中から、逃れようとしていることを。

初香は震えながら、旭に向きなおった。

色のない唇がひらく。罵倒が奔流《ほんりゅう》のようにほとばしった。

ひどい金切り声だった。ほとんど聞きとれなかったが、「貧乏人のガキ」「恩知らず」「疫病《やくびょう》神《がみ》」「家に入れるんじゃなかった」等の断片は耳に届いた。

「うちの子がしょっちゅう出歩くようになった」「家にいてくれなくなった」「わたしの知らない店で髪を切り、わたしの知らない服を着るようになった」「わたしの話を聞かなくなり、一緒に食事をとるのをやめ、なにを考えているのかわからない生き物になった」――。

「あんたのせいよ」

旭に指を突きつけ、初香は叫んだ。さっきまで真っ白だった初香の顔は、いまや真っ赤に染まっていた。首から上が、倍にも膨れあがって見える。

彼女は叫び、髪を掻きむしり、旭に摑みかかってきた。

呆気《あっけ》にとられて旭は動けなかった。横から飛びだし、立ちはだかって止めたのは哲だった。

「やめてくれ」

しわがれた声だった。

「アサヒは悪くない。叔母さんが怒っているのは、おれにだろう？　怒りはおれにだけぶつけてくれ。――もう、うんざりだ」

哲が初香を「叔母さん」と呼ぶのを、旭ははじめて耳にした。

ゆっくりと哲は、旭を振りかえった。

「ごめん。今日は帰ってくれるか」

「でも……」

「いいんだ。叔母さんと二人だけで話したい。話すべきことが――ずっと溜めこんでいた言葉が、山ほどある」

疲れの滲んだ声だ。だが口調は決然としていた。

初香は肩で息をしている。目だけで、いまだ旭を睨んでいた。

旭は無言で哲にうなずきかえすと、部屋を出た。

ドアを閉めた瞬間、ふたたび平手打ちの音が鳴った気がした。振りかえらず、旭は階段を下りていった。

その夜、星野家の皿洗い当番は旭だった。

トラウトサーモンやドレッシングのしつこい油を洗い流し、皿を水切り籠《かご》に立てかけ、手を洗いなおす。

リヴィングを覗くと、祖父の姿はなかった。

「あれ、じいちゃんは?」

と父に訊く。父は新聞を広げた姿勢で、

「頭がすっきりしないそうで、もう寝たよ。それより旭、テツくんから電話があったぞ。おまえのスマホに繋がらないって、固定電話にかけてきた」

「え、あっ」

旭はジャージのポケットを探りかけ、そういえば自室で充電中だと思いだした。

「焦ってるみたいだったぞ。早くかけなおしてやれ」

「うん、ありがとう」

旭はきびすを返した。その背に「旭」と父の声がかぶさる。

「なに？」

「いや、あー、その……」

父は面映《おもは》ゆそうに頭を掻いた。

「おまえ、よくやってるみたいだな。――いまは無理だろうが、全部終わったらくわしく説明してくれよ。それで、父さんに会社で自慢させてくれ」

目じりに皺を寄せて笑う。いつも飄々《ひょうひょう》としている父の、珍しい照れ笑いであった。

「うん」

旭は首肯した。かるく右手を挙げ、リヴィングを出る。

小走りに階段を駆けあがった。部屋に飛びこみ、施錠より先にスマートフォンを手にとった。履歴を確認する。哲から二度着信があったようだ。

かけなおすと、哲はワンコールで応答した。

「おいテツ、大丈夫か!?」

しかし哲はいつもの冷静な声音だった。「顔はひどいことになった。でもさいわい、中身は無事だ」と答える。

「なんだそれ、笑えねえよ。初香さんはどう――」

「おれのことより、動画を観たか」

「動画？　また更新したのか」

「おれのじゃない。その様子だと観てないようだな。ネットでも、まだ一部が騒いでいるだけだ」

「待て、なんの話だよ？」

「おれが下手な説明をするより、観てもらったほうが早い。待ってろ。保存した動画をそっちに送る」

哲がパソコンをいじる音がした。旭もノートパソコンを急いで引き寄せた。スリープから起こし、メーラーを立ちあげる。

「届いたら、再生してくれ」

言われるがまま、旭は添付された動画データを再生した。

手ぶれのひどい映像だった。カメラでなくスマートフォンで撮った動画らしい。おまけに画面全体が暗い。

旭は眉根を寄せ、目を凝らした。

「なんだこれ？」

「いいから観ろ。全部で三分足らずの動画だが、一分四十秒あたりからわかってくる」

相棒にうながされ、旭はモニタを見つめた。

やはり暗くてよく見えない。再生時間の表示が〝0：01：42〟にさしかかる。

旭は、ぎくりと身を強張らせた。

薄闇に白い脚が浮きあがっていた。フリルが二段になった膝上丈のスカートから、ストッキングなしの脚が伸びている。

大人の脚ではなかった。ほっそりした肉付きでわかる。あきらかに、小学校低学年の少女の脚だった。

画面はやはり暗い。だが脚を手掛かりにまわりの輪郭をなぞっていくと、ようやく全体像が把握できた。

車の中だ。少女は拘束され、車の後部座席に転がされているのだった。

頭を座席のシートに押しつけられ、脚の側から撮られている。顔は見えない。床のマットに転がっている丸い影は、ランドセルだろうか。

耳もとで哲が言った。

「動画共有サイトからは、すでに削除済みだ。通報どうこうじゃなく、自主的に削除したらしい。アカウント名は『TIGER』だった。車内に曲が流れているのがわかるか？　かなり音量が絞ってあるが」

「ああ」

旭は奥歯を噛んだ。とうに耳に馴染んだ曲だ。まさにその『TIGER』であった。

一分五十六秒目で、画面が切り替わった。少女の姿が消える。

代わりに映ったのはドアだった。黒いステンレス製のドアだ。一瞬夜空が映り、どこかの家の玄関扉だとわかった。雑音がひどい。画面が揺れに揺れて、凝視していると酔いそうだ。

自然石のアプローチが映り、かき消える。また少女の脚が映った。

ドアがひらく。少女が荷物のように床へ投げ出される。わずかにもがいた白い脚を最後に映し、動画はぶつりと終わった。

「――テツ」

旭はうつろに相棒を呼んだ。心臓が早鐘《はやがね》を打っていた。

「なんだ、この動画は。……まさか里佳ちゃんか、沙奈江ちゃんの」

「違う」哲はさえぎった。

「一時停止して、ランドセルを拡大してみたんだ。キイホルダーかストラップか、とにかくキャラクターグッズが付いていた。今年の春に公開された、アニメ映画のキャラクターだった」

「今年――って、おい」

旭は愕然とした。

「そうだ」

哲が低い声で言う。

「これは現在進行形の、おそらく昨日か今日撮影された動画だ。日本のどこかで、少女が一人いなくなった。さらわれたんだ」

旭はつばを飲みこんだ。

「……じいちゃんを起こしてくる。小野寺さんや福永さんにも連絡しなきゃ」

「ああ、頼む」

哲はそう応え、声を落とした。

「この事態はやはり、小野寺さんの挑発が効いたと見るべきかな。……犯人のやつ、すぐ削除したとはいえ、ついに保身より自己顕示欲を爆発させやがった」


その頃、星野誠司は夢を見ていた。

畳敷きの自室に布団をのべ、枕もとに携帯電話と水のグラス、頭痛薬を並べての就寝である。入眠作用のある頭痛薬が、彼をとろりと濃い夢にいざなっていた。

夢の中で、彼は縁側に座っていた。

暖かい陽射しが降りそそぐ。庭の緑が目にやわらかい。

玉暖簾が揺れる音に、誠司は振りかえった。

台所から姿を見せたのは、妻の潔子であった。まだ三十代の潔子だ。しかし夢の中の誠司は、とくに違和感を覚えない。

潔子は誠司愛用のマグカップを右手に持っていた。実加子が物置へしまいこんだのか、久しく目にしていない有田《ありた》焼《やき》のカップである。

マグカップは黒い液体で満たされていた。誠司好みの、うんと濃くて熱いコーヒーだ。

なんだ、おれが淹れるからいいのに。誠司は言う。

お休みのときくらい、ゆっくりしていなさいな。潔子が返す。

かつての誠司は、なかなかのコーヒー道楽だった。二十万円以上する電動焙煎機《ばいせんき》を買いこみ、オリジナルブレンドまでこしらえた。酸味がひかえめなマンデリンをベースとして、コロンビア、グァテマラなどの豆を加えて配合したものだ。

誠司はコーヒーをひとくち飲んだ。

夢だというのに、彼は芳醇《ほうじゅん》な香りを嗅《か》いだ。嗅いだと思った。

酸味がすくなく苦みの濃い、それでいて甘さを含んだ味だ。馥郁《ふくいく》たる香りが、鼻の奥まで抜ける。

美味《うま》い。彼は言った。

湯気の向こうで潔子の唇がひらいた。

いつもの「どういたしまして」の台詞が出てくるのを誠司は待った。彼が「美味い」「ごちそうさま」と言うたび、潔子はそう応えたものだ。はい、どういたしまして——と。

しかし潔子の唇から洩れたのは、潔子の声ではなかった。

まるで録音機器を再生するかのように滑り出たのは、他人の声と言葉であった。

——中年男がうろついていた日もあって、こちらは顎鬚に手袋で、探偵を気取って手帳まで見せつけてきたそうです。

柳瀬久美子の声だ。

以前に聞いた台詞である。ああそうだ、彼女の身辺を嗅ぎまわっていた、野次馬について説明した言葉だった。

——なぜ手帳を見せられたほうは、探偵だと思った？

夢の中で誠司は考える。

普通ならば、黒革の手帳を出すのは警察だ。警察だと判断しなかった理由はなんだ？　探偵だとやつから名乗ったのか。名乗ったとして、見せたのはどんな手帳だった？

疑問で満たされる脳内へ、さらに『PPC』の言葉が重なる。

——四十代から五十代ってとこかな。背が高くて痩せ形で、髭がダンディでした。夏のさかりなのに、指紋を気にして手袋してましたっけ。

そうだ、手袋だ。誠司は思う。

犯人の爪へのこだわり。手帳。歌。やすりで磨かれていた被害者たちの爪。指と爪。手袋——。

「じいちゃん」

誰かが呼んでいる。

潔子の笑顔がたゆたい、揺れる。

コーヒーの香りが薄れていく。潔子が遠くなる。

「じいちゃん！」

はっと誠司は目を開けた。

なぜか視界の大半を占めているのは、孫の顔だった。その向こうに天井の木目が見える。

奇妙に顔を引き攣らせ、旭が言った。

「起こして悪いけど、じいちゃん、非常事態だ。——いますぐ小野寺さんたちに、一斉招集をかけてほしい」

6

誠司は真っ先に小野寺に連絡をとった。

福永は電話に出なかったため、留守電を残した。次いでかけたのは、元部下の根岸にだった。

「すまん根岸《ネギ》、オフレコだなんだと遠慮してる場合じゃなくなった。おれの言ってる意味がわかるか？」

「え、はい？　なんです？」

あきらかに根岸は戸惑っていた。意味が通じていない。

誠司は早口で、だがなるべく嚙みくだいて動画の件を説明した。しゃべりながら壁の時計を見上げる。午後十時四十二分だった。

「くだんの女の子の親は、まだそこらを捜しているか、もしくは交番レベルで話を止めてるのかもしれん。栃木県内でなく、埼玉や茨城など近県で拉致した可能性もある。とにかく緊急で確認を頼む」

ようやく事情が吞みこめてきたらしい根岸が、「は、はい」とつかえながら答える。

誠司はつづけた。

「問題の動画は、孫の友人が保存した。そっちにデータを送らせる。動画サイトからはすでに削除済みらしいが、サイトの大元にいますぐ協力要請してくれ。どこのパソコンからアップ……アップなんとかしたかを調べるんだ」

誠司は通話を切った。

間髪容《かんはつい》れず携帯電話が鳴る。プロデューサーの福永だ。

「留守電、聞きました。女の子が拉致された疑いがあるそうですね。動画は、哲くんが保存したとか？」

「ああ。動画のデータはあんたのパソコンに送らせたよ。確認してくれ。とはいえ、これだけじゃ同一犯人の仕業とは断言できん。模倣犯かもしれんし、拉致を装ったたちの悪いいたずらかもしれん。しかし無視はできん事態だ。そうだろう？」

「もちろんです」福永は決然と言った。

「こちらは十一時台の番組を中断させ、ニュース速報としてねじこみます。上の承認は待っていられない。全責任は、わたしが取ります」

「おい」

誠司は驚いた。

「まだなにひとつ確認が取れちゃいないんだぞ。さすがにテレビでの発表は早すぎる。あとで誤報とわかったら、あんたがどれだけ糾弾《きゅうだん》されるか――」

「かまいません」

福永の声は、昂ぶりで震えていた。

「正直言って、おれはテレビ業界には未来がないと思っていました。ＳＮＳや動画配信に押され、予算は削られ、忖度《そんたく》ばかりで行き詰まった業界だ。それでもしがみついていたのは、自分にはまだ役目が残っていると確信していたからです。スポンサーのご機嫌とりも局内派閥も糞くらえな、一世一代の大仕事がね。――いまが、そのときだと思うんです」

「そうか」誠司はうなずいた。

「わかった。あんたに任すよ」

言い終えると同時に、旭が部屋に駆けこんできた。固定電話の子機を持っている。

「じいちゃん、話し中だからってこっちに電話が来た。根岸さんだ」

「おう」

誠司は子機を受けとった。

耳にあてると、根岸のうわずった声が響いた。

「シノさん、おれの同期一人と、部下四人も協力するそうです。おれより通信関係に強いやつばかりだ。今後こいつらからも連絡入れさせますから、知らない番号でも出てくださいよ」

「いいのか。鷲尾刑事局長にバレたら大ごとだぞ」

「かまっちゃいられません。黙って上の指示を待ってたら、女の子が死んじまう。子供の死体を検分させられるのは、現場のおれたちです。ぐずぐずと手をこまねいて、あとで後悔したくない」

ニュース速報は福永の宣言どおり、十一時台の番組を一時中断するかたちで放映された。

速報では、アカウント名『TIGER』の動画がノーカットで流された。

アナウンサーが泳いだ目で原稿を読みあげる。

「ご覧いただけるでしょうか。拉致されたと思われる少女の、ランドセルの一部を拡大して映しております。キャラクターストラップが見えますでしょうか。このストラップにお心あたりのある方は、すぐに警察もしくは当局にお電話お願いします。なおこの内装から、犯行に使われた車はT社のミニバンと推測されております。この車にも、お心あたりの方……」

ニュース速報から二十分後、根岸から再度連絡があった。

拉致されたらしき少女の親が、速報を見て一一〇番したとの報せであった。

「栃木県和郷《わごう》市在住の若月芽衣《わかつきめい》ちゃん、七歳だそうです。母と兄とともに、市営住宅で三人暮らし。母親は八時に会社から帰宅し、いままで公園やコンビニ、ショッピングモールなどを捜しまわっていました。家でニュース速報を観ていた兄が母親に連絡し、ようやく通報が為されたようです」

「今日は火曜だから、学校があったな。帰宅した形跡は？」

「兄の証言によれば、形跡なし。下校途中に拉致されたと見られます。それと例の動画は、茨城市のネットカフェからアップロードされた模様です。プロバイダの対応が早くて助かりました。該当のネットカフェに、いま部下を向かわせてます」

「よし。引きつづき頼む」

次いで連絡してきたのは、小野寺だった。

「シノさん、例の探偵気取り野郎について、言われたとおり柳瀬家のご近所に当たってきたぞ。九人目でビンゴだ。訊かれた主婦本人じゃなく、一緒にいた小学生の息子が、やつの手帳のマークを覚えてた」

玄関のチャイムが鳴った。旭が部屋を出て走る。

孫の足音を背に、誠司はメモ帳に向かってペンをかまえた。

「いいぞ、言ってくれ」

「残念ながら細部まではわからん。だが『銀杏《いちょう》の葉形にGのマークがついていた』そうだ。息子はいわゆる鉄道ファンで、咄嗟にヘッドマークを覚えるのが癖になってるんだとよ」

「そうか、ありがとう」

通話を切り、誠司は背後を振りかえった。

そこには旭と並んで、石橋哲が立っていた。両頬が無残に腫れあがっている。家を出る際に初香と揉み合ったのか、シャツはよれ、髪がぐしゃぐしゃだ。

かまわず、誠司は哲にメモを突きつけた。

「銀杏の葉形にGのマークだそうだ。該当する企業か事務所がないか、いますぐ検索してくれ」

拉致動画はインターネットカフェの喫煙ブースから、午後八時二十四分にアップロードされていた。そして九時十二分に発信者本人の手により削除された。

「ここで正気に戻った、とみるべきなんですかね」

根岸はハンズフリーにした携帯電話越しに、そうコメントした。

「シノさんたちの活動に、犯人は一種の対抗意識を燃やしてるんじゃないでしょうか。本来なら息をひそめて身を隠すべき事態なのに、異様ですよ、こいつ」

「事件を自分の手に取り戻したいのさ」

誠司は言った。

「やつは犯行を誇ってる。負け犬人生の中で、唯一〝成し遂げた〟と言えるのが殺人なのかもな。北蓑辺事件がやつの自意識を支えてきたんだ。その栄光を横からかっさらわれて、怒り狂ってやがる。――ところでネットカフェから動画を上げたやつは、誰だかわかったのか」

「はい、ネットカフェのパソコンは各々一台ずつＩＰが割り振られており、どのパソコンからアップしたかは特定できました。しかしですね、店の履歴を見ると、その時間帯に該当のパソコンブースを利用していた客がいないんです」

「なに？」

「すみません。おれもあまりくわしくないんですが、ネットカフェというのは原則一人一部屋の使用で、受付でどのブースを使わせるか、割り振って管理するスタイルのようです。小規模のビジネスホテルみたいなもんですね。その部屋で客は漫画を読んだりネットをしたり、ルームサーヴィスよろしく飯を注文したりする」

「だが八時二十四分から九時十二分の間、該当のブースを使用していた客はいなかった、ってわけか」

「そういうことです」

同意しかけた根岸に、

「待ってください」と旭が割って入った。

「おれはたまにネカフェを利用するんで、知ってます。ああいう店のブースって、鍵がかかってないんですよ。空きブースは扉が開いていて、中が無人だと一目でわかるようになっている。つまり他ブースの利用者であっても勝手に入れて、短時間ならパソコンくらいいじれるんです」

「しかし、まわりの目があるだろう？　店員だっているんだし」と根岸。

「周囲の客には、どこが正確な空きブースかなんてわかりません。扉が閉まっていて、誰か使ってる様子があれば使用中と見なすだけです。店員だって、食事を運ぶ以外はほとんど巡回しません。読書やゲームの邪魔になりますからね」

「うーん……」

根岸は考えこんだ。

「そうか、その時刻に店内にいたやつなら特定できる。なぜならどこのネットカフェも、免許証なり保険証なり、身分証を提示して会員になるからだ。その時間帯、店内には十八人の客がいた。うち女性が四名だから、残る十四人から――」

声が途切れた。背後の部下となにやら話しこんでいる。

ふたたび電話口に出た根岸の声は、沈んでいた。

「すみません。駄目だ、……八時二十四分から九時十二分の間に店内にいた男性会員の年齢は、下が高校生、上が三十九歳だったそうです。三十年前に九歳では──」

「犯行は無理、だな」

誠司は声を落とした。

「誰かにアップロードを依頼したとみるべきでしょうか」

「いや、そんな危険は冒すまい。共犯を抱えたがる性格とも思えんしな。とはいえ完全に相手を下に見て、利用するような関係ならあり得るか……」

考えこむ誠司たちに、旭が言った。

「いや、コミックのみの利用客かも」

「え？」

「ネカフェって、パソコンなしの席もあるんだよ。漫画を読むだけのオープンスペースなら、身分証の提示なしで使える。たぶん犯人は〝コミックのみの利用〟で入店して、トイレにでも行くふりをして席を立ち、空いているブースのパソコンから動画サイトに繋いだんだ。データはUSBメモリで持ち運べるし、アップするだけならたいした時間はかからない」

根岸はしばし黙っていた。

やがて「ありがとう、旭くん」と言い、

「コミックのみの利用客を店員が覚えていないか、部下にもう一度調べさせるよ。ではシノさん、進展があったら連絡します」

慌ただしく告げ、根岸が通話を切った。

すかさず哲が片手を挙げる。

「おじいさん、『銀杏の葉形にGのマーク』の会社を見つけました。すでに閉鎖されてますが、べつの企業のリンクページにバナーだけ残っていました」

「よし、よくやったぞ。なんてえ名前の会社だ？」

「『財津《ざいつ》探偵事務所』です。所長は財津正弘《まさひろ》で、住所は茨城県千野市矢野町《やのちょう》五丁目二番十三号」

「探偵事務所だと？　茨城県千野市――」

誠司は口の中で繰りかえした。

覚えのある地名だ。そう、確かこれは。

「二〇〇六年に失踪した、吉川陽花ちゃんだ。あの子が茨城県千野市在住だった」

誠司は叫んだ。

パソコンを操作する哲の肩に手をかける。

「その探偵事務所の情報をもっとくれ。ネット上になにか残っていないか。法務局だの商工会議所だのを、悠長にまわっている暇はない」

「インターネットアーカイヴを探してみます」

哲がバナーからたどれるURLをコピーし、過去データを検索にかかった。

画面が切り替わる。

「あった。『財津探偵事務所』の公式サイトです。ページが多いな。ええと、調査項目一覧、料金表、公安委員会届出番号。会社概要、アクセス……」

哲の手が止まった。視線が、モニタの一点に釘付けになっている。

自然と誠司も視線の先を追った。

最初に声を発したのは旭だった。

「じいちゃん、こいつ、この顔……」

事務所内を撮ったのか、モニタには所員たちが事務机に向かう光景が表示されていた。ごくちいさな画像で、おまけに全員が横顔だ。しかし間違いない。

土居りつ子の娘婿を騙《かた》った男が、そこにははっきりと映っていた。

7

午前一時をまわって、ようやく他局のニュース番組でも少女失踪が扱われはじめた。

しかし速報扱いにしたのは、やはり『栃木総合テレビ』だけであった。ニュース番組以外は通常の放送をつづけている。

一方、ネットは熱狂的な騒ぎとなりつつあった。

「栃木総合テレビだけ、速報が一時間以上早かったぞ」

「ということは〝星野班〟がらみだ。もし情報があるなら、『アサヒ』のツイッターにDMしろ。絶対に表立って騒ぐな」

だがネット上には、かつて旭たちの活動を「売名行為」「偽善者」「英雄気取り」と謗《そし》った者も多くいた。一時期は世論を読んで静かにしていた彼らだったが、ここにいたって息を吹きかえし、

「マッチポンプの自作自演だ」

「信者の支持が下がるのを恐れて、拉致動画もどきを撮ってテレビ局に売りつけたんだ」

「真に受けたテレビ局は馬鹿だ。これだから〝マスゴミ〟と言われるんだ」

とSNSで騒ぎたてた。

毀誉褒貶《きよほうへん》を取り混ぜながら、ついに〝世論〟は沸騰寸前に煮えつつあった。

その頃、誠司は小野寺が運転するスカイライン350GTの助手席にいた。

旭のタブレットを使って、いままでの捜査資料を一巡する。後部座席には旭と、カメラを抱えた哲が座っていた。

「……連続殺人犯が探偵事務所に勤務とはな。くそ、ふざけやがって」

ハンドルに指を食いこませ、小野寺が歯噛みした。

「しかも元勤め先のマークを、一瞬とはいえ住民に見せつけてやがったとは。想像以上にナルシシスティックな野郎だ。ブラックユーモアのつもりかよ」

「スリルが楽しいんだろう」

タブレットから目を離さず、誠司は言った。

「『財津探偵事務所』の元所長の娘さんによれば、事務所の公式サイトを作成したのもやつだそうだ。犯行を止めている間、やつは歪んだ自己顕示欲を、あの手この手で満たしていたんだな」

「アガサ・クリスティの『ねじれた家』を思いだします」

哲がつぶやくように言う。

「作中にこういうくだりがあるんです。〝殺人者に欠かせない条件とは、虚栄心、絶え間ない自己主張、おしゃべり癖。自分がどんなに賢いか、警察が馬鹿か、周囲にアピールせずにはいられない……〟」

「おれが記事に書いたとおりだ。つまりガキなんだな。積み木の城を壊して『見て見て、ぼくこんなことやれるよ、すごいでしょ！』とふれまわるガキだ」

小野寺が吐き捨てた。

誠司は「言い得て妙だな」と同意して、

「それもこれも誤った犯人が逮捕され、すでに死刑判決が下されていたからこその余裕だったろう。――やつはまだ、たかをくくってる。警察は無能で、伊与淳一の死刑は覆らず、自分はけして捕まらないと驕《おご》っている。三十年逃げきった実績が、やつを増長させた。それなりに大人の世知《せち》はあるだろうに、幼稚な万能感に支配されきっている」

小野寺が愛車で迎えに来るまでに、誠司は二件の電話をかけていた。

一件は電話帳で見つけた「財津正弘」の番号であった。元所長の財津本人は入院中だそうで、電話口に出たのは娘だった。

娘は『ルポ・北蓑辺郡連続幼女殺人事件』を知っていた。名乗った誠司に、

「え？　いたずらですか？　サプライズ？」

と不審をあらわにしていたが、その場で旭がツイッターを更新すると、ようやく信用してくれた。

「──ええ、彼はうちの元社員です。経理の蓮川大樹《はすかわだいき》さん」

娘ははっきりとそう答えた。

「内勤専門で、調査業務にはかかわっていませんでした。いえ、とくに変わったところのない普通のかたでしたよ。人付き合いは苦手なようでしたが、仕事はちゃんとしてました。ええ、父が病気で事務所をたたまざるを得なくて、申しわけなかったです」

「ちなみに、事務所は何年に閉鎖されたんです」

「二〇〇五年の十一月です」

かつての哲と小野寺の会話が、脳裏によみがえる。

──実際の殺人犯が犯行前に感じたストレスは、家族間のいさかい、異性との別れやもつれ、怪我や病気、失職、借金などが原因です。

──要するに犯人は二〇〇六年か五年に、なにやら大きなストレスを受けた可能性があるっ

てわけだ。

二〇〇六年にやつは三件目の犯行に及んだ。吉川陽花ちゃん事件である。きっかけとなったストレス要因は、失職だ。

「あの、どういうことですか？　まさか蓮川さんが……」

「すみません。いまはなにも言えません。後日あらためてご連絡しますから、この電話については他言無用に願います」

誠司は通話を切り、履歴から番号を呼びだした。以前に栃木総合テレビのインタビューに応じた、亀井戸建の従兄の番号であった。

「もしもし？」食いつくように従兄は応答した。

「ニュース速報を観ました。どうなってるんです。まさかこれも、北蓑辺事件と関係があるんですか。いったい――」

「落ちついてください」

誠司はさえぎった。

「今回の事件を解決するためにも、教えていただきたいことがある。まずは深呼吸してください。子供の命がかかっているんです」

なだめてから、問う。

「あなたは以前こう言った。『遊んでいる最中、亀井戸建が甥っ子に怪我をさせてしまった』と。どんな事故だったんです。甥御さんはどれほどの怪我を負ったんですか」

電話の向こうで、従兄が息を詰める気配がした。

彼は言った。

「キャンプ中……だったそうです。建のやつは器用だったし、力もあったから、キャンプ要員として重宝したんでしょう。甥っ子は……豪の息子は小学二年生で、アウトドアを楽しめる歳になっていたから、家族みんなで……」

不幸な事故だった。

亀井戸建の兄、豪の息子は叔父である亀井戸になついていた。亀井戸建はいみじくも、りつ子が言ったとおり「子供に好かれる天才」であった。

だが甥が彼にじゃれついている最中、例の発作が起こった。

筋肉の不随意運動で、亀井戸は突然飛びあがった。跳ねた腕が甥っ子に当たった。突き飛ばされるかたちで甥は川へ転落し——急流で流されていった先は、岩場だった。

「命に別状はなかった。でも……甥っ子は、左手の中指と薬指を失いました」

従兄の声は苦しげだった。

誠司は目を閉じた。

——叔母さんたちは激怒し、以後は完全に付き合いが切れました。建がいくら謝っても叔母さんは許さなかった。

当然だろう。可愛い初孫が指二本をなくしたのだ。しかも加害者は息子とはいえ、もとより親子意識の薄い相手である。亀井戸の母親は怒り狂ったはずだ。

——それをきっかけに、建の粗暴な言動もぶりかえして……。

家族としての意識の薄さ。その感覚は、兄の豪も同じだったに違いない。

「当時小学二年生と言えば、甥っ子は七歳か八歳ですね」

「はい。七歳でした」

北蓑辺郡を中心とする近隣一帯で起こった幼女へのいたずら事件は、小学一年生から四年生に集中していた。つまり六歳から九歳の間だ。

——おおよそ七歳に見える子、に被害者は集中していたのではないか。

いわゆるトラウマの根だ。弱かった幼い己への、自己嫌悪のあらわれである。

誠司は問うた。

「甥っ子の名は、大樹くんですね？　当時は亀井戸姓。そして北蓑辺事件後は、母親の姓に変えて蓮川大樹——」

ええ、と従兄が応える。

誠司はいま一度まぶたを伏せた。

亀井戸建の兄である豪が、蓮川姓に変えたことはすでに調査済みだった。

蓮川豪、現在七十五歳。とうに定年退職し、栃木県小根《おね》市の持ち家に在住。その妻は現在七十三歳。同じく栃木県小根市在住、名は環希《たまき》。

——彼女が『マキ』だ。

礼を言って誠司は通話を切った。

小野寺が星野家に到着したのは、約七分後であった。

「里佳ちゃんの遺体遺棄現場から採取した、精液のＤＮＡ型鑑定の結果がようやく出たぜ。だがその面付きじゃ、言うまでもないようだな」

小野寺は誠司を見るなり、頬を歪めた。

「いまの主流であるＳＴＲ型検査法だけでなく、ＭＣＴ１１８型検査法でもやらせたから時間がかかっちまった。交渉も長引いたしな。だが九十九パーセント超の確率で、亀井戸建の三親等だそうだ。叔父と甥の間柄だな」

「交渉とはなんだ？　亀井戸のＤＮＡ比較サンプルは、どうやって手に入れた」

「臍《へそ》の緒さ。双子の姉の景子が、自分のぶんと合わせて保管していた。彼女の居場所はすぐわかったが、協力を渋られてね」

「なるほど、その交渉か」誠司は納得した。

そうして彼らは現在、小野寺のスカイライン３５０ＧＴで国道をひた走っている。

向かう先はむろん、蓮川家であった。

「じいちゃん、根岸さんからメールが来たよ」

後部座席から旭が言った。

「ネカフェの店員が証言した〝コミックのみ利用客〟の人相風体だ。『長身痩せ形。四十代後半から五十代はじめ。革の手袋着用』。ロリコンＤＶＤをコインロッカーに取りにきた男の風体と一致する。蓮川大樹の外見ともだ」

「おれのアドレスには、福永さんからメールが届きました。栃木総合テレビの報道班も、蓮川について大急ぎで調べてくれています」

哲がメールを読みあげる。

「蓮川大樹が『財津探偵事務所』に就職したのは、二十六歳のときだそうです。それまでは職を転々としていました。その点在する勤務先が、以前おれがつくった『少女相手の強制猥褻事件リスト』の分布図とおおよそ一致します。現在五十歳。左手の中指と薬指が、第二関節から欠損しています」

「手袋は、指がないのを隠すためか」

「そういやあ土居りつ子の借家の前で遭遇したとき、あいつはポケットから手を出さなかった」

誠司は眉根を寄せた。

「殴りかからんばかりの勢いだったのに、肩をぶつけてきただけだ。……くそ、焦っていて、不自然さに気づかんかった」

「やつは一九八七年、つまり木野下里佳ちゃん殺害の年に大学受験に失敗しています。また二〇〇五年に失職し、直後に離婚。このストレスが各事件の引き金でしょう。現在は定職に就いておらず、無職です。ただし去年の夏、シングルマザーの風俗嬢と再婚しています」

「再婚だと？」誠司は瞠目《どうもく》した。

哲が淡々と応える。

「相手は二十六歳下で、三歳になる娘がいます。三歳ではまだ蓮川のターゲット外でしょうが……いずれ、と狙っている可能性は否めませんね。四月に市営住宅を追い出されてからは住所不定。風俗店に勤めていた妻も店を移ったようで、現在の勤務先は不明です」

「おい小野寺、急げ」

誠司は運転席のシートを摑んだ。

「なんとしても蓮川大樹の母親に――『マキ』に、やつの居所を吐かせなきゃならん。彼女は絶対に、なにか知っている」

8

「大きな声は出さないでください」

チャイムに応じて扉を開けた蓮川環希は、蒼白《そうはく》な顔で告げた。

「ここに住めなくなることは、とうに覚悟しています。でもよけいな騒ぎは起こさないで。家の外観を撮るのもやめてください。ここの住所が特定されたら、ご近所にも迷惑がかかります。そうなったら恨まれるだけじゃ済みません」

環希は棒きれのように痩せていた。

目じりと口もと、首の皺とたるみに、心労の証《あかし》が容赦《ようしゃ》なく刻まれている。栗色に染めた髪にも、白いものが大量に交じっていた。袖から覗く手首は、骨に渋紙《しぶかみ》を張ったようだ。

おそらく太らない体質でなく、太れなかったのだろう。誠司は考えた。彼女が長年神経をすり減らした元凶は、疑いなく大樹という一人息子だ。

「すまんが時間がない。ごちゃごちゃ言っていられません」

誠司はいいかとも訊かず、家内に足を踏み入れた。旭と哲、小野寺もつづく。後ろ手に玄関扉をぴたりと閉じた。

「豪さんは？　ご就寝ですか？」

「……ニュース速報を観て、飛びだしていきました。行き先は告げませんでしたが、おおよそわかります」

「では豪さんも知っていたんですね。息子が、一連の事件の真犯人だと」

――そして実弟の亀井戸建が、無実の死刑囚であると。

環希は顔を歪め、苦しげに呻いた。

「ここ何年か、大樹は安定していたんです。仕事には恵まれませんでしたが、再婚もしましたし……」

「安定？」誠司は問いかえした。

「本気で言ってるんですか。息子の衝動は消えていないと、あなたは知ってたでしょう。亀井戸建の死後、近隣一帯では幼い女児への声かけ事案、誘拐未遂、通りすがりの単純暴行などが激増している。そのうち何割かは、大樹の仕業《しわざ》に違いない」

誠司は環希に、一歩近づいた。

「亀井戸の獄死によって、北蓑辺事件の真実は半分がた闇に葬られた。伊与淳一がまだ存命とはいえ、彼の証言だけでは心もとない。蓮川大樹は、安心してふたたび犯行を再開した」

「違うわ」環希は叫んだ。

「違います。あの子は——建ちゃんが好きだった。ほんとうです。あの子が最近おかしくなったのだって、建ちゃんがこの世にもういないのが、ショックだったから。命をかけて、捨て身でかばってくれる人が、いなくなってしまったから——」

「ストレス要因」

哲がぽつりと言った。

「亀井戸さんの死もまた、犯行の引き金となるストレス要因だったのか」

「亀井戸建は、真犯人が誰か察していたんですね。彼が身代金の受け渡し現場に赴《おもむ》いた理由が、これでわかりましたよ。彼は甥を止めようと、日射病になるほど長く外をうろついた。逮捕されてからは甥をかばい、取り調べで沈黙を貫いた」

誠司は環希に詰め寄った。

「わかっていますか？　亀井戸のトゥレット症候群は、甥への愛憎、犯行への衝撃、止められなかった悔恨《かいこん》等々の心理的圧迫で悪化したんです。亀井戸は以後、二度と回復しなかった。あなたたち、よく平気で三十年も暮らせましたね。亀井戸はあなたを『初恋の人だ。永遠に想いのかなわん相手だ』と言っていた。あなたは、彼の想いを利用したんですか」

「やめてください」

環希の声はかすれていた。

「そんな——そんなんじゃないんです。はじめて会ったとき、建ちゃんはまだ中学生だった。弟のような存在でした。豪さんと建ちゃんは実の兄弟だけれど、長らく一緒に暮らしていなかったから、よそよそしくて——。だから代わりに、わたしが、彼の姉のように」

彼女はあえぐように息を継いで、

「建ちゃんは見た目と言動のせいで、誤解されがちな子でした。でも、やさしい子だった。マキという渾名《あだな》を付けてくれたのも、わたしがこの名を嫌いな理由を知っていたから。〝環希〟は、幼くして死んだ姉の名前です。わたしはそのスペア。存在も名前も、姉の代替品。だから建ちゃんは、わたしを環希と呼ばないでいてくれた。そんな、やさしい子なんです」

「失礼を承知で訊きます。息子さんは、亀井戸建との間にできた子ではないんですね？」

誠司が問う。

環希は一瞬、彼をきっと睨みつけた。しかしすぐにまぶたを伏せ、

「あの子も……大樹も、それを言いました。そして夫に向かって『そうだったらよかった。建おじさんの子供に生まれたかった』と」

唇を嚙んだ。

「もちろん本気じゃありません。そう言えば夫が傷つくとわかっていて、大樹は言ったんです。あの子は……子供のときから、そうでした。他人の傷つけかたをわかっていた。人を傷つけるのが、好きだった」

「父親の豪さんと、大樹は仲が悪かったんですか」

「仲が、というか――。いま思えば、豪さんが建ちゃんに反感を抱くよう、煽っていたのは大樹です。夫は建ちゃんとは正反対に、エリート意識の強い人です。大樹の成績に、がみがみ言うことが多かった。その小言に対する意趣がえしもあったと思います。あの子は子供の頃から、とにかく扱いにくい子で」

それでもわが子ですから、愛していましたが――。

そう落とした環希の声は、ひどく暗かった。

「彼はどこです」

誠司は静かに言った。

「愛しているなら、これ以上の犯行はやめさせるべきだ。どこにいるんです」

環希は体を小刻みに震わせていた。震えが次第に大きくなっていく。腕が、肩が、音をたてんばかりにわなないていた。呼吸は荒く、今にも過呼吸を起こしそうだ。

駆け寄ろうとする旭を、誠司は制した。

框《かまち》に膝を突いた環希が、大樹のアパートの住所を口にしたのは、およそ三分後のことであった。

「嫁さんが妊娠中だって？　驚きだな」

ふたたびスカイラインで国道を疾走しながら、小野寺は舌打ちした。

「蓮川大樹は今年で五十だろう。嫁さんは二十六歳下だから、ええと、二十四歳か。女側の年齢を考えりゃ、あり得ん話じゃないが……」

「嫁さんの腹がでかくなって稼げなくなったことも、やつの〝ストレス要因〟のひとつなのさ」

誠司は言った。

「ただでさえ妊婦は、ホルモンの関係で感情が激しやすい。水商売を休まざるを得んから金はなく、おまけに継子《ままこ》は第一次反抗期の年齢だ。さぞ鬱屈《うっくつ》が溜まっただろうさ。やつ自身は専業主夫で、金を右から左へできる立場じゃあないしな。——希望はその〝専業主夫〟って点にある。もし家事やなんやかやで長時間家を空けられないなら、若月芽衣ちゃんを拉致してどこかに隠したあと、やつはいったん帰宅したかもしれん」

「蓮川豪がニュース速報を観て家を飛びだしたってあたり、その確率は低くないと思うよ」

旭が後部座席から身を乗りだして言った。

「やつは獲物をすぐ殺さない。なぶり尽くして、ぼろ雑巾にするまで楽しむ嗜好の持ち主だ。時間を気にせず、じっくり取りかかりたいはず」

「この仮定が正しいなら、芽衣ちゃんは拉致されただけでまだ無事かもしれん。……くそ、間に合ってくれよ」

誠司は歯嚙みした。

スカイラインがいかにスピードを出そうが、先んじた蓮川豪に追いつけはしない。だから彼らは電話で即、福永に頼んだ。

報道班のスタッフは各地に散っている。蓮川大樹のアパートにもっとも近い地点にいたスタッフに、向かわせるよう要請したのだった。

「シノさんよ。豪はなんのために息子のもとへ向かったと思う?」

小野寺が車線変更しながら問うた。

「もしおれが豪なら、実の息子が連続殺人犯だと知った時点で、間違いなく自首を勧める。あんたならどうだ?　どう思う?」

「おれなら——どうだろうな」

誠司の声はかすれた。

「だが蓮川豪が、息子に自首を勧めに行ったとは思えん。おれの考えでは、三角巾男の模倣犯——いや、ダミーは豪だ」

小野寺は狭い車間を縫うように、車線変更を繰りかえしている。

夜闇に連なって浮かぶテイルランプが、川の流れのようだった。

「蓮川大樹は父親を操っていた。弟である亀井戸建と張り合い、いがみ合うよう仕向けていた。もとより兄弟仲はぎくしゃくしていたしな。乗せられた豪は、自分は弟よりも〝いい保護者〟だと証明するしかなかった。大樹をより愛し、より庇護できるのは自分だと、警察を攪乱《かくらん》することでアピールしたんだ」

「亀井戸さんの逮捕後に犯行がおさまったのは、危機感を強めた豪が、完全に息子を監視下に置いたからでしょう」

哲が口を挟んだ。

「いやな見方をすれば、豪は実弟の逮捕を喜んだかもしれません。これで息子の身は安泰。しかも人生最大のライバルが消えたんですからね。亀井戸さんの環希さんへの想いも、もしかしたら知っていたかも」

――建ちゃんは、おれは生涯子供を作らない、と言っていました。

つい先刻聞いた、環希の声が誠司の耳によみがえる。

――おれの子供も、おれのようだったら気の毒だ。

――だから代わりに、大樹をたくさん可愛がってやりたい、って。

自分をめぐっての父と叔父の愛情を、蓮川大樹はもてあそんだ。

亀井戸が大家の孫を可愛がったのは、彼の中に土居りつ子の子供らを見たからではない。甥の大樹を懐かしんだがゆえだろう。

環希は「大樹はほんとうに建ちゃんを慕っていた」と言った。嘘ではあるまい。ただ蓮川大樹にとっては、自己愛のほうがはるかに勝ったというだけだ。

亀井戸建は甥を信じたいと願いながらも、疑っていた。だから身代金の受け渡し現場に行かずにいられなかった。近隣の主婦が目撃したのは、その姿だ。結果、亀井戸は犯人として逮捕された。

もし逮捕されたのが彼一人なら、事情はやや変わっていただろう。亀井戸はいさぎよく罪を認め、唯々諾々《いいだくだく》と刑に服したに違いない。

だが警察は伊与淳一をも逮捕した。

伊与を巻きこんだという悔恨。被害者への贖罪《しょくざい》の念。甥への愛憎。それらは亀井戸を日夜責めさいなんだ。心は千々《ちぢ》に乱れ、否応なしに症状を悪化させた。結果、彼の精神は破壊された。

「じいちゃん、福永さんのスタッフから電話だ。——もしもし？」

携帯電話を預かっていた旭が、声をあげた。

電話をハンズフリーに切り替える。

「すみません、間に合いませんでした」

スタッフの荒い息づかいが、ダイレクトに響いた。

「蓮川大樹は、父親が逃がしたあとでした。やつに財布ごと金を与え、車も貸したようです。大樹のミニバンが、アパートの駐車場に残されたままです」

「どうしてここが……、くそ、環希が裏切ったな」

男の喚き声が聞こえた。蓮川豪だろう。

「ちくしょう、あいつ、それでも母親か」

誠司は運転席の小野寺と、思わず顔を見合わせた。

——おれたちの時代は、いい父親像なんてもんがなかったからな。

——わが子に愛情表現しようにも、やりかたを知らんかった。

以前、小野寺が言った台詞だ。

そのとおりだな、と誠司は思う。おれたちの世代には、息子を正しく愛せないやつが多すぎる。

豪は息子が連続殺人犯だと知っていた。知った上でかばいつづけ、逃亡を助けた。誤った愛情としか言えない。

大樹は二〇〇六年に犯行を再開した。吉川陽花ちゃん事件だ。犯行がつづかなかったのは、豪の尽力のおかげだろう。医師の力も借りたかもしれない。だが自首させるまでにはいたらなかった。

——そして無実とわかっていながら、豪は実弟を救わず、放置しつづけた。

「ですが朗報もあります。蓮川大樹のパソコンを押さえました」

スタッフが興奮もあらわに怒鳴る。

「USBには、継娘《ままむすめ》の裸の画像がたっぷり保存されてます。鍵付きの抽斗《ひきだし》をこじ開けたところ、古い女児の衣服が十数点見つかりました。過去の被害者たちの爪や歯も、部屋のどこかにあると思われます」

「蓮川大樹の行き先に、手がかりはないか」

「父親は口を割りそうにないです。妊婦の嫁さんは、取り乱して話になりません。やつはスマホを置いていったようで、GPSでたどるのも無理です」

「よし。ひとまず根岸をそっちへやる」

誠司は怒鳴りかえした。旭が慌ただしく、履歴から根岸の番号を呼びだしはじめる。

小野寺が進路方向を見据えたまま、叫んだ。

「どうする。おれたちもアパートへ向かうか?」

「いや……」誠司は考えこんだ。

豪は根岸たちに任せるほかない。自分たちが駆けつけたところで、豪が観念して口を割るとは思えない。

「蓮川は単身で逃亡をつづけるかもしれません」

哲がひび割れた声でつぶやく。

「となると、若月芽衣ちゃんは監禁場所に放置されたままです。災害救助では俗に『七十二時間の壁』と言われ、健康な成人なら三日以内に発見できれば助かるそうです。しかし七歳の子が、三十時間もつかどうか……」

「せめて水が飲めりゃあな。水と睡眠が確保されていれば、子供でもしばらく生存できる。しかし芽衣ちゃんは縛られているだろうし――」

小野寺が呻いた。

誠司の脳裏を、過去に聞いた子供の餓死《がし》事件が駆けめぐった。一九七五年の世田谷二歳女児餓死事件。二〇〇八年の三郷《みさと》幼児餓死事件。

どちらも十日以上、親が子を置き去りにしたケースだ。何日目に死んだかは定かでない。水は飲める環境にあったはずだが、それでも子供は十日もたなかった。

「――いや、放置はしない」

かぶりを振り、誠司は断言した。

「蓮川大樹は、あの子を置いて逃げやしない。あいつの万能感はまだ崩れていないはずだ。すんでのところで父親に逃がされ、むしろ増幅しているだろう。まだ天運は尽きていないと、やつはほくそ笑んでいる。手に入れた獲物をほうって、なにもかも捨てて逃げるほど切羽詰《せっぱ》まっちゃいない」

「そこのコンビニで、いったん停まるぞ」

小野寺は言った。

「あてどなく走ってもガソリンの無駄だ。まずは行き先を決めよう」

コンビニの駐車場は、国道沿いに建っているだけあって広かった。大型トラックがゆうゆうと三台以上駐車できる広さだ。

小野寺は駐車場の端にスカイラインを停めた。

「環希によれば、豪の車はH社のSUVだそうだ。色はシルバーメタリック。……くそ、Nシステムはどうした。あんたら警察ご自慢の、ナンバー自動読取装置は。シルバーのSUVを指名手配しろ。お得意の緊急配備《キンパイ》をかけやがれ」

「まあ待て。蓮川豪は〝十一時のニュース速報を観て、飛びだしていった〟そうだ。蓮川家からアパートまで約三十分。二時間以上経っているから、SUVはすでに目的地に着いているとおぼしい。根岸たちが上を説得できたとしても、これからNシステムのデータを追うんじゃ時間がかかりすぎる」

「くそったれ。じゃあどうしろってんだ」

「ナンバーはわかってるんだし、ネットに情報を流そうか？」

旭がスマートフォンを取りだした。

誠司が「駄目だ」と制する。

「混乱を招きかねない。いまは駄目だ。同じような外観の、似たナンバーの車がリンチに遭ったら目もあてられん。それより哲くん、保存した拉致動画をもう一度見せてほしい。なにかしら手がかりがあるかもしれん」

「おれにも見せてくれ」

小野寺が身を乗りだした。

「そういやまだ観ていなかった。いや、その前にコンビニでコーヒーを……」

言いかけてやめる。旭が後部座席のドアを開けた。

「おれが飲みもん買ってくるよ。みんな、ペットボトルのお茶でいいよね？」

旭がコンビニ袋を抱えて戻ったとき、一同は動画鑑賞の三巡目に入っていた。

「どうだね。誰か、なにか気づいたか？」

誠司が問う。哲が応えた。

「暗さからいって、この動画はおそらく七時台に撮られています。アップロード時刻は八時二十四分。拉致現場もネットカフェも茨城だし、そう長くドライブしたとは思えません。たぶん監禁場所も茨城でしょう。……ああ、駄目だな。この程度の条件じゃ、全然絞りこめない」

そのときだ。誠司にペットボトルを渡しながら、旭がぽつりと言った。

「なあ。この音って、ほんとにノイズかな?」

「どういう意味だ」

誠司が問いかえした。

「静かな駐車場をずっと歩いてきて、ドアを開けた瞬間にこの音が耳に入ったんだ。そしたら、いままでと全然違うふうに聞こえた。ノイズだと思いこんでたけど、これ、波の音じゃないかな」

「待て」

小野寺が声をあげた。

「待て。波が聞こえるなら海の近くだよな? 思いだしたぞ。この玄関、海の近くに建つ屋敷――。おれはこの家に、行ったことがある」

誠司は息を呑んだ。

「確かか」

「間違いない。以前、シノさんにも言ったよな。ネタの裏取りのために、別荘まで追いまわしたことがあるって。その屋敷だ。鷲尾刑事局長さまの舅《しゅうと》で、あんたの元上司――鳩山のおっちゃんの別荘だよ」

9

鳩山隆文《たかふみ》元捜査一課長の別荘は、茨城県の海岸沿いに建っていた。

手前の小路にスカイラインを路上駐車し、誠司たちは走った。

エンジン音で気づかれ、逃げられては台無しだ。違反切符を恐れている場合ではなかった。

別荘のウォールライトは消えていた。どの窓もカーテンが厚く閉ざされている。

三台駐車できるカーポートには白のセダン。そしてシルバーメタリックのSUVが駐まっていた。

誠司はかるい絶望を覚えた。

ここに着くまで、まさか、と思っていたのだ。まさかあの親父さんに限って、幼女殺しに加担するはずがない——と。

管理職と部下の間で、進んで潤滑油になれる上司だった。一見冴えない風貌だが、話すと知性が光った。温厚で身内思いの男だった。刑事一課の捜査員にとって、まさに父親のごとき存在であった。

「ナンバーが一致しました。蓮川豪の車です」

哲がささやいた。

別荘は低い塀でぐるりと囲まれており、門扉《もんぴ》がなかった。海に向かって建つ開放的な造りだ。

玄関扉の上に警備会社のシールが貼られているものの、周囲に対する警戒度は低い。監禁場所にはおよそ不向きな屋敷であった。

小野寺が身をかがめ、「おれは裏にまわる」と身ぶりで示した。小走りに屋敷の裏手へ去る。

旭は「勝手口へ向かう」と指で示し、同じく走った。

誠司は哲を振りかえった。カメラを指し「撮れ」と合図する。哲はしばし躊躇《ちゅうちょ》した。しかし、うなずいてカメラをかまえた。

誠司は玄関扉に耳を付けた。

動画にも映っていたステンレス鋼板製のドアである。おそらく耐塩害仕様だろう。採光窓が付いているが、磨りガラスで中はうかがえない。

人が立ち動く気配は感じとれなかった。誠司は腰に挿《さ》してきた懐中電灯を、警棒のようにかまえた。

鳩山元課長は誠司よりかなり年上だ。誠司とて衰えているが、不意打ちを食らわない限り、一対一ならばおそらく勝てる。

一方、蓮川大樹は未知数であった。彼には手のハンデがある。武道をたしなんだ経験もなさそうだ。だがなんといっても蓮川は若い。油断は禁物だった。

――第一、二人だけとは限らん。

まさか鷲尾刑事局長まで、と考えかけ、誠司はかぶりを振った。

ドアハンドルを握った。そっと引く。

驚いたことに、鍵がかかっていなかった。音をたてぬよう、誠司はゆっくりとドアを開けた。

内玄関の灯りは消えていた。

薄暗い。だが闇に慣れた目には、三和土《たたき》に並ぶ男もののサンダルとスニーカーがはっきり見えた。スニーカーは薄汚れ、踵《かかと》が履きつぶされている。どう見ても鳩山の靴ではない。

長い廊下の突きあたりから、光が洩れているのが見えた。蛍光灯の光だ。床に、細く白い線を描いている。

誠司は哲に「入るぞ」と合図した。懐中電灯を握りなおす。

土足のまま、上がり框に片足をかけた。奥の部屋にいる誰かに気づかれた様子はなかった。

自分の鼓動が、やけに大きく聞こえた。一足歩くごとに、廊下の床が軋む気がした。動悸《どうき》がひどい。心臓が張り裂けそうだ。

小野寺はどうしただろう。旭はどこだ、と頭の片隅で考える。

しかし緊張と焦燥が、疑問を塗りつぶしていく。視界が狭い。指先が冷たいのがわかる。

奥の部屋は、磨りガラスの扉に隔てられていた。唯一灯りのついた部屋だ。物音ひとつしない。

誠司は右手で懐中電灯をかまえ、左手をドアハンドルに伸ばした。摑んだ刹那《せつな》、一気に引き開けようと覚悟を決めた。

だがその前に、向こうから扉が開いた。誠司は悲鳴を呑みこんだ。

一瞬、誰だ、といぶかった。

脳が混乱した。

目の前に立っているのは、元上司――鳩山隆文であった。だが眼前の鳩山は、ひどく面《おも》変わりしていた。

かつては恰幅《かっぷく》のいい男だった。一見小太りだが、触れると筋肉で押し固まった体軀《たいく》をしていた。だが誠司がいま見下ろしている鳩山は、痩せて皮膚がたるんでいた。両目の下にも頰にも、皺深い肉の袋が垂れ下がっている。

なにより違っているのは、その表情だった。

鳩山は笑っていた。顔じゅうに、にやにや笑いを浮かべている。微妙に目の焦点がずれている。

「ああ」鳩山が目を細めた。

「ああ、ほしの、かあ」

誠司の全身に、ざわりと鳥肌が立った。

鳩山の目が、声音が語っていた。

彼はかつての彼ではない。正常ではない。

この瞳を長く見ていてはいけない――誠司は思った。だがそらせなかった。鳩山の瞳は濁って暗く、底なしの穴のようだった。深淵がそこに、ぽっかりと口を開けていた。

「おやじ、さん」

誠司は呻いた。

背後から冷徹なカメラが撮影しているのを感じる。誠司の目はごく自然に、カメラが追う先に下りていった。鳩山の手と、スウェットの裾を。

ドアハンドルを握るその手は、鮮血で濡れていた。

ねっとりと濃い赤が、スウェットの腹から下を汚している。

「――おやっさん」

いま一度、誠司は言った。

「芽衣ちゃんは、……女の子は、どこです」

「てんぶくろ」

弛緩《しかん》した声で、鳩山は言った。ひらいた唇から、黄ばんだ乱杭歯《らんぐいば》が覗く。

「座敷の、天袋に、入れた」

誠司は無意識に手で喉を押さえた。

胃の腑《ふ》から酸い液体がこみあげる。まだだ、と己に言い聞かせた。まだ駄目だ。まだ吐くな。

「天袋に――なぜです」

「見つかると、いけない」

「誰にです」

「いけない。隠さ――ない、と」

鳩山の顔には、やはりにやにや笑いが貼りついていた。眼球が血走って、真っ赤に膨れあがっている。

その左目から、ふいに涙がこぼれ落ちた。

「——星野、……シノ」

倒れかかってくる鳩山を、誠司は反射的に支えた。

突きのけようとしたが、できなかった。懐かしい体臭と体温に、鼻の奥がつんとした。

「……証拠品保管庫から、三十年前の物証を盗んだのは、あなたですね」

鳩山の耳に、誠司はささやいた。

「退職前に、すでに抜いていたんですか？　それともまさか、退職してから誰かにやらせた？」

「馬鹿な」

鳩山があえいだ。

その声に正気が戻りつつあるのを悟って、誠司はほっとした。彼の両肩を摑み、立たせて揺さぶる。

「教えてください。女の子は、若月芽衣ちゃんは無事なんですか。蓮川大樹はどこです」

鳩山は応えなかった。無言で身を引き、背でガラス扉を押した。

内開きのドアがひらき、床の鮮血が見えた。

白じらとした蛍光灯のあかりの下で、血の赤は奇妙に安っぽく映った。

誠司は背後に複数の足音を聞いた。旭と小野寺だ。振りかえらずともわかった。玄関が開いていると悟って、二人とも入ってきたのだろう。

誠司はリヴィングへ踏み入った。

倒れている影にかがみこむ。

蓮川大樹だった。腹を深く刺されている。だが確かに呼吸していた。呻き、あえいでいる。

ありがたい、と誠司は思った。この野郎が死んでいなくて、神が殺さずにいてくれてありがたい。

こいつには絶対に、生きて償《つぐな》わせる。安らかな一瞬の死など与えない。逮捕。長い尋問。起訴。さらに長い長い公判。高裁、最高裁。できるだけ醜《みにく》く、往生際悪くあがいてもらおう。

拘置所の独房の前で看守の足音が止まるその日まで、いかに己が愚かだったか、思いあがっていたか、無謬《むびゅう》の存在ではなかったか向き合ってもらおう。

この手の男に、死は罰にならない。どこまでいってもこいつは自分、自分、自分だ。骨身に沁みるまで、己の醜悪さと正面から向き合わせる。死刑執行までの長い時間こそが、やつへの最大の刑罰になるはずであった。

「旭、座敷へ行け」

蓮川を見下ろしたまま、誠司は言った。

「哲くんと一緒に行くんだ。座敷の天袋に、若月芽衣ちゃんが隠してあるらしい。――ちゃんと撮れよ。撮ったらすぐネットに上げろ、親御さんが、無事な姿を確認できるようにな」

旭と哲が走っていく。その音を背に聞きつつ、誠司は膝を折ってしゃがんだ。

床に座りこんでいる鳩山に尋ねる。

「芽衣ちゃんは、無事なんですよね？」

「ああ、無事だ。……が、あいつがいない間に、睡眠剤入りのジュースを飲ませた」

鳩山が低く答えた。

「泣き声が聞こえて、やつに場所がバレたらいかん、から……。この歳になるとな、睡眠剤が、欠かせんのだよ。多めに飲ませたから、後遺症がないと、いいんだが……」

「大丈夫、医者がちゃんと診《み》てくれますよ」

誠司は顔を上げた。

「おい小野寺よ。ぼさっとしてないで救急車を呼んでくれ」

「え、あ——ああ、そうか、すまん」

小野寺がスマートフォンを取りだし、一一九番をタップする。

誠司は目を閉じた。

いまさらながら、蓮川の血が匂った。数日ぶんの疲労が肩に重くのしかかる。しかし不快ではなかった。

誠司は息を吐きながら、痛いほど握りしめた懐中電灯をようやく放した。

10

翌朝のワイドショウのトップニュースは、各局横並びだった。どの局もわんわんと騒がしく報じたのは〝星野班〟の捕物劇であった。

コメンテータたちは彼らの単独行動に苦言を呈したものの、

「まあ、結果的に子供は無事救出されたわけだし」

「終わりよければすべてよし、ですかね」

とお茶を濁して終わった。

一方、『週刊ニチエイ』以外の週刊誌は、誠司たちに対し批判一色であった。新聞もまた然りである。だが大手マスコミが批判に傾いたことで、逆にネットの擁護は高まった。

「叩く相手を間違えている」

「糾弾すべきは、死刑冤罪を生んだ警察や検察だろう。反権力が聞いて呆れる」

「警察関係者が物証を処分した上、犯人に隠れ家を提供したことのほうがよほど問題ではないか。なぜそこを批判しない」

「県警本部長は説明責任《アカウンタビリティ》を果たせ。記者会見をひらいて釈明しろ」

民意のうねりは、大手マスコミを黙らせるには充分だった。一部の週刊誌はただ沈黙したが、対応の早いテレビは掌《てのひら》を返してネットの民意におもねった。

ちょうど大きなニュースとかち合わなかったせいか、「そろそろ静まってくれんかね」と誠司がぼやくほど、大衆の熱狂は長く尾を引いた。

飽きっぽい日本人にしては珍しく、一箇月近くも話題をさらっていた。

肝心の蓮川大樹は、誠司の願いどおり命をとり止めた。鳩山の包丁は彼の脾臓《ひぞう》を傷つけはしたものの、致命傷にはいたらなかった。

さいわい訓告処分で済んだらしい根岸は、

「蓮川の供述を取りはじめてますが、まったくいやな野郎ですよ。自己愛性人格障害の生き見本です。自分以外の人間はみんな、価値のない木偶《でく》人形に見えるんでしょう」

と嘆息した。

蓮川大樹が子供相手に性的ないたずらをはじめたのは、中学生の頃だという。彼には同年代の友達がいなかった。当時の同級生の評価は、

「おとなしい、暗いやつ」

「空気が読めないところがあり、子供っぽい」

卒業アルバムでは『将来離婚しそうな人』の二位、『十年後、町を出ていそうな人』の三位に選ばれている。

同級生に相手にされなかった蓮川は、年下の子供たちとばかり遊んだ。小学生に交じれば、さすがに彼はリーダーになれた。

蓮川は中でも従順な子を選んで、体をいじくりまわし、ときには血が出るほど嬲《なぶ》った。

犯行は次第にエスカレートしていった。

殺人にまで激化した理由のひとつめは、運転免許の取得だ。彼の行動範囲は一気に広がった。車は彼にとって「走る個室」であり、「移動できる監禁場」だった。

ふたつめは亀井戸を介し、曽我部利男に出会ったことである。

蓮川は亀井戸建に隠れて、曽我部に接触した。正確に言えば脅した。ネタは曽我部が酒の席でしゃべった、大昔の喧嘩沙汰だ。蓮川が調べてみると、殴られて路上に放置された少年の死亡記事が見つかったのだ。

元友人の甥に脅され、曽我部は仰天した。当時、蓮川大樹は十八歳。曽我部利男は三十一歳であった。

「十五年も前の喧嘩じゃないか。もし死んでいたとしても、もう時効だ」

曽我部は言い張ったが、蓮川はせせら笑った。

「時効どうこうより、別れた奥さんや世間がどう思うかだろ。あんたが人殺しだと知ったら、奥さんは二度と戻りゃしない。職場だってどうかな。あんたの言うように『時効だから』と許してくれるか、試してみるかい」

曽我部は以後、彼の言いなりだった。

松嶋を通じて、蓮川に暴力的な児童ポルノを融通したのも曽我部だ。ポルノは蓮川の妄想と暴力衝動をさらに増幅させた。

蓮川は曽我部利男を脅しつづけるため、新たなネタを入手にかかった。物陰から柳瀬母子を監視し――そうして彼は、沙奈江ちゃんに出会った。

「あの子は特別でした」

蓮川は悪びれもせず捜査員に語った。

「おれは悪くない。あの子がいけないんです。おれを誘うように見たり、スカートから剝きだしの脚を見せつけてきたから」

「純真そうに見えますが、ああいう子は男を誘惑するのが好きなんだ。おれには、それがわかりました」

「あの子は特別です。その証拠に、おれに正しい名前までくれた」

木野下里佳ちゃんは予行演習のつもりだった、と蓮川は言った。

「あの子もよかった。よすぎたんです。それはあの子のせいであって、おれのせいじゃない。死んだのは、あの子の自業自得です」

蓮川が鳩山元課長を脅しはじめたのは、二十年前だという。

亀井戸たちの死刑が、最高裁で確定した翌年であった。

北蓑辺郡連続幼女殺人事件の裁判は終わった。蓮川大樹は完全に逃げおおせた。身の安全が確保されてしまうと、気になる点はひとつだった。

「捜査の責任者は、解決にまったく疑いを抱いていないのか？」

という点だ。

被害者の磨かれた爪や、身代金を要求する無用な電話。警察が本来描いた犯人像とは、そぐわぬ点が多々あるはずだ。

――彼らはほんとうに違和感を覚えていないのか？

蓮川はかまをかけてみようと思った。そして電話帳に載っていた鳩山元課長の自宅に、怪文書を送った。

『自分はあの事件の真犯人である。亀井戸建や伊与淳一のような男が、被害者少女の爪を磨くと思うか？　金に困っていた彼らが、第二の事件で身代金を要求しなかったことを疑問に思わないのか？』と書き送った。

予想どおり、反応はなかった。黙殺された。

似たような手紙は、きっと何百通も警察宛てに届いただろう。ひとたび事件が起これば、膨《ぼう》大《だい》ないたずら電話や文書が届くのは世の常だ。

しかし蓮川は手紙を出しつづけた。

出しても出しても無反応なことにかえって気をよくし、気まぐれに書いては投函した。筆跡は定規を使い、宮﨑勤の手口を真似てコピーを重ねることでごまかした。

何通目かの手紙を出したあと、蓮川は鳩山元課長の娘婿の存在を知った。押しも押されもせぬキャリアであり、北蓑辺事件の捜査副本部長だったことも把握した。

『未来の娘婿に手柄を立てさせたくて、あんた、功を焦ったんだろう』

蓮川はそう書いた。

『特捜本部がかたくなに亀井戸たちの犯行と決めこんで、一直線に突き進んだのはなぜだ？　あんたの娘婿の方針か？　あんたは捜査中、違和感を覚えたことはなかったか？　不安にかられたことはなかったのか？』

『どちらにしろ、あんたは止めなかった』

『未来の婿どのに、花を持たせたかったからだ。警察官として恥ずかしくないか？　被害者の少女たちや遺族に、あんたは顔向けできるのか？』

そんな手紙を二十数通送りつけた末に、蓮川は鳩山隆文を強請《ゆす》った。

「半分冗談のつもりでした」

蓮川は薄ら笑って言った。

「まさか応じるとは思わなかった、驚きましたよ。あのおっさん、ほんとうに指定の場所に金を置いて行きやがった。いや、金額は大したことありません。三十万くらいだったかな。そのときはべつに、金が目的じゃなかったしね」

そう、金ではなかった。

鳩山元課長を屈服させること、それ自体が大事だったのだ。元捜査一課長を膝下に敷いた事実に、蓮川の万能感はいや増した。

さらに鳩山が定年退職する直前、「証拠保管庫から、DNAが付着した物証を盗んでこい」と蓮川は命じた。送り先は私書箱を指定した。

唾液が付いた肌着を無事受けとり、蓮川は勝ち誇った。

彼は安全だった。盤石《ばんじやく》と言ってよかった。片桐弁護士たちの活動は難航し、再審請求は却下されるばかりだった。

死刑囚官房にいる亀井戸建を思うたび、蓮川は「叔父さんの愛を感じた」という。

「結局おれを一番愛してくれたのは、叔父さんだったと思います」

とまで言った。

しかし挫折《ざせつ》は、思わぬ方向からやって来た。

彼が勤める『財津探偵事務所』が、二〇〇五年に閉鎖を決めたのだ。

いや、失職だけならまだ耐えられた。最大のショックは、失職と同時に妻が離婚を切りだしたことだった。

「あの女、『あなたとはもう暮らせないし、暮らしたくない』と言いやがった」

蓮川は顔を歪めて呻いた。

「『以前からあなたが怖かった、あなたには人の心がない』とね。おれに隠れて、ずっとピルを服《の》んでいたとも白状しましたよ。どうりで子供ができないわけだ。くそ、あの腐れアマ、ふざけやがって」

怒りはしかし、元妻ではなく無関係の少女にぶつけられた。

市立千野第一小学校二年、吉川陽花ちゃんである。彼女の通う小学校は、『財津探偵事務所』から車で十分弱の距離に建っていた。

「どういうわけか、親父にはすぐばれました」

蓮川は苦笑した。

「ちょうど離婚して一人になったとこを、実家に連れ戻されましてね。昔みたいに監視下に置かれて、カウンセリングに通わされた」

吉川陽花ちゃん失踪ののち、相次いで事件が起こらなかった理由のひとつが、この豪による監視である。

しかし最大の要因は、別件で蓮川の自尊心が満たされたがゆえだった。

彼は鳩山元課長に、陽花ちゃんの死体遺棄場所を提供させたのだ。陽花ちゃんは、鳩山家が所有する別荘の敷地内にひそかに埋められた。

蓮川大樹は満足した。

北蓑辺事件のあと「おれは警察に勝った」「叔父さんがかばってくれた。愛されている」と自己満足に浸ったときと同じだ。精神的充足感によって、彼は犯行を中断した。

ふたたび衝動が頭をもたげるのは、さらに十二年後である。つまり今年だ。

きっかけとなるストレス要因は、まず亀井戸建の獄死だった。蓮川を無条件に守り、愛する騎士がこの世からいなくなってしまった。そこへ〝星野班〟の動画、新妻の妊娠、継子の反抗期などが重なった。

なぜ若月芽衣ちゃんを狙い、さらったかについて、

「なぜあんたらがわからないのか、わからない」

と蓮川は首をかしげた。

「決まってるじゃないか。あの子がよくて、同時に悪い子だからだ。あの歳で男を誘うなんて悪い子だ。でもおれには、あの子が理解できる。だからこそ罰してやらなきゃいけなかった。子供には、痛くしてやらなきゃいけない。女の子は痛みがないと、上手に反省できない生き物なんだ」

マスコミに意見を求められた精神科医たちは、口を揃えて「責任能力あり」と断じた。「情性欠如、被害妄想、自己愛の肥大は見られるものの、意識障害や精神病性の症状はない。知能は正常範囲。人格異常者なれど、責任能力を減免するものではない」と。

警察の尋問は、むろん鳩山元課長にもおこなわれた。

「――やつから届いた手紙の内容を、わたしは否定できんかった」

加齢と心労で、その体軀は一回りも縮んでいた。矮軀《わいく》をさらに縮め、鳩山は呻くように言った。

「鷲尾くんと娘は、中学時代の先輩後輩だ。北蓑辺事件のときには、もう付き合っとった。意図的ではないにしろ、捜査中に浮かんだ疑問に目をつぶったのは事実だ。……鷲尾くんに、手柄を立てさせたかった。マスコミの注目度も高い事件だ。絶対に、迷宮入りさせるわけにはいかんかった」

そして蓮川の怪文書が届きはじめた頃、鷲尾は出世街道をひた走りつつあった。その源流はむろん、北蓑辺事件における功績だ。

「彼の経歴に、いまさら傷を付けるなんて――。それだけは、避けたかった」

鳩山は掌で顔を覆い、涙声で言った。

「金を払うなんて、馬鹿げていたよな。わかってる。わかっていたが、ほかにどうにもできんかった。ちょっとの希望にすがりたかったんだ。金さえ払えば、いまの平穏が保たれるかもしれない、未来は壊れずに済むかもしれない——」

追及は、吉川陽花ちゃんの死体遺棄場所提供にも及んだ。

鳩山は貝のごとく押し黙った。だが長い長い沈黙ののち、

「孫が、高校生になっていたんだ」

ぽつりと声を落とした。

「未来の夢は、警察官だと……、お父さんやおじいちゃんのような、立派な警察官になりたいと、そう言われた。孫の夢を壊さんためにも、わたしは鷲尾くんを守りたかった。守らねば、ならなかった」

誠司はのちに、根岸からその供述を聞かされた。そして「違う」と思った。

真に孫のためを思うなら、鳩山は蓮川大樹を突っぱねるべきだった。隠蔽《いんぺい》ではなく、すべてを明るみに出して正義の審判を仰がねばならなかった。

だがいまさら言っても詮ないことだ。

鳩山は彼に、別荘を提供してしまった。唯々諾々と少女の遺体を埋めさせてしまった。以後長い間、少女は海沿いの別荘の裏手で眠りつづけた。

だが眠りが破られる日が来た。十二年後、蓮川大樹がふたたび鳩山を必要としたからだ。

とはいえ十二年前とは決定的に違う点があった。

鳩山はあのとき、吉川陽花ちゃんの遺体さえ目にしなかった。だが今回、蓮川は拉致したばかりの生身の少女を連れて現れた。少女は生きて息づいており、涙を流し、身をよじって抵抗

していた。

「さらわれた女の子を目の前にして、やっと、われにかえった」

鳩山は言った。

「保身のために、馬鹿なことをした。ほんとうに愚かだった。でも——でも、目の前のあの子を傷付けさせたら、わたしは、愚かなだけではないなにかに成り下がってしまう。それが、やっとわかった。あれだけは、さすがに、止めなけりゃならんかった……」

そう言ったきり、鳩山は泣き崩れたという。

そのくだりを聞いて、誠司はなにも言えなかった。胸に苦い澱《おり》が幾層にも溜まった気がした。だが鳩山を軽蔑はしても、やはり嫌いにはなれなかった。

その事実が、よりいっそう苦かった。


鳩山の供述から二日後、別荘の敷地内から吉川陽花ちゃんの遺体が発見された。完全に白骨化していたものの、歯型などから本人と断定された。

鷲尾刑事局長は翌週、警察庁に引責辞任の意向を示した。

東京高裁が北蓑辺事件の再審開始を認める旨を発表したのは、さらに半月後のことだった。

11

旭は自室で、愛用のデスクトップパソコンに向かっていた。

イラスト作成用のタブレットに、付属のタブレットペンを走らせる。右の耳孔にはワイヤレスイヤフォンが差しこまれていた。

窓の外は、すっかり冬景色である。

ガラス越しに眺める裸の木々が寒々しい。

クリスマスも終わり、世間は正月ムード一色だ。とはいえ星野家は行事に熱心な家風ではない。門松や熊手、鏡餅などとは無縁である。だが神棚の注連縄《しめなわ》だけは、毎年新しく換えるのがならわしだった。

旭が聴くともなしに聴いている音楽は、あいかわらず無料動画共有サイトのものだ。

次々と自動再生されていく。操作せずとも勝手に流れつづけてくれる。ちなみにいま耳もとで鳴っているのは、Nujabesの『Feather』である。

『アサヒ』名義のツイッターアカウントは、もう一箇月以上放置していた。リプライはいまだ絶えないが、返事はしていない。

いまは『リエイト』に新アカウントを立ちあげ、粛々《しゅくしゅく》とイラストを更新する毎日だった。美少女抜きの、純粋なメカ絵ばかりである。

——美少女は、しばらくいいや。

そう思っていた。里佳ちゃんならぬ梨香ちゃんのコミックで、女の子は一生ぶん描いた気がする。

細かくレイヤー分けしたパーツに、色を乗せる。ペンの不透明度やブラシサイズを調整しながら、艶《つや》と立体感を与えていく。

もともとイラストを描きはじめたのは、車やバイク、ロボットなどのメカが好きだったからだ。メカ絵のみではフォロワーは増えないし、閲覧数も上がらないが、べつにいい。これからは好きな絵を好きに描いていくつもりだった。

誰かがドアをノックした。

イヤフォンなしの左耳がその音を拾う。

「あー、いま開ける」

旭はレイヤーを保存し、ウインドウは閉じずに立ち上がった。どうせ母さんだろう、また食事当番を代われって要請かな——と覚悟しつつ、ドアを開ける。

しかし、実加子ではなかった。

そこに立っていたのは石橋哲であった。

「よう。入っていいか」

「いいけど、……おまえ、なんでいるの？　毎年正月休みは、本家のばあちゃん家《ち》で過ごす決まりだったろ？」

「今年は行かないことにした」

旭は「へえ」とうなずき、相棒を中へ通した。

哲は髪をさらに短くしていた。シャープな顎の線と、秀でた額があらわになっている。長身で脚が長いだけに、薄手のチェスターコートがさまになっていた。

旭はガスヒーター前の特等席を哲に譲り、コートをハンガーに掛けてやった。

哲が尻にクッションを敷きながら、

「初香さんが、親父に泣きついてさ」こともなげに言う。

「『うちの哲ちゃんがおかしくなった。あんな子じゃなかったのに、隠し事ばかりするようになって、悪い友達と付き合うようになって』……だとさ。『悪い友達』ってのは、もちろんアサヒのことだ」

「光栄だなあ」旭は苦笑した。

哲が真顔を崩さずつづける。

「生まれてはじめて、親父と膝を突き合わせて話したよ。驚いたことに、謝られた。『忙しいのを理由に、おまえを初香に任せきりにしてすまなかった。もっと早くに手を打つべきだった』と、頭まで下げられた」

「へええ」

旭は目をまるくした。

「で、正月は本家に行かないことになったんだ?　よく初香さんが承知したな」

「そこは親父と初香さんの間で一悶着《ひともんちやく》あったらしい。くわしくは訊いてないがな。藪蛇にならないよう、あえてノータッチを貫いた。親父たちは昨日本家に行っちまったから、おれは一人で留守番だ」

「そうか」

旭は小型冷蔵庫から、コーラの缶を二本出した。一本を哲に渡す。

「いいのか」

「なに？」

「アサヒ、炭酸苦手だろう。喉が痛くなるからいやだって言ってたじゃないか」

「それガキの頃の話だろ。いまは進んで飲まないってだけで、普通に飲めるよ。ほら、乾杯」

缶を打ちあわせ、ぐいと呷った。

「じゃあおまえ、大晦日も元日もフリーなんだ？　おれと神社で年越しするか。夜中の初詣って、体験したことないだろ。寺でもいいや。栄町《さかえまち》の仙徳寺《せんとくじ》なら、除夜の鐘を突かせてもらえるぜ。おまえが行きたいほうでいい」

旭の言葉に、哲はわずかに笑ってうなずいた。

「で、アサヒのほうは最近どうだ」

「おれ？　おれは……うん、前期の成績はさんざんだったし、後期もほとんど授業に出なかったからな。でもみんなからノートを貸してもらって、なんとかしのいでるよ。有名人になったおかげで、やたらとノートのコピーや過去問のたぐいが届くんだ」

「人気者だな」

「モテモテだ。寄ってくるのは男ばっかだけどな」旭が笑う。

哲はコーラで舌を湿して、

「じつは、進路を変えようと思ってる」

さらりと言った。

「映像系の専門学校に行かせてもらえるよう、父に頼むつもりだ。……二月から、福永さんの撮影班でバイトできることになった。将来はそっちの道に進めたらいいと思っている」

旭は相槌を打たなかった。コーラを一口含み、炭酸を舌で味わってから、言った。

「テツ」

声音に気づいたか、哲が顔を上げた。

「知ってるか？　おれはガキの頃、おまえを世界一賢い子供だと思ってた」

「はは。そりゃ大いなる誤解だったな」

哲が笑った。

「いや」旭は首を振った。

「誤解じゃなかったさ。——それが、やっと証明された」

短い沈黙が落ちた。

旭は窓の外を親指でさして、

「それより見ろよ、もう冬になっちまった。半年以上も長々と付き合ってくれた礼をしなくちやな。テツ、なにがほしい？」

「礼はいらない」

哲は答えて、「でも、旅行に行きたいかな」と付けくわえた。

「おっ、いいねえ。付き合うぜ」

「次に運転免許が取りたい。取れたらすぐにドライブしたい」

「ますますいいね」

「次に、彼女がほしい」

「最高」

旭は親指を立ててから、自分の膝を叩いた。

「よっしゃ、じゃあ旅行からだ。とりあえず国内でいいよな？　おれもいま彼女いないし、金沢なんてどうだ？　女の子に人気のスポットだぜ。まずは出会いのチャンスを作らなきゃな」

「出会いか。おれなんかが仲良くなれるかな」

眉根を寄せる哲に、旭は「なれるなれる」と請け合った。

「いまのおれたち〝持ってる〟しな。よっしゃテツ、『金沢　女の子　観光地』のワードで検索してみろ。あっちは食いもんも美味いらしいぜ。刺身食おう、刺身」

12

「お疲れさまでした」

「いやいや、そちらこそお疲れさまです」

「みなさま、ご足労ありがとうございます。いままでのご尽力に感謝いたします。まことにありがとうございました」

誠司は向かいに座る木野下一己に、次いで柳瀬久美子に頭を下げた。

場所は古式ゆかしい喫茶店である。

メンバーは誠司、木野下、久美子に加え、小野寺、福永、そして実加子である。全員で里佳ちゃんと沙奈江ちゃんの墓前に報告をしたあと、ふらりと立ち寄った店だった。

奥まった八人掛けのボックス席に、彼らは座っていた。

アンティーク調のインテリアで統一された、落ち着いた雰囲気の喫茶店だ。マスターらしき男がL字形のカウンター内でコーヒー豆を挽いている。電動ではなく、手入れのいい手動のミルであった。

「おかげさまで、里佳にいい報告ができました」

木野下が立ちあがり、あらためて深ぶかと腰を折った。

久美子もそれにならう。

「わたしもです。沙奈江の墓前に、はじめて清々《すがすが》しい気持ちで立てた気がします」

「いやいや、礼を言うのはこっちだけでいいんですよ。座ってください」

誠司は慌てて手を振った。

木野下家と柳瀬家の菩提寺《ぼだいじ》は、かなり離れた距離にあった。しかし里佳ちゃんの墓も沙奈江ちゃんの墓も、見知らぬ人たちからの花で溢れかえっていた。

花束だけでなく手紙も多いそうで、住職からまとめて手渡された。北海道から沖縄まで、さらにはネットで記事を読んだ外国人からの手紙まであった。

「ご注文がお決まりになりましたら、お呼びください」

水を運んできたウエイトレスが、メニューを置いて去る。

「どうします、全員ブレンド？」

「いや、おれは……」

木野下の問いに首を振りかけた誠司に、

「お父さんも、コーヒー頼みなさいよ」実加子が言った。

「いいのか」

「いいのかって、こんなコーヒー専門店でまでおあずけ食わせるほど、わたしは鬼じゃないの。ほら、お父さんが好きなマンデリンがあるじゃない。わたしはスペシャルブレンドで、自家製ケーキセットね。こういうお店って絶対にケーキが美味しいのよ。柳瀬さんもいかがですか？」

「ええ、わたしもいただきます」

久美子が笑って応じた。

強面の福永が「ではわたしもケーキを」と手を挙げ、横の小野寺が噴き出す。

結局マンデリンがひとつ、スペシャルブレンドがふたつ、ケーキセットが三つの注文となった。

「片桐先生はお忙しくて来れないそうで、残念でした」

木野下が言う。

「そうでしょう」と誠司は首肯した。

「再審が決まったのはありがたいが、決まったら決まったで大忙しだ。しばらくは事務所に缶詰めの日々でしょうよ」

「再審の行方は、どうなりますかね」

つぶやく福永に、小野寺が応えた。

「そりゃ無罪判決は間違いないさ。とうに真犯人が捕まってるんだからな。だからといって簡略化できないってのが、裁判の面倒なところだ」

「そういえば、蓮川大樹はどうしているんですか?」

久美子が誠司に問うた。

「まずは起訴前精神鑑定を受けるそうですよ。鑑定人としちゃベテランの精神科医が担当してくれるそうだ。どのみち〝責任能力あり〟で揺るぐまい、というのが大方の意見です」

根岸によれば、拘置中の蓮川はまるで反省の態度を見せないという。

「鼻歌なんか歌って、気味が悪いほど平然としてます」そうだ。誰のどんな曲かは、あえて訊かないでおいた。

「蓮川は主に、吉川陽花ちゃん殺害で裁かれることになるんですよね？」

「ええ。北蓑辺事件については時効が成立していますから。しかし陽花ちゃん殺害と死体遺棄、並びに若月芽衣ちゃんの略取及び誘拐罪で、死刑を求刑されるのはほぼ確実です」

「ほかにも余罪はたっぷりありそうだがな」

小野寺が顔をしかめる。

「確かに余罪ざくざくだろう。だが全部起訴していったら、裁判に時間がかかってしょうがない。不本意ながらオウム事件と同じく、残りは不問となりそうだ。悔しいがそこは呑むしかないな」

誠司はため息をついた。

「蓮川大樹の両親は、離婚したそうですね」と福永。

「すでに家は売り家の看板が出ているようです。夫の豪が、環希の〝裏切り行為〟を許せなかったらしい。豪自身、犯人蔵匿罪と犯人隠避罪で起訴される身です。彼にしたら環希は、息子を警察に売った悪魔なんでしょう」

「鳩山隆文はどうしているんです？」木野下が問う。

誠司は答えた。

「罪状が罪状ですからね。執行猶予になるか、ぎりぎりの線だそうです。ただし高齢で、改悛の情も強いそうなので……。個人的には、懲役にならんでほしいと思ってます」

「シノさんの気持ちはわからんでもないがな。『週刊ニチエイ《うち》』は、大いに鳩山を叩かせてもらうぜ」小野寺が断言した。

「元捜査一課長《イッカチョウ》たる者が、よりによって幼女の死体遺棄に加担するとはな。おれはとうてい許せんよ。まったく嘆かわしい。警察官の最大級の腐敗と言っていい」

「批判記事を書くことには、反対しないさ」

誠司は苦く笑った。

「鳩山の親父さんは、叩かれて当然のことをした。蓮川豪もそうだが、愛情ってのはどうしてこう、間違った方向へ目をくらませがちなのかね」

かぶりを振った。

「……とはいえ、救いもないではない。哲くんはまだ伊与淳一と文通を続けていてね。先日、土居りつ子が伊与に会いに来たそうだ」

伊与淳一は死刑執行停止手続きにより、現在は釈放されている。

土居りつ子は支援団体に問い合わせ、同団体が用意した伊与の仮住まいを訪ねたのだった。

「『建ちゃんの思い出話をする相手ができた』と、伊与さんは喜んだそうだよ。『こうやって思い出話ができる限り、建ちゃんは死んでへん。誰かの頭ん中にいるんやから、まだ完全に死んでへん』――とね」

誠司がそう言い終えると同時に、テーブルにウエイトレスの影がさした。

「お待たせいたしました。マンデリンのお客さま」

「あ、はい」

急いで手を挙げる。

「ブレンドのお客さま、ケーキセットのお客さま……」

縁に金彩が施された、シンプルだが上品なカップだった。

ケーキはチョコレートケーキらしい。ミントの葉を挿した生クリームが添えてあり、誠司にはよくわからない赤っぽいソースがかかっていた。実加子によれば「ベリーのフルーツソースよ」だそうである。

全員の前に注文の品が揃い、ウエイトレスが去ったところで木野下が言った。

「では、コーヒーでこれを言うのもなんですが、星野さん、乾杯の音頭を」

「え？　おれがかい」

「そりゃそうですよ。星野さん以外にないでしょう」

「そうそう。異議なし」

「異議なし」

「異議なしだから、早くしろよシノさん。せっかくのコーヒーが冷めちまう」

小野寺に急《せ》かされ、しかたなく誠司はカップを持った。

グラスやジョッキならまだしも、カップで乾杯はいささかしまらない。だが正直言って、一刻も早く音頭を済ませて飲みたかった。

懐かしい芳醇な香りに、喉が鳴ってしかたがない。まだ口にしてもいないのに、唾液腺がきつく痛んだ。

「では僭越《せんえつ》ながら――乾杯」

乾杯、と低い唱和ののち、誠司以外の全員がカップをソーサーに置いた。

一同が注視する中、誠司は何年ぶりかのコーヒーを含んだ。舌で味わい、香りを鼻孔から喉へ抜かせたのち、ごくりと飲みこむ。

「――美味い」

無意識に、声が洩れた。

喉が歓喜しているのがわかった。かすかに体が震えた。

熱い液体が、食道から胃まで一直線に落ちていく。酸味のすくない苦みが、芳醇な香りとともに舌に残る。

――あら、よかったわ。どういたしまして。

潔子の声が、耳の奥で聞こえた気がした。

「あ、ケーキ美味しい！」

その余韻を消すように、実加子が声をあげる。

「やっぱりね。だと思ったのよ。この手のお店は、自家製ならプリンとコーヒーゼリーも美味しいはず。ねえ柳瀬さん、次はプリン食べに来ません？　うちの旭に運転させて、また来ましょうよ。よかったあ、ネットでみっちり調べさせた甲斐があったわ。うん、このフルーツソースも美味しい」

「調べさせたって……おい？」

誠司は実加子に言った。

「どういうことだ、墓参の帰りに適当に入った店じゃ——え？　なんだおまえら、なに笑ってる。さっきと言ってることが違……」

「サプライズよ」

実加子が向きなおって笑った。その瞳がわずかに光っているように見えたのは、射しこむ光の加減だっただろうか。

店の扉がひらき、ドアベルが鳴った。

誰かが入ってくる。逆光でよく見えない。

しかし、誠司は反射的に腰を浮かせていた。テーブルに両手を突く。喉の奥で、息が詰まる。

「——、ひ……」

長らく疎遠だった長男が、眼前に立っていた。

「……秀彦」

はにかんだような、それでいて苦しげな表情で、彼は誠司を見つめていた。その目に、かつての敵意はなかった。反感も、嫌悪も見てとれない。

誠司の唇が震えた。胸のあたりから熱い小石がせりあがって、喉を切なくふさいでしまう。

声が出せない。鼻の奥が痛んで、視界が白くぼやける。

耳の奥でふたたび亡妻の声が響いた。馴染み深い、笑いを含んだ声だ。

──よかったわ。どういたしまして。

「……サプラーイズ」

小野寺が小声で言い、にやりと笑った。

エピローグ

窓の外で蟬《せみ》が鳴いている。

少年は、自室にいた。

部屋のドアには鍵が付いていなかった。鍵を付けてほしいと何度も両親に頼んだが、

「密室にしたら、なにをするかわかったもんじゃない」

「子供が生意気な」

とそのたび鼻で笑われて終わった。

少年は壁に背を付け、いつドアが開くか緊張しながらタブレットをいじっていた。お年玉で購入したタブレットだった。

画面には、顔のない女体が複数映っていた。どれも盗撮画像だ。

タイトスカートの尻に浮いた下着の線。吊り革に摑まる白い腕と、腋の下。服の合わせ目から覗くレースのブラジャー。スカートの中へ潜りこむカメラが捕らえた、ストッキング越しのパンティ。

ネットでこの手の画像を見るたび、少年は履歴をこまめに消していた。

さいわい両親はネット関係に疎《うと》い。購入時に店でフィルタリング設定してもらっただけで、すっかり安心している。

抜け道なんていくらでもあるのに、馬鹿だ。いわゆる有害指定されていないサイトにだってエロ広告は並んでいる。サムネイル画像なら、ほぼ見放題だ。

中でも少年のお気に入りは、SNSの盗撮アカウントだった。もちろん鍵付きだが、とくに審査なく相互フォローを許可してくれる。

それらのアカウントでは、電車やエスカレータで撮った素人女性の下着画像が観られた。昔の過激なAVから切り取った、ごく短い動画もアップされていた。暴力的な内容が多く、作りものとは思えないほど真に迫っていた。

暴力的なエロ動画は、少年の妄想の糧《かて》になった。

女性の顔を、彼は脳内でクラス担任の顔にすげ替えた。担任は口うるさい中年女性である。けして好きではなかった。はっきり言えば嫌いだった。嫌いだからこそ、妄想にうってつけだ。少年にとって性行為は愛情表現ではなく、相手を痛めつけ、侮辱するための手段だった。

十分ほどして、画面を切り替えた。

無料動画共有サイトに飛ぶ。ブックマークしている動画を再生する。

『ルポ・北蓑辺郡連続幼女殺人事件』をはじめとする、北蓑辺事件の動画であった。

去年の夏から晩秋にかけて、クラスの話題をさらった動画だ。流行はすでに終わり、クラスメイトたちはいまや別の流行に忙しい。

しかし彼は、この動画群をいまだ繰りかえし観ていた。

——ぼくのヒーローだ。

憧れの存在だ。

ただし捜査した元刑事や孫たちではない。少年の英雄は、犯人のほうだった。

三十年も警察を騙しつづけたなんてすごい。一貫して挑発的な態度も、露悪的な手口も格好いい。

女の子たちを殺したとき、犯人はどんな気分がしたんだろう。どんなふうに痛めつけ、どんなふうに泣かせたんだろう。

彼は腿を擦りあわせた。勃起しつつあった。盗撮画像を観ていたときにはなかった衝動が、脳の一部を赤く焼いている。

いつもこうだった。北蓑辺事件の犯行を思ったときだけ、彼は勃起できた。女体は衝動を煽る道具でしかない。彼を興奮させるのは、死にまでいたる暴力だけだった。

右手を股間にすべらせた瞬間、ドアが開いた。

少年は身をすくませた。

ずかずかと大股で入ってきたのは、父だった。

父の手に今学期の成績表が握られているのを見て、少年は覚悟した。こういう場面で毎回してきたように、今日も意識を半分外へと逃がし、乖離《かいり》させた。

父は彼を叱った。一時間以上叱りつづけた。大声で怒鳴り、少年を摑んで揺さぶり、

「駄目なやつだ」

「おまえはほんとうにおれの子なのか」

「できそこない」と詰《なじ》った。

少年は叱られる自分を、真上から俯瞰《ふかん》していた。体から意識が浮遊している。現実感が薄い。すべての音が耳を素通りしていく。

次の瞬間、彼は肉体に無理やり引き戻された。

鋭い痛みのせいだ。火の出るような平手打ちを頰に食らったのだ。

頰が熱を持ち、みるみる腫れていくのがわかる。口の中に鉄臭い味が広がる。内頰の肉が、歯に当たって切れたらしい。

ぬるりとしたものが、唇を伝って顎へ落ちる。鼻血だ。父はまだ怒鳴っている。少年が出血しても気遣うそぶりすらない。

父の肩越しに、ドアの隙間から様子をうかがう母が見えた。眉を下げ、心配そうな顔をつくっている。

だが芝居だった。その証拠に、駆け寄ってくることはない。すべてポーズなのだ、いい母親のふりをしているだけだ。

——覚えてろ。

少年は思った。

おまえら、覚えていろ。

いつか必ず復讐してやる。ぼくを殴るだけで生かしておいたことを、後悔させてやる。

十年後だ。いやもっと早いかもしれない。

北蓑辺事件の犯人の両親は離婚し、夜逃げ同然に転居したという。売り家の看板が出された元屋敷を、ネットで見た。壁も塀も落書きされ、『人ごろし』『死ね』『出て行け』の文字で埋まっていた。おそらく二度と地元には戻ってこられまい。死ぬまで、いや死んでもだ。

——父さんと母さんにも、同じ思いを味わわせてやる。

同じように夜逃げさせてやる。屈辱にまみれさせてやる。あいつらは人殺しの両親だと、世界中から後ろ指をささせてやる。

脳裏を一瞬、例の元刑事とその孫が駆け抜けた。

いや、と少年は思う。

ぼくはもっとうまくやる。ぼくならあいつらを出し抜いてみせる。ぼくは若い。考える時間はいくらでもある。計画と準備に何年、何十年かかったってかまわない。

見ていろ。きっとやり遂げてやる。

——いつか絶対、やってやるからな。

窓の外では、蟬の声がつづいていた。

引用・参考文献

『殺人犯はそこにいる　隠蔽された北関東連続幼女誘拐殺人事件』清水潔　新潮文庫
『足利事件における警察捜査の問題点等について（概要）』警察庁
『魔の時間　六つの冤罪事件』青地晨　筑摩書房
『冤罪の恐怖』青地晨　毎日新聞社
『冤罪』後藤昌次郎　岩波新書
『誤った裁判　―八つの刑事事件―』上田誠吉　後藤昌次郎　岩波新書
『宅間守精神鑑定書――精神医療と刑事司法のはざまで』岡江晃　亜紀書房
『贖罪のアナグラム　宮崎勤の世界』蜂巣敦　パロル舎
『凶悪　ある死刑囚の告発』「新潮45」編集部編　新潮文庫
『11年目の「ロス疑惑」事件　一審有罪判決への疑問』現代人文社編集部編　現代人文社
『昭和・平成　日本の凶悪犯罪100』別冊宝島編集部編　宝島社
『平成27年版　犯罪白書―性犯罪者の実態と再犯防止―』法務省法務総合研究所編　日経印刷
『警視庁科学捜査最前線』今井良　新潮新書
『「警察組織」完全読本』ふくろうBOOKS　宝島社
『妻を帽子とまちがえた男』オリバー・サックス　高見幸郎・金沢泰子訳　晶文社

『音楽嗜好症（ミュージコフィリア）脳神経科医と音楽に憑かれた人々』オリヴァー・サックス　大田直子訳　早川書房

『犯罪ハンドブック』福島章編　新書館

『犯罪者プロファイリングは犯人をどう追いつめるか　犯行のウラに隠された「心の闇」に迫る』桐生正幸　KAWADE夢新書

『連続殺人者』TRUE CRIMEシリーズ　タイムライフ編　松浦雅之訳　同朋舎出版

『続・連続殺人者』TRUE CRIMEシリーズ　タイムライフ編　鈴木俊彦訳　同朋舎出版

『邪悪な夢　異常犯罪の心理学』ロバート・I・サイモン　加藤洋子訳　原書房

『世界残酷物語　上・下』コリン・ウィルソン　関口篤訳　青土社

「暴力的ポルノグラフィー：女性に対する暴力、レイプ傾向、レイプ神話、及び性的反応との関係」大渕憲一（日本社会心理学会編『社会心理学研究』6巻2号　一九九一年二月）

解説

千街晶之《せんがいあきゆき》
（ミステリ評論家）

二〇二二年現在、櫛木理宇の小説で最も知名度が高いのは『死刑にいたる病』（二〇一五年。『チェインドッグ』を文庫化の際に改題）だろう。というのも、この作品は二〇二二年五月、白石和彌《しらいしかずや》監督による映画版が公開され、それに先立って原作もベストセラーとなったからである。

『死刑にいたる病』は、死刑囚の榛村大和《はいむらやまと》から、自分が犯したことになっている連続殺人のうち最後の一件だけは冤罪《えんざい》であり、犯人は他にいる……と打ち明けられた大学生・筧井雅也《かけいまさや》が、取り憑かれたようにその事件の真相を探る物語だ（映画版では榛村大和を阿部《あべ》サダヲが、筧井雅也を岡田健史《おかだけんし》がそれぞれ演じた）。作家デビュー以前、コリン・ウィルソンの『現代殺人百科』（一九八三年）を読んで衝撃を受け、その影響でシリアルキラーに関するサイトを運営していたという著者らしいサイコ・サスペンスに仕上がっている。

さて、『死刑にいたる病』から著者の小説に入門した読者が、次に手を伸ばすべき作品はどれだろうか。ここで、このたび文庫化される本書『虎を追う』（二〇一九年九月、光文社から書き下ろしで刊行）を挙げるのもひとつの正解だろう。というのも、北関東を舞台にした連続殺人事件、死刑囚の冤罪疑惑……と、『死刑にいたる病』と共通する要素が散見されるからだ。

本書で描かれるのは、三十年前に栃木県で起きた「北蓑辺郡《きたみのべぐん》連続幼女殺人事件」。二人の幼女が立て続けに誘拐され、嗜虐的《しぎゃくてき》な殺され方をしたという陰惨な事件である。犯人として亀《かめ》井戸建《いどけん》と伊与淳一《いよじゅんいち》という二人の男が逮捕されて死刑判決を受けたが、亀井戸は拘置所で病死し、伊与は今も収監されている。

栃木県警を定年退職した星野誠司《ほしのせいじ》は、亀井戸の死を知って衝撃を受ける。彼は、事件当時からこの二人は冤罪ではないかという疑いを抱いていたのだ。現役警察官時代はしがらみがあって動けなかったけれども、真実を明らかにし、伊与を救うことは今からでも出来るのではないか――。事件を調べ直そうと決意した誠司は、旧知の記者・小野寺《おのでら》にまず相談した。事態を打開するには世論を動かすことが重要だと小野寺が主張したため、誠司は自身の孫である大学生の旭《あさひ》に相談を持ちかける。自分より賢く、現代社会の機微に聡《さと》い彼ならば、世論を動かす何らかの方法を知っているのではと思ったからだ。

祖父から事情を聞いた旭はインターネットの動画を利用することを提案し、映像に詳しい幼馴染《おさななじ》みの石橋哲《いしばしてつ》に協力を仰ぐ。哲は自分からの三つの提案を守ることを条件に、旭のため動画作成を引き受けた。かくして成立した「星野班」は、ＳＮＳや動画投稿サイトなどを駆使して冤罪事件の真相調査をリアルタイムで配信し、大衆に拡散するというかたちで問題提起を行う。彼らの動きには反撥も支持も集まり、巨大な反響が世間に拡がってゆく。同時に、当時の関係者を訪ねることで、警察の調書にも記録されていなかったような新たな証言が集まってくる。そんな「星野班」の活動に刺激され、長年鳴りを潜めていた犯人もまた動きはじめた――。

星野誠司は『死刑にいたる病』の筧井雅也のような一介の大学生ではなく元刑事なので、捜査のノウハウは身についているものの、ネット社会の現代において、どうやって気まぐれな大衆の興味を惹きつけ、訴えを拡散すればいいのかについての知識はない。そのため、旭や哲らの協力のもと、互いの弱点を補い合うチームとして行動するのである。このチームワークの要素は、『死刑にいたる病』と好対照となっている。

ネット社会をモチーフとして扱った物語では、不特定多数の匿名《とくめい》の人間が放つ悪意が描かれることが多い。本書にも被害者や遺族を侮辱するようなアンチが登場するものの、「星野班」にとってはそれも織り込み済みであり、「怒り役」を大衆に任せて事実のみを淡々と更新するという賢明な立ち回りを見せる。使い方によっては炎上を招くインターネットも、このように使えば有効に情報を発信し、人々の心を動かせるのだ――という一種の理想が提示されているのだ。

また、若い世代が駆使するSNSや動画配信と、旧態依然たるマスコミとの対比というのもこうした物語の常道的構図だが、本書では記者の小野寺、哲たちが作った動画を自身が制作する番組で紹介した「栃木総合テレビ」のチーフプロデューサー・福永《ふくなが》といったジャーナリストやマスコミ関係者は、いずれも正しい志と行動力を持ち、自分たちの職業と立場だからこそ可能なことは何かを考え続ける人物として描かれている。ネットとマスコミは対立するものではなく、互いの弱点を補い、影響力を高め合う関係として描かれているのだ。亀井戸たちを支援してきた弁護士の片桐《かたぎり》や、二件の幼女殺人事件の遺族たちも含め、主人公サイドの登場人物はいずれも誠実であり、覚悟を決めて自分のなすべきことと正面から向かい合う。彼らの誰が欠けたとしても、この事件は決着しなかったに違いない。

著者自身は《小説宝石》二〇一九年十月号掲載のエッセイ「エンタテインメントを追う」で、本書について次のように紹介している。

前置きが長くなりましたが、新刊『虎を追う』は、「後味の悪くない、ザッツ・エンタテインメント」です。事件は不快で薄暗く、幼女が何人も殺され、いやなやつもたくさん出てくるけれど、最後はすっきり解決して読者にストレスを感じさせない〝エンタメミステリー〟を第一に目指しました。

そのためにはまず書く側が楽しもうということで、かつて耽溺《たんでき》し、かついまでも大好きな〝殺人実話〟と〝冤罪〟の要素をこれでもかとぶちこみました。正確に言えば〝冤罪〟をテーマの一つとし、〝殺人実話〟のエッセンスを随所に盛りこんだ作品です。

おかげで作者の趣味が全開の、エンタテインメントなミステリーが書き上がったと自負しております。読者の方がたに、すこしでも楽しんでいただければ幸いです。

著者の言う「〝殺人実話〟のエッセンス」とは、本書で描かれる事件が、作中でも言及される足利《あしかが》事件を含む、北関東で起きた一連の事件を想起させることを示しているのだろう。清水《しみず》潔《きよし》『殺人犯はそこにいる　隠蔽された北関東連続幼女誘拐殺人事件』（二〇一三年）によれば、一九七九年から一九九六年にかけて、栃木県と群馬県にまたがる半径一〇キロ圏内で五件もの幼女殺害・誘拐事件が発生しており、そのうち一九九〇年に栃木県足利市で起きた「足利事件」は逮捕された被疑者の冤罪が証明されたものの、真犯人は野放しの状態になっているという。当時のＤＮＡ鑑定技術の不完全さ、警察や司法の頑迷な姿勢など、本書で描かれた事件は実際の北関東連続幼女誘拐殺人事件をかなり意識しており、その意味でこの小説は冤罪が発生する土壌を告発する社会派ミステリでもある。

冤罪の土壌といえば、「犯人でないのならば、亀井戸と伊与は何故犯行を自供したのか、いかに警察の取り調べが厳しくとも、死刑になる可能性を考えれば犯行を認めたりはしないのではないか」と感じる読者も多い筈だ。この疑問に対しても本書は社会派的な答えを出している。生まれつきの資質や育った環境など、本人には何の責任もない理由で社会に馴染めず、不審人物扱いされ、とうとう死刑囚になってしまった亀井戸と伊与。恐らく現実社会においても、彼らのような苦悩を背負った人間は数多く存在し、社会の見えざる部分で不遇をかこっている筈なのである。著者はそのような立場の人物に対し、可能な限り公平かつ同情的な眼差しを注いでいる。

著者が本書を「後味の悪くない、ザッツ・エンタテインメント」と形容していることについても触れておこう。本書は扱われている事件そのものは極めて陰惨であり、特に各章のあいだに挟み込まれている犯人視点の断章は、あまりのおぞましさにページを閉じたくなる読者もいるかも知れない。しかし、既に触れた通り主人公サイドの登場人物は誠実で行動力のある人々ばかりなので、小説全体としては陰というより陽の印象が強い。現役警察官時代は心残りを解消できなかった誠司、第一志望の大学に合格はしたものの学業に身が入らず未来を見失い気味の旭、過干渉な叔母に支配され苦しみ続けてきた哲という、三人の主人公の再生の物語としても読み応えは充分である。

そうはいっても、エピローグに待ち受けている衝撃は、「後味の悪くない、ザッツ・エンタテインメント」では終わらせないという意図も感じさせる。このあたりは、暗澹《あんたん》たるサイコ・サスペンスの名手である著者の本領と言うべきだろう。

なお、作中には星野旭の大叔母の夫にあたる、千葉県警の今道弥平《いまみちやへい》という警部補が少しだけ登場するが、彼は本書と同じ二〇一九年に刊行された『ぬるくゆるやかに流れる黒い川』の主人公のうちの一人であり、その後『老い蜂』（二〇二一年）や『氷の致死量』（二〇二二年）にも登場している。著者の初期の作品では警察官が主人公になる例はなかったけれども、二〇一九年になって現役警察官が主人公の『ぬるくゆるやかに流れる黒い川』と元警察官が主人公の本書が立て続けに発表され、やがて『灰いろの鴉《からす》　捜査一課強行犯係・鳥越恭一郎』（二〇二一年）のような本格的な警察小説が書かれることを思うと、著者の作風の転換点に本書が位置していたと考えることも可能ではないだろうか。

二〇一九年九月　光文社刊

光文社文庫

虎《とら》を追《お》う

著者　櫛《くし》木《き》理《り》宇《う》

2022年6月20日　初版1刷発行

発行者　鈴木広和
印刷　堀内印刷
製本　榎本製本

発行所　株式会社 光文社
〒112-8011　東京都文京区音羽1-16-6
電話（03）5395-8149　編集部
8116　書籍販売部
8125　業務部

落丁本・乱丁本は業務部にご連絡くだされば、お取替えいたします。
ISBN978-4-334-79371-5　Printed in Japan

組版　萩原印刷